∞ INFINITA
PLUS

Scott Bergstrom

THE CRUELTY

Traducción de **Verónica Canales Medina**

ʍontena

Título original: *The Cruelty*

Primera edición: mayo de 2017

© 2017, Scott Bergstrom
Derechos de traducción representados por Sandra Bruna Agencia Literaria SL,
en colaboración con Adams Literary
© 2017, Penguin Random House Grupo Editorial, S. A. U.
Travessera de Gràcia, 47-49. 08021 Barcelona
© 2017, Verónica Canales Medina, por la traducción

Printed in Spain – Impreso en España

ISBN: 978-84-9043-775-9
Depósito legal: B-395-2017

Compuesto en Comptex, S. L.

Impreso en Romanyà Valls, S. A.
Capellades (Barcelona)

GT 3 7 7 5 9

Penguin
Random House
Grupo Editorial

Para Jana, quien no teme a nada

Parte de la razón de la fealdad de los adultos, a ojos de un niño, es que este último casi siempre debe levantar la vista para mirar, y pocas caras quedan favorecidas vistas desde abajo.

GEORGE ORWELL

1

Los chicos están esperando la decapitación. Están sentados, cautivados, como chacales impacientes, a la espera de que caiga la cuchilla. Aunque si se hubieran molestado en leer el libro, sabrían que eso no va a suceder. El libro está a punto de terminar. Como una película con la bobina quemada justo antes de la última escena. O como la vida misma, a decir verdad. Casi nunca ves la cuchilla caer, esa que acaba contigo.

Nuestro profesor, el señor Lawrence, lee con parsimonia, mientras se mesa esa horrible barba de tres pelos que le nace en el labio inferior, al tiempo que camina de un lado para otro. El tenue taconeo de sus pisadas sobre el suelo de linóleo —talón-punta, talón-punta— produce la sensación de que estuviera persiguiendo las palabras para atacarlas por la espalda.

—Como si esa furia cegadora me hubiera dejado limpio, me hubiera despojado de esperanza; por primera vez, en esa noche vívida de señales y estrellas, estaba tumbado con el corazón abierto a la benigna indiferencia del mundo.

Las pisadas se detienen cuando el señor Lawrence llega al pupitre de Luke Bontemp y estampa el lomo del libro sobre la cabeza del chaval. Luke está enviando un mensaje con el móvil e intentando ocultar el teléfono bajo la chaqueta.

—Guárdelo o se lo quito —dice el señor Lawrence.

El móvil desaparece en el bolsillo de Luke.

—¿De qué cree que habla Camus en este fragmento?

11

Luke esboza esa sonrisa que lo ha sacado de todos los líos en la vida. «Pobre Luke —pienso—. Guapo, inútil, estúpido Luke.» Me enteré de que su tatarabuelo había hecho una fortuna vendiendo petróleo a los alemanes y acero a los ingleses durante la Primera Guerra Mundial, y ningún miembro de su familia había tenido que trabajar desde entonces. Él tampoco tendrá que hacerlo, así que ¿de qué le va a servir leer a Camus?

—«La benigna indiferencia del mundo» —repite el señor Lawrence—. ¿Qué cree que es?

Luke toma una buena bocanada de aire. Casi puedo oír el giro de la rueda de hámster que tiene por cerebro, por debajo de su perfecta cabellera.

—Benigno... —contesta Luke—. Un tumor puede ser benigno. A lo mejor Camus está diciendo, bueno, ya sabe, que el mundo es un tumor.

Veintiocho de los veintinueve alumnos de la clase ríen, incluido Luke. Yo soy la única que no ríe. Leí ese libro, *El extranjero*, cuando tenía catorce años. Pero lo leí en su versión original en francés, y cuando el señor Lawrence escogió una traducción al inglés para nuestra clase de literaturas del mundo no me apeteció volver a leerlo. Trata de un tipo llamado Meursault cuya madre muere. Luego mata a un árabe y lo condenan a pena de muerte, a ser decapitado en público. Y fin. Camus no llega a describir la decapitación.

Me vuelvo hacia la ventana, donde todavía repiquetea la lluvia, y su cadencia nos sume a todos los presentes en el aula en una especie de trance somnoliento. Del otro lado de la ventana distingo la silueta de los edificios de la calle Sesenta y tres, con los contornos borrosos y ondulantes por el agua que va cayendo por el cristal, y los veo más como el recuerdo de esos edificios que como las auténticas construcciones.

Aunque estamos comentando la última parte de *El extranjero*, siempre han sido las frases iniciales del libro las que me han impactado. *Aujourd'hui, maman est morte. Ou peut-être hier, je ne sais*

12

pas. Quiere decir: «Mi madre ha muerto hoy. O a lo mejor fue ayer, no lo sé».

Pero yo sí lo sé. Sé perfectamente cuándo murió mi madre. Hoy hará diez años. Yo solo tenía siete, y estaba presente cuando ocurrió. Evoco ese recuerdo y luego únicamente veo esbozos y fragmentos, momentos por separado. Pocas veces repaso todo el recuerdo de principio a fin. El psicólogo al que iba me decía que eso era normal, que sería más fácil con el tiempo. Pero no ha sido así.

—¿Qué opina usted, Gwendolyn? —pregunta el señor Lawrence.

Oigo su voz. Incluso entiendo la pregunta. Pero mi mente está demasiado lejos para responder. Estoy en la parte trasera del viejo Honda, con los ojos casi cerrados, con la cabeza apoyada sobre el frío cristal de la ventanilla. El ritmo del coche que avanza dando botes por la pista de tierra de las afueras de Argel hace que me duerma. Entonces oigo el sonido de las ruedas al frenar en seco sobre el camino y a mi madre soltar un suspiro ahogado. Abro los ojos y veo fuego al mirar por el parabrisas delantero.

—¡Gwendolyn Bloom! ¡Llamando a Gwendolyn Bloom!

Regreso de golpe al presente y me vuelvo hacia el señor Lawrence. Veo que tiene las manos haciendo bocina a ambos lados de la boca, como si tuviera un megáfono.

—¡Llamando a Gwendolyn Bloom! —repite—. ¿Puede decirnos qué quiere decir Camus con «benigna indiferencia del mundo»?

Aunque una parte de mi mente todavía sigue en los asientos traseros del Honda, empiezo a hablar. Es una respuesta larga y creo que adecuada. Sin embargo, el señor Lawrence se queda mirándome con una leve sonrisa socarrona. Cuando ya llevo unos veinte segundos hablando, oigo que todos los demás están riéndose.

—En inglés, por favor —dice el señor Lawrence, y enarca una ceja al mirar al resto de mis compañeros.

—Lo siento —me disculpo en voz baja, jugueteando con la falda de mi uniforme y colocándome un mechón de mi pelo rojo, rojo camión de bomberos, por detrás de la oreja—. ¿Qué?

—Estaba usted hablando en francés, Gwendolyn —señala el señor Lawrence.

—Lo siento. Debía de estar... Pensando en otras cosas.

—Se supone que debería estar pensando en la benigna indiferencia del mundo —replica él.

Una de las chicas que tengo detrás exclama:

—Por el amor de Dios, ¡qué esnob tan pretenciosa! —suelta esas palabras y las subraya poniendo los ojos en blanco.

Me vuelvo y veo que se trata de Astrid Foogle. Ella también tiene diecisiete años, pero aparenta al menos veintiuno. Su padre es dueño de una compañía aérea.

—Ya está bien, Astrid —le advierte el señor Lawrence.

Pero yo estoy mirándola, fulminándola con la mirada. ¿Astrid Foogle —cuyos pendientes cuestan más que todo lo que hay en mi piso— está llamándome «esnob pretenciosa»?

Astrid prosigue:

—O sea, aparece aquí no se sabe muy bien de dónde y se cree superior a todos, y ahora, ¡oh, sorpresa!, se pone a hablar en francés, no como nosotros, los tontos estadounidenses. Mirad qué sofisticada es. La reina del aparcamiento de caravanas...

El señor Lawrence la interrumpe de golpe.

—Pare ya, Astrid. Ahora mismo.

Unos cuantos chavales asienten en silencio dando la razón a Astrid; otros tantos están riendo. Noto que estoy temblando y siento la cara muy caliente. Todas las sinapsis de mi cerebro están intentando paralizar esa reacción, pero no lo consigo. ¿Por qué tiene que parecerse tanto la rabia a la humillación?

El chico sentado junto a Astrid, Connor Monroe, se echa hacia atrás en la silla y sonríe de oreja a oreja.

—Mirad. Está llorando.

Lo que no es cierto, pero ahora que lo ha dicho, es una verdad como un templo en la mente de los demás. «LOL, gwenny bloom ha perdido los nervios y se ha puesto a llorar como loca #esnob-pretenciosa #justiciaYA.»

El timbre del colegio suena en el pasillo y, como una campana de Pavlov, hace que todo el mundo salga disparado hacia la puerta. El señor Lawrence levanta su libro en el aire con un patético intento de mantener el orden y grita:

—¡Volveremos a empezar mañana por la misma parte! —Luego se vuelve hacia mí—. Y usted será la primera, Bloom. Tiene toda la noche para meditar sobre la benigna indiferencia del mundo; más vale que piense algo bueno. Y, en inglés, por favor.

Asiento en silencio y recojo todas mis cosas. Ya fuera de clase, Astrid Foogle está delante de su taquilla, rodeada, como siempre, por sus discípulas. Está imitándome, recitando un monólogo en su falso francés, con los hombros caídos y la nariz respingona, levantándosela con el dedo índice apoyado en la punta.

Yo bajo la vista como suelen hacer los sujetos beta por deferencia. Paso junto a ella y sus amigas de camino a mi propia taquilla. Pero Astrid me ve; lo sé porque ella y sus amigas se quedan calladas, y oigo los tacones de sus zapatos —«Son sandalias de tacón de Prada, paleta de pueblo»— acercándose hacia mí, y a sus amigas caminando un paso por detrás de ella.

—Oye, Gwenny —empieza a decir—. Una pregunta de traducción para ti. ¿Cómo se dice en francés «El suicidio nunca es la solución»?

La ignoro y sigo caminando con la esperanza de que alguna de las dos sufra un ataque de algo mortal, o ella o yo, me da igual. El calor irradia de mi cara, el enfado se convierte en rabia y la rabia en lo que sea más fuerte que ella. Cruzo los brazos temblorosos sobre el pecho.

—De verdad —sigue Astrid—. Porque alguien como tú tiene que pensar en el suicidio de vez en cuando. O sea, es lo lógico, ¿no? Así que, *s'il vous plaît*, ¿cómo se dice, Gwenny? *En français?*

Me vuelvo de golpe, y las palabras me salen sin pensar:

—*Va te faire foutre.*

Astrid se detiene y, durante medio segundo —no, menos tiempo—, el miedo le cruza la cara de un bofetón. Pero entonces cae en la cuenta de dónde está, en su reino, rodeada de acólitas, y la auténtica Astrid regresa. Enarca sus cejas perfectamente depiladas.

Una de sus amigas, Chelsea Bunchman, sonríe.

—Astrid, acaba de decirte que te vayas a tomar por culo.

Astrid abre mucho la boca en forma de O y oigo que se le escapa un gritito.

—Eres una mierdecilla —dice, y se acerca un paso más a mí.

Veo el bofetón cuando todavía está en el aire. Lo veo, pero, aun así, no hago nada para detenerlo. En lugar de eso, me encojo, agacho la cabeza y meto el cuello entre los hombros. Es un bofetón fuerte —Astrid me da con ganas—, y se me vuelve la cabeza hacia un lado por la fuerza del impacto. Me ha arañado con una uña y me ha hecho un corte en la mejilla.

Empieza a acercarse la gente. Veo las caras sonrientes de Luke Bontemp y de Connor Monroe y quizá de una docena de estudiantes más que están mirando con los ojos como platos, más entretenidos que impactados por lo que han visto. Se encuentran alrededor de Astrid y de mí, en semicírculo, como si estuviéramos en la pista de un estadio. Esto es un entretenimiento, ahora lo entiendo, uno de los preferidos de todos los tiempos. Quiero dejar claro que Astrid no me ha dado un puñetazo, no me ha pateado ni me ha tirado del pelo. Ella, con mucha tranquilidad, de forma totalmente deliberada, me ha cruzado la cara con una bofetada. Ha sido la señorita de alta cuna abofeteando a la criada de clase baja.

En lugar de devolverle la bofetada —porque, a quién pretendo engañar, Gwendolyn Bloom jamás devolvería una bofetada—, cierro los ojos, la humillación, como los vientos que recuerdo del Sáhara, me quema y me dolerá durante días. Se oye la voz de un adulto que ordena a todos seguir caminando. Al abrir los ojos, veo un profesor de mediana edad cuyo nombre no conozco delante de mí, con las manos en los bolsillos de sus pantalones chinos. Nos mira alternativamente a Astrid y a mí.

—¿Qué ha pasado? —pregunta a Astrid.

—Ella me ha dicho... No puedo repetirlo. Ha sido un insulto, me ha dicho que me vaya a tomar por... —habla de forma apocada y con tono ofendido.

—¿Es eso cierto? —pregunta él, mirándome.

Yo abro la boca y estoy a punto de acusarla por haberme abofeteado.

—Sí que lo es —digo en cambio.

L'Étranger, el título del libro que estamos estudiando en literaturas del mundo, suele traducirse al inglés como *The Stranger*, «El extraño». Pero también podría querer decir «El extranjero, el foráneo». Esa soy yo, en todas las acepciones: extraña, foránea, extranjera. Soy técnicamente estadounidense. Eso dice mi pasaporte. Pero no nací aquí y, hasta que entré en primero este pasado mes de septiembre, había vivido en Estados Unidos durante solo dieciocho meses, justo después de que mataran a mi madre. Nosotros —mi padre y yo— vinimos a Nueva York para que él pudiera ocupar un puesto en las Naciones Unidas, cuya sede no se encuentra muy lejos de mi colegio, la Academia Danton.

De ninguna de las maneras mi padre podría haberse permitido una plaza en Danton si hubiera tenido que pagarla él. Pero es diplomático del Departamento de Estado, y los colegios privados para los hijos de esos cargos son uno de los beneficios ocasionales de su trabajo. Dependiendo del país en que te encuentres, ese centro privado podría ser el único buen colegio en varios kilómetros a la redonda. Por lo cual acabas sentada en clase con el hijo o la hija del presidente o rey u horrible dictador del país. Eso me ocurrió una vez. El retoño gilipollas de un presidente gilipollas se sentaba a mi lado en clase de mates. Llevaba unos zapatos fabricados especialmente para él y que costaban cinco mil dólares, mien-

17

tras los niños morían de hambre en las calles del otro lado de los muros de estuco del colegio.

No es que sea muy distinto en Danton. Los chavales de esta academia también son hijos de presidentes, reyes y dictadores, solo que de empresas en lugar de países. La mayoría de mis compañeros de clase siempre han sido ricos. Por lo general, la única persona pobre que han conocido es el chaval extranjero que les lleva la compra a casa o que les entrega la ropa de la tintorería. Mi padre se gana la vida bastante bien aquí o en cualquier parte del mundo, pero para los chicos de Danton somos pobres como ratas.

Sentada en el banco de la entrada del despacho de la subdirectora, jugueteo con la falda del uniforme —Dios, odio las faldas—: tiro de ella para bajármela y tapar mis medias negras y aliso las finas tablillas. Los uniformes son un intento de igualarnos, supongo, aunque no existen restricciones sobre el calzado. Por ello, la riqueza y las lealtades tribales se reflejan en los pies: las sandalias de tacón de Prada y los mocasines de ante de Gucci para demostrar que eres de familia rica de toda la vida frente a las sandalias planas de Louboutin y las zapatillas de tenis de Miu Miu para los nuevos ricos. Yo soy una de los irrelevantes miembros de la tribu de las Doc Martens, de solo dos componentes. Mis botas son rojas y están hechas polvo, pero, el otro miembro, el tímido hijo de un artista del centro de la ciudad que ha sido tolerado por los demás hasta ahora como si fuera una dosis de anfetaminas siempre disponible, las lleva negras y lustrosas.

Si de pronto me presentara con unos Prada tampoco cambiaría nada. En realidad no me parezco ni a Astrid Foogle ni a ninguna de las demás. Soy demasiado alta, tengo la cintura demasiado ancha. La nariz demasiado recta, la boca demasiado grande. Todo lo mío es demasiado. Mi padre y mi médico dicen que estoy bien así, que son las hormonas o la musculatura desarrollada después de tantos años de gimnasia. Cada uno se desarrolla de un modo distinto, no hay una única forma de ser bella, y todo ese rollo sobre la belleza interior. Aunque su misión consiste en decir cosas como esas. Por eso me tiño el pelo en casa con el tinte antialérgico de mejor calidad, me ato los cordones de mis Doc Martens y finjo que me da igual.

Cuando la subdirectora por fin sale de su despacho no para de sonreír en plan maternal y finge preocupación. Es la señora Wasserman y va siempre envuelta en una nube de perfume y alegría edulcorada, como si estuviera esperando que un pajarillo azul de dibujos animados bajara volando del cielo y se posara en su dedo.

—¿Cómo estamos hoy? —me pregunta cuando entramos en su despacho.

Me encojo de hombros y me dejo caer en una silla con tapicería de cuero color rojo sangre.

La señora Wasserman alarga los dedos hacia delante sobre la mesa; es la señal de que vamos a entrar en materia.

—Me han contado que estás experimentando ciertos desafíos relacionales con una de tus compañeras de clase.

Me cuesta mucho no poner cara de circunstancias ante tanto eufemismo y su asqueroso tonillo. La cuestión es la siguiente: el noventa y cinco por ciento de este centro está compuesto por chavales que son muy ricos y muy blancos. El cinco por ciento que no lo es está aquí, o bien porque tiene una beca, o bien porque sus padres trabajan en la ONU. A los demás no les gustamos los del cinco por ciento, como nos llaman, pero ayudamos a personas como la señora Wasserman a aparentar que la Academia Danton no es una fábrica de cerdos elitistas.

Consulta su fichero.

—¿Estás inscrita como Gwen o como Gwendolyn, cielo?

—Gwendolyn —respondo—. Mi padre es el único que me llama Gwen.

—Bien, entonces, Gwendolyn —dice la subdirectora con su sonrisa edulcorada—. Verás, eres buena estudiante. Y, ¿esto es correcto, Gwendolyn? ¿Realizaste la prueba de aptitud académica en, ¡oh, Dios mío!, cinco idiomas?

Me encojo de hombros.

—Nos mudamos mucho.

—Ya lo veo. Moscú. Dubái. Aun así, tienes mucha facilidad para los idiomas. —Pasa un dedo sobre una línea de la ficha—. Aunque debe de resultar difícil tener un padrastro en el Departamento de Estado. Vivir en una nueva ciudad cada pocos años. En un nuevo país.

—Puede decir «padre».

—¿Perdona?

—No es mi padrastro. Me adoptó al casarse con mi madre. Yo tenía dos años.

—Tu padre, sí. Si lo prefieres así. —La señora Wasserman niega con la cabeza y escribe algo en la hoja que tiene delante—. Ahora hablemos de por qué estás aquí: Danton es un espacio seguro, Gwendolyn, y tenemos una política de tolerancia cero hacia el comportamiento abusivo desde un punto de vista emocional.

—Correcto. Eso es lo que dice exactamente su manual.

—Lo cual incluye los insultos al profesorado o a los estudiantes. Eso significa que, cuando insultas a una compañera en francés, estás violando las normas.

—Astrid no habría entendido ni una palabra de no ser porque Chelsea Bunchman se lo tradujo.

—Lo que importa es que dijiste algo ofensivo, Gwendolyn. Da igual que lo dijeras en francés o en suajili.

—No da igual si ella no lo entendió.

—Eso no es más que una cuestión semántica —replica ella—. ¿Conoces la palabra «semántica»?

—El estudio del significado de las palabras. Parece apropiado para este caso.

Percibo que se le tensan los músculos faciales. Agarra un bolígrafo con tanta fuerza que creo que va a romperlo.

—Entiendo que hoy se cumple el aniversario del fallecimiento de tu madre. Siento que así sea —dice la señora Wasserman con amabilidad. Me doy cuenta de que pensar en ello la incomoda porque no sabe qué hacer conmigo. ¿Castigar a la chica por sus problemas relacionales justo en el aniversario del fallecimiento de su madre?

La señora Wasserman tose tapándose la boca con una mano y prosigue:

—La consecuencia normal por insultar a otro estudiante es un día de expulsión. Pero, considerando las circunstancias, estoy dispuesta a pasarlo por alto si le envías una disculpa por escrito a la señorita Foogle.

—¿Quiere que yo me disculpe con Astrid?

—Sí, querida.

Se trata de una salida fácil y la alternativa lógica. Me reclino contra el respaldo e intento sonreír.

—No, gracias —afirmo—. Prefiero que me expulsen.

Todavía está lloviendo, esa lluvia helada que podría convertirse en nieve dentro de unas horas. Este marzo está siendo muy duro, no se ha visto el sol y no hay rastro de la primavera. Lo único que se ve es el cielo color plomo y lo que se huele, el hedor de la basura licuada de Nueva York, que corre por sus alcantarillas. Hay toda una serie de todoterrenos negros aparcados en fila junto al bordillo; son la versión de los autobuses escolares en la Academia Danton. Los chavales más ricos los usan: son minilimusinas privadas que los recogen al final del día para que no tengan que rebajarse a ir caminando a casa ni coger el metro.

Me dirijo a la estación que está a solo un par de manzanas. No tengo paraguas, así que me pongo la capucha de mi vieja casaca militar. Era de mi madre, de su época de teniente, mucho antes de que yo naciera. Cuando mi padre y yo nos mudamos hace unos años —de Dubái a Moscú, quizá, nuestros dos destinos más recientes—, la encontré dentro de una caja. A mi padre se le anegaron los ojos en lágrimas cuando me la puse, y yo empecé a quitármela. Pero entonces dijo que me sentaba bien y que podía quedármela si quería.

Mi madre. Había estado evitando el tema todo el día y casi lo había conseguido hasta lo ocurrido en clase de literaturas del mundo. Resulta difícil no pensar en ello cuando te pasas una hora hablando sobre justicia argelina.

La lluvia me golpea en la cara y me relaja. Hay un tío con un pañuelo palestino negro y verde enrollado al cuello que se protege bajo el toldo de su carrito de kebabs. Se encuentra en Lexington, justo a la salida de la boca del metro. Le pido la comida en árabe: «Un kebab con todo —le digo—, y no seas rata con el cordero».

Me mira con los ojos entornados y una sonrisa sorprendida, y me pregunto si me habrá entendido. Mi árabe está muy oxidado, y hablo esa variante formal que nadie habla en realidad y que solo se usa en televisión.

—¿Eres egipcia? —me pregunta al tiempo que saca un par de pinzas y empieza a disponer los pedazos de cordero en un pan de pita.

—No —respondo—. Soy de aquí.

A menudo me preguntan si soy de aquí o de allá, de muchos lugares diferentes. Tengo los ojos color ámbar, aunque mi tono de piel es muy pálido, como una hoja transparente colocada sobre otro material: bronce debajo de papel cebolla, como me dijo una vez un chaval drogado en el metro de Moscú, mientras me agarraba un brazo y lo levantaba para verlo a la luz de los fluorescentes parpadeantes. ¿Dónde es «aquí o allá»? No tengo ni la más remota idea. Mi madre no está aquí para responder, y el padre al que llamo así —porque es mi padre legalmente en todos los sentidos menos en uno— dice que no lo sabe. El primer apellido de mi padre biológico ni siquiera está en mi certificado original de nacimiento de Landstuhl, el hospital militar estadounidense de Alemania donde nací.

—Uno especial para Cleopatra —me dice el hombre, lo corona con cebolla y lo cubre con esa salsa blanca y amarga que me gusta tanto que me la bebería a sorbos si pudiera.

Ya en el andén del metro, devoro el kebab. No me había dado cuenta del hambre que tenía. A lo mejor ese es el resultado de que te abofeteen como a una campesina. Estoy esperando algún tren de la línea N o Q con destino a Queens. Me gustaría que pasara uno ahora mismo. Me gustaría poner ya cierta distancia física entre mi persona y esta isla y los recuerdos que Camus ha desenterrado de mi memoria.

Justo en este preciso instante, como si se hiciera realidad mi deseo, el tren de la línea Q frena chirriando con sus ruedas delante de mí. Lanzo el empapado envoltorio de aluminio y papel a una papelera y subo a bordo.

La mayoría de las personas odian el metro, pero yo no. Es algo maravilloso y extraño estar sola entre los aproximadamente cien pasajeros de un vagón. Saco un libro de la mochila y me apoyo contra la puerta en cuanto el tren sale disparado hacia el túnel y pasa por debajo del río en dirección a Queens. Es una novela con heroína adolescente ambientada en un futuro distópico. El título no importa, porque son todas iguales. La pobre heroína adolescente debe partir a la guerra cuando lo que realmente quiere es fugarse con el chico guapo y vivir a base de bayas del bosque y amor. Mundos de papel donde los héroes son reales.

Pero mientras el tren chirría y va rozando las paredes del túnel en la oscuridad, meciéndose hacia atrás y hacia delante, como si en cualquier momento pudiera despegar de las vías, de pronto me resulta imposible seguir el hilo de la historia o identificar como palabras los símbolos escritos en la página. Los recuerdos no van a dejarme escapar esta vez. Exigen ser reconocidos, con la misma violencia que el bofetón de Astrid.

Hoy es el cumpleaños de mi padre. El peor día de todos para un cumpleaños. O, mejor dicho, el peor día posible porque es su cumpleaños. Así es como ocurrió, hoy hace diez años. Al volver de la cena de cumpleaños que le habían organizado sus amigos del trabajo en un restaurante de Argelia.

Tengo que pensar en ello, ¿verdad? Si uno intenta guardárselo dentro acaba poniéndose enfermo, ¿no? Vale. Se acabó el resistirse. Me digo que debo volver a ese día. Me digo que debo revivirlo. «Sé valiente por una vez.» Hoy hace diez años.

Mi madre lanza un suspiro ahogado cuando doblamos la esquina; ese sonido me despierta con siete años del sueño profundo. Miro por el parabrisas delantero del coche y veo fuego. Distingo unas caras iluminadas por la luz de un furgón policial en llamas. Hay hombres, una docena, una veintena. La mayoría barbudos, la mayoría jóvenes, con la piel anaranjada por el fulgor de las llamas. Hemos topado con algo que no nos concierne. Una trifulca con la policía militar que se ha decantado a favor de la turba. Pero los hombres muestran curiosidad por las recién llegadas y echan un vistazo por las ventanillas de nuestro coche en un intento de averiguar la nacionalidad de los rostros que se encuentran en su interior.

Mi madre grita a mi padre que retroceda. Él pone la marcha atrás, se vuelve a mirar y el motor arranca. Durante un segundo, el Honda sale disparado hacia atrás, pero frena de golpe.

—¡Ahí hay gente! —grita mi padre.

—¡Atropéllalos! —responde también a gritos mi madre.

Pero mi padre no lo hará. O a lo mejor sí lo habría hecho, pero no tiene tiempo. No tiene tiempo porque una botella de cristal se hace añicos al impactar contra el techo y un líquido prende llamas, y estas caen en cascada y descienden por la ventanilla del conductor. Ha sido un cóctel molotov: una botella de gasolina con un trapo ardiendo embutido en el cuello. Es la granada de los pobres.

La norma que enseñan a los diplomáticos sobre qué hacer cuando te lanzan uno de esos cócteles con el coche en marcha es que sigas conduciendo, lo más rápido y lo más lejos posible, hasta que estés fuera de peligro. Un coche no se incendia enseguida como ocurre en las películas. Hace falta más tiempo. Y tiempo es lo que uno necesita si quiere seguir respirando.

Sin embargo, la multitud se acerca y por alguna razón el coche se cala. Mi padre intenta poner el motor en marcha, pero no lo consigue. Se cala una y otra vez, y no logra arrancarlo. La puerta de mi madre se abre, y ella chilla al hombre que la ha abierto por fuera. No solo grita. Le está recriminando que el haber prendido fuego a su coche y abrir su puerta de golpe ha sido una auténtica grosería y que, por el amor de Dios, quiere hablar con quienquiera que sea el responsable.

No veo qué ocurre a continuación porque mi padre está alargando un brazo para llegar a mi asiento y desabrocharme el cinturón. Tira de mí como si fuera una muñeca de trapo y me coloca delante, con él. Recuerdo lo brusco que fue y el daño que me hizo cuando tiró de mí para colocarme en los asientos delanteros. Me sujeta contra el pecho como si estuviera dándome un abrazo de oso y sale por la misma puerta que mi madre, la que no está en llamas.

Golpes de palos y varas le llueven desde arriba. Siento la fuerza de los impactos por todo su cuerpo. Está recibiéndolos por mí, o la mayoría de ellos al menos. Tres de esos golpes me dan en las piernas, que asoman desnudas por debajo del brazo de mi padre. Intento gritar de dolor, pero no puedo porque mi padre me sujeta con mucha fuerza contra el pecho.

Él no deja de correr hasta alejarse de la turba, y yo voy dando tumbos sobre su hombro, y él se vuelve por algún motivo, da la vuelta y empieza a retroceder corriendo. Luego me quedo sorda porque la pistola que dispara emite un estruendo demasiado alto. Es como si el fin del mundo estuviera produciéndose a menos de un palmo de mi cabeza. Dispara una y otra y otra vez. Me quedo casi sin visibilidad, y entonces ya no veo nada y todo se queda en negro.

Catorce puñaladas en el pecho y el cuello. Esa es la causa oficial de muerte de mi madre. Eso es lo que dice en el informe de la autopsia y eso es lo que me dijo mi padre cuando tuve la edad suficiente para preguntárselo. Cuando lo hice tenía nueve años o quizá diez. Pero hubo algo más, claro. Algo que le ocurrió después de que la sacaran del coche a rastras y antes de que la apuñalaran. Algo que mi padre me dijo que me contaría cuando fuera mayor. Aunque jamás se lo he preguntado y él jamás lo ha sacado a relucir. Seguramente es más fácil para él si nunca tiene que decirlo, y seguramente también es más fácil para mí si nunca tengo que escucharlo.

Ya estamos en Queens, y el metro sale disparado del túnel a cielo abierto. Toma una curva cerrada, las ruedas chirrían frenéticamente, tan alto que apenas puedo oír mis pensamientos. Me sujeto con más fuerza a la barra que tengo sobre la cabeza para no caerme. Inclino el cuerpo al mismo ritmo que el vagón. Entonces reduce la marcha y las ruedas frenan ruidosamente sobre las vías húmedas cuando entramos en Queensboro Plaza, con sus edificios industriales de color gris y los altos pisos nuevos, y las iluminadas vitrinas de las tiendas, donde se anuncian boletos de lotería, cigarrillos y cerveza.

Me coloco la mochila en el hombro cuando el tren se detiene y bajo de un salto al andén dejando que los recuerdos salgan cansinos pisándome los pies. Subo los escalones de dos en dos, de tres en tres, y corro hasta la calle. Una vez allí, me abro paso a codazos y girando con brusquedad entre los viejos que se lo toman con pacífica calma hasta que llego al torno de salida. Los tíos que están en la acera delante de las tiendas me silban y me dicen cosas. Eso les encanta: lo del uniforme y el atractivo de unas piernas de diecisiete años.

Empiezo a correr y sigo corriendo. Cruzo disparada la calle, y un taxi amarillo vira con brusquedad y toca el claxon. Corro hasta que me arden los pulmones y estoy empapada en lluvia y sudor. Corro hasta que la rabia cegadora me limpia del todo y me deja sin esperanza. Y, por primera vez, en esta tarde encendida por las luces de neón de los carteles y las estrellas, abro mi corazón a la benigna indiferencia del mundo.

2

Durante una fracción de segundo, me desplazo trazando un arco sobre el suelo, separada de él, como una flecha que ya ha sido disparada pero no ha llegado a la diana. Ojalá pudiera quedarme así, libre de la tierra, flotando.

Pero a la gravedad le da igual. La gravedad tira de mí cogiéndome con brusquedad de la mano, de golpe, sin delicadeza, como el imán gigantesco que es. Sin embargo, yo soy demasiado rápida para ella y no me dejaré vencer. Mis manos aterrizan sobre la barra de equilibrio. Es una fina capa de terciopelo sobre madera y podría partirte el cuello si no vas con cuidado. Entonces mis piernas se arquean hacia arriba, sobre el cuerpo, primero una y luego la otra.

Cuando estás haciendo el pino, el centro de gravedad es lo importante. La barra de equilibrio tiene diez centímetros de ancho, así que no hay mucho sitio para jugar. Si te pasas uno o dos centímetros puede ser demasiado. Un centímetro o dos es la diferencia entre una medalla de oro en las Olimpiadas o acabar con la columna vertebral en el suelo como una jabalina impulsada por la fuerza de todo tu peso corporal. A la gravedad no le importa nada. La gravedad es benignamente indiferente.

Realizo una pirueta lateral, vuelvo a ponerme de pie y luego hago una pausa lo bastante larga para recuperar el aliento. Coloco las manos en preparación sobre la barra de terciopelo y madera, tomo impulso y me sitúo haciendo el pino. Me tambaleo un instante, se me inclina demasiado la pierna izquierda cuando noto que comienzo a caer. Me enderezo, recupero el equilibrio; no hay problema.

Pero una oleada de inseguridad que me nace en los brazos asciende hasta el pecho y me inclina ligeramente hacia delante. Muevo las caderas para corregir la postura, pero me paso al reajustar el equilibrio, y las piernas se me ladean demasiado en dirección contraria. Empieza a temblarme muchísimo el brazo izquierdo, y veo que el mundo que me rodea se doblega y se inclina. Intento corregir la posición de las piernas para frenar la caída, pero es demasiado tarde. Caigo en plancha sobre la colchoneta y la caja torácica se me clava en los pulmones, lo que hace que todo el aire que tengo dentro me salga disparado por la boca.

Un chico que estaba practicando en las anillas —un chico ucraniano de Brooklyn que ya he visto un par de veces— salta al suelo y se acerca a toda prisa a mí.

—¿Te has hecho daño? El pino puede ser muy difícil. —Me ayuda a levantarme y me pasa una toalla. Cierro los ojos e inspiro con fuerza con ella pegada a la nariz—. No pasa nada —dice, y me pone una mano sobre el hombro tembloroso.

Se lo agradezco y me tambaleo como una borracha. Tengo el cuerpo hecho polvo y la sensación de que me han inyectado desatascador de tuberías en los músculos. Cuando llego al vestuario, me echo una toalla a la cabeza y caigo desplomada sobre un banco, con los codos apoyados sobre las rodillas, resollando de tal manera que el aire entra y sale emitiendo pitidos y me deja un ligero regusto a sangre en la lengua. Puede sonar raro, pero eso me gusta: el dolor, los resuellos, el ligero sabor a sangre... Me recuerda que tengo un cuerpo, que soy un cuerpo. Que soy algo real y no solo los pensamientos de mi mente.

Tiro la toalla al suelo y me quito las mallas. Cuando llego a las duchas, el agua caliente tarda un minuto en empezar a salir, pero de todos modos me quedo bajo la lluvia fría. Es agua que se desploma con fuerza y olor a cloro y óxido, que cae a chorro. Me arponea la piel, con miles de millones de diminutas agujas punzantes.

Empecé a practicar gimnasia deportiva cuando mataron a mi madre. Tenía siete años y durante un mes o dos después de aquello, lo único que hacía era estar hecha un ovillo en la cama, ensimismada, gritando tan alto como podía contra una almohada empapada de lágrimas y mocos. Mi padre me sostenía, por supuesto, pero luego él también lloraba. Estuvimos retroalimentándonos así hasta que ambos nos secamos. Eso fue justo después de mudarnos de Argelia a Washington.

Un sábado fuimos en coche hasta una tienda de electrónica porque a mi padre se le había caído el móvil al lavamanos mientras se afeitaba y necesitaba uno nuevo. Junto a la tienda había un centro de gimnasia deportiva. Nos quedamos ahí de pie mirando a un chico que hacía sus ejercicios sobre el potro, daba vueltas y más vueltas como si la gravedad no le afectara, como si estuviera exento de la ley que dice que al final todo acaba estampándose contra el suelo. Salió una entrenadora, una mujer asiática. Creí que iba a decirnos que nos marcháramos, pero en cambio nos invitó a entrar y echar un vistazo.

Entonces nació mi adicción, y al mudarnos al siguiente destino descubrí que la mayoría de los países cuentan con centros olímpicos en sus capitales, donde mi padre era destinado para trabajar en la embajada. Los mejores entrenadores siempre estaban deseando acoger a una nueva alumna estadounidense, sobre todo, si la nueva pagaba en dólares de su país de origen.

Nadie me hizo creer jamás que tuviera madera de gimnasta olímpica. Todos decían que era demasiado alta, demasiado corpulenta o que no tenía agilidad. Era pura fuerza bruta y desgarbada, como una gruesa cadena en lugar de un látigo. No obstante, llegar a las Olimpiadas o competir no era la razón por la que había empezado ni tampoco por la que continué. Ansiaba esos breves instantes que pasaba en el aire, esos instantes en los que burlaba la gravedad, esa droga llamada «libertad». ¿Y qué si el colocón de no tener que pensar en nada duraba solo una décima de segundo? ¿Y qué si los acosadores escolares, la soledad y los recuerdos estaban esperándome en el suelo? Siempre podía regresar a la barra de equilibrios.

De vuelta en la ciudad, ya ha dejado de llover, y en la oscuridad de primera hora de la noche, las calles se ven limpias. Las superficies brillan y Manhattan huele a agua limpia y fresca en lugar de a basura y gasolina por primera vez desde hace meses. Me abro paso por la Tercera Avenida y hasta la Segunda, donde giro a la izquierda. Mi primera parada es la pastelería de la esquina, donde me paso diez minutos solo para escoger dos *cupcakes*: uno de chocolate con cobertura de color rojo y el otro de limón con cobertura rosa. La dependienta los dispone en una pequeña cajita.

Unas puertas más allá, se ven todavía las luces encendidas en la Papelería Atzmon. Toco el timbre y veo una silueta que arrastra el paso con parsimonia desde el fondo de la tienda. Entonces la puerta emite un ruidito electrónico que me indica que puedo entrar.

—*Guten Abend, Rotschuhe!* —dice Bela Atzmon en voz muy alta desde el fondo del local. «Buenas tardes, Zapatos Rojos», es el apodo que me ha puesto por mis botas rojas. Nació en Hungría, pero hablaba alemán en el colegio.

Avanzo entre las librerías de madera oscura, repletas de pilas y más pilas de papel escrito, de todos los colores y texturas posibles. Las lámparas de bronce con las pantallas verdes proyectan su luz envolviéndolo todo con calidez y cierto toque a antigüedad, como si la tienda hubiera estado allí, tal como es ahora, durante cientos de años. Espero que este lugar nunca tenga que cerrar, aunque ¿quién sigue escribiendo cartas hoy en día?

En la entrada del establecimiento hay una vitrina de cristal llena de plumas estilográficas, y allí es donde Bela se reúne conmigo y me echa un vistazo por encima de sus gafas.

Debe de tener ochenta y muchos años, a lo mejor ya tiene los noventa, pero sigue siendo fuerte y robusto. Una vez me contó que se crio en una granja de un pueblo lejos de cualquier lugar que pudiera ser clasificado como gran ciudad.

—¿Ya ha llegado el día, Zapatos Rojos? —me pregunta con un tono tan denso como la mantequilla de cacahuete.

Además de la papelería, Bela y su esposa, Lili, son propietarios de los apartamentos situados encima del local. Mi padre y yo vivimos en el cuarto piso, y los Atzmon en el quinto. Nos hicimos amigos de la pareja casi cuando acabábamos de mudarnos, y vamos a su casa al menos dos veces por semana a cenar. Después de cenar, Bela casi siempre obliga a mi padre a beber una copa de coñac húngaro llamado palinka, y los cuatro nos sentamos a hablar. De política. De religión. De la vida que ha llevado la pareja: primero en Hungría, luego en Israel, donde tuvieron su hogar durante treinta años antes de llegar a Estados Unidos. Bela agita su cuarto, quinto o sexto coñac de la noche como la batuta de un director de orquesta a medida que las historias se tornan más sombrías. Luego Lili le regaña y él se calla. Después de un rato, suelo bajar a nuestro piso para hacer los deberes, y, cuando me voy, Bela y Lili siempre me apretujan la mano y me dan un delicado beso en la mejilla. Es la clase de cosas que suelen hacer los padres. Siempre me miran como si fuera un tesoro.

Tardo un minuto en rebuscar en los bolsillos de la chaqueta y encontrar el sobre que he metido ahí esta mañana. Lo saco, saco lo que hay dentro —diez billetes de veinte dólares— y los despliego sobre el mostrador.

Bela chasquea la lengua y sacude la cabeza.

—Es demasiado, querida. ¿No has visto el cartel de la vitrina? Solo hoy, cincuenta por ciento de descuento para cualquier jovencita que lleve zapatos rojos.

—Eso no es justo para usted.

31

Bela recoge el dinero y me devuelve la mitad.

—Si el mundo hubiera sido justo conmigo, estaría conduciendo un Bentley de camino a mi mansión de Beverly Hills. —De un cajón situado bajo el mostrador saca una estrecha cajita de plástico—. Pero entonces estaría en California y tú estarías aquí, pagando la totalidad del precio.

Coloca la cajita sobre una pequeña alfombrilla de terciopelo y la abre. La pluma estilográfica —de color negro piano con las palabras PARA PAPÁ, TE QUIERO, G. grabadas en un lateral con letra caligráfica— brilla como si estuviera mojada. La tomo, le quito el tapón y voy girándola en la mano mientras contemplo el plumín plateado donde se refleja la luz como si se tratara de la hoja de un escalpelo.

Subo los cuatro tramos de escalera hasta nuestro piso. Solo hay una puerta por planta, cada vivienda se extiende desde la fachada del edificio hasta el fondo. Entro y oigo la música de Miles Davis sonando a un volumen muy bajo, una pieza de una melancolía elegante, una trompeta en solitario en una habitación a oscuras, hablando consigo misma: «No va todo tan mal. No va tan mal...». Mi padre dice que lo anima pensar que alguien, en alguna época, pudiera gestionar la tristeza con tanta gracilidad.

Me quito las botas con los pies y cruzo por la cocina, donde la pequeña mesa del rincón está tomada por las cajas de comida para llevar del restaurante indio que nos gusta.

—¿Papá? —digo—. ¿Qué es esto de la comida india? Espaguetis a la Gwendolyn, ¿recuerdas? —Todos los años desde que tenía ocho le preparaba espaguetis para su cumpleaños. Estaba demasiado triste para salir ese primer año después de que mataran a mi madre, y, desde entonces, se había convertido en una especie de tradición.

Está tumbado en el sofá, tendido casi por completo a excepción del cuello, que tiene ligeramente levantado para ver la pantalla del portátil apoyado sobre su pecho. Así es como está la mayoría del tiempo cuando llega a casa del trabajo: agotado, hundido después de un día de batallar heroicamente con memorandos e informes. Su titulación es de funcionario político, que suena interesante, pero él dice que lo único que hace es revisar papeleo y acudir a reuniones. Son documentos de alto secreto, o eso me dice, y las reuniones a veces lo obligan a viajar a Nairobi o Singapur sin previo aviso, se entera el mismo día de la partida. Pero, a pesar de todo, no dejan de ser papeleo y reuniones, ¿cómo puede ser eso interesante?

—¿Qué pasa, pequeña? —Sonríe, la pantalla del portátil se refleja en los cristales de sus gafas. Últimamente ha adelgazado y se le ha quedado la cara chupada y alargada. La semana pasada me dijo que era por el estrés cuando le dije que estaba preocupada. «El estrés es el secreto para mantenerse delgado», añadió.

Me dejo caer en el suelo, junto al sofá.

—Feliz cumpleaños, viejo.

Baja la vista para mirarme por encima de las gafas con cara de atontado, como si estuviera confuso, y no tuviera ni idea de que es su cumpleaños, igual que hace en todos sus cumpleaños. Alarga una mano y me acaricia la cabeza.

—Siento lo de la comida india. Es que estaba harto de espaguetis. Se me ha ocurrido que probemos algo nuevo esta noche.

—La comida india no es algo nuevo.

—Bueno... Entonces ¿qué hay? ¿Sopa de col rizada de ese restaurante vegano y hípster? A mí me vale.

Sonrío y le aparto la mano de mi pelo. En la pantalla del portátil la letra es tan pequeña que no llego a leerla, pero puedo ver la foto de un hombre gordo con la cabeza afeitada, los ojos abiertos y con un punto negro del tamaño de una moneda en el centro de la frente. Tardo un segundo en darme cuenta de que ese agujero negro es un orificio de bala.

—¡Puaj! —suelto—. ¿Quién narices es ese?

Mi padre cierra el portátil.

—Viktor Zoric. Tiroteado hace dos días en su propia casa por un poli, en Belgrado —me contesta; acto seguido se levanta—. Saldrá en el periódico mañana. El jefe del crimen organizado asesinado durante su detención.

—¿Qué había hecho?

—Cosas muy malas —responde mientras se arrastra hasta la cocina.

Me levanto y lo sigo.

—¿Qué clase de cosas malas?

—Las peores —afirma.

—Eso no es lo que te he preguntado.

Desenrosca el tapón de la botella de vino tinto barato y lo olfatea, luego se sirve una copa.

—Da igual. Tú limítate a ser una adolescente, Gwen.

Le quito el vino de las manos y le doy un sorbo. Nuestro trato es que puedo tomar una sola copa en la cena si los adultos también están bebiendo.

—Entonces... Lo de la detención de Viktor Zoric —digo—. ¿Tú participaste en ella?

Mi padre saca dos platos y me los pasa.

—Me encargué de agilizar el papeleo y escribir un informe. Esta vez parece que alguien ha llegado a leerlo de verdad.

Coloco un plato a cada lado de la mesa.

—Así que... ¿Era un asesino? ¿Un señor de la droga? ¿Qué era?

—Ya basta, Gwen.

—Leo las noticias. Ya sé que el mundo no está hecho solo de arcoíris y mariposas.

—¿Quieres saberlo? Vale. —Me pasa otra copa de vino—. Asesinato, drogas, todo eso. Pero las principales actividades de Viktor eran el tráfico de armas y la trata de blancas. Para la prostitución. De mujeres y niñas.

Arrugo la nariz.

—Está bien. Ya lo pillo.

—Sobre todo las enviaban a Europa, pero también a Abu Dabi,

34

Shangai. Y a Los Ángeles. Las enviaban por barco, en contenedores. Así las llevaban a Los Ángeles.

—Gracias por hacerme visualizar esa imagen. —Sirvo una cucharada de arroz y curri *vindaloo* en los platos.

—Metidas en un contenedor de metal con muy poca comida y agua, y con un cubo para hacer sus necesidades —prosigue mi padre—. Estaban todas muertas cuando el Departamento de Aduanas las encontró. Eran catorce chicas procedentes de Rusia y Ucrania.

—Dios. Déjalo ya —le pido—. Es un tema de conversación inadecuado para la cena.

—Tú has preguntado, por eso estaba contándotelo. —Gesticula con la mano en dirección a mi silla—. Retrásalo tanto como puedas, Gwen, el descubrimiento de la mierda tan grande que es este mundo.

Cuando me siento, mi padre me sirve vino en la copa con una floritura de esas que hacen los camareros de los restaurantes elegantes.

—*Votre vin, mademoiselle* —dice.

—Vaya, *merci* —respondo, y ataco el *vindaloo*.

Comemos sin hablar durante unos minutos, y la habitación se encuentra en silencio salvo por los ruidos que hacemos al masticar y el zumbido de la nevera y el runrún de la ciudad del otro lado de las ventanas. La ciudad siempre está ahí, recordándote con sus bocinazos y sirenas que, aunque estés solo, lo estás en medio de una colmena llena de miles de millones de otras abejas.

—Hoy ha ocurrido algo. Algo en el colegio —le cuento—. Necesito que firmes una cosa.

Mi padre enarca las cejas mientras se limpia la salsa de la barbilla con un trozo de papel de cocina. Alargo una mano para coger mi chaqueta, colgada en un gancho de la puerta, y saco el formulario de expulsión de la señora Wasserman.

Mi padre desdobla el papel y se queda analizándolo durante un segundo.

—¿Qué narices es esto, Gwen?

—Es una expulsión solo de un día.

—¿Una expulsión solo de un día? Esto no es moco de pavo. Inspiro con fuerza.

—Ya lo sé. Lo siento.

—¿Qué ha pasado?

—Astrid Foogle dijo unas cosas. Así que la insulté en francés y una profesora lo oyó y... Ahora me han expulsado. ¿Puedes firmarlo, por favor?

—¿Qué dijo exactamente Astrid Foogle?

—Papá, fueron cosas desagradables, ¿vale? ¿Podemos dejarlo ya, por favor?

—Lo que me preocupa es que tú eres lo bastante lista para no dejarte provocar. No le hagas caso y así no te meterás en líos.

Me siento envuelta en una especie de tormenta eléctrica. Aparto la mirada y me sujeto al borde de la silla. Me encantaría contarle que Astrid me abofeteó, pero entonces él se sentiría decepcionado porque yo no me había defendido, ni la había delatado.

—Verás, Gwen, no es la primera vez que ocurre. Pasó lo de aquel chaval en Dubái, ¿recuerdas? ¿Cómo se llamaba? Y lo de esa chica en Moscú, Sveta. En realidad fue lo mismo.

—Maldita sea, ¡tú firma y ya está! —Las palabras me salen de golpe antes de poder contenerme. Me levanto pero me cuesta respirar cuando lo intento. Me vuelvo y me dirijo hacia mi cuarto. Mi padre me sigue llamándome por mi nombre, pero cierro la puerta de golpe antes de que pueda alcanzarme.

Llama con amabilidad y me pregunta si estoy bien.

—Claro —respondo—. De maravilla.

—¿Qué ocurre? —me pregunta.

Esta vez no contesto. Veo la sombra de sus pies a través de la pequeña ranura de la puerta mientras espera un segundo, dudando entre dejarme espacio o continuar insistiendo. Al final se marcha.

Mi padre pregunta qué ocurre. Lo que ocurre es que odio este lugar. Odio Danton y a todas las personas que hay allí. Odio su trabajo y todo lo relacionado con él. Hay personas de mi edad que se pasan toda la vida en la misma casa. Hay personas de mi edad que han tenido los mismos amigos desde la guardería. Tienen un perro y un jardín y una pelota de tenis en el tejado que se quedó atrapada allí cuando la lanzaron a los diez años.

Rebusco en el cajón de mi cómoda el bote de Lorazepam, me lo meto en la boca y me trago una de las diminutas pastillas. Es un sedante contra la ansiedad que tomo hace unos años. «Según se requiera», dice en la etiqueta. Pero me estoy quedando sin pastillas porque las he necesitado más que nunca desde que llegamos a Nueva York. Hará efecto dentro de unos veinte minutos, me pondrá una cálida manta sobre los hombros y me dirá que Astrid Foogle y el bofetón y la humillación no importan tanto como creo. Es como tener una amiga íntima en forma de pastilla.

Junto al bote de pastillas está mi otro sedante, una baraja de naipes. Saco las cartas de su vieja caja y empiezo a barajarlas, una y otra vez. El ritmo tangible y matemático del papel con capa plástica contra la piel de mis dedos y de las palmas de las manos me tranquiliza; es una especie de síntoma de trastorno obsesivo-compulsivo. La conseguí después de ver a unos trileros en las calles de Venezuela timando a los turistas con «juegos» que en realidad no son más que estafas. Llevo años aprendiendo trucos de todas clases, y ahora las cartas me sirven como una breve sesión de terapia mientras espero a que el Lorazepam empiece a hacer efecto.

Oigo sirenas por la ventana, sonidos graves como los de los camiones de bomberos. En algún lugar está quemándose algo. Recojo las cartas y vuelvo a barajarlas, oigo el bufido ahogado de los frenos neumáticos del autobús y el bocinazo de un taxi. Oigo a un borracho en la calle protestando porque alguien le ha robado su dinero, y algo sobre el regreso de Jesús, hijo de Dios. Quiero largarme de aquí. Aparto ese pensamiento y me pongo a trabajar con las cartas, mis dedos crean y recrean y vuelven a recrear un mundo ordenado de plástico, de azar y probabilidad, un nuevo universo de ganadores y perdedores cada vez.

Son las 11.36 de la noche cuando me despierto —maldito Lorazepam—, y el cumpleaños ya casi ha terminado. Salgo de la cama como puedo y abro la puerta.

Mi padre está sentado en el sofá con las gafas puestas y el portátil encendido. Entro con sigilo en la cocina y saco la caja de la pastelería de la nevera. En su interior, el *cupcake* con cobertura roja se ha caído de lado y está hecho un desastre. Escojo ese para mí. Rebusco en los cajones, encuentro las cerillas y una vela de cumpleaños; tiene forma de cinco y por algún motivo la trajimos con nosotros desde Moscú, donde yo había cumplido los quince. Resulta extraño, pero hay ciertas cosas que hacen que mi padre se ponga sentimental.

Me planto en la puerta de la cocina sujetando los dos *cupcakes* hasta que él levanta la vista y se percata de mi presencia. Apaga el portátil y se guarda las gafas en el bolsillo.

—Siento que haya sido un cumpleaños de mierda —me disculpo, y me siento en el borde del sofá, junto a él.

—¿No vas a cantarme?

—Ni lo sueñes. Pide un deseo.

Lo piensa un segundo y sopla la vela. Con un gesto muy delicado levanta el pastelito del plato y le da un mordisco.

—Limón —dice—. Te has acordado.

Veo el libro de edición de bolsillo que hay junto al sofá, semioculto por su portátil.

—¿Qué estabas leyendo?

Con la mano que le queda libre, lo saca de donde está y me lo enseña. *1984*, de George Orwell, una vieja edición en tapa blanda, destrozada y muy manoseada.

—No estaba leyéndolo. Es para prestárselo a un amigo —me explica—. ¿Lo has leído?

—No.

—Deberías hacerlo. Es sobre un futuro distópico. O quizá sobre el presente distópico.

El presente. Levanto mi mochila del suelo y rebusco en su interior hasta que encuentro una cajita.

—Este año te he comprado algo.

Toma la cajita de mis manos, la mira con los ojos entornados y arruga la nariz.

—¿Es una caña de pescar?

—Para.

—No. Un coche nuevo.

—¡Para ya! —exclamo—. ¡Ábrelo de una vez!

Mi padre levanta la tapa un poco y echa un vistazo al interior como si, sea lo que sea, pudiera morderle. Entonces se queda boquiabierto.

—Gwendolyn Bloom, ¿qué has hecho? —me pregunta con el mismo tono que pone cuando está enfadado.

Deja la cajita en el regazo y sujeta la pluma como si fuera un delicado pollito. Saco un cuaderno de mi mochila.

—Toma —digo—. Escribe algo.

Sitúa la pluma sobre el papel y escribe con ella hasta dibujar algo similar a una firma, pero al principio no sale tinta, y solo queda un garabato grabado en seco. Entonces la tinta empieza a fluir, de un azul elegante, un azul de realeza. «¡Me encanta!», escribe.

—¿De verdad? ¿Estás seguro?

—Me gusta muchísimo. Estoy loco de contento. Me hace sentir como... Un auténtico aristócrata —declara imitando de pena el acento británico.

Me rio y él me rodea con un brazo. Tengo la cabeza apoyada en su hombro y oigo el latido de su corazón, pausado y constante. Olvida la casa en las afueras, olvida todos los amigos que te han dado la espalda, ¿y qué queda? Una familia de dos miembros sigue siendo una familia. Con eso me basta. Estoy a punto de decírselo en voz alta aunque piense que es algo muy cursi, pero él habla antes y me lo impide:

—Me la llevaré mañana en el viaje —dice—. Seré el tío más elegante de la reunión.

—¿Mañana? —Me alejo y me incorporo—. ¿Adónde vas?

Arruga la cara como hace cuando se ha olvidado de algo.

—Iba a decírtelo, pero te has quedado dormida. Tengo que ir a París mañana.

Se me hunden los hombros.

—Serán solo dos días —comenta—. Mi vuelo sale mañana por la mañana, tengo una reunión por la noche, y al día siguiente, a la hora de acostarnos, ya estaré en casa.

3

Es la misma nota que deja siempre —«No comas comida basura. Te dejo cuarenta dólares para emergencias. Ve a casa de Bela y Lili si necesitas algo»—, pero esta vez está escrita con su elegante pluma de tinta azul realeza que le he regalado. Me arrellano en el asiento de mi metro número 6 con destino al centro de la ciudad y doy la vuelta a la nota porque por detrás he apuntado la dirección de una tienda de discos de segunda mano en Saint Mark's Place.

En casi todo lo relativo a la música, mi padre y yo no coincidimos. Sin embargo, el jazz es la excepción. En otros países me había llevado a algunos clubes, y yo me pinzaba la nariz para no oler el humo del tabaco y escuchar con intensidad dos conciertos seguidos. Habíamos convertido en una especie de costumbre en las ciudades extranjeras que visitábamos el intentar encontrar los locales más pequeños y raros y las tiendas de discos más siniestras. Es una lástima que su tocadiscos llegara a Nueva York hecho añicos. Un día le regalaré uno de los buenos, cuando sea rica.

Son poco más de las doce del mediodía, y ya he perdido la mañana comiendo sobras frías del *vindaloo* sentada delante de la tele. Pero voy a aprovechar mucho el resto de este día de entre semana sin colegio. Así que me bajo en Astor Place y me dirijo hacia Saint Mark's. Pequeños bares hípster, locales de tatuajes, una taquería con un maniquí tocado con sombrero mexicano en la entrada. Quizá debería hacerme un tatuaje.

Mi padre me contó que su familia se instaló en esta zona hace más de un siglo, una docena de personas en una sola habitación o algo así de absurdo. Era la forma en que los judíos recién desembarcados vivían en esa época, según me contó él. Su familia es lituana, y el apellido Blumenthal se transformó en Blum en Ellis Island, y más adelante, en Bloom. Técnicamente, no son mis antepasados, no consanguíneos, pero yo digo que también cuenta.

Mi padre es hijo único, y sus padres murieron antes de que yo naciera. Fue en un accidente de tráfico en San Diego, donde él se crio. Los únicos y auténticos parientes que tengo por ADN son la hermana de mi madre y la hija de esta. Mi tía está casada con un rabino de Texas. Solo los he visto a ella y a su marido una vez, justo después de que mataran a mi madre, aunque ni siquiera recuerdo cómo son.

Hay una campanilla sobre la puerta que suena cuando entro en la tienda de discos. Un tío con la cabeza rapada y pendientes grandes levanta la vista desde el mostrador. El lugar huele bien, a polvo, a vinilo y a ozono. Largas hileras de mostradores bajos repletos de cestos recorren la tienda de un extremo a otro.

Saco algún vinilo de un par de cestos: *Bitches Brew*, de Miles Davis y uno de Ellington en Newport. Luego veo unas manos que están revisando el cesto de al lado y voy levantando la vista hasta ver un cuerpo y un rostro.

La ropa es lo que me deja flipada. Estoy acostumbrada a verlo con el uniforme de Danton, con la camisa blanca y la corbata de rayas. Hoy lleva un jersey de cuello de cisne de color rojo y unos chinos con la raya marcada, como si acabara de salir de una sesión fotográfica de Ralph Lauren. Tiene la piel tersa y muy morena e irradia un brillo cálido del interior, como si llevara una luz en el pecho. En Danton siempre está ensimismado, come solo y no habla con casi nadie. Su auténtico nombre es Terrance, pero los demás lo llaman Becado. Supongo que es por lo bien que se le da la informática.

—Hola —saludo.

Terrance levanta la vista.

—Hola —responde.

—Te llamas Terrance, ¿verdad?

—Sí.

—Soy Gwendolyn.

—Ya lo sé.

Durante un instante se hace un violento silencio. Un silencio tan incómodo que recuerdo que esta es la razón por la que nunca hablo con chicos. Entonces Terrance sonríe.

—¿No se supone que deberías estar en el colegio?

—¿Y tú?

—Me han expulsado durante tres días por manipular el informe de asistencia a clase —dice—. Esa gente no entiende las ironías. Y tú ¿qué?

—Un día de expulsión —contesto—. Por decirle a Astrid Foogle que se fuera a tomar por culo.

Enarca una ceja como si estuviera sinceramente impresionado.

—¡Qué chica más valiente! —exclama—. ¿Qué vas a comprar?

Miro con cara de idiota el disco que estoy sujetando y me doy cuenta de que están temblándome las manos.

—Sonny Rollins. Pero solo estoy mirando —señalo.

—Sonny es genial —afirma—. Charlie Parker es mejor.

—Claro que es mejor —convengo—. Eso es trampa. Inténtalo otra vez.

Se encoge de hombros.

—Siempre he sido un hombre de Coltrane.

Sonrío sin darme cuenta.

—Yo también soy un hombre de Coltrane.

Se ríe y a mí se me pone la cara roja como su jersey.

—Lo siento. No he querido... —deja la frase sin acabar—. Bueno... Así que te gusta el jazz. Debemos de ser los dos únicos.

Hago un gesto con la mano para señalar toda la tienda.

—En Danton, quería decir. —Terrance mira al suelo y se reco-

43

loca la mochila—. Yo estaba... Solo estoy pasando el rato —dice—. Así que, si te apetece... No sé qué planes tienes...

—Me encantaría —contesto antes de poder pensármelo.

Al salir de la tienda nos encontramos con que el sol se ha ocultado y ha sido sustituido por nubes de un violeta intenso que parecen arrastrarse por la ciudad, sobrevolando las azoteas de los edificios. Ninguno de los dos tiene la obligación de estar en ningún sitio y eso está bien porque ambos parecemos contentos de estar aquí. Caminamos por Saint Mark's dos manzanas más. ¿Es que hoy la ciudad está extrañamente vacía o es que no veo a nadie más?

Hablamos sobre la música que nos gusta, sobre nuestros libros favoritos, y sobre los estudiantes de Danton a los que odiamos. Me dice que creía que yo era «griega o algo por el estilo». Le digo que tengo pasaporte estadounidense, pero que soy una más de los hijos de los diplomáticos, igual que los demás. Él contesta que eso está bien.

En un momento dado cruzamos la Avenida A y acabamos llegando a Tompkins Square Park. Paseamos por un camino pavimentado bajo una bóveda de árboles de ramas desnudas. A un lado hay un vagabundo durmiendo entre cartones, con las manos mugrientas y los zapatos y las capas de ropa asomando por los lados, como un bocadillo con demasiado relleno.

—Bueno... ¿Tienes beca en Danton por ser buen estudiante? —pregunto.

Me mira con los ojos entornados.

—¿Qué?

—Por tu apodo. Los demás te llaman Becado.

—Me llaman Becado porque soy negro. Ergo...

—Ergo ¿qué?

—Ergo, ¿de qué otra forma podría haber entrado en Danton? —Sacude la cabeza. Es un gesto dedicado a los demás. Aunque, a lo mejor, también a mí—. Para ellos solo existo cuando necesitan comprar hierba. Pero, que les den por culo. No pienso interpretar más ese papel. Mi vida no es su película.

Le rozo la mano sin querer.

—Pues móntate tu propia película. Puedes interpretar el papel que quieras.

Esboza una tímida sonrisa, como si le gustara la idea.

—¿Y qué papel interpretas tú en la tuya?

—¿Mi película? —Me encojo de hombros—. En realidad no tengo ninguna, supongo. Son solo escenas sueltas montadas en sucesión.

—Aun así —replica—. Eso no quita que tú seas la heroína.

—¿La heroína?

—Ya sabes. La que reparte caña, la que salva el mundo, y encima la que tiene una pinta estupenda mientras lo hace. —Dibuja unos golpes de boxeo en el aire con gesto cómico.

Es una especie de cumplido: yo salvando el mundo. Gwendolyn Bloom, con una pinta estupenda.

—Claro —digo.

Pero Terrance se ha detenido y está mirando a dos chicos junto a la pista para pasear a los perros. Han colocado una caja de cartón a modo de mesa y están preparando tres montones de cartas para trilar. Es un juego callejero que en realidad no es un juego, pero sí lo parece y en eso consiste el timo. Uno de los chavales mueve las cartas y va diciendo: «Encuentre a la dama, encuentre a la dama» a los corredores y trabajadores que pasan por allí en su pausa para la comida.

En la antigüedad neoyorquina era un juego que se veía por toda la ciudad, me lo contó mi padre, aunque supongo que ya no, porque Terrance dice que nunca lo ha visto. Sin embargo, yo lo he visto en un montón de lugares. He aprendido a hacerlo con la ayuda de unos cuantos vídeos de YouTube, incluso practicando con mi padre con dinero del Monopoly.

Mientras uno de los chavales reparte, el otro finge con aspavientos que ha ganado. Tiene un fajo bien gordo de billetes en la mano y parece que se marcha.

—¿Quieres intentarlo? —me pregunta Terrance.

—Es un timo —respondo—. No se puede ganar.

—Ese tío está ganando.

—Porque es su trabajo —afirmo—. Es el gancho. Están compinchados.

Pero Terrance es imparable y, de todos modos, se acerca a ellos. Saca un billete de veinte dólares y lo coloca sobre la caja de cartón. El que reparte lo agarra y le enseña las cartas, una reina y dos jotas dobladas ligeramente por la mitad para que queden curvadas sobre la superficie de cartón y sean más fáciles de levantar. Luego, el que reparte les da la vuelta y las mueve, pone la reina a la izquierda, a la derecha y en el centro.

Al principio es fácil, porque esa es la idea. Pero el truco, la clave, el secreto del timo es recoger la reina y otra figura con la misma mano y luego soltar la segunda carta mientras le haces una marca, y la persona timada cree que acabas de soltar la reina. El trilero es tan rápido que ni siquiera veo cómo lo hace. Ahora Terrance está fijándose en la carta equivocada.

Cuando el trilero deja de moverlas, Terrance pone la mano sobre la carta de la izquierda. Con una sonrisa disimulada, el trilero le da la vuelta. Jota de tréboles.

Un nuevo billete de veinte sale del bolsillo de Terrance, pero esta vez el trilero le dice que doble o nada. Así que apuesta cuarenta y, luego, ochenta.

—¿Cómo lo sabías? —me pregunta cuando por fin nos alejamos.

—YouTube, una baraja y mucho tiempo. Diez mil manos después, ya soy tan buena como esos tíos.

—Entonces deberíamos hacernos trileros —propone—. Tú y yo.

Seguimos avanzando por Tompkins, más allá de la cancha de baloncesto y de un cartel hecho a mano y pegado a un poste, donde dice que se busca una cobaya perdida llamada Otto. Encontramos un banco limpio, o que lo parece, debajo de unos árboles esqueléticos, y nos sentamos.

—Bien, ¿y es tu padre el que trabaja para el Departamento de Estado o tu madre? —dice Terrance.

—Es mi padre —respondo.

—¿En qué trabaja tu madre? —me pregunta.

Me planteo mentir. Por lo general, todo se vuelve muy violento en cuanto cuento la verdad. Pero esta vez, por algún motivo, no lo hago.

—Está muerta —contesto—. Hace diez años.

—La mía también —declara Terrance—. Hace ocho años. Fue en un accidente de navegación.

Abro la boca para explicar cómo murió la mía, pero él me corta poniendo una mano sobre la mía.

—No pasa nada. No hace falta que lo hagas si no quieres —me recuerda.

—Gracias —digo.

El hecho de que ambas madres estén muertas queda pendiente en el aire unos segundos, es algo que está bien. No hay para tanto. No hay dramas.

—Bueno, ¿adónde te apetece ir? —pregunta.

—Estoy bien aquí sentada —afirmo.

—No. Me refería a la universidad.

—En realidad no lo he pensado —confieso—. A la universidad de algún lugar cálido. ¿Y tú qué?

—A Harvard. Mi padre tiene una cátedra allí, así que...

—¿Una cátedra?

—Quiere decir un asiento, pero no literalmente. Es una especie de puesto facultativo. La Cátedra Mutai para el Estudio Económico de no sé qué. No recuerdo el nombre completo.

Desde algún lugar en lo más hondo de mi bolsillo, me suena el móvil. Le echo un vistazo rápido y veo que es mi padre. No obstante, en lugar de responder, silencio el tono de llamada. Ya lo llamaré más tarde; no es necesario interrumpir este momento y romper el hechizo. El reloj del teléfono marca las 14.42. ¿Cómo ha pasado tan rápido el tiempo? El viento se cuela por las rendijas del banco de madera. Me levanto el cuello de la casaca militar y cruzo los brazos con fuerza.

—¿Qué pasa? —pregunta Terrance.

—Hace frío —contesto.

—¿Quieres que nos vayamos?

—No.

Entonces me rodea con un brazo y se acerca más a mí. Se me tensan los músculos. Siento la calidez de su cuerpo irradiando a través de su chaqueta y penetrando por la mía. ¿Se supone que debería decir algo? «No —me digo a mí misma—, tú quédate callada y deja que las cosas pasen.» Ladeo la cabeza y la apoyo en su hombro cubierto por la prenda de ante. Huele a jabón del caro, como el que tienen en los hoteles de lujo.

—Y después de la uni —inquiero—, ¿qué harás?

—Mi padre dice que lo que quiera siempre que no me meta en los fondos de cobertura como hizo él —responde Terrance y me acaricia el brazo—. Pero seguramente lo haré, no lo sé. Me encanta escribir código fuente, la precisión mental. Ahí hay belleza. El arte de las matemáticas. ¿Es raro eso, lo del arte de las matemáticas?

Se me escapa una risita.

—La música de las matemáticas.

—¿Qué?

—La música de las matemáticas. Es una estupidez, pero así es como yo lo llamo, como si juntas a Dizzy y a Charlie Parker, o a Coltrane con cualquier otro. Puede sonar a caos, pero no lo es. Es cálculo.

—«La música de las matemáticas» —repite—. Me gusta.

Luego me apretuja un poco más con el brazo y se acerca un centímetro más a mi cuerpo, y uno más y luego otro más.

Me cae un goterón de lluvia en la rodilla y luego otro sobre la mano. Empiezan a caer sin pausa y llueven en chaparrón, y oscurecen la acera como gotas de pintura marrón. Ambos sabemos que deberíamos levantarnos e ir a refugiarnos —van a abrirse los cielos dentro de nada—, pero ninguno de los dos se mueve. El grave rumor de los truenos se convierte en un restallido agudo. Una nube violeta sobre los edificios lejanos refulge en la distancia, como si brillara por dentro.

—Los dioses están conspirando en contra de nosotros —sentencio.

—Será mejor irse —propone Terrance.

Cruzamos corriendo el parque. El cielo se abre sobre nuestras cabezas y deja caer cortinas de lluvia onduladas similares a fantasmas enfurecidos. Si creyera en Dios, pensaría que es un castigo por haber pasado unas horas de diversión que no debía con un chico desconocido e interesante. Cruzamos la Avenida A para refugiarnos bajo el toldo de la entrada de un edificio. Son solo un par de metros cuadrados, y nos apoyamos contra la puerta metálica negra para escapar de las gotas que rebotan.

—Estás temblando —observa él—. Ven aquí.

No me había dado cuenta y ya no tengo frío, pero de todas formas le hago caso. Me presiona contra su torso y me abraza por la espalda.

—Bueno, a ver si lo he entendido —digo—. Es la Cátedra para el no sé qué económico...

Se ríe, y yo noto cómo se le mueve el pecho, sobre el que tengo apoyada la cara.

—Técnicamente es la Cátedra de Terrance Mutai Tercero.

—¿La tercera cátedra?

—No, es que el nombre de mi padre es Terrance Mutai Tercero. Por eso yo soy Terrance Cuarto.

Ahora soy yo la que se ríe. Espero que no crea que soy una imbécil.

—¿Tu nombre lleva un número? ¿Eres de la realeza o algo así?

—No —responde—. Solo un esnob pretencioso.

—No pasa nada —tercio—. Yo también.

Luego estalla la tragedia, y contra toda probabilidad en los días de tormenta en Nueva York, un taxi se detiene junto a la acera y una mujer baja de él. Me podría haber quedado donde estábamos, como estábamos, todo el día, tal vez toda la semana, pero antes de que pueda protestar, Terrance tira de mí de una mano y me sube a la parte trasera del vehículo.

Indica al conductor que vaya por la Primera Avenida hacia mi casa.

—Luego haremos una segunda parada —avisa Terrance al taxista—. En la Setenta y dos con la Quinta, en el edificio Madisonian. —No llevo tanto tiempo en la ciudad, pero sé reconocer suficientemente los edificios más prestigiosos de la isla de Manhattan. Aquí, incluso las personas más ricas viven en edificios como el mío, en pisos que son demasiado pequeños,.con vistas a calles que están demasiado abarrotadas. El barrio de Terrance está reservado para los ricos de la aristocracia. Incluso los más esnobs de Danton pensarían en su dirección con envidia.

El taxi avanza con ligereza entre los coches y las calles están teñidas de negro bajo la lluvia. Terrance y yo estamos muy arrellanados en el asiento trasero, con la calefacción a tope. Me doy cuenta de que tengo los dedos rojos y dormidos. Él me coge de las manos y me las frota entre las suyas.

Doblamos por mi calle, y digo al conductor dónde parar. Cuando lo hacemos, me meto la mano en el bolsillo para pagar, pero Terrance me dice que lo olvide, que él invita a la carrera. Me vuelvo para darle las gracias, pero me lo encuentro a unos milímetros de la cara. Y se acaba antes de que me dé cuenta: un beso rápido y casto en los labios. Me pregunto qué cara debo de haber puesto, porque se ríe.

—Hasta luego —dice.

Mi mente empieza a fragmentar y analizar segundo a segundo las pasadas horas cuando entro por la puerta del edificio y me dirijo hacia la escalera: segundo piso, tercero, cuarto, Terrance Cuarto.

Cierro la puerta de casa al entrar, dos cerrojos y la cadena. ¿De verdad acababa de besarme Terrance? Dios mío, ¿qué significa eso?

Durante un par de horas, me peleo con los deberes. Mañana viernes tenemos el examen semanal tipo test de cálculo, y aunque solo he faltado un día, lo llevo retrasado. Es difícil, y se me hace todavía más complicado porque no dejo de pensar y recordar qué sentía cuando sus manos acariciaban las mías en el asiento trasero del taxi, esas manos de dedos largos que pertenecen a un aristócrata con un número en su nombre. Esa era la parte importante, ¿verdad? No el beso, sino la forma en que me acarició las manos. Dios, él es literalmente lo único que he encontrado en esta ciudad que no duele.

De algún modo consigo hacer los deberes, y, a las once en punto, me preparo un bocadillo, me sirvo lo que quedaba de vino tinto en un vaso de plástico y pongo el culebrón mexicano que veo para no perder la práctica con el español.

Son dos amantes en un fiestón —ella lleva un vestido de noche y él, esmoquin— que están poniéndose de acuerdo para reunirse en un cobertizo. ¿Una cabaña? ¿Una choza? No, no en este mundo tan exclusivo. Es un elegante embarcadero, lujosamente decorado con relojes de bronce y mullidos sillones de piel y un halcón disecado sobre una balda. Ambos coinciden en que es peligroso encontrarse así, tan cerca de la fiesta, cuyo jaleo todavía puede oírse. Él le pregunta si lo ama. «Sí, Emilio —contesta ella—, siempre, siempre.»

Siento el vino caliente en el estómago, y se me nubla un poco la mente. Me dejo caer en el sofá, hundo la cabeza en un cojín y pienso en Tompkins Square por enésima vez al cuadrado esa noche en que la lluvia parece plasmar manchurrones de pintura sobre la acera. Pienso que es rico, o eso creo; tiene que serlo para vivir donde vive. Pero ¿y qué? ¿Cuánto cuesta sujetarme en ese portal como lo hizo mientras nos refugiábamos de la lluvia? No lo sé, pero no creo que pueda contabilizarse en dinero.

Y eso es lo que estoy pensando mientras tengo los ojos cerrados y la sensación de estar cayéndome hacia atrás, como embriagada, hasta que me duermo. Siguen dando el culebrón en la tele: ahora los protagonistas están en plena discusión acalorada. Emilio y otra persona... ¿Su padre? En la escena alguien llama a la puerta, pero Emilio y el otro tío siguen hablando y no lo oyen. Por el amor de Dios, que alguien abra esa puerta.

Entonces me despierto de golpe. No están llamando en la tele, es la puerta de mi casa, con golpes firmes y apresurados. «Abre ya», quieren decir. Me acerco a abrir, atontada aunque preocupada, y echo un vistazo por la mirilla. Es Bela en albornoz. Detrás hay dos personas con trajes baratos. Una es una mujer con el pelo rubio oxigenado, recogido en una cola de caballo. Me parece guapa, atlética, de unos cuarenta años. El otro es un chico de unos veintitantos. Tiene la cara redonda y roja, y el pelo negro rapado casi al cero, al estilo cadete militar.

Retiro los dos pestillos y abro la puerta sin quitar la cadena.

Bela se frota las manos. No es solo nerviosismo, es algo más.

—Estas personas... Tienen que hablar contigo.

—¿Puedes abrir, Gwendolyn? —me pide la mujer.

Cierro la puerta, retiro la cadena y vuelvo a abrir. La mujer avanza un paso y despliega su cartera para enseñarme la placa y la identificación con su foto.

—Gwendolyn, hola. Soy la agente especial Kavanaugh y él es el agente especial Mazlow. Somos de la Oficina de Seguridad Diplomática.

Ahora es el hombre quien enseña la placa y la identificación, pero no necesito mirarla. Ya los conozco —no a ellos dos en concreto, pero sí a sus colegas—, sé lo que hacen y qué significa cuando se presentan en casa. Sé lo que van a decir incluso antes de que lo digan.

—Mi padre —digo en voz baja, casi entre susurros—. ¿Qué le ha pasado a mi padre?

La agente Kavanaugh me posa una mano con amabilidad sobre el hombro.

—Nos gustaría que nos acompañaras, ¿te parece? ¿Crees que podrás hacerlo, Gwendolyn?

Le aparto la mano del hombro de un manotazo.

—¿Qué le ha pasado a mi padre? —repito, ahora en voz más alta, casi gritando—. ¿Está bien?

—Gwendolyn —contesta la agente Kavanaugh—, tu padre ha desaparecido.

4

Kavanaugh y Mazlow van uno junto al otro en un ascensor que apesta a desinfectante. El botón de la sexta planta está encendido. Junto a él dice: OFICINA DE SEGURIDAD DIPLOMÁTICA.

Las veces que había visitado a mi padre en el edificio de oficinas de cemento gris en el centro de la ciudad, donde el Departamento de Estado tiene su sede de campo, había detectores de metal en la entrada principal y tenía que llevar una tarjeta roja que me identificaba como visitante. Pero ahora no hay nada de todo eso. Cuando bajamos del enorme todoterreno con sirenas y luces que Kavanaugh y Mazlow han utilizado para traernos hasta aquí, los guardias de seguridad nos han hecho entrar con un simple gesto de la mano.

Me dejan en una pequeña sala de reuniones donde han apiñado mesas distintas con una serie de sillas destartaladas, alineadas junto a las paredes.

—Espera aquí —me indica Kavanaugh—. Mazlow estará justo del otro lado de la puerta por si necesitas cualquier cosa.

La agente desaparece, y yo me quedo sola en la sala, deseando que hubieran permitido a Bela acompañarme. El fluorescente que tengo sobre la cabeza emite un zumbido y parpadea, y proyecta una luz enfermiza sobre todas las cosas. La única ventana que hay está cubierta por persianas cerradas. Levanto una de las tablillas metálicas y veo que la ventana da a un pasillo; desde aquí veo la habitación de enfrente. Kavanaugh está allí con seis o siete personas más. Están reunidos alrededor de una pizarra blanca sobre la que han escrito una especie de horario:

20.37 SMS de Bloom en el Café Durbin en dirección a la Estación de París, todo despejado
20.42 Llamada de Bloom a su hija, sin respuesta
20.55 Llamada de Bloom a Feras/confirmar
21.22 Sale de la reunión con Feras en el Café Durbin/SMS a la Estación de París, despejado
21.32 Teléfono sin línea/muerto

Kavanaugh está hablando con dos hombres que reconozco. Uno es Joey Díaz, un funcionario político como mi padre. Es un negro guapo, bajo y fornido, y hace años que ambos son amigos. Fueron destinados juntos a Dubái, y Joey, junto con su mujer y sus dos hijos, pasó Acción de Gracias y Navidad en nuestro piso dos años seguidos. Al otro tipo también lo he visto antes. Se llama Chase Carlisle, y es el jefe. No sé mucho de él, salvo que mi padre dice que es de una familia sureña y que conoce a todo el mundo en Washington.

Carlisle, de entre cincuenta y cincuenta y cinco años, creo, tiene la piel de un tono rosado y lleva el típico traje y corbata, con los botones a punto de estallar sobre su barriga de cincuentón. Sin embargo, tiene el pelo igual como lo recordaba: rapado por los lados y perfectamente teñido de castaño. Cuando Kavanaugh se dirige a ellos, Carlisle mira en mi dirección. Yo retrocedo de forma instintiva, y la persiana vuelve a quedar cerrada.

Pasados unos minutos, Díaz y Carlisle entran en la sala de reuniones. Joey me abraza.

—Todo va a salir bien, Gwendolyn —asevera—. Todo va a salir bien.

—¿Por qué no te sientas, Gwendolyn? —me sugiere Carlisle, y su acento estadounidense de Virginia me parece agradable y tierno.

—Prefiero quedarme de pie, gracias —respondo, e intento hablar lo más calmadamente posible.

—Gwendolyn —dice Joey poniéndome las manos en los hombros y mirándome directamente a los ojos—, tu padre desapareció poco después de reunirse con un colega nuestro en París, alguien que nosotros...

—Demasiado ambiguo, Joey —declara Carlisle, y lo corta en seco—. Estás dando a entender que es un secuestro y no tenemos pruebas que lo demuestren.

Me dejo caer en una silla y me agarro a los brazos.

Carlisle se queda mirándome como si estuviera intentando recordar mi reacción.

—Lo único que sabemos hasta ahora es que ha desaparecido. Eso es todo. Es lo que tenemos. ¿Es posible que lo hayan secuestrado? Se trata de una posibilidad remota. Pero hay otros motivos por los que podría haber desaparecido del mapa.

Siento que se me arruga la cara como un puño, cierro los ojos con fuerza, abro la boca y aprieto los dientes. Me oculto tras las manos. A lo largo de mi vida, me he preparado para que mi padre acabara en el hospital o incluso que muriera en el trabajo, pero esto... Me vuela la imaginación y empiezo a pensar en miles de posibilidades y clases de tortura. Me brotan dos lágrimas de los ojos, caen por las mejillas y acaban confluyendo en la nariz. Me obligo a levantar la vista.

—Decidme exactamente qué vais a hacer para localizarlo.

Carlisle tiene una expresión inmutable, muy profesional.

—Tienes mi palabra de que el Estado está haciendo todo lo que puede. La oficina del FBI en París ya está registrando la zona. Por tanto, la policía francesa, la policía local, la federal...

Lo interrumpo.

—Entonces ya habéis supuesto que lo han secuestrado, ¿verdad? ¿Que ya está secuestrado?

—Por supuesto —afirma Carlisle—. Sí. Desde luego. Ahora mismo, el SIGINT está buscando lo que llamamos «charlas», conversaciones interceptadas sobre un diplomático estadounidense desaparecido. Pero hasta ahora no tenemos nada, lo cual es una buena señal.

—¿Qué es el SIGINT? —pregunto mientras me seco las lágrimas con un pañuelo de papel.

—El Servicio de Investigación de Señales. Se ocupan de las intervenciones de móviles y de cualquier tipo de comunicación con dispositivos electrónicos. —Carlisle toma asiento y consulta su libreta—. Gwendolyn, ¿tu padre hablaba contigo sobre el trabajo? ¿Sobre lo que hace? ¿Te había comentado los problemas laborales que estaba teniendo?

—No —respondo—. Bueno, me hablaba del estrés normal. Y llevaba unos días algo triste. Por el aniversario de la muerte de mi madre. Pero nunca habla demasiado sobre el trabajo. Solo revisaba mucho los documentos y redactaba algunos informes.

Carlisle asiente y escribe una nota.

—¿Tu padre te ha hablado sobre el deseo de jubilarse, por ejemplo? ¿De dejar el Departamento de Estado y mudarse al extranjero?

Joey da un palmetazo sobre la mesa.

—Ya basta, Chase.

Carlisle lanza una mirada enfurecida a Joey y se vuelve hacia mí.

—Gwendolyn, sabemos que tu padre te llamó ayer por la tarde, pero que no dejó ningún mensaje. ¿Has tenido algún contacto con él desde entonces? ¿Algún correo electrónico, algo por las redes sociales...

—No —contesto—. Nada de nada.

—Gracias. Has sido de gran ayuda. —Chase deja el bolígrafo y entrelaza las manos por delante—. Sé que esto tiene que ser muy duro para ti. ¿Tienes algún pariente con el que puedas quedarte de momento?

—Tengo unos tíos en Texas. Georgina y Robert Kaplan. Él es rabino en... No lo sé. En un barrio de Dallas, creo.

—¿Y nadie de aquí?

—Estoy segura de que puedo quedarme con Bela y Lili. Los Atzmon. Son amigos nuestros y viven en nuestro edificio. En la quinta planta.

—Los Atzmon nos servirán de momento —dice Carlisle al tiempo que se levanta—. Lo mejor será que te quedes con ellos esta noche. Nos aseguraremos de tenerte al tanto si surge cualquier novedad.

Abro la boca para hablar, pero Carlisle ya ha salido por la puerta.

Los limpiaparabrisas se mueven de un lado para otro a toda velocidad: barren la lluvia y retroceden, barren la lluvia y retroceden. Intento hipnotizarme con el movimiento, para poder perderme en él. El todoterreno que Joey ha cogido prestado de la flota oficial avanza con lentitud por la Tercera Avenida entre el tráfico de las tres de la madrugada. Esta vez no se molesta en poner la sirena ni las luces, como si percibiera que me siento agradecida de estar aquí con el que posiblemente sea el único amigo de mi padre en este mundo, el único que puede hacer algo para ayudar.

—¿Cómo están tus hijos? —le pregunto—. Christina es la mayor, ¿verdad?

—Sí —contesta Joey—. Cumplirá doce el mes que viene. Y Oscar acaba de cumplir nueve.

—Oscar. Siempre me ha gustado ese nombre.

Parece una conversación para matar el tiempo, pero en realidad es una prueba. Estoy mirando con detenimiento la expresión de Joey para ver su reacción cuando digo:

—Tendremos que volver a vernos cuando mi padre vuelva.

Echa la cabeza ligeramente hacia atrás y me fijo en que respira con lentitud.

—¡Claro! —exclama con sonrisa forzada.

—Mi padre no va a volver, ¿verdad, Joey?

—Por supuesto que sí —asegura Joey, pero sus palabras suenan esperanzadas aunque vacías, como cuando deseas a un paciente de cáncer que se recupere pronto.

Siento el rostro tenso de nuevo. Me vuelvo y me apoyo sobre el frío cristal de la ventanilla, sobre el que el agua de lluvia cae como si fueran pequeños ríos.

—¿Qué le ha pasado, Joey? Por favor, cuéntamelo. No me mientas. Creo que tengo derecho a saberlo.

Joey tamborilea los dedos sobre el volante.

—Tu padre iba a reunirse con un contacto nuestro, alguien con quien trabajamos. La reunión era en una cafetería. Cuando los dos se habían marchado, envió un mensaje de texto a nuestra oficina en París para decir que estaba bien. No obstante, pasado un rato, su teléfono estaba apagado o había dejado de funcionar. No hay ningún aviso policial en la zona, ni ningún rastro de violencia. Eso es todo lo que sabemos con certeza.

Pienso en el horario que vi en la pizarra de la sala situada del otro lado del pasillo.

—¿Qué es eso de la reunión con alguien llamado Feras? Vi su nombre escrito en la pizarra blanca.

—Sí —dice Joey—. Tenemos a alguien que va de camino a hablar con él. Pero no sabemos qué papel desempeña, si es que desempeña alguno en este momento.

—Había un tipo, un ruso o un serbio, no lo recuerdo. Vi su foto en el portátil de mi padre. Viktor Zoric. ¿Está relacionado con Feras?

—No es probable. Pero puedes estar segura de que también estamos comprobándolo.

Me presiono los ojos con las palmas de las manos, y Joey alarga una mano para darme un apretón en el hombro.

—No lo entiendo, Joey —confieso con la voz quebrada, apenas un hilillo—. Mi padre se dedica al papeleo. ¿Quién estaría interesado en alguien como él?

Se produce un largo silencio.

—Creo que necesito un café —comenta Joey por fin—. Vamos, te invito a una Coca-Cola o lo que te apetezca.

El todoterreno gira de pronto a la derecha, y se salta dos carriles llenos de coches. Los conductores pegan bocinazos enfurecidos a nuestro paso. Joey aparca en el bordillo, enfrente de una pequeña bodega, apaga el contacto y me hace un gesto para que lo siga al bajar del coche.

La lluvia me cae con fuerza sobre la cabeza con goterones gélidos y me cae por la cara y el cuello hasta metérseme por el cuello de la camisa. Me pongo la capucha mientras tira de mí sujetándome por el antebrazo, como si fuera una detenida.

—No es seguro hablar aquí —declara—. La radio. Nunca está apagada en realidad. ¿Lo entiendes?

Nos paramos bajo la marquesina de una tienda abierta las veinticuatro horas y nos situamos frente a sus estanterías de madera, repletas de plátanos, naranjas, manzanas y cubos de flores baratas envueltas en plástico. No vemos a nadie, a esta hora no, y Joey me sujeta por los hombros.

—Tu padre —me plantea Joey—, ¿a qué se dedica?

—Es funcionario político del Departamento de Estado, es diplomático.

—Venga ya, Gwendolyn —replica Joey—. ¿En qué consiste el trabajo de tu padre? ¿Qué hace para ganarse la vida?

—Por el amor de Dios, Joey, ¿adónde quieres ir a parar?

Inspira con parsimonia.

—Tu padre no trabaja para el Departamento de Estado, Gwendolyn. Jamás ha trabajado para el Departamento de Estado. Es un «funcionario de incógnito».

Hace una pausa de unos segundos, con la mirada fija en la mía hasta que asimilo lo que acaba de decir. Si mi padre no trabaja para el Departamento de Estado, entonces, solo queda una posibilidad. Tengo la intención de hablar, pero me cuesta encontrar las palabras.

—Es espía —respondo por fin—. Es de la CIA.

Joey me dedica una sonrisa triste.

—Recuerda, has llegado tú solita a esa conclusión, ¿entiendes? Yo nunca te he dicho nada.

Lo único que me impacta es que no estoy en absoluto impactada. La respuesta me ha venido a la cabeza como un acertijo que hubiera escuchado ya pero que había olvidado, como la parte graciosa de un chiste cuyo final ya intuía hace siglos. Una parte de mí siempre lo ha sabido, por lo menos desde que vivimos en Egipto, tal vez incluso antes, a lo mejor desde Venezuela. A los diez u once años no sabía qué significaban las siglas de la CIA, pero sí sabía que mi padre era diferente. Ninguno de los demás padres tardaba una hora en llevar a sus hijos al cole en coche porque tomaba un camino distinto cada día. Ninguno de los demás tenía reuniones a las tres de la madrugada.

—¿Y tú? —pregunto—. ¿Tú eres espía? ¿Qué pasa con Chase Carlisle?

—Lo que nosotros hagamos no tiene importancia.

—Por tanto, la respuesta es que sí.

—Eres libre de creer lo que quieras —dice—. Pero no compartas tus conclusiones con nadie.

Me vuelvo, porque soy incapaz de seguir mirándolo. Una pareja de ancianos se acerca caminando con parsimonia hacia nosotros, acurrucados bajo el mismo paraguas. Dejo que pasen.

—Entonces ¿en todos esos destinos en el extranjero mi padre estaba espiando?

—Era un funcionario político del Departamento de Estado, no era más que un diplomático que se encargaba de la burocracia. Oficialmente siempre se ha dedicado a eso.

—Pero ¿extraoficialmente? —inquiero.

—Extraoficialmente era un patriota, el mejor hombre con el que he trabajado jamás —declara Joey.

Bela y Lili Atzmon ya han hecho esto antes. O al menos, eso me parece cuando Joey les cuenta la versión oficial: la desaparición de mi padre en París en circunstancias desconocidas. De pie, uno junto al otro, asienten con frialdad, como médicos a los que hubieran llamado para una consulta, con sus albornoces como batines de laboratorio.

Cuando Joey se marcha, aprendo que existe un ritual para los momentos en que tu padre desaparece. Lili construye lo que solo puede describirse como un nido: un círculo de colchas y cojines en el sofá de su sala de estar conmigo en el centro, como un pollito asfixiado. Me preparan té, una infusión de hierbas muy suave.

Pasada la primera hora ya he llorado hasta decir basta, se me ha agotado el caudal de lágrimas. Me duelen los ojos, tengo la nariz irritada y roja, miro al suelo como ida, voy metiendo los dedos en los agujeritos de la manta de ganchillo, y quedan atrapados como en una red. Bela se sienta en su sillón, con un vaso de palinka en la mano, mientras Lili se encuentra sentada a mi lado, en el borde del sofá.

—Se os da muy bien esto de consolar a la gente —afirmo.

Lili sonríe y toquetea la manta que tengo sobre los hombros.

—En nuestro lugar de procedencia a veces los padres desaparecen —dice ella.

Mi padre me ha mentido. De hecho, desde que tengo memoria, mi padre no ha hecho otra cosa que mentirme. Creo que lo hizo todas las veces que llegaba a casa desde Jartum o Islamabad —¿vendría realmente de allí?— y yo le preguntaba cómo le había ido la reunión o cómo le había ido la cena oficial o si les había gustado la presentación que había realizado. «Un poco más y me muero de aburrimiento», decía y ponía los ojos en blanco, como un payaso. «Bueno, pues que le den», pienso. Que le den a él y a sus diecisiete años de mentiras. Los diecisiete años en que la única persona que no debería mentirte en este mundo te ha mentido.

Ahora pienso en el horario que he visto escrito en la pizarra blanca en el despacho de mi padre, luego pienso en la conversación con Joey ya en la calle. Ya sé que se supone que no debería contar nada sobre ello. Ya sé que se supone que es un secreto. Pero Bela y Lili saben cómo funciona este mundo, y ellos son todo lo que tengo en este momento. Abro la boca sin pensarlo, como si no pudiera evitarlo.

—Mi padre no es diplomático —anuncio.

Bela levanta la mano.

—Por supuesto, pequeña. No hace falta que lo digas.

Me quedo mirándolo fijamente.

—¿Te lo ha contado?

Bela se encoge de hombros.

—No hacía falta que me lo contara, al igual que no hacía falta que yo se lo contara. Los espías nos olemos entre nosotros de una habitación a otra. Como los perros.

Hay algo extraño en su mirada, entre disculpa y maldad.

—¿Has...? ¿Has trabajado para la CIA? —pregunto.

Bela suelta una carcajada sincera.

—Gracias a Dios, no. He trabajado para otros.

Y no hace falta que me diga nada más. Pasó treinta años en Israel.

—Para el Mossad —apunto en voz baja.

No recibo respuesta de Bela.

Así que el amable y anciano tendero perteneció a una de las mejores y más fieras organizaciones de inteligencia del mundo. Claro. ¿Por qué no? Vamos a descubrir las tapaderas de todo el mundo ya que estamos.

Bela se aclara la voz.

—Tu padre llegó a un acuerdo con Lili y conmigo. Debemos proporcionarte ayuda.

—Ya lo sé. Tenéis que cuidar de mí cuando él está fuera.

—No. Es otro tipo de acuerdo. —Se inclina hacia delante y se sujeta las rodillas con ambas manos—. Los servicios clandestinos, los de su agencia y de la mía, pueden ser crueles con las familias de aquellos que están a sus órdenes. Por eso, en el caso de que... De que ocurra algo como esto, él quería que nos asegurásemos de que se velaba por tus intereses.

—¿A qué te refieres?

—Me refiero a que no te llenen la cabeza de mentiras.

Vuelvo a cerrar los ojos con fuerza, pero me obligo a abrirlos. Solo hay una pregunta que valga la pena realizar.

—Quiero que seas sincero conmigo, Bela. Quiero la verdad.

—Quieres saber si está muerto.

Asiento en silencio.

—Si su intención, su intención inmediata, hubiera sido matarlo, ya lo sabrías. Ya podrían haber encontrado su cuerpo en la calle. Siento ser tan directo.

—¿Crees que lo liberará, quienquiera que lo tenga retenido?

—Si quienquiera que lo haya secuestrado recibe dinero o favores, o lo que quiera que esté buscando, quizá sí —contesta Bela.

Me quedo mirándolo.

—¿Y si no?

Niega con la cabeza.

En la fotografía, Bela es un hombre joven, delgado como un palillo, pero guapo a pesar del traje de anchas hombreras y aspecto de caja. Acababa de salir de la cárcel, dice Lili, y tuvo suerte de que le dispararan. Pregunto qué significa eso. Y ella me habla de la revolución de 1956, de los sóviets y las matanzas en las calles de Budapest. Lili era estudiante de biología en esa época, y Bela era un joven profesor de química que acababa de terminar los estudios. Después de aquello lo enviaron dos años a la cárcel, según me cuenta ella, y casi muere de tuberculosis.

Les agradezco de corazón que me entretengan. Y lo hacen de forma muy inteligente, tanto Bela como Lili. Entretener es un arte, y saben que un juego de cartas o una película tonta no conseguirían que mi mente se desviara de la tragedia que me obsesiona. Por eso me hablan de la tragedia de otro, de los momentos difíciles de otro, con los que me identifico, aunque ocurridos hace mucho tiempo, lo bastante para que pueda escuchar interesada sin sentirme culpable por ello.

Lili me sirve más té, mientras Bela bosteza y abre otro álbum de fotos. Veo personas alrededor de una piscina. Hombres sin camisa con el pecho peludo y sus mujeres, con sosos bañadores, brindan con botellines de cerveza mirando a cámara.

—Tel Aviv —cuenta Bela—. 1973. —Señala con el dedo a un hombre y una mujer—. Estos somos nosotros, claro. —Luego señala a un hombre cuadrado, casi calvo, con sonrisa maliciosa y un cigarrillo sujeto entre el pulgar y el índice—. Este tipo era como un hermano para mí. Acabó siendo jefe de mi servicio.

—¿Estos son tus amigos espías? —pregunto.

—Todos ellos —contesta Bela.

Lili cierra el álbum.

—Ya basta —dice—. Nada de historias de guerra esta noche, Belachik. La chica tiene que descansar.

—No creo que pueda dormir —comento.

—Claro que no —conviene Lili, y dispone los cojines y las mantas hasta convertirlos en algo similar a una cama—. Pero tienes que intentarlo.

Ellos se van a acostar, y mis lágrimas regresan pasados unos minutos: es un flujo lento y tenue del que apenas me doy cuenta al principio. Sé que si me limito a quedarme aquí sentada será peor, así que cojo la mochila y saco el libro que estoy leyendo.

Lo abro por el punto donde lo había dejado, pero enseguida sé que no servirá de nada. No hay lugar para la ficción. Las letras de la página se escabullen como cucarachas y se vuelven a reagrupar para formar la verdad, cubriendo toda la página con lo único que es necesario decir esta noche: «Él ya está muerto y tú estás sola; él ya está muerto y tú estás sola...».

Cierro el libro de golpe, cierro los ojos de golpe y, maldita sea, si tuviera una pistola me metería el cañón en la boca ahora mismo y me volaría la tapa de los sesos. Esto es insoportable. Literalmente imposible de soportar. Se me cae el techo encima. Por primera vez desde los siete años, junto las palmas de las manos y rezo a un dios que sé que no está ahí.

5

Por segunda vez en doce horas, me despierta un fuerte aporreo en la puerta, alguien que quiere que le abran enseguida. Me levanto de un salto del sofá y casi me caigo de bruces sobre la mesa de centro, porque se me engancha el pie con una de las mantas de Lili. Sea cual sea la noticia que viene a traer quien llama, solo pueden ser dos cosas. O que mi padre está muerto o que está vivo.

Bela aparece arrastrando los pies, atándose el albornoz con expresión de enfado para ir a abrir la puerta. El hombre que se encuentra del otro lado es muy joven, pelirrojo y con la piel muy blanca y cubierta de pecas. Se presenta como el agente especial Fowler, y enseña su placa y su identificación. Ya sean buenas o malas noticias, tendrían que haber sido Joey o Carlisle quien me las diera. ¿Qué pinta aquí el agente Fowler?

Despliega ante mí un grueso legajo de documentos.

—Es una orden de registro para el piso de William y Gwendolyn Bloom —anuncia.

Lo empujo para pasar y oigo cómo Bela y Fowler discuten a mis espaldas mientras bajo la escalera. En el rellano de abajo, otro agente me sujeta por los brazos, desde detrás, mientras intento atravesar el umbral de mi casa.

Al entrar, veo a cuatro tíos, con cortavientos en cuya espalda dice OFICINA DE SEGURIDAD DIPLOMÁTICA, que están sacando los cajones de los armarios y metiendo papeles en cajas de cartón.

Oigo una voz que llega del interior, una voz con un dulce acento sureño.

—Coged también las fotos. Todo lo que tenga algún significado. —Carlisle, con las manos metidas hasta el fondo de los bolsillos del pantalón, aparece por el pasillo junto con Joey Díaz. Carlisle hace un gesto de asentimiento con la cabeza al verme—. No pasa nada, Mike —dice al agente que está en la puerta—. Déjala entrar.

Cuando el agente me suelta los brazos, corro al interior, pero me quedo paralizada al ver una caja de cartón que se encuentra sobre la mesa de la cocina. En su interior están mis cuadernos del colegio y mi diario de vida.

—¡No tienes derecho a hacer esto! —grito a Carlisle, y saco de inmediato mi diario de la caja.

Carlisle se coloca a mi lado y me quita el diario.

—Lo siento mucho, Gwendolyn. Sé lo traumático que debe de ser esto, pero me temo que es necesario.

—¿Qué estáis buscando? ¡Mi padre es la víctima de todo esto!

—Bueno, eso es lo que queremos aclarar —puntualiza Carlisle—. Quiero que sepas que tu padre es mi amigo, mi amigo íntimo. Y por eso todo esto me resulta tan doloroso.

—¿Y por qué lo haces?

Me conduce al interior del piso sujetándome por el brazo y me señala el sofá con la cabeza. Ambos nos sentamos.

—Gwendolyn, ahora tengo que pedirte algo. ¿Puedes imaginar alguna circunstancia por la que tu padre hubiera decidido dejarnos?

—¿Dejarnos?

—¿Alguna vez te ha hablado de desertar? ¿De irse a otro país?

Me quedo boquiabierta, con cara de idiota.

—Que te jodan, Chase.

—Hay personas preocupadas por tu padre. Ni yo, ni Joey. Personas en Washington. —Me mira con seriedad—. Tienes que responder esta pregunta, por favor. ¿Te ha hablado tu padre alguna vez de desertar?

Me levanto y me dirijo hacia el descansillo, a los brazos de Bela. Él vuelve a llevarme arriba.

—Fascistas —susurra.

Dos horas después, estoy sola en el piso comprobando lo que se han llevado y lo que no. Faltan todos los documentos de mi padre y algunos míos, todas las fotos, todos los ordenadores, e incluso la televisión y el rúter. Parece que está toda mi ropa, aunque sé que han registrado los cajones. Mis libros sí están, pero fuera de las estanterías y apilados en torres de equilibrio precario sobre el suelo. Hiervo de rabia por dentro y aunque los que han registrado la casa llevaran guantes de goma, todo está sucio, como si hubieran escupido sus acusaciones —de deserción, de traición— sobre todo cuanto han tocado.

No obstante, no sirve de nada hervir de rabia por dentro. Ya conozco esto. Los de Seguridad Diplomática me han puesto en las narices sus órdenes de registro y sus pistolas en las cartucheras y han impuesto su autoridad sobre mi vida con esas palabras escritas en la espalda de sus cortavientos, mientras yo soy solo una simple mocosa que protesta con voz temblorosa para que la oigan unas personas a las que no les importa una mierda. ¿Cómo se atreven a acusar a mi padre? ¿Cómo se atreven a tocar mis cosas con sus dedos de goma? Pero al poder le da igual, así de simple.

Con todo, estoy decidida a rehacer lo que han destrozado, a poner algo de orden en mi mundo. Empezaré por aquí, por la habitación, por mi habitación, por mis libros. Me tiemblan tanto las manos mientras recojo el primer montón que casi no logro volver a colocarlos en la estantería. En las cubiertas están las heroínas que me han acompañado en París, Dubái, Moscú, Nueva York. Si esas chicas tan valientes fueran reales, se quedarían mirándome con cara de lástima y desprecio.

Pero las heroínas no existen. El valor no existe. Solo los diplomáticos que redactan informes. Solo el gordo de Chase Carlisle que te dice que tu padre es un desertor. Solo los agentes de seguridad que te restriegan sus órdenes de registro y pisotean tu vida. Solo yo, una mocosa con un ataque de rabia que la quema por dentro mientras recoge su habitación, como una pequeña exploradora.

En cuanto el piso vuelve a estar ordenado —los cojines ahuecados y dispuestos en el sofá; el cerco de polvo donde antes estaba la tele borrado al pasar el trapo; las pisadas de zapatos sobre la alfombra de IKEA eliminadas con agua con gas y toallitas de papel que se me deshacen en las manos— voy al baño, me inclino sobre el retrete y vomito. Durante un rato me quedo sentada en el suelo del aseo, con la espalda pegada a la pared y la piel ardiendo, y repitiendo mentalmente la única verdad que realmente importa: «Él ya está muerto y tú estás sola».

Cada vez que suena el teléfono es como si recibiera una descarga eléctrica. Por eso contesta Lili en mi lugar, y yo me quedo mirando su expresión fijamente en busca de alguna pista. Pero siempre acaba igual. Ella cuelga y sacude la cabeza diciendo: «Ninguna novedad». Cualquiera creería que, después de tres días, no recibir ninguna novedad resultaría más fácil, pero no es así.

Lo que necesito es dormir, es lo que me dice Lili. Y tiene razón. No he pegado ojo más que un par de horas desde la noche anterior a la desaparición de mi padre. El agotamiento empieza a provocarme alucinaciones, veo luces violetas y rosas que giran y llenan mi mundo de fantasmas. Lili me lleva a mi piso y me arropa cuando ya estoy en mi propia cama. La pena, el trauma, todo desaparece después de que ella me acaricie el brazo, y yo he tomado una dosis triple de sedantes.

Dieciséis horas después de haberme dormido, me despierto, todavía agotada. Pero ya es casi mediodía, así que me levanto de todas formas, me doy una ducha y me tomo otra pastilla. Acerco una silla a la ventana para mirar el mundo, intentando no pensar ni sentir.

«Que hoy sea un día tranquilo. Que hoy sea un día silencioso.» Pero no.

El portero automático del piso me sobresalta con su zumbido electrónico. Alguien está en la calle y me exige que mueva el culo para ir a ver lo que quiere. Me río en voz alta. Qué idea tan ridícula, pedir permiso para entrar en mi vida de golpe. ¿Por qué no entrar a la fuerza como todos los demás?

Me arrastro hasta el telefonillo y aprieto el botón.

—¿Sí?

—Estoy... Estoy buscando a Gwendolyn Bloom. ¿Eres tú? —Es una mujer cuya voz no reconozco.

—Sí, soy Gwendolyn —asiento—. ¿Quién es usted?

Se hace una pausa, solo se oyen los ruidos de la calle de fondo por debajo del zumbido eléctrico el interfono.

—Soy Georgina Kaplan —dice la mujer—. Tu tía.

Tardo unos minutos en asimilar la idea, como si no estuviera muy segura de qué significan esas palabras. Mi tía. La hermana de mi madre. Aprieto el botón para dejarla entrar y luego espero para abrir la puerta del piso. No he visto a mi tía desde que tenía, ¿cuántos? ¿Siete años, justo después de que mataran a mi madre? ¿Y para qué ha venido?

Oigo unas pisadas inseguras que suben la escalera, los tacones repiqueteando sobre el resbaladizo suelo de baldosas, y ella aparece ante mí, en el descansillo. Es una mujer esbelta, guapa, de unos cincuenta años. Lleva una perfecta melena castaña tipo casco y de peluquería, a juego con su perfecta manicura francesa. Sonríe con una dentadura muy blanca.

—Caray, Gwenny. Ha pasado muchísimo tiempo.

Cuando me abraza, siento la firmeza de su musculatura trabajada cinco días a la semana. En su ropa huelo el perfume que llevaba ayer, y el olor a la cabina del avión, a plástico y a café.

—Gwen, Gwenny, siento muchísimo lo de tu padre —confiesa con su acento texano de cadencia redondeada y dulce como un melocotón—. Muchísimo.

Me tiene sujeta durante largo rato y luego me agarra por los hombros y se queda mirándome la cara mientras yo miro la suya. Tiene pequeñas arrugas en los rabillos del ojo y en las comisuras de la boca, que es la única pega que puede ponérsele a una piel que es una máscara cubierta de tonos tierra con maquillaje adquirido en la planta de cosmética de unos grandes almacenes.

—Eres muy guapa, Gwenny, como tu madre —afirma—. Perdona, ¿puedo llamarte así o prefieres que te llame Gwendolyn?

—Gwendolyn.

—Entonces te llamaré así —conviene—. El hombre que me llamó, el señor Carlisle, me contó que unos vecinos se habían hecho cargo de ti.

—Sí. Bela y Lili.

—Estoy segura de que están haciéndolo de maravilla, de maravilla, pero el señor Carlisle dijo que quizá fuera mejor que estuvieras con la familia. Ya sabes, si la situación de tu padre dura algo más que un par de días. —Georgina juguetea con un mechón de mi pelo—. Pero, bueno, ¡qué tono más bonito de rojo!

—Oye, agradezco mucho que te hayas tomado la molestia de llegar hasta aquí desde tan lejos —digo al tiempo que me aparto de ella—. Aunque estoy segura de que tienes una vida en Texas. De verdad que no hace falta que...

—Ah, no, de verdad que no me importa —asegura, y frunce los labios, como haciendo morritos y sonriendo al mismo tiempo—. Robert se ha llevado al grupo de jóvenes de la sinagoga a un viaje a caballo y Amber lo acompaña. Yo no soporto los caballos.

—De verdad que no hace falta —insisto—. Mi padre podría volver en cualquier momento.

Ella me envuelve en un abrazo, un abrazo teñido de lástima y tristeza, como el que se da en los funerales.

—Por supuesto que regresará, cariño.

Ambas nos evitamos durante el resto del día. O, mejor dicho, yo la evito escondiéndome en mi habitación mientras ella se mantiene a una paciente y respetuosa distancia. No tiene nada de malo. No es mala. Pero este es mi piso, donde me las arreglo con mis mierdas, lo que, como ya te habrán dicho, Georgina, es bastante complicado ahora mismo. Detesto la idea de tenerla aquí. Es muy vergonzoso que un desconocido te oiga llorar. Por la mañana intento volver a evitarla, pero entonces, pasado un rato, antes de que llegue a salir por la puerta, ella me detiene.

—Siéntate un momento —me pide, y da una palmadita en el lugar que queda junto a ella en el sofá.

Estoy a punto de decirle que no, pero no tengo ningún motivo razonable para ser maleducada con mi tía. Ha hecho un largo viaje para llegar hasta aquí. Eso se merece, como mínimo, una conversación. Me quito la chaqueta y me siento en una silla frente a ella.

—El colegio —dice.

—¿Qué pasa con el colegio?

—Podría ser una buena distracción. ¿Cuándo crees que podrías volver?

Odio tener que reconocerlo, pero tiene razón.

—Dentro de un par de días —contesto—. A finales de esta semana.

—Me alegra mucho que estés de acuerdo. —Luego inhala con fuerza como si hubiera algo más que quisiera decirme—. Mira, Gwendolyn —consigue decir al final—. Si te parece precipitado, lo siento. Pero si esta situación, la situación con tu padre, durase más de... No sé... Un par de días, un par de semanas...

La interrumpo.

—Puedes volver a Texas cuando quieras.

—Ya basta —exclama—. He pensado que podrías volver conmigo. Solo por un tiempo. Hasta que tu padre vuelva.

Me quedo mirándola, reprimiendo la rabia, luchando contra el intenso deseo de decirle que se vaya a tomar por culo.

—Mira, agradezco que hayas venido. De verdad. Pero ¿por qué ibas a querer a una desconocida en casa? Sinceramente, ¿qué soy yo para ti?

—Pero tú no eres una desconocida, Gwendolyn —replica—. Tú eres de la familia. Lo siento, pero me da igual cómo te sientas con respecto a nosotros; esa es una realidad establecida por Dios.

—No quiero ser una carga para nadie.

Georgina carraspea y apoya las manos sobre las rodillas.

—¿Una carga? Cielo, jamás podrías ser una carga. Sé que no será como estar en París ni en Nueva York, pero si le das una oportunidad, creo que te gustará estar allí. Y, de todas formas, es solo por un tiempo.

Se acerca a mí y se sienta con las piernas cruzadas en el suelo, a mis pies. Luego saca su maxibolso de Louis Vuitton —el auténtico, no una imitación comprada en Chinatown—, se lo pone en el regazo y saca su móvil. Abre el álbum de fotos y vuelve la pantalla hacia mí para que pueda verlo. En ella veo una casa típica de una urbanización plantada en un césped que no puede ser más verde, un Cadillac tipo todoterreno de color blanco del tamaño de un tanque aparcado en el camino de entrada de la vivienda.

—Tendrías una habitación para ti sola, por supuesto; en casa hay mucho espacio. Compartirías el baño con Amber, pero es ordenada, no te preocupes.

Pasa a la siguiente foto. Es una niña guapa con el pelo negro y rizado, vestida de animadora y subida a una pirámide formada por otras chicas.

—Y aquí está ella —anuncia Georgina—. Amber es capitana del equipo de animadoras, pero también es muy buena estudiante. Dirige un grupo de estudio de la torá en el colegio. Podrías asistir con ella si quisieras.

—No soy muy religiosa.

—Pues entonces ve solo para hacer amigos. Verás, somos reformistas, nos lo tomamos de forma muy relajada. Ni siquiera tendrías que acudir al templo con nosotros a menos que decidieras hacerlo. —Deja el móvil y mira en el interior del bolso, buscando algo más—. Allí tendrás la libertad de ser tú misma. Podrás ser como quieras.

Mentiría si dijera que el discurso de venta de ese panorama no está funcionando, al menos un poco. Lo de vivir allí parece fácil. Clima cálido, gente agradable y espacio.

Saca algo más de su bolso y me lo coloca sobre la rodilla. Es una foto en blanco y negro, muy antigua y agrietada, de una anciana con su numerosa familia repartida por el porche de una casa destartalada. Debe de haber una docena de niños y chicos más mayores. Algunos están sentados, otros están de pie, nadie sonríe. La fecha del pie de foto es 1940.

Georgina señala con un dedo a la anciana con su uña de manicura perfecta.

—Alona Feingold, tu tatarabuela. Dios mío, ¿lo he dicho bien? He investigado sobre ella en internet. Nacida en Odessa, en 1882. Eso es Ucrania, o a lo mejor ahora es Rusia, nunca me aclaro. En cualquier caso, llegó a Estados Unidos en 1913 con su marido y sus cinco hijos. Esta es Alona ya anciana con sus hijos y sus nietos en su casa de Fenton, Missouri. Apuesto a que eran los únicos judíos de la ciudad.

Sobre el regazo de un joven hay una niña pequeña sentada que se parece ligeramente a mí en una foto que recuerdo que me hicieron cuando tenía su edad. Tiene unos dos o tres años y lleva un pulcro vestido blanco.

—Esa es tu abuela Sarah. No la conociste porque murió cuando eras pequeña. Era una mujer encantadora. Con una voluntad de hierro.

Noto mi respiración temblorosa y me siento tensa porque intento que Georgina no se dé cuenta. Era consciente solo teóricamente de que tenía una tía y una abuela y una prima y una familia. No eran más que las líneas de un boceto. Pero ahora están aquí, personas reales y definidas. Me coloco un mechón de pelo por detrás de la oreja.

—Nunca había visto fotos de ellas antes —confieso.

—Tu madre no era muy sentimental con el tema de la familia —afirma Georgina—. Seguramente fue culpa nuestra, mía y de tu abuela. Nosotras éramos demasiado convencionales para ella. Por eso se fue a los dieciocho años para alistarse en el ejército. Fue un escándalo total para tu abuela: ¡una encantadora joven judía en el ejército! Aunque tu madre fue siempre la valiente. Siempre fue la exploradora intrépida. —Georgina alarga una mano y me acaricia la mejilla—. Seguro que tú eres igual, ¿a que sí? Valiente. Siempre buscando la aventura.

No tiene ni idea de cómo se equivoca.

—Debe de haberse saltado una generación —asevero.

La señora Wasserman hace gala de su edulcorada compasión cuando nos mira a Georgina y a mí desde el otro lado de la mesa. Es una actriz en escena: proyecta su mirada lastimosa hasta llegar a los palcos. Según dice, el personal del centro ha sido informado de la desaparición de mi padre durante su viaje de negocios por Europa. Aunque en el trasfondo de su afirmación está ese tonillo de pregunta, el ruego implícito de conocer más detalles mundanos y suculentos. Ni Georgina ni yo se los facilitamos, no obstante, y percibo que la subdirectora está decepcionada. Con todo, frunce los labios con la calidez de una actriz de teatro kabuki y me apretuja las manos mientras me dice que Danton será siempre un lugar seguro para mí en esta etapa de desafíos emocionales.

Mientras salgo del despacho de la señora Wasserman y voy hacia mi taquilla, me queda claro que la noticia sobre la desaparición de mi padre se ha propagado más allá del personal del centro. Las conversaciones se cortan de cuajo a medida que yo voy pasando, y todas las miradas se vuelven hacia mí. Solo cuando les doy la espalda vuelven a hablar entre susurros. ¿Rumores sobre intrigas y asesinatos? Es posible que mi fama haya aumentado. Y que ahora les resulte interesante.

Terrance se me acerca cuando estoy frente a mi taquilla. Su expresión refleja preocupación y comprensión, como si alguien cercano hubiera sido lastimado. Estoy a punto de preguntarle si va todo bien. Y luego me doy cuenta de que esa mirada es por mí.

—¿Qué pasa? —pregunta mientras yo sigo de pie frente a la taquilla abierta—. Me he enterado de lo de tu padre. De que lo han secuestrado o algo por el estilo. Bueno, joder, Gwen, ¿estás bien?

Una sensación agradable y de calidez late en mi interior cuando oigo su voz, pero enseguida me siento culpable y la reprimo.

—No lo han secuestrado. Solo ha desaparecido. —Hablo con un tono neutro y frío. Mi intención no era sonar así, pero así me sale.

—¿Necesitas algo? ¿Puedo ayudar?

—Estoy bien —digo mientras cierro la taquilla—. Lo siento. Tengo que irme.

Me dirijo a la clase y me pregunto si las cosas habrían ido de otra forma si hubiera respondido la llamada que mi padre me hizo mientras estaba con Terrance en el parque. Seguramente no. Pero quizá sí. «Es todo culpa tuya, Gwen.»

Sin embargo, para empezar, vuelvo al colegio para evitar este tipo de pensamientos, y básicamente funciona. Han pasado ocho días sin noticias, ocho días sin más que la tortura de mis pensamientos sobre lo que supone no recibir noticias. Por suerte, al cálculo no le importan mis problemas, ni tampoco a la civilización de la antigua China. Tratar con acontecimientos difíciles y sucesos acontecidos en la antigüedad es lo más cerca que he estado de la vivencia del auténtico placer.

Después de la última clase, cojo el metro hasta el centro para ir al despacho de mi padre, no hay nada distinto a la misma mierda de todos los días anteriores. La única diferencia es que ahora puedo sentarme allí y hacer los deberes en la sala de reuniones entre interrogatorios. «¿Por qué escribiste en tu diario sobre los refugiados sirios el 23 de abril? ¿Por qué pagó tu padre 79 dólares en una floristería el 12 de junio?»

No obstante, me queda claro con cada día que pasa, con cada pregunta sin sentido, que no tienen ni idea de qué están haciendo, ni siquiera de qué están buscando. Resulta evidente que buscar pistas en las entradas del diario personal de una colegiala y en viejos recibos de tarjetas de crédito es lo mejor que saben hacer.

Veo poco a Joey Díaz y, cuando lo hago, él se limita a darme un apretón en el hombro y decirme: «Es un maratón, no un esprint». Veo a Carlisle incluso menos. Siempre me contesta con alguna variación de «hoy no hay ninguna novedad», dicho con un tono brusco, en plan imbécil, mientras remueve su café con el boli.

Todo sigue igual durante al menos otra semana. De lunes a viernes voy al colegio y luego al edificio del centro. Allí ya ni siquiera se molestan en seguir interrogándome. Estudio en una sala de reuniones, la tarjeta roja de visitante me cuelga del cuello, y solo hablo con alguien cuando un agente se asoma y me pregunta si quiero un café. Poco a poco me doy cuenta de que lo que dice en la tarjeta es cierto. No soy más que una visitante que está aquí por casualidad, no soy el sujeto de un interrogatorio, ni siquiera un sujeto de interés. Las miradas de lástima automáticas que antes me dedicaban se transforman en miradas de educada tolerancia. Y, un día, cuando pillo a Carlisle en un pasillo y le pregunto si tiene alguna novedad, me dice: «¿Sobre qué?».

Todas las noches vuelvo a casa con Georgina, donde me espera la cena y un resumen de sus aventuras del día en la ciudad. Todas las noches busco un motivo para odiarla, para odiar a esta intrusa, a esta desconocida. Pero no consigo nada.

Aunque la verdad es que Georgina solo ha sido amable conmigo. Es cariñosa conmigo. Es generosa. Y eso, precisamente, es lo raro: es generosa con su amor ante todo. No somos más que una tira de ADN compartido, pero Georgina no lo ve así. Me ayuda con el cálculo, porque resulta que estudió matemáticas en la universidad. Comparte algún chiste verde que ha oído en la peluquería, y luego suelta una risita nerviosa. Me apoya cuando me derrumbo y me va susurrando al oído que no pasa nada, no pasa nada, hasta que me siento mejor y dejo de llorar. Y mientras me ofrece consuelo, me doy cuenta de que tengo que cambiar la conclusión a la que llegué esa primera noche en casa de Bela y Lili, en su sofá, esa verdad que repetía como un mantra un millón de veces al día: «Él ya está muerto y yo estoy sola».

Porque la última parte no es del todo cierta.

Mientras jugueteo con mi tarjeta de visitante y voy leyendo un capítulo sobre la dinastía Zhou en mi libro de historia, Chase Carlisle entra en la sala de reuniones. Hoy está diferente. Ya no pone esa expresión de que no le toque las narices cuando me ve. Ya no me habla con tono brusco y de imbécil. Por el contrario, me sonríe, como un auténtico ser humano y me pregunta por mi salud y la de Georgina. Cuando le contesto que ambas estamos bien, vuelve a sonreír con calidez, como si de verdad le importara la respuesta. A continuación se sienta.

—Gwendolyn, ahora tengo que hablar contigo sobre tu padre —me anuncia.

Aprieto los puños por debajo de la mesa.

—Sabéis algo —digo con tono de afirmación, no de pregunta.

Carlisle inhala por la nariz y apoya las palmas de las manos sobre la mesa.

—No —niega.

—No ¿qué?

—Que no sabemos nada.

Lo miro parpadeando.

—Entonces...

—Gwendolyn, durante veinte días, la Agencia Nacional de Seguridad ha monitorizado todas las comunicaciones de todas las posibles fuentes: terroristas, sospechosos de terrorismo, criminales, sospechosos de serlo... Todo el mundo. No hemos captado ni una sola mención de tu padre, nada relacionado con él.

Me tiembla el labio inferior.

—Buscad mejor.

—La inteligencia francesa, la policía francesa, nuestro FBI han rastreado hasta el último rincón de París. Han interrogado al hombre con el que tu padre se reunió allí. Han interrogado a todas las personas que conoce ese hombre, desde su hermano hasta el tipo que le lleva el correo a casa.

—¿Y?

Carlisle vuelve las palmas hacia arriba.

—Nada.

—Nada —repito con un susurro entre dientes.

—No hay ninguna prueba, Gwendolyn, ninguna, de que tu padre haya sido secuestrado. De haberlas, iríamos hasta los confines de la Tierra para encontrarlo. Pero, ahora mismo, los indicios sólo apuntan a que... se ha marchado.

El zumbido de las luces del fluorescente que tenemos encima resulta ensordecedor. Me muerdo el labio inferior y siento que mi cara se expande hasta convertirse en su versión torturada con la que ya estoy tan familiarizada. Me obligo a respirar lentamente. Cuento hasta diez mentalmente y abro los ojos.

—Pero tampoco tenéis ninguna prueba de eso —argumento—. De que haya marchado. Eso no lo sabéis. No tenéis ninguna prueba.

—No —dice Carlisle. Tiene los ojos abiertos como platos, tristes—. Pero en estos casos, cuando las personas simplemente se van, no suele quedar nada que lo pruebe.

Me salen las palabras en un grito enfurecido.

—¡Pues seguid buscando!

Asiente en silencio.

—Y lo haremos. Te lo prometo. —Junta las manos, como si fuera a rezar—. Pero a otro nivel.

—¿Qué significa eso de «a otro nivel»?

—La Interpol... Es una red policial internacional, que actúa en todo el mundo...

—Ya sé lo que es la Interpol, joder.

—La Interpol ha enviado numerosas alertas. Se han marcado sus pasaportes, tanto el civil como el diplomático. Y los agentes fronterizos tienen su foto y su biométrica por si estuviera viajando con otra identidad.

Me quedo mirándome las manos, estoy temblando con un repentino espasmo violento.

—Un cartel de persona desaparecida pegado en los postes telefónicos. Eso es lo que estáis haciendo. Ese es vuestro mayor logro.

—En realidad es una cuestión de recursos. De personal. En la actualidad las amenazas mundiales son muchas. No podemos permitirnos...

—No podéis permitiros salvar a un agente de vuestra agencia... —Lanzo un suspiro ahogado, y me retiro de la mesa de un empujón.

Carlisle hace un mohín como si las palabras le hubieran dolido.

—Por desgracia, si no hay delito, nuestra máxima esperanza es que vuelva a aparecer por propia voluntad. Lo que supone que puede tardar bastante en solucionarse. —Se inclina hacia delante y espera que yo vuelva a mirarlo—. Mientras tanto...

—Vete a la mierda. —Me cruzo de brazos y los aprieto con fuerza.

—Mientras tanto, tu tía Georgina... La he llamado hoy, le he explicado la situación. Los dos estamos de acuerdo en que deberías irte con ella a Texas. ¿Es lo ideal? No. Pero sí de forma temporal. Verás, Gwendolyn, es la mejor opción. —Saca un grueso pliego de papeles doblados en tres partes y lo despliega sobre la mesa ante mí.

—¿Qué es esto?

—Una orden judicial. Concede tu custodia temporal a tu tía y a su marido. Hasta que cumplas los dieciocho o hasta que tu padre aparezca. —Carlisle tose, frunce el ceño—. O hasta que sea declarado muerto. Oficialmente, quiero decir.

Me levanto para irme. Que le den por culo. Que le den a Georgina. Que le den a lo de oficialmente muerto.

—Conozco mis derechos. No puedes hacerlo. Existen las vistas judiciales. Los abogados. Y hablando de abogados...

Me detiene en la puerta y sujeta el pomo antes de que yo pueda hacerlo.

—Es una orden de urgencia. Los abogados del gobierno se han reunido con la jueza en su despacho esta mañana. —Me mira con tristeza—. Tu asistencia no ha sido requerida.

—Déjame pasar.

—No hay nada más que puedas hacer por tu padre aquí en Nueva York —asegura Carlisle—. Todavía eres una niña, Gwendolyn. Eres una niña inteligente, desde luego, pero, ante la ley, todavía sigues siendo una niña.

Lo empujo para pasar y salir por la puerta, presiono con fuerza el botón del ascensor y vuelvo a darle porque no llega todo lo rápido que quiero. Me vuelvo, porque creía que Carlisle podría estar siguiéndome, pero no está. Se ha quedado de pie en la puerta de la sala de reuniones, con las manos en los bolsillos, mirándome con una expresión que podría ser de auténtica lástima.

En mi piso encuentro a Georgina sentada en el sofá, con una maleta vacía junto a ella.

—Es algo temporal —dice como si realmente lo creyera—. Hasta que tu padre vuelva a casa.

—¿Cómo has podido hacerlo? —pregunto entre dientes—. ¿Cómo has podido firmar eso, joder? Estampaste tu firma en esa puta orden judicial. Mientras yo estaba en el colegio.

—Lo siento, Gwendolyn. De verdad que lo siento. —Me mira con los ojos entornados como si estuviera a punto de llorar, como si fuera ella la que tuviera que estar triste, joder—. Esto es... Esto es por tu propio bien. Es la única alternativa. Ya lo sabes. Lo sabes en el fondo de tu corazón.

Vuelvo a derrumbarme. Y, una vez más, allí está ella, sujetándome, como si el sujetarme fuera algo que puede hacer por derecho. Pero es que tiene razón. Sí la tiene. Y yo lo sé. O creo que lo sé. A lo mejor.

—¿Cuándo? —le pregunto con la cabeza apoyada sobre su hombro.

—Este fin de semana —responde en voz baja—. El domingo por la mañana.

Cuando por fin me seco las lágrimas y dejo de moquear en un pañuelo de papel, ella me pone las manos en los hombros:

—Tengo una idea —dice—. Vamos a cenar, yo invito, y... Bueno, ¿sabes que nunca he ido a ningún espectáculo de Broadway?

—Las entradas cuestan unos doscientos dólares o algo así.

—Entonces iremos a cenar y al cine. ¡Será una noche de chicas!

Tiene una sonrisa tan radiante... ¡Joder!

En el elegante restaurante tailandés que escoge Georgina a solo unas manzanas del piso, pido sopa y un Sprite, y ella pide *wonton* de queso y cangrejo, pad-no-sé-qué y un cosmopolitan.

—Todas las mujeres de Nueva York beben cosmopolitan —asevera.

Tengo ganas de decirle que a lo mejor era así en 1997. Pero es una idea que no aportaría nada. Es tan tierna y se está esforzando tanto por agradar... Así que le digo:

—Así ha sido siempre. —Le toco la mano—. Quiero decirte que... Te lo agradezco. Todo lo que estás haciendo.

Deja la copa y me mira parpadeando. Percibo que tiene los ojos llorosos. Quiere que la acompañe, que sea solo durante un tiempo, pero a lo mejor será para siempre. Y a ella le parece bien. A Amber, a ella y al buen rabino les parece bien. Me asombra el gran corazón que deben de tener.

Terminamos y vamos a ver una película. Una comedia. La segunda parte de una primera parte que no hemos visto ninguna de las dos, pero es que estaba a punto de empezar y todavía quedaban entradas, y, a quién queremos engañar, no hemos venido aquí para ver una película. Las palomitas están calientes y los espectadores no son demasiado habladores. Nos reímos un poco e incluso conseguimos meternos en la historia durante unos segundos cada poco tiempo. La fea al final resulta no ser fea. Hay que ver lo que puede hacer un nuevo vestuario y un atrevido amigo gay. Esta vez ella conseguirá el ascenso y el chico. Lo sé.

A las diez de la noche ya estamos de vuelta en casa, y Georgina se toma una copa de vino blanco y lee *The New York Post*. Va chasqueando la lengua y sacudiendo la cabeza al leer las noticias sobre cosas que, según dice, jamás pasan en Texas.

Le digo que voy a leer a mi cuarto y le doy un beso de buenas noches en la mejilla antes de irme. Se sobresalta un poco con el beso y luego sonríe. Cierro la puerta de mi habitación al entrar y hundo la cabeza en la almohada. «Que te den por culo, papá. Que te den por hacerme esto. Que te den por escoger un trabajo en el que podían secuestrarte. Que te den por apartarme de la única familia que me queda hasta convertirlos simplemente en desconocidos y fotos. Que te den por obligarme a escoger.»

Pero tenía sus motivos. Debía de tenerlos. ¿Verdad, papá? Busco una fotografía que siempre he tenido sobre mi cómoda: de mi padre, mi madre y yo con unos cinco años. Estábamos de vacaciones en algún sitio, Creta, a lo mejor, justo antes de ir al destino de Argelia. Mi madre está en biquini y lleva una pamela de paja de ala ancha. Mi padre lleva un bañador holgado de pantalón corto, y tiene la piel roja por el sol. Pero esa foto también ha desaparecido, es otro de los objetos que se llevaron en la redada del equipo de Carlisle. «¿Dónde te has metido, capullo?»

6

Bela me abre la puerta llevándose un dedo a los labios.

—Lili está durmiendo —me susurra mientras me señala el interior. En el piso hace demasiado calor, todavía huele a las especias que han utilizado para preparar la cena—. ¿Sabe tu tía Georgina que estás aquí? —pregunta Bela.

—Está en la cama —respondo—. A lo mejor porque ha bebido demasiado.

Bela se vuelve hacia un carrito de bronce que está colocado junto a la pared, donde sirve el contenido de una botella en dos vasos.

—Entonces ahora te toca a ti —decide—. Y no me digas que eres demasiado joven. Yo empecé a beber palinka a los nueve años.

Cojo el vaso y brindamos.

—Por tu padre —dice Bela.

—Por mi padre —digo, y bebo un sorbito. El sabor a fruta rancia me baja por la garganta y me quema el estómago, y casi me atraganto.

Bela se sienta en su sillón.

—¿Y bien?

Me quedo mirándolo.

—¿Y bien?

—Esta noche estás mal. Peor todavía. Cuenta.

Me acomodo en el sofá, y doblo las piernas hasta apoyar las rodillas contra el pecho.

—Han dejado de buscarlo, Bela. Al menos oficialmente. Dicen que... Que se ha ido por voluntad propia. Que lo ha dejado todo y se ha marchado.

Bela toma un sorbo y se queda pensándolo un rato.

—Estas son las patrañas contra las que le prometí a tu padre que te protegería.

—No hay pistas. Ninguna conversación sobre lo ocurrido. Eso es lo que dicen.

Bela se inclina hacia delante y me toca una rodilla.

—¿Y tú lo crees?

La pregunta es más difícil de lo que me gustaría reconocer.

—No —contesto.

—Y yo tampoco —conviene Bela—. Son ellos los que han huido de él, Zapatos Rojos. La CIA tiene el corazón de hielo, sobre todo con los suyos. He trabajado con ellos y contra ellos, y he visto lo crueles que son. Lo he visto con mis propios ojos.

Me cuesta tragar saliva.

—¿Por qué? ¿Por qué se comportan así?

—No tengo ni idea —responde—. Pero son famosos por abandonar a los suyos cuando una operación se tuerce. Lo siento, pero esa es la verdad.

Me levanto, empiezo a dar vueltas por la habitación y a mirar los pequeños adornos de las estanterías, las muñecas de punto, los pequeños tesoros del mundo que habitaban Bela y Lili pero que tuvieron que dejar.

Tomo un segundo sorbo de palinka. Esta vez pasa con más facilidad.

—Chase Carlisle tenía una orden judicial. Georgina tiene mi custodia hasta que cumpla los dieciocho.

—¿Y bien? Te gustará Texas —afirma Bela—. Escucharás música rap, irás al colegio. Te echarás un buen novio del equipo de fútbol.

Consigo esbozar una tímida sonrisa.

—O lo que sea que hagan los adolescentes —dice Bela sonriéndome al tiempo que vuelve a llenarse la copa—. No sé nada sobre esa clase de vida. Cuando tenía tu edad, había una guerra.

—Ahora siento como si estuviera en guerra.

Bela asiente con la cabeza.

—Es que lo estás. Además, supongo que tienes mucho miedo y crees que no puedes hacer nada.

—¿Qué puedo hacer? Tengo diecisiete años, Bela. Técnicamente soy una niña.

Se acerca a mí y me posa una mano sobre el hombro con gesto de abuelo.

—Sé lo que sientes, sé cuánto te duele el corazón. Lo asustada que estás. Yo también lo he sentido. Mi propia guerra estalló cuando tenía trece años.

—¿A los trece?

—¿Quieres conocer cómo fue mi guerra, mi pequeña participación en ella? —Su expresión, sus cejas enarcadas, su sonrisa de medio lado, transmite que hay algo que quiere contarme, algo que yo quiere que aprenda.

—Sí que quiero —declaro.

Regresa a su sillón y se coloca mirando al sofá. Lo sigo y me siento frente a él.

—Mi hermano y yo estábamos en el bosque, recogiendo leña para el fuego —cuenta—. Y desde allí veíamos la pequeña choza en la que se ocultaba mi familia. Mis padres y mis dos hermanas estaban fuera, en el jardín que habíamos plantado. Teníamos una huerta con zanahorias, patatas... Debía de ser otoño.

Bela traga saliva, deja salir un largo suspiro, el recuerdo es difícil de evocar. Le doy espacio mirando el palinka que todavía me queda en la copa. Su aroma me sube hasta la nariz, dulce y embriagador.

—Entonces llegó el camión de los alemanes. Eran ocho soldados. No, seis. Y un oficial con un elegante abrigo de cuero, guapo como una estrella de cine. —Se calla de nuevo, desvía la mirada un segundo antes de seguir—. Mis padres y mis hermanas salieron corriendo, pero... Ese oficial era muy buen tirador. Salieron cuatro balas de su pistola. Bastó con eso.

Percibo que las lágrimas están a punto de brotar. Esta vez son las suyas, no las mías. Pestañeo para no llorar.

—Lo siento, Bela. No tenía ni idea —me lamento—. ¿Qué te pasó a ti?

Me dedica una sonrisa, delgada como un alambre, de tristeza, arrepentimiento y orgullo al mismo tiempo.

—¿A mí? ¿Qué alternativa tenía, Zapatos Rojos? Mi hermano y yo conseguimos armas y fuimos a la guerra.

—Solo eras un niño —digo.

—No después de eso —replico, luego se señala el vientre—. Ese miedo que tú sientes, aquí, ¿en el estómago?

—¿Sí?

—Es solo una sensación. Solo eso. Ignorar ese sentimiento es lo que significa tener valor. —Se bebe lo que le queda de palinka y se levanta—. Ven.

Lo sigo hasta la vitrina de puertas de cristal llena de antiguos libros polvorientos, la mayoría de ellos en hebreo y otros supongo que en húngaro.

—Tu padre me dio algo —anuncia Bela y abre la vitrina de par en par—. La mañana que se fue a París. Me dijo que se lo guardara hasta que volviera.

—¿Por qué?

—Por si registraban vuestro piso, supongo. —Saca un libro de la estantería y me lo entrega.

Es el ejemplar de *1984* que mi padre me había mostrado la noche de su cumpleaños. Le doy vueltas para mirarlo.

—¿Por qué no me lo habías contado antes?

—Oh, estoy seguro de que no era para ti, Zapatos Rojos.

—¿Para quién sería?

Bela se encoge de hombros.

—Sea lo que sea en lo que estuviera metido tu padre, debería estar tratando con un adulto.

Lo hojeo pasando las páginas con el pulgar, pero se trata solo de un viejo libro de bolsillo, con la cubierta rota y agrietada, y las hojas amarillentas. En el reverso de la cubierta hay un nombre escrito y un número de teléfono que empieza por 718 garabateado con tinta azul.

—¿Sabes quién es Peter Kagan?

—Puede que el dueño del libro. Antes que tu padre. —Vuelve a dirigirse al carrito y se sirve otra copa.

Me quedo mirando el libro.

—¿Puedo llevármelo?

—Como ya he dicho, no creo que fuera para ti. —Se bebe de un trago el contenido de la copa—. Bueno, la charla de esta noche ha sido estupenda, pero Bela tiene que irse a la cama. ¿Me haces un favor, Zapatos Rojos?

Me quedo mirándolo.

—¿Sí?

—Asegúrate de cerrar bien la puerta al salir.

Me detengo en el rellano delante de mi piso, pero no entro. En lugar de hacerlo me quedo sentada en la escalera que baja hasta el tercero y saco el ejemplar de *1984* del bolsillo de mi casaca militar. No es más que un libro hecho polvo tras miles de lecturas y con la tinta de las letras desvaída. Vuelvo a hojearlo con el pulgar, con más cuidado esta vez, pero no hay ninguna nota escrita al margen, ni nada subrayado. Solo en la última página, la que está en blanco, justo al final, encuentro algo. Allí alguien ha escrito con lápiz: «14/12/95». Una fecha, pero no me dice nada.

Las únicas cosas que hacen que este libro sea tan especial son la fecha, el nombre y el número de teléfono. Miro el reverso de la cubierta y el nombre otra vez. La letra está en mayúsculas y escrita con tinta azul, y no es marca personal de nadie. Pero entonces la miro más de cerca, y esta vez sí lo veo. No me fijo especialmente en la letra, sino en la tinta fresca y en el elegante trazo de color azul. «Oh, papá. Sí que te gustaba esa pluma.»

No puedo evitar sonreír con tristeza al pensarlo. Durante unos segundos, me estrujo el cerebro para intentar averiguar quién será el tal Peter Kagan, pero no es nadie del que haya oído hablar a mi padre jamás. Saco el móvil y marco el número que empieza por 718 escrito bajo el nombre.

El teléfono suena una vez, dos, y luego contesta un hombre:

—Cafetería de la calle Once.

Dudo un instante y oigo música de mariachis de fondo en una radio y el alboroto de una cocina.

—Hola —saludo—. ¿Está... Peter Kagan?

—Peter ¿qué? —pregunta el tipo.

—Peter Kagan —repito con parsimonia.

—Nunca he oído ese nombre. Te equivocas de número.

—Un momento —digo en un arranque repentino—, ¿dónde está esta cafetería?

Me indica el nombre de un cruce en Queens, y cuelgo el teléfono.

Si el número pertenecía a alguien llamado Peter Kagan, ahora ya no es así. Me llevo el móvil a los labios. A menos que jamás haya pertenecido a Peter Kagan. A menos que esos dos datos hayan sido escritos ahí para que pareciera que estaban relacionados. Me quedo mirando el reloj del móvil. Las once y veinte. No es tarde. No es tan tarde. Entonces me levanto y me quedo de pie al borde del rellano.

Y bajo corriendo los peldaños de tres en tres.

Cojo el metro número 6 que va a la estación Grand Central, hago transbordo al número 7 en dirección Queens. Tardo veinte minutos en llegar desde mi piso a la parada de Court Square, donde debería bajarme según el mapa.

Desciendo por la escalera del andén elevado hasta la calle y me abro paso hasta la dirección de la cafetería de la calle Once, que se encuentra solo a un par de manzanas de distancia.

Entre los garajes de baja altura y las tiendas montadas en antiguos almacenes industriales cerradas justo hoy, la cafetería resulta fácil de localizar. Tiene un toldo de color llamativo y parece ser la única señal de algo con vida por los alrededores. En el interior hace calor y el ambiente huele a fritanga.

—Un café —le pido al chico de la barra—. Para llevar. Flojo y con mucho azúcar. —Se limpia las manos en el delantal y sirve una taza, le pone un montón de crema de leche y de azúcar. Me siento en uno de los cuatro compartimentos y me quedo mirando por la única ventana.

Por lo que yo sé, no hay nada por aquí que resulte interesante. Pero mi padre habría escogido este lugar por algún motivo en especial. Se me ocurre que a lo mejor esta pista no sea para recordarle la localización, sino para que alguien más pueda descubrirla, a lo mejor desde este punto de vista privilegiado.

Dejo vagar un poco mi mente observando el lugar, camino por la calle que está delante de la cafetería, paso por un garaje de taxis que está cerrado, una tienda de importación y exportación cerrada, un almacén particular, una tienda que vende maquinaria industrial.

La mirada se me va al almacén particular. Un lugar donde la gente guarda sus cosas cuando se ha quedado sin sitio en casa, o cuando no las quiere. Pero se necesita una llave para entrar. Una llave para abrir el cerrojo. Saco el libro y lo abro por la última página: «14/12/95». No es una fecha, es una combinación.

La campanilla que hay sobre la puerta suena muy tenue cuando me dirijo hacia la zona más fría en dirección al almacén. Aunque el edificio está casi a oscuras, se ve una luz en el pequeño despacho que hay enfrente. Subo la escalera y entro.

Un hombre como un fideo, con camiseta de tirantes y tatuajes desde los dedos de las manos hasta los hombros deja una revista y levanta la vista de su mesa de escritorio.

—¿Puedo ayudarte?

—¿Tiene...? ¿Tiene alguna consigna a nombre de William Bloom? —pregunto.

La silla del hombre rechina cuando se vuelve hacia el ordenador y teclea el nombre con parsimonia.

—No me sale nada con William Bloom —me hace saber.

—Vale —digo—. Gracias. —Me vuelvo para marcharme y colocar la mano en la manija de la puerta. Pero, claro, mi padre no habría usado su auténtico nombre, no para un asunto secreto. Y ahora, con lo que sé sobre su trabajo, un carnet de conducir falso o incluso un pasaporte, alguna documentación válida para alquilar una consigna, tampoco sería tan difícil de encontrar.

—Pruebe con Peter Kagan —propongo.

—¿Qué?

—Peter Kagan.

Vuelve a teclear con parsimonia el teclado.

—Apellido Kagan, nombre Peter, unidad 213 —declara.

El corazón me da un vuelco.

—¿Cree que podría...? No sé... ¿Echar un vistazo? —pregunto—. Soy su hija. Tengo la clave.

—Solo los arrendatarios, y Peter Kagan es el único nombre que tengo.

Me saco un billete de veinte dólares y lo pongo sobre el mostrador sin que resulte visible. Jamás he sobornado a nadie, pero sí que sé que hay una forma de hacerlo, una forma de entregar el dinero fingiendo que el soborno no es tal.

—A lo mejor... A lo mejor hay una cuota que yo podría pagar —dije en voz baja. Es la frase que había escuchado a mi padre decir a un policía de tráfico en Moscú. Doblé el billete de veinte por la mitad y lo levanté para que lo viera.

El hombre se levanta y apoya los brazos sobre el mostrador.

—¡Largo!

Cruzo la calle, pero he dado solo un par de pasos en dirección al metro antes de parar. La respuesta, o al menos lo más parecido a una respuesta, está en la unidad 213 del edificio que queda a mis espaldas. Entonces ¿por qué estoy caminando hacia el metro? Si esto es una especie de guerra —y sí lo es— ¿puede un guardia de seguridad nocturno ser lo único que me venza?

«Ese miedo que sientes, aquí, en el estómago... Es solo una sensación. Solo eso.»

Así que, en lugar de volver al metro, ladeo la cabeza y me pongo a escuchar. Los únicos ruidos que oigo en la distancia son las sirenas que acuden a emergencias lejanas. Y, cuando miro a mi alrededor, me doy cuenta de que entre las sombras de la noche de Nueva York a una chica le resulta fácil esconderse. En los portales, detrás de los coches aparcados, tras las pilas de cajas. Solo hay escondites. Es una de las cosas buenas de esta ciudad. Quizá sea su especialidad. Así que doy media vuelta y echo un vistazo. Eso es todo, solo un vistazo.

El almacén donde está la consigna se encuentra al final de una amplia y ajetreada avenida. Se trata de una calle paralela que en apariencia es tan tranquila que no hay ni un solo semáforo, solo una señal de STOP. Hay un contenedor apoyado contra la pared del almacén, destartalado e inclinado hacia un lado, como un barco averiado a punto de naufragar. Encima hay una tubería atornillada a la pared con abrazaderas y, sobre ella, una ventana. Desde el otro lado de la calle parece bastante fácil, pero cuando cruzo y lo veo más de cerca, escalar por esa tubería parece casi imposible. Las abrazaderas están oxidadas y la pared está agrietada justo por las partes donde están los tornillos que las sujetan. Luego está la ventana, pero no se ve ninguna parte por donde poder abrirla.

Sería fácil que me pillaran y más fácil todavía que me cayera y me partiera el cuello, pero ignoro el miedo, la sensación del miedo, y de pronto visualizo a Bela con trece años, pistola en mano, y a las valientes chicas que viven en la librería de mi cuarto.

Subo al contenedor, doy un pequeño tirón a la tubería, y luego me cuelgo, dejando caer todo el peso. Permanece firme y pegada a la pared. Suplico a los dioses de la gravedad, los mismos que controlan mi destino en gimnasia deportiva, para que se apiaden de mí.

La tubería tiene casi la misma anchura que la barra de equilibrio, y aunque está en vertical, me resulta familiar. Me doy impulso para subir y apoyo los pies contra la pared de ladrillos, pero cuando estoy a unos tres metros de altura del contenedor, noto que las abrazaderas se mueven un poco, como si estuvieran a punto de soltarse. Me sujeto bien y desplazo los pies hacia la tubería para abarcarla entre las botas. Trepar así es más difícil que ascender de la otra forma, pero en menos de treinta segundos ya estoy en la ventana.

Sujetándome con todas mis fuerzas a la tubería, balanceo los pies para apoyarlos en el alféizar de la ventana y propino una buena patada al cristal, pero no ocurre nada. Doy otra patada, esta vez con más fuerza, y mi bota desaparece por el agujero abierto tras el golpe. Durante un instante me quedo ahí colgando lo más quieta que puedo, esperando que salte alguna alarma antirrobo, pero lo único que oigo es el tráfico que pasa por la avenida.

Contengo la respiración como puedo. Me cuesta más de lo que esperaba patear la ventana hasta cargarme el cristal del todo y levantar las piernas hasta lograr entrar. Todavía hay esquirlas que siguen pegadas al marco: me desgarran el vaquero y se me clavan en la carne. Me cubro la cara con los brazos al atravesar con el resto del cuerpo la ventana, protegida por las gruesas mangas de mi casaca militar. Cuando mis pies aterrizan sobre la superficie y crujen al pisar el suelo, siento algo húmedo que me gotea sobre la frente y luego me cae por el tabique nasal. Es casi negro por dentro, pero desparramo la gota entre ambos pulgares y por su viscosidad sé que es sangre.

Están temblándome las manos. Y por cierto, también me tiemblan los brazos. Incluso parece que las rodillas van a fallarme, así que me apoyo contra la pared durante medio minuto. «Tranquila —me digo—. Sé fuerte. Es solo sangre. Solo unas gotas de miedo.»

Pero no es el miedo; de hecho, es lo contrario al miedo. Es la náusea que sentí en una ocasión después de fumar un cigarrillo en Moscú y que me gustara. Es el subidón que sentí después de que Terrance me besara. Es el colocón que pillé al beber champán robado de las fiestas de la embajada. Es todo eso combinado, todo junto y al mismo tiempo. Y, por esa razón, mucho más potente. Es como si algo nuevo se hubiera metido en mi interior, como si estuviera hurgando en mí, haciendo un pequeño nido en mi barriga y probando cómo se encontraba entre mis costillas, para ver si encajaba bien allí.

Esta nueva sensación, sea lo que sea, debe de haber decidido que se siente a gusto en mi interior, porque, en un instante, los temblores y la náusea se esfuman. En cuestión de segundos, ha tomado posesión de mi interior y está arrastrándome por el pasillo. Está muy oscuro, no hay casi luz, pero una especie de instinto —un instinto que no es mío, sino que pertenece a este algo nuevo que habita en mi cuerpo— me advierte que no utilice la pequeña linterna que llevo en el llavero. El instinto me dice que me manejo mejor en la oscuridad. «Es tu medio natural.» En cuestión de segundos soy capaz de ver gracias a mis dedos, de ver como lo hacen los ciegos. Las paredes de ladrillo color ceniza están llenas de tersas puertas metálicas, y cada puerta está señalada con una tira de plástico que lleva un número.

Logro distinguir el número 217, luego el 215 y el 213. Busco el candado a tientas y lo encuentro. Es de acero muy grueso y muy frío al tacto. Con cautela enciendo la linterna, y limito el haz de luz a un pequeño punto tapándolo con la mano. Con el pulgar de la otra mano, giro las seis ruedas del candado hasta que en él se ven los números 14, 12 y 95. Con un pequeño tirón, se abre.

Hago una pausa, me quedo escuchando y tengo cuidado de

no hacer ni un solo ruido mientras corro el pestillo y abro la puerta. El olor del interior sale en una vaharada para darme la bienvenida. Me resulta familiar, huele como todos los pisos que hemos tenido, es la peculiar combinación de olores que una familia imprime como un cuño en todas las cosas que posee.

Cierro la puerta al entrar y, segura de ser invisible en este momento para cualquier otra persona que se encuentre en el edificio, dirijo el haz de la linterna hacia las cosas que en el pasado compusieron mi vida: una vieja cómoda que tenía cuando era niña, el cabecero de la cama a juego y un armario del conjunto del dormitorio de mis padres. Resulta raro entrar de forma furtiva en un edificio y acabar encontrándote con tus propios recuerdos en el interior.

Sin embargo, ¿qué querría mi padre que encontrara aquí? Doy un giro con la luz y veo una caja con la palabra JUGUETES escrita con un rotulador cuya tinta empieza a desvaírse. La abro y echo un vistazo en su interior. Hay una Barbie de colección a la que corté el pelo cuando tenía cinco años. Hay una muñeca rubia, con los ojos azules que, cuando tiras de una cuerda, dice en árabe: «¡Hola, amigo!». Hay piezas sueltas de Lego y coches de juguete y una tarjeta de felicitación de Janucá muy llamativa que hice para mis padres, que me deja los dedos llenos de purpurina plateada.

Cierro la caja de juguetes y voy a mirar otra, pero lo único que veo son viejos documentos de devolución de Hacienda, cintas de VHS y piezas del acuario para los pececitos que solo duraron una semana. Luego, en la siguiente caja, entre mis viejas zapatillas de ballet y los apuntes del cole, hay un álbum de fotos.

«No lo hagas», me digo. No. Pero sí lo hago. Me siento sobre otra caja y lo abro. Es una Polaroid de mi madre con el uniforme del ejército y la misma casaca que llevo ahora, me sonríe desde una época anterior a mi nacimiento. En el pie de foto está escrito BOSNIA. En la siguiente hoja de plástico hay una foto mía de bebé, envuelta como un burrito en brazos de mi madre. Lleva un camisón de hospital esta vez, pero sonríe a cámara con la misma felicidad. ¿Quién sacaría esa foto? Mi padre todavía no estaba en su vida. ¿Debió de ser mi padre biológico, cuyo nombre ni siquiera estaba en mi certificado de nacimiento? No lo creo. Coloco el pulgar sobre el rostro de mi madre, le acaricio la mejilla, le toco el pelo... Se me hace un nudo en la garganta, y el álbum de fotos se me cae de las rodillas al suelo.

La punta blanca de una de las imágenes asoma por el álbum, se ha desplazado de lugar por la caída. Tiro de ella y veo que no se trata de una foto en absoluto. Es un sobre, sellado, blanco, liso y nuevo. Me enderezo, paso un dedo por la solapa y tiro de ella para abrirla.

En su interior hay un trozo de papel, y lo examino a la luz de la linterna. No tiene palabras escritas, nada de «Querida Gwen, si estás leyendo esto, es que estoy secuestrado y esto es lo que debes hacer ahora», solo hay series de números separados por espacios —«0130513 1192381 3271822»—, que son interminables, están todos muy juntos, con interlineado simple, y cubren toda la hoja por delante y por detrás. ¡Ay, mi padre!, ¿no podría haber sido un poco más explícito? Con todos los problemas que está dándome, ¿es mucho pedir un poquito de claridad? ¿Y cómo sé siquiera que es esto lo que estoy buscando? ¿Porque está escondido entre los objetos más valiosos para él? ¿Y por qué no? Es tan buena razón como cualquier otra.

Esto —todo esto en general— está empezando a parecer un juego, como una de esas fiestas con un asesinato sin resolver donde la gente se viste elegantemente —en plan gángster ellos y las chicas de los años veinte— y van dando pistas para averiguar quién es el supuesto asesino. Aliso el papel sobre mi regazo y lo miro con más detenimiento, analizando los números. Todos parecen aleatorios, como una especie de código. Como un código. Porque se trata de un código.

Cierro los ojos. Bela tenía razón; está claro que esto no estaba pensado para mí. Pero ¿para quién sería? No sé ni lo que dice ni para qué sirve, pero esto es lo que mi padre estaba ocultando aquí. Tiene que serlo. Por favor, que sí lo sea. Doblo el papel y lo meto en lo más hondo del bolsillo de mi casaca.

Del exterior de la consigna me llega el ruido de la maquinaria del ascensor y el timbre de sus puertas abriéndose en otra planta. Salgo a hurtadillas de la estancia, la vuelvo a cerrar y avanzo a tientas hacia la señal de salida de emergencia. Justo cuando llego a la puerta que conduce a la escalera, el ascensor se abre y el tipo de los tatuajes que estaba en el despacho sale de él. En la mano lleva un bate de béisbol.

Salgo en silencio por la puerta, bajo a todo correr la escalera y salgo por la planta baja. Durante un instante me siento desorientada; luego veo que estoy cerca del despacho de la entrada. Me acerco poco a poco por si hubiera alguien más allí; pero no oigo movimiento alguno. Entro en la habitación, empujo la puerta de salida y me largo pitando hacia la estación de metro.

7

El interior del ascensor del piso de Terrance es como el interior de un huevo de Fabergé: con bronce y espejo e incluso un pequeño banquito forrado de terciopelo en la pared del fondo. Cuando llega al ático B, las puertas del ascensor no se abren a un pasillo, sino a un vestíbulo forrado de madera y baldosas de mármol azul. Hay solo dos puertas, una muy elegante y otra sencilla, con un cartel que indica que es la del servicio.

La elegante se abre, y un Terrance adormilado aparece en calzoncillos tipo bóxer y camiseta interior.

—¿Qué pasa? —pregunta.

—¿Qué pasa? —replico—. Tu portero es un capullo.

Terrance me mira parpadeando.

—Son las dos de la madrugada. Así que... Sí lo es.

Me hace un gesto con la mano para que entre, y lo sigo por un pasillo oscuro. Lo primero que me llama la atención del piso es que está prácticamente en silencio absoluto. Se oye el tictac de algún reloj, pero eso es todo. No recuerdo ni un solo instante desde que nos mudamos a Nueva York en que no haya oído alguna sirena o los cláxones de los coches, o algún grito.

—¿Tu padre ha vuelto a casa? —inquiero en voz baja.

—No. A lo mejor está en Dubái. —Se frota un ojo con el canto de la mano—. O en Shangai. Da igual, no hace falta que hables susurrando.

Me acerco a los ventanales, que prácticamente van del suelo

hasta el techo. A través de ellos veo Central Park desierto, rodeado por toda la ciudad, y otras ventanas lejanas y llenas de luz dorada que penden en la oscuridad con la ordenada disposición de las estrellas.

Pero todo se esfuma en cuanto Terrance le da al interruptor de la luz.

—Siéntate —dice, y me acompaña hasta un sofá de piel de color crema—. ¿Quieres tomar algo: un refresco, un café?

—No —contesto—. Gracias, pero no.

—¿Han encontrado a tu padre? —pregunta—. ¿Está bien?

Me acomodo en el sofá, me saco la hoja con la serie de números del bolsillo y se la entrego.

—He entrado a la fuerza en una consigna donde mi padre guardaba cosas y he encontrado esta hoja escondida al final de un álbum de fotos. Es un código, Terrance.

Me mira con ojos adormecidos y entornados.

—Un momento. Rebobina. ¿Has entrado a la fuerza en una consigna?

—Era el almacén donde mi padre guardaba sus cosas, así que, básicamente, también es mío. No tiene importancia. —Señalo la hoja golpeándola con el dedo—. Esto es un código, ¿verdad? ¿Un código secreto?

Terrance mira con detenimiento el papel, se muerde el labio inferior. Luego se le escapa una risilla nerviosa.

—Esto es... No lo sé. A lo mejor —contesta, pasado un rato—. Acompáñame.

Lo sigo hasta una habitación al fondo de un largo pasillo. Es su dormitorio y es más grande que todo mi piso. Hay un armario antiquísimo que parece directamente robado de Versalles, y una cama gigante con un cabecero tapizado de color azul turquesa, situado debajo de dos pósteres de anime japonés pegados a la pared con chinchetas. Sin embargo, la pieza central de la habitación es un maravilloso escritorio de cristal con un par de monitores gigantescos que parecen flotar sobre la superficie.

Me siento en el borde de la cama mientras Terrance se pasea por toda la habitación analizando la hoja que lleva en las manos.

—Todas las series son de siete dígitos.

—De eso también me he dado cuenta —afirmo—. Ya he estado analizándolo en el metro de camino a tu casa. El primer número de cada serie es alguno entre el cero o el tres. Nunca más alto.

De pronto deja de pasearse.

—Un código de libro —declara—. Podría ser. Es posible.

—¿El qué?

—Un código oculto en un libro. —Coge una novela de ciencia ficción que tiene sobre el escritorio y se sienta a mi lado—. Bueno, los códigos de ese tipo han existido desde hace... Más o menos desde que se inventaron los libros. La cuestión es que, a pesar de toda la tecnología de la Agencia de Seguridad Nacional, si lo haces bien, un código de libro sigue siendo bastante seguro.

Abre el ejemplar y pasa las páginas hasta parar en una cualquiera.

—Imaginemos que quieres escribir un mensaje a alguien, y la primera letra de la primera palabra es la eme. Localizas una eme en la página y luego... Escribes esto.

Coge un lápiz de su mesa y una libreta de hojas amarillas con rayas rojas, la típica para tomar notas.

Pasa un dedo por la página hasta llegar al final, luego la cruza de lado a lado, y va contando en voz baja.

—Página 2-1-1, línea 14, empezando por arriba, carácter número 27 desde la izquierda de la página. —Me mira—. ¿Lo pillas?

—Sí —asiento mirando lo que ha escrito. Tardo solo un par de segundos en averiguar cómo cifrarlo—. Entonces... La serie de número sería: «211, 14, 27».

—Exacto. —Terrance cierra el libro y se levanta. Aflora una sonrisa de emoción a su rostro. La sonrisa de empollón. La sonrisa del pensador metido a fondo en los placeres del razonamiento—. Tienes que hacer lo mismo con cada letra. Tardas un huevo en descifrarlo.

—Pero es seguro —digo.

—Sí. Es seguro si es realmente aleatorio —afirma—. Sin embargo, la cuestión es que la persona que recibe el mensaje no solo tiene que tener el mismo libro, sino la misma edición, la misma impresión... Todo igual. De no ser así, los números no corresponderían a las mismas letras.

Todo me queda muy claro en cuanto Terrance me lo explica. Saco el ejemplar de *1984* del bolsillo de mi casaca, él lo coge como si fuera una especie de reliquia y lo sostiene con delicadeza entre las manos.

Analizamos cada serie de números, y yo voy leyéndolas en voz alta y Terrance va anotando la descodificación en su libreta de notas. Estamos en plena madrugada y el trabajo es pesado, pero ambos estamos encendidos por la expectación emocionada.

Cuando por fin terminamos, pasadas dos horas, nos quedamos mirando las columnas de letras escritas con pulcritud, aunque seguimos sin ver ningún patrón que tenga sentido. Parecen aleatorias y no tiene más lógica que la que mostraban los números. Durante unos minutos, ambos permanecemos en completo silencio y oímos la respiración del otro.

—Son casi las cinco de la mañana —dice Terrance.

Miro el reloj del móvil.

—¡Por el amor de Dios! —exclamo.

Me mira y se sienta delante del ordenador.

—Deberías marcharte —me advierte—. Yo voy a seguir trabajando en esto.

—Terrance... Ni siquiera sé cómo decirte lo mucho que esto significa para mí.

—¿Mañana irás al colegio?

El colegio. Mi último día en Danton. ¿Se lo digo ahora?

—Supongo que sí.

—Nos vemos a la hora de comer. En la cafetería del toldo naranja. —Se queda mirándome mientras me pongo la casaca—. Sea lo que sea esto, lo tendré descifrado.

Me acerco a él inclinándome sobre su mesa de escritorio y lo beso en la cabeza, justo por encima de la oreja.

—Gracias.

Georgina está esperándome, lívida. Y no la culpo. Se le escapa algo que es una combinación de suspiro ahogado y chillido cuando me ve entrar por la puerta.

—¿Tienes idea, Gwendolyn, la más mínima idea, de lo que me has hecho sufrir, de lo que se me ha pasado por la cabeza? —grita con los ojos rojos de agotamiento tras haber llorado mucho—. Yo quería llamar a la policía, pero desperté a Bela y él me dijo que no lo hiciera. Me dijo que eres una chica mayor que sabe lo que hace. ¿Qué demonios estabas haciendo, por cierto?

—Lo siento —me disculpo—. He ido a casa de alguien.

—Oh, a casa de alguien, un amigo —dice—. ¿Ese alguien es un chico?

—Sí lo es.

Levanta los brazos en el aire.

—Esto... Esta mierda que acabas de hacer no volverá a pasar. ¿Me has oído?

—Nos vamos el domingo. Es evidente que no volverá a pasar. Solo necesitaba verlo.

Echa humo durante un rato, luego se calma y se seca los ojos.

—Ven aquí —me pide con serenidad.

Me abraza, yo la abrazo a ella. Me sienta bien, es muy maternal, muy de madre. Parece lo correcto. Pero estoy perdida. ¿Qué hago ahora? Mi instinto de colegiala investigadora se ha activado. Que es justo lo que necesito para bloquear este infierno mental que tengo metido en la puta cabeza.

—¿Por qué no te vas a dormir? —pregunta Georgina—. Llamaré al colegio y diré que estás enferma.

—No —respondo—. Estaré bien.

De alguna forma consigo aguantar las clases hasta la hora de la comida. Luego salgo pitando por la puerta y doblo la esquina para llegar a la cafetería del toldo naranja. Está abarrotada de estudiantes de Danton que se vuelven para mirarme mientras me abro camino hasta el compartimento en el que está sentado Terrance, al fondo del local. Cuando me coloco en el asiento enfrente de él, espero oír un suspiro colectivo y que todo el mundo empiece a sacar los móviles y a hacerme cientos de fotos. *Hashtag*: #rolloEntreSnobsPretenciosos.

Terrance pone un archivador de carpeta sobre la mesa y yo lo abro con discreción, y echo un vistazo rápido a su interior. Son tres hojas: la de las series de números originales, la hoja amarilla de rayas rojas de la libreta de notas y una nueva hoja con siete hileras, cada una de veintiún caracteres.

—Al principio, las letras parecían aleatorias —expone Terrance en voz baja—. Pero... Aquí, mira. —Señala el segundo papel—. Los dos primeros caracteres eran la che y la hache. Si te saltas veintidós caracteres vuelves a ver la che y la hache. Veintidós caracteres después encontramos la ele y la i.

Me quedo mirándolo.

—No lo pillo. ¿Y qué?

—Si separas las series en fragmentos de veintidós caracteres, cada fragmento empieza o bien con el dígrafo che, o con ele e i. ¿Qué significan esas letras?

Pienso durante un rato, y reflexiono sobre cada una de las letras por separado. Hay algo que subyace y que aflora de mi memoria. Matrículas de coches. Matrículas europeas. En el extremo de todas ellas hay un código de dos letras que indica el país donde ha sido matriculado el coche. FR para Francia, SK para Eslovaquia.

—Suiza y Liechtenstein —digo.

—¿Y qué ocurre en esos dos países?

—Hay bancos —contesto—. Allí se blanquea dinero.

Me sonríe con gesto de orgullo y luego golpea con el dedo el archivador.

—Son cuentas corrientes, Gwen —susurra—. Traduce las letras que están junto al dígrafo che y la ele y la i a números, el 1 es una a, el 2 es una be, etcétera. Joder, son cuentas corrientes.

Me quedo helada.

—¿Estás seguro?

—Sí. No tengo ninguna duda. —Mira a su alrededor para asegurarse de que no hay nadie demasiado cerca—. Las cinco cuentas corrientes suizas están gestionadas por un banco muy privado en Zurich. Estamos hablando de un banco fundado hace trescientos años. Que todavía pertenece a la misma familia. Las dos de Liechtenstein, la misma historia.

—¿Y de quién son?

—No lo sé. —Se encoge de hombros—. Esa es toda la información que he logrado averiguar.

—Eres un genio, Terrance —digo—. Dios mío, es que... No sé cómo darte las gracias.

Su expresión se torna seria.

—Hay algo que tengo que saber, Gwen. ¿Qué vas a hacer con todo esto?

Aparece la camarera con su delantal grasiento, su libretita y un lápiz con la punta mordida.

—Yo no quiero nada, gracias. —Miro a Terrance con la boca abierta porque no sé qué decir—. Mira, yo... Terrance, lo siento —es lo único que consigo decir.

Salgo de la cafetería y emito un sonoro suspiro. Se acabó el colegio, se acabó, al menos por hoy; ya he aprendido bastante. Así que en lugar de ir al centro me dirijo al piso y me palpo el bolsillo donde llevo los papeles que me ha dado Terrance para asegurarme de que siguen ahí. Creo que eso no es solo otra pieza del rompecabezas, sino el mismísimo rompecabezas. Es la razón por la que mi padre ha desaparecido. Y esto era lo que Carlisle buscaba en nuestro piso.

Terrance y yo somos las dos únicas personas que disponemos de esta información. Somos las únicas dos personas que pueden hacer algo al respecto. El siguiente paso más lógico es entregárselo a Carlisle, a pesar de lo que yo crea que mi padre quisiera hacer. Entregárselo a Carlisle, y olvidarlo. Irme a Texas y esperar lo mejor de esa experiencia y fingir que esa información no existe. Pero eso no ocurrirá. Es imposible. Es mi padre. Es el único padre que tengo. Eso no se puede olvidar así como así.

Llego hasta nuestro edificio y saco las llaves antes de subir la escalera. Pero sé que Georgina está esperándome allí, con su sonrisa de anuncio y sus cariñosos abrazos y su cargamento de comprensión, cálida e inagotable.

Así que, en lugar de subir, toco el timbre de la papelería.

Bela está recostado sobre el respaldo de su sillón de despacho, detrás de su mesa llena de pilas de papeles y un antiguo libro de contabilidad, con las páginas verdes, entradas manuscritas y columnas de números. Pero está estudiando los números que me ha entregado Terrance, moviendo los ojos de aquí para allá, de una hoja a otra, y vuelta a empezar.

—No debería haberte permitido jamás que tuvieras ese libro.

—Pero lo hiciste —repongo—. ¿Y qué opinas?

—Muy inteligente —dice Bela—. Tu amigo Terrance debería ganarse la vida haciendo esto.

—No. Me refiero a lo de los números de las cuentas corrientes. Son el motivo de la desaparición de mi padre, ¿verdad? No se ha largado porque sí, ¿verdad? Alguien lo ha secuestrado porque quería esto.

—Todo es posible, por supuesto —conviene.

—Entonces ¿crees que lo han secuestrado?

—Solo he dicho que es posible.

Me levanto de la silla y camino por el abarrotado almacén de la tienda.

—Puedo encontrarlo, Bela. Sé dónde desapareció. Con quién iba a reunirse. Puedo localizarlo. Ir a la guerra, como tú.

—Mmm... —exclama y tira las hojas sobre la mesa—. ¿Tan fácil?

—No. Pero tengo que intentarlo. Tengo que hacerlo.

Suelta una tosecilla.

—¿Conoces la violencia, Zapatos Rojos?

Me quedo mirándolo.

—La violencia acabó con mi madre. Yo estaba ahí.

—Pero ¿tú puedes ejercer la violencia? —Cuando me lo pregunta se queda mirándome con atención. No es la mirada de Bela el amable tendero, es la mirada de Bela el espía, Bela el soldado, Bela el superviviente—. Después de que mataran a mi familia, conseguí una pistola —me explica—. Un viejo y sucio revolver ruso. Pasados unos días, me topé con un oficial alemán en el callejón de una aldea. Era el prototipo de oficial, elegante, con abrigo de cuero y guapo como una estrella de cine.

Es exactamente la descripción del oficial que había matado a sus padres y a sus hermanas. Dejo de pasearme y escucho.

—Ese alemán estaba con una prostituta del pueblo, trincándosela contra una pared. Estaba lo bastante oscuro para acercarme sin ser visto. —Levanta un brazo lleno de manchas marrones por la vejez y se señala con el dedo índice una sien, justo por detrás de la oreja—. Le disparé. Justo aquí. A solo unos centímetros. Los dos, el oficial y la prostituta cayeron. La bala lo había atravesado y también la había matado a ella.

—¿Era...? ¿Era el mismo oficial que había matado a tu familia?

Bela hace un mohín.

—Oh, quién sabe. Le volé la cabeza disparándole justo en el centro. Pero yo siempre pienso en la prostituta. Todavía hoy.

Se queda en silencio después de contármelo, pero sigue mirándome fijamente, analizando mi reacción. A primera vista, es una historia de terror; una historia contada para impactar y asustar. Pero si la analizas en profundidad es algo distinto: así de crueles son las cosas que a veces tenemos que hacer.

—Y así acabará ocurriéndote, ¿sabes? Si vas a buscar a tu padre —augura Bela. Se inclina hacia delante y me posa una mano en el hombro—. Así es la guerra. Habrá balas y errores con los que tendrás que vivir toda tu vida.

Asiento en silencio.

—Gracias —digo.

—¿Por qué? —pregunta Bela.

—Por contármelo. Por el consejo.

—¿El consejo? —Bela suelta una risita, apoya la cabeza contra el respaldo del sillón—. Y yo que creía que estaba explicándote por qué Texas es mejor opción...

El mundo que me ha descrito es terrorífico. Pero si nadie va a actuar por mí, solo tengo una alternativa: seguir siendo una niña y no hacer nada, o convertirme en adulta y hacerlo yo. A mí me parece que esa es la diferencia entre una niña y una mujer adulta, la diferencia entre la niña perseguida por los lobos y la mujer que sale a cazarlos.

Ambos nos sostenemos la mirada durante bastantes segundos.

—Por supuesto, los tiempos han cambiado —declara—. Tienes una alternativa. Pero teóricamente...

—¿Sí? —pregunto con un hilillo de voz.

—Teóricamente irse sola es un suicidio. Sería digno de un loco. Necesitarás ayuda.

Espero con expectación y luego le insisto.

—¿Sí?

—Si uno tiene un amigo, digamos... Alguien con contactos en ese mundo... El mundo de los servicios de inteligencia. Alguien que haga un par de llamadas. Buscar ese tipo de ayuda... —Suspira y hace un gesto de desprecio con la mano como si espantara una mosca—. Aun así, sería mejor irse a Texas y olvidarse de todo este asunto. De todos modos, Bela no es más que un viejo loco.

Miro hacia el suelo y apoyo las manos en las piernas con fuerza.

—Voy a irme, Bela. Debo hacerlo. Tengo que intentarlo.

Él inspira con fuerza y cierra los ojos.

—¿Esa es tu decisión?

—Sí. —Meto los papeles y el ejemplar de *1984* en mi casaca—. Esas llamadas... ¿Las harás tú?

—Las haré —confirma—. A Bela le deben muchos favores. Y, en Israel, esas deudas se toman muy en serio. —Se levanta de su asiento y de pronto parece mucho más joven de lo que es, de pronto parece también más alto. Me hace un gesto con la mano para que me levante, y yo lo hago.

Nos abrazamos. No es algo emocional, ni amoroso: es un abrazo de camaradas.

Durante veinte minutos aterradores espero en la sala de ordenadores de la biblioteca pública a que quede libre un mugriento teclado con conexión a internet. Me paso esos veinte minutos justificando la idea más alocada que he tenido en mi vida. Los números nunca salen como una quiere. El valor que no tengo más la promesa de un viejo de que ayudará no es igual a éxito. Es igual a cero.

Sin embargo, aquí estoy, delante del ordenador a pesar de todo, entrando en la web de Air France, moviendo los dedos como si fueran de otra persona. Y lo veo: «Aeropuerto de origen: John Fitzgerald Kennedy. Aeropuerto de destino: Charles de Gaulle. Hora: 20.37». Gracias a todo lo que he viajado durante estos años, tengo más de 120.000 millas en puntos con los que poder pagar, muchas más de las necesarias para un viaje de ida a París. El cursor que está justo encima del botón de compra tiembla a la par que mi mano. Aprieto el botón del ratón para el clic definitivo. Pasados tres segundos, desde el interior de mi chaqueta oigo un timbre tenue: es el mensaje de entrada que indica que el billete electrónico acaba de llegarme.

Salgo corriendo de la biblioteca y me voy justo a tiempo, porque llego a mi piso a la misma hora que si hubiera salido del colegio. Georgina me da un abrazo, me pregunta cómo me ha ido el último día en Danton. Le respondo que bien y que me da pena tener que irme.

—Tardarás muy poco en hacer nuevos amigos —asegura Georgina mientras me abraza con fuerza.

Me zafo de su abrazo y me siento en la diminuta mesa de la cocina, luego dibujo un círculo sobre la desgastada madera con un dedo.

—Hablando de eso —digo—. Unas amigas quieren darme una fiesta de despedida esta noche. Para que me quede a dormir fuera de casa.

Ella se sienta frente a mí.

—Pero anoche ya estuviste fuera de casa.

—Es mi última oportunidad de verlas —replico.

Parpadea y tensa la mandíbula.

—¿Y dónde es la fiesta?

—En la casa de campo de Margaret Saperstein.

—¿Estarán los padres de Margaret?

Pongo cara de circunstancias.

—Por desgracia, sí. Su madre es superestricta.

Georgina me hace un par de preguntas más, pero le aseguro que no habrá alcohol, ni drogas, ni chicos. Sé que, aun así, sigue sin gustarle, pero al final accede. ¿Cómo va a prohibirme ir a mi propia fiesta de despedida?

Me retiro a mi habitación y meto lo que necesito en la mochila. No lo que quiero, sino lo que voy a necesitar. Soy espartana como un soldado, y cojo solo una muda de ropa, junto con la lista de los números de la cuenta corriente, mi pasaporte y una baraja de cartas. A eso le sumo la ropa y las botas que llevo, y ya estoy lista para partir.

Georgina está esperándome en el comedor. Tiene las manos juntas y mirada de suspicacia.

—Te quiero de vuelta mañana al mediodía, Gwendolyn.

—Vale —contesto—. Y gracias.

—¿Por?

—Por todo. Gracias.

Cierra los ojos.

—De nada, Gwendolyn. Diviértete.

Lo que siento en mi interior —esa sensación que afloró por primera vez en el pasillo de la consigna de Queens— está creciendo a cada paso mientras me dirijo hacia el norte por la avenida y doblo a la izquierda por la calle Setenta y dos. Se disemina por mi interior, me tensa la piel y me empapa el cuerpo como si fuera un traje mojado. Tira de mí hacia delante. «Tú eres la heroína de esta historia», dice.

Mi primera parada es la pequeña sucursal de un banco, y retiro el contenido de mi cuenta de ahorros, poco más de quinientos dólares estadounidenses. Me los meto en el bolsillo y sigo por la Setenta y siete hasta el gigantesco portal del edificio Madisonian. El portero llama a Terrance para anunciarme y, pasados unos segundos, estoy en la puerta de su ático. Él está esperándome cuando se abren las puertas del ascensor.

—¿Quieres pasar? —me pregunta.

—No —contesto—. Solo necesito... Verás, ¿puedes prometerme algo?

Ladea la cabeza y me mira.

—¿Estás bien?

—Tú prométemelo.

—Está bien. Te lo prometo. Joder, Gwendolyn, ¿qué pasa?

Le cuento todo mi plan y añado que es posible que alguien me ayude o no del otro lado del charco, en París. Al terminar, veo que Terrance enarca las cejas y que tiene tal expresión de sorpresa y atontamiento que me reiría a carcajadas de haber sido cualquier otro día. Le entrego el ejemplar de *1984*, junto con la hoja original de los códigos.

—Guárdamelo. Escóndelo.

—Gwendolyn... No lo hagas. —Es todo lo que se le ocurre cuando recibe el libro y el papel doblado. Entonces se siente capaz de hablar e intenta convencerme para que no me vaya. Damos vueltas y más vueltas durante largo rato. Recurre a todos sus argumentos y hechos razonables, toda una batería de ellos. Pero, al final, no puede contra la coraza de mi tozudez.

—Nada de lo que diga va a detenerte, ¿verdad? —me plantea.

—No —confirmo—. Y hay algo más. Necesito dinero, Terrance. En efectivo.

Se queda callado un segundo, entonces saca un clip de plata donde tiene todos los billetes que lleva encima. Es un fajo pequeño, puede que unos cien dólares en total, y me los mete en el bolsillo de la casaca.

—No. Necesito más. —Me odio por decirlo y veo que él pone mala cara, como si acabara de morder algo amargo. Suelto una risa avergonzada cuando doy media vuelta para marcharme—. Oye, lo siento, no debería...

Terrance lanza la mano hacia mi brazo.

—No. Espera. —Entra en su piso y desaparece durante más de un minuto. Vuelve con un bote de café en la mano—. Aquí hay unos dos mil dólares, creo. Es todo lo que tengo. Mi padre tiene más, pero está en una caja fuerte.

Echo un vistazo bajo la tapa de plástico. Está lleno de billetes sueltos: de veinte, de cincuenta y de cien.

—Es mi reserva oculta.

Cierro los ojos y respiro de forma temblorosa por el sentimiento de gratitud.

—Estás salvándome la vida, ¿lo sabes?

—O ayudándote a perderla —repone, y me sujeta por los hombros. Está mirándome con intensidad, con la expresión tensa, la mirada suplicante, es el chico más serio que he visto en mi vida—. Puedo acompañarte —propone.

Durante un instante creo que lo dice en serio, pero es una idea ridícula. Es un delicado chico rico estadounidense que no duraría más de cinco minutos en la huida. Que, pensándolo bien, es exactamente lo que soy yo, salvo por la parte de ser rica.

—Eres un encanto.

—Te lo digo en serio. Puedo ayudar.

Apoyo las manos con delicadeza sobre su pecho. Un loquero diría que estoy apartándolo de manera inconsciente, pero la verdad es que solo quería tocarlo.

—No, te necesito aquí —asevero—. Por si necesito un friki de la informática, o, bueno, ya sabes, algo normal y agradable en lo que pensar.

Me rio un poco. Lo hago por no llorar. ¿Por qué no puede el mundo seguir con su locura y dejarme aquí con él? Apoyo la cabeza en su pecho y la dejo así. Es lo más cerca que hemos estado desde que estábamos ocultos bajo la marquesina de ese portal para guarecernos de la lluvia.

—Tengo que irme, Terrance.

—Ya lo sé —dice.

Pero ninguno de los dos se mueve. Cuando por fin me despego de él, tiene la camisa húmeda donde yo tenía la cara. Se inclina hacia delante y me besa en la mejilla, pero yo vuelvo la cara y lo beso en los labios. Es un beso sin lengua, silencioso y tierno, con la boca cerrada. Sin embargo, supongo que, aun así, cuenta.

Cuando vuelvo a la calle, el viento arrecia y me empuja por la Quinta Avenida. Me relleno los bolsillos con el contenido de la lata de café de Terrance y tiro el recipiente en una papelera. Dos mil seiscientos dólares y cincuenta y siete centavos en total.

Paro un taxi y digo al conductor que me lleve al aeropuerto JFK. Al hundirme en el asiento, saco tanto el pasaporte civil como el diplomático, que tengo como hija de funcionario político. Resulta peligroso usar este último. Podría estar marcado como dijo Carlisle que estaba el de mi padre. Pero ¿cuál es la probabilidad de que hayan hecho lo mismo con mi pasaporte civil? Carlisle cree que me dirijo a Texas. No querría impedirme que me fuera al Cabo con mi nueva familia, ¿verdad?

Al llegar al JFK, todavía queda una hora y media para que salga el vuelo. Me compro una gorra en una tienda, una de esas clásicas que usaban los vendedores de periódicos, y me meto toda la melena roja por dentro.

En la puerta de salida parece haberse instalado un extraño silencio general. Apenas oigo la cháchara de los pasajeros, el escándalo de los anuncios llamando a los pasajeros de clase *business*, al primer grupo, al segundo, al tercero.

La multitud me empuja como una corriente de agua en dirección al avión. Pero yo me resisto. Este viaje tiene nulas posibilidades de éxito, y la única esperanza que tengo es la ayuda desconocida e improbable que Bela pueda o no proporcionarme. Sin embargo, no es más que un viejo loco. Él mismo lo dijo. Y yo no soy más que una niña loca. Esto, esta puta locura que estoy haciendo, lo demuestra.

La azafata de la puerta llama a todas las clases de pasajeros, a todas las filas, y, pasados diez minutos, la zona de embarque está vacía salvo por mi presencia y la suya.

Me mira con expresión expectante y una ceja enarcada: ¿pienso subir o no?

PARÍS

8

El aeropuerto es un lugar anodino y demasiado frío y huele a ambiente limpiado con productos químicos. Los demás pasajeros y yo marchamos como una hilera de refugiados por el pasillo hacia las cabinas de Inmigración. Estoy temblando porque la atmósfera es casi ártica, o quizá sea porque estoy agotada, o quizá porque estoy aterrorizada. La cola va avanzando lentamente, y yo intento adivinar qué agente de Inmigración va a tocarme. ¿El joven concienzudo, el viejo y simpático, la que odia su trabajo y al resto del mundo por ese motivo? Todo depende de eso. ¿Quién sonreirá a la chica estadounidense y pelirroja y la dejará pasar con un gesto de la mano y quién decidirá que odia a las chicas estadounidenses y que odia a las pelirrojas y por eso indagará más en su historia?

Me dirijo hacia un agente de expresión amargada y seria que me mira con el aburrimiento de alguien que lleva haciendo esto durante cincuenta años. Pongo mi pasaporte civil de color azul sobre el mostrador y lo saludo en francés. Él me contesta en inglés y me dice que me quite la gorra para poder verme mejor.

—¿Cuál es el motivo de su visita a Francia, señorita? —me pregunta el agente con sus torturadas vocales francesas retorcidas para trasladarlas sin éxito al territorio del inglés.

—Turismo.

—¿Durante cuánto tiempo?

—Una semana.

—¿Y dónde va a alojarse?

—En una pensión llamada Hotel Colette. —Recuerdo haber visto ese nombre cuando mi padre y yo vivíamos aquí. Parecía un tugurio.

—¿Qué piensa visitar?

—El Louvre, la Torre Eiffel, el Centro Pompidou.

Pero hay algo en lo que digo que no le gusta, hay algo demasiado calculado en mi respuesta que hace que se quede mirándome durante un par de segundos. Intento no tragar saliva de manera demasiado exagerada ni sonreír con demasiado nerviosismo.

Va pasando las hojas de mi pasaporte y analizando cada uno de los sellos.

—Veo que ya ha estado tres veces en Francia —comenta.

—Sí —respondo.

—¿Y todavía no ha visitado ni el Louvre ni la Torre Eiffel?

Sonrío, pero noto que las comisuras de los labios se me retuercen de forma incómoda.

—Vale la pena visitarlos otra vez, ¿no?

Alarga una mano de golpe y el sello que estampa en mi pasaporte cae como un martillo.

—Por supuesto —dice—. *Bienvenue en France.*

Una puerta eléctrica se abre, y una riada de pasajeros sale de la zona de Aduanas para entrar en la sala de Llegadas de la terminal. Familias impacientes e impacientes conductores de limusinas que sujetan carteles y van mirando para reconocer a los viajeros que deben recoger. Un soldado francés uniformado, joven, rapado y guapísimo, pasa a toda prisa junto a mí para lanzarse a los brazos de su madre, a la que se le corre el maquillaje por las mejillas a causa del llanto. Un padre con el traje arrugado por haber dormido con él coge en brazos a un pequeño y lo besa, luego se queda mirando a su mujer, que también se queda mirándolo. Aunque la mayoría de los pasajeros pasan deprisa entre la multitud en dirección al metro o la cola de taxis. Yo me coloco en medio de todos ellos con la esperanza de desaparecer.

Con mi visión periférica, veo a una mujer con chaqueta de piel y pañuelo naranja de seda anudado al cuello. Me parece que tiene unos treinta y tantos y es muy guapa, lleva el pelo negro recogido con un moño alto. Está mirando la multitud con detenimiento, camina deprisa por un lado de todo el tumulto y sonríe con expectación como si la persona que está buscando se encontrara entre nosotros. Levanto la vista hacia los carteles, porque intento encontrar la forma de llegar al metro, pero vuelvo la vista de nuevo y me doy cuenta de que la chica está mirándome fijamente.

Entonces me digo que se ha confundido de persona. Que me parezco mucho a alguien que conoce. «No pasa nada. Tú sigue andando.» Entonces me pone la mano en el hombro, lo cual me obliga a mirarla de frente. En lugar de impresionarse y disculparse porque no soy quien creía, me sonríe y me da dos besos rápidos en las mejillas antes de abrazarme con fuerza.

Debajo de su elegante chaqueta de cuero y su corpiño ajustado, noto su fuerte musculatura. Me sujeta con fuerza y me llega el aroma a perfume francés muy caro y muy intenso. Pega mucho los labios a mi oreja y me susurra en inglés:

—Soy amiga de Bela Atzmon, ¿entendido?

Me aleja para mirarme, aunque sigue sujetándome con fuerza por los hombros.

—*Comme tu as grandi! Je n'en reviens pas! Tu es presque une adulte!* —dice, en voz lo bastante alta para que la oigan las personas que nos rodean. Vuelve a atraerme hacia sí y retoma los susurros en inglés—. Hay dos hombres en el puesto de periódicos; son inspectores de policía. No mires. Limítate a sonreír como yo, como si fuéramos parientes que llevan siglos sin verse.

—¿Están aquí por mí? —le pregunto también susurrando.

—Será mejor que no lo averigüemos —dice.

Empezamos a caminar, y ella me sujeta por el brazo como si fuera de verdad esa tía a la que no veo hace mucho tiempo.

—¿No llevas maletas? —pregunta en voz baja.

—No, me he ido con lo que llevaba puesto.

—Entonces vamos.

Ella me guía, sujetándome con fuerza, salimos por la puerta y pasamos por la zona de recogida de maletas hasta el aparcamiento. El sol de la mañana está dando paso a unos enormes nubarrones de tormenta. Sin embargo, para mis ojos pesados por la falta de sueño, esta luz sigue siendo demasiado intensa, y tengo que entornarlos para estudiarla con detenimiento. ¿Qué es todo esto y por qué estoy subiéndome a un coche con ella?

El aparcamiento está hasta los topes, hay hileras y más hileras de pequeños Citroën y Fiat, aunque no se ve mucha gente por aquí.

—¿Cómo me has identificado? —pregunto.

—El pelo rojo es un tanto llamativo. —Se detiene para abrir la puerta del acompañante de un viejo Volkswagen de cinco puertas—. Sube —dice—. Deprisa.

—Espera —digo—. Ni siquiera... Ni siquiera sé cómo te llamas.

—Me llaman Yael —dice, y sube por el lado del conductor.

La expresión que ha usado ha sido escogida con cuidado: «Me llaman Yael». No «Soy Yael». Ni «Me llamo Yael». De todas formas subo al asiento del acompañante, a pesar de estar replanteándomelo. Mete la llave en el contacto, pero yo la interrumpo.

—Un segundo. ¿Podemos...? Bueno, ¿podemos hablar un minuto?

Retira la mano y me mira con frialdad.

—¿Qué quieres saber?

—Para empezar... ¿Quién eres? —digo.

—Yael. Ya te lo he dicho.

—¿A qué te dedicas? ¿Eres detective privado? ¿Espía?

Me mira con detenimiento mientras decide qué contestar.

—Soy alguien a quien le piden favores de tanto en tanto.

—Esa es una forma muy ambigua de explicarse.

—Sí —dice—. Sí que lo es.

—¿Yael es...? ¿Es un nombre israelí?

—¿Eso supone algún problema?

—No —digo—. Por supuesto que no.

La mujer a la que llaman Yael arranca el coche, y salimos a toda prisa por el aparcamiento a la carretera. Conduce rápido, pero con precisión, y se acerca a toda velocidad a la parte trasera de un camión de dieciocho ruedas cargado de enormes tuberías metálicas, cambia de marcha para adelantarlo y lo hace con la rapidez de una liebre.

Percibo que mira una y otra vez por el espejo retrovisor y también hacia la carretera. No se trata de un gesto de nerviosismo, sino de algo para lo que ha sido entrenada, algo que recuerdo que mi padre hacía. Debajo de su elegante atuendo parisino y de su perfecto acento parisino subyace algo duro, fruto de años pasados en las calles de ciudades mucho más crueles que esta. Percibo demasiada frialdad y control, demasiada habilidad para alguien a quien, según ha dicho ella, «piden favores de tanto en tanto». La mujer que se hace llamar Yael no es una simple chica de los recados. En alguna parte de su chaqueta, estoy bastante segura, hay una pistola.

—Bueno... ¿Y por qué estás haciendo esto? —pregunto—. ¿Por qué podría importar a Israel lo que le ocurra a un estadounidense?

Yael permanece callada durante tanto tiempo que me planteo si está ignorando la pregunta. Justo cuando estoy a punto de repetirla, ella responde:

—Ese hombre, tu padre... Su agencia y la mía colaboran de vez en cuando. Sabe cosas que preferiríamos que no contara. Para mi gobierno es una prioridad más importante que para el tuyo.

Ahora está todo muy claro y ya no es nada emocional. Esto no tiene nada que ver con las deudas que cualquiera pueda tener con Bela.

—Es solo una cuestión de negocios —digo.

—Siempre lo es.

Vuelve a girar, y veo que nos hemos adentrado en la periferia de París, una zona que no aparece en ninguna guía turística. Aquí todos los edificios son de apartamentos, pisos de protección oficial. Las edificaciones se elevan a ambos lados de la calle como las paredes de un desfiladero.

—Tendrás que contármelo todo —dice Yael—. Entonces mi servicio se pondrá a trabajar. Especialmente en recabar datos para poder encajar las piezas del rompecabezas una a una. Mientras tanto, te enseñaré cómo evitar que te maten.

—¿Cuánto tardarán en recabar datos?

—Podría tardar un mes o estar listo mañana.

—Un mes... Yael, eso es demasiado tiempo —digo—. No podemos sentarnos a esperar.

—Esperar es el noventa por ciento de la actividad en nuestra profesión.

—¿Y en qué consiste el diez por ciento restante? —pregunto.

Yael me mira y hace un mohín.

—Puro terror.

El coche reduce la marcha hasta avanzar muy poco a poco entre el denso tráfico de última hora de la mañana, y nos movemos palmo a palmo; apenas avanzamos. Yael aporrea el claxon con la palma de la mano y blasfema. Esta calle secundaria y comercial no es el ideal de París de los turistas, el París de los acordeonistas y de los tejados de cobre que se han tornado verdes con el paso del tiempo. Este es el París de los colmados y de los restaurantes baratos de sushi y las lavanderías. El París cotidiano. El París que uno patea. Las aceras están abarrotadas de hombres de negocios y madres empujando carritos de bebé. Yael por fin encuentra un aparcamiento, y yo la sigo a pie una manzana hasta que se detiene bajo un toldo verde que anuncia: STUDIO MARIE, ACADÉMIE DE DANSE.

—¿Quién es Marie?

—Supongo que soy yo —dice Yael.

—¿Eres profesora de danza?

Abre la puerta de golpe.

—A veces.

En su interior, el lugar tiene el agradable perfume a sudor y esfuerzo, como un gimnasio. Hay espejos del suelo al techo y barras de ballet en las paredes. Me paseo por la sala, y toco el do central en el teclado de un viejo piano.

—No toques el piano —dice.

Yael se dirige hasta el fondo, donde abre otra puerta. Su forma de caminar transmite una especie de fuerza grácil, como la de una gata.

—Sígueme.

Nos dirigimos hacia una escalera angosta para llegar al piso de arriba. Se trata de una sala espaciosa del mismo tamaño y forma que el estudio que está debajo, pero con un techo más alto y las ventanas protegidas por persianas. Yael descorre una cortina que divide la sala en dos partes, lo que deja a la vista una zona con gruesas colchonetas que cubren el suelo y un temible muñeco de goma —con una sonrisa cruel que muestra toda su dentadura, como si estuviera gruñendo— de pie en un rincón.

—¿Qué es esto? —pregunto.

—Mi casa —digo—. Y, por el momento, la tuya.

—No, me refiero a esa parte. Es como un estudio de artes marciales.

Yael coge un botellín de agua de uno de los armarios metálicos que cubren las paredes y lo abre.

—Eso es la otra cosa que enseño. Krav Maga. ¿Te suena?

Niego con la cabeza.

—En hebreo quiere decir «combate manual». Lo aprenderás con la mejor maestra de París.

—¿Tú... Tú vas a enseñarme a luchar?

—Voy a intentarlo. —Yael bebe el agua a sorbos, lentamente, mirándome con detenimiento como si estuviera sopesando de lo que soy capaz—. Bela le dijo a su contacto que eras gimnasta.

—Bueno... Sí, pero solo como hobby.

—Da igual. Eso significa que tienes equilibrio y fuerza. Conoces tu cuerpo y sabes de lo que es capaz.

—Mira, lo siento. No sé lo que te habrán contado. Pero no soy una luchadora. Cuando Bela dijo que alguien me ayudaría...

—¿Creías que sería alguien que lo haría todo por ti? —pregunta Yael con enfado—. Soy el único punto de apoyo que tienes, y esta no es una operación que pueda realizarse en solitario. Haremos esto juntas.

—Pero encontrar a mi padre es una prioridad. Eso es lo que has dicho.

—Sí. Y es una prioridad tan importante que han asignado a una profesora de danza para el caso. —Niega con la cabeza—. Alguien de mi gobierno ha dicho a otra persona: «¿Para qué pagamos a esa tal Yael en París?». Y por eso estamos aquí.

Sobre un catre situado en el rincón de un diminuto cuarto sin ningún tipo de adorno, intento dormir. Y tal vez lo hago, pero solo a medias, a trompicones, ese tipo de sueño en el que nunca sabes distinguir si lo que vives es real o no. Me llega el ruido de Nueva York por la ventana, no, de París: pequeños motores, sirenas agudas. Del otro lado de la puerta de mi cuarto, oigo a Georgina hablando por teléfono en francés.

Abro los ojos de golpe. Gwendolyn Bloom, eres una niña horrible, ¿qué has hecho?

Había apagado el teléfono al subir al avión y lo enterré en el cubo de toallitas de papel mojadas del baño justo después de despegar. ¿Cuántos mensajes de voz de Georgina estarán esperándome, cada uno más aterrorizado que el anterior? Seguro que ahora está hablando con la policía. Se culpará a sí misma. Si me hubiera dejado quedarme unos días más... Si me hubiera contado más cosas sobre ella. Pobre Georgina. Le he pagado su amor matándola. Mi pequeña guerra se ha cobrado su primera víctima.

Aparto esos pensamientos y arrincono las dudas y el odio hacia mí misma en algún polvoriento rincón de mi mente. Decido que seré dura. Que no tendré miedo. Me obligo a aguantar. Me obligo a salir del cuarto y entrar en el estudio.

Aunque parezca inexplicable, Yael ha extendido un plástico sobre el suelo y ha colocado una silla justo en el centro.

—¿Cuánto tiempo llevo durmiendo? —pregunto.

—Noventa minutos —contesta.

—¿Qué es esto?

Hace un gesto con la cabeza para señalar la silla.

—Siéntate.

Me recuerda a una escena de interrogatorio de alguna película.

—¿Para qué es el plástico? ¿Para no manchar el suelo de sangre?

—Tu pelo. No puedes ir por ahí con esa pinta.

—Iré por ahí con la pinta que me dé la gana.

—¿Cuántas personas recordarán a la chica de pelo rojo chillón que vieron en el tren o sentada en una cafetería o a la que hacía preguntas raras sobre su padre? —Se pone un par de guantes de goma—. La respuesta es: todo el mundo. Ahora, siéntate.

Obedezco, y Yael se pone manos a la obra. Sumerge un peine en un cuenco de plástico que tiene junto a ella y va tiñéndome el pelo poco a poco, mechón a mechón. Va tirando y empujándome la cabeza hasta situarla en la posición que necesita. La oigo susurrar algo en hebreo que suena a compleja blasfemia.

—¿Ya lo has hecho antes? —le digo.

—Durante tres meses, trabajé de incógnito en una peluquería de Beirut.

Intento imaginar a Yael charlando amigablemente con la mujer de algún líder de una cédula de Hezbolá mientras le corta el pelo, sonsacándola para obtener datos sobre los amigos procedentes de Damasco que visitan a su marido. «¿Me recuerda dónde vive?»

—Aun así, creo que deberíamos acudir a un profesional —comento—. Bueno, ya sabes, alguien que lleve haciéndolo más tiempo.

—¿Y cuando llegue la poli? «¿Han tenido como clienta a alguna chica pelirroja últimamente?» Tendríamos que matarla —replica Yael, y me da un empujón en la cabeza hacia delante para llegar al pelo de la base del cráneo.

—¿Matar a quién?

—A la peluquera.

—Estás de coña.

El silencio se prolonga demasiado.

—Pues claro —responde Yael.

Un viejo temporizador de cocina emite su tictac a medida que pasan los minutos. Huelo el tinte y siento cómo me arde el cuero cabelludo. Pregunto a Yael si está segura de hacerlo bien. Me contesta que no tiene ni idea, que cierre el pico y que espere. Cuando por fin suena el timbre del temporizador, me aclara el pelo en la pila de la cocina. Sin embargo, resulta que Yael no ha terminado. Vuelve a sentarme en la silla y empieza a trabajar con las tijeras. Veo los largos mechones de pelo cayendo al suelo. Ahora es castaño oscuro, con reflejos caoba.

Yael vuelve a aclararme el pelo y al final me deja ir al baño para echar un vistazo a su trabajo en el espejo. Al verlo por primera vez, me impacta. Tengo el pelo más corto, el corte es más elegante, parezco mayor, parisina. Joder, a Yael no se le da mal.

No obstante, lo que más me impacta es verme la cara. Con este corte de pelo, veo que tiene una nueva forma, como si fuera la de una desconocida. Dios mío, ¿qué efecto han tenido en mí estas últimas semanas? ¿Es posible que una chica de diecisiete años parezca mayor? Tengo la cara más delgada de lo que recuerdo, de facciones más duras, con dos huesos prominentes en los pómulos, todas las redondeces se han convertido en líneas rectas. Reemplazar la comida por miedo tiene extrañas consecuencias en el cuerpo humano.

Una vez fuera, Yael me sitúa frente a una pared blanca sin ningún tipo de adorno. Levanta una pequeña cámara digital y me apunta con ella.

—Ahora tendrás una nueva identidad —anuncia—. No sonrías, solo mira al objetivo.

El flash se dispara una vez, dos veces y luego otra más, por si acaso. Deja la cámara y empieza a toquetear el teclado del ordenador que hay sobre una mesa. Veo pasar mis imágenes por la pantalla como fotos policiales.

—Me han dicho que hablas varios idiomas. ¿Cuál hablas mejor?

—Inglés —contesto.

—Evidentemente.

—Luego español y ruso —apunto.

—¿Hablas con fluidez? ¿Puedes pasar por nativa?

—Eso me han dicho.

—Tienes que estar segura. Tu vida puede depender de ello.

—Estoy segura —declaro, aunque no lo estoy en absoluto.

Esa tarde, en la cocina, me siento a la mesa mientras Yael calienta el agua para el té. Cuando está listo, me pone una taza delante y coloca una silla junto a la mía. Se sienta tan cerca que puedo sentir el calor que emana de su cuerpo.

El té es el típico con aroma a menta que uno encuentra por todas partes en Oriente Medio, y me recuerda a mi padre y nuestra época en El Cairo. A lo mejor eso es lo que pretende Yael, para que me sienta cómoda y relajada, una maniobra psicológica para conseguir que me abra. O a lo mejor es solo que le gusta el té a la menta.

—Empieza por el principio, por el día en que desapareció tu padre —dice con el tono amable de una psicóloga, con la misma voz que recuerdo que usaban todos los médicos y terapeutas al dirigirse a mí cuando mataron a mi madre—. No te dejes nada. Da igual que no te parezca importante.

Como está tan cerca, puedo hablar entre susurros. Empiezo hablándole del cumpleaños de mi padre, y le cuento que él me dijo que tenía que ir a París. Y le hablo de los agentes, Kavanaugh y Mazlow, y sobre el horario que vi escrito en la pizarra blanca a través de la ventana. Feras. Café Durbin. Chase Carlisle y Joey Díaz.

Yael permanece casi impertérrita mientras escucha, y solo de vez en cuando me interrumpe para preguntarme algo o para que se lo repita. A qué piso me llevaron. El nombre exacto del cargo de Carlisle. Qué más vi mientras estaba en la sala. Cuando respondo, me fijo en que Yael cierra los ojos; no solo está escuchando mi historia, está aprendiéndosela.

Prosigo: la historia va saliendo de mi boca como un montón de agua sucia colándose por el desagüe de una bañera. Es un alivio descargarse de este peso. Cuando por fin he terminado, cuando le he contado que hemos descifrado el código y lo de las cuentas corrientes, cuando Yael prepara más té, me doy cuenta del tremendo error que acabo de cometer.

Mi padre quería que el código fuera secreto. Ahora he hablado de su existencia tanto a Terrance como a esta mujer llamada Yael, a la que «llaman Yael», a quien conozco desde hace solo un par de horas. Su expresión no ha cambiado en absoluto cuando le he hablado de las cuentas corrientes, como si esas novedades no fueran más importantes que cualquier otra cosa que le haya contado. Pero, claro, es normal. Es una profesional.

Me sirve una nueva taza de té y levanta la suya para soplarla, lo que provoca que salgan volando pequeñas volutas rizadas de vapor.

—El libro que usasteis para descifrar el código —dice— ¿era una edición normal, una que todavía se pueda comprar? ¿Una que se pueda encontrar con facilidad?

—Era una edición antigua. Una muy barata, de bolsillo. De los años setenta, creo. La dejé en casa de un amigo para mantenerla a salvo, junto con la hoja del código que encontré.

—Dame el nombre de tu amigo.

—No tiene importancia —me niego—. No quiero implicarlo en esto.

—Ya está implicado. Dame su nombre, Gwendolyn.

Miro al suelo, avergonzada al decírselo.

—Y los números de las cuentas corrientes —prosigue—, ¿quién se los sabe?

—Solo yo.

—Estás segura.

—Estoy segura. Los llevo en la mochila.

Hace un gesto de asentimiento con la cabeza y toma un sorbo de té, pensativa.

—Dámelos.

Habla con tono de comandante, con la serenidad que le da la certeza de su propio poder sobre mis actos, como si la idea de negarme no fuera siquiera concebible. En mi interior siento que estoy a punto de arder de terror. ¿Qué importancia pueden tener esos números de cuenta? Sin embargo, es una pregunta estúpida porque la respuesta es evidente: los números de cuenta son lo que ella anda buscando.

Abro la boca con la intención de hablar, pero la voz que me sale no es mía. Es la de una niña pequeña: aguda, débil, temblorosa.

—¿Para qué...? ¿Para qué quieres verlos?

—Gwendolyn —me dice al tiempo que se inclina hacia delante, mirándome fijamente a los ojos—, no estoy pidiéndotelo.

¿Y si me niego? ¿Y si me escapo para no decírselos? Me mataría antes de haber conseguido pisar la calle, esa es la respuesta. Como una pequeña esclava robótica sin voluntad propia, me dirijo hacia el cuartucho donde está mi catre y saco el papel doblado de la libreta donde lo había metido. Dinero. Está todo siempre relacionado con el dinero. Siempre y en todas partes, el dinero. Bueno, pues que se lo quede. Ya buscaré a mi padre yo sola.

Yael se presenta en la puerta, fuerte, amenazante y alarga una mano.

—Y ese Terrance que has mencionado... ¿confías completamente en él? —pregunta.

—Sí.

—¿Segura?

—Joder, sí.

Me quita la hoja, la desdobla y la mira, solo durante un par de segundos, luego se saca un mechero del bolsillo y prende una llama por una esquina. El fuego arde en ese punto durante un instante, y Yael vuelve el papel hacia arriba para que la llama ascienda.

—¡¿Qué narices estás haciendo?! —grito.

—Tu padre no se tomó todas esas molestias ocultando esto para que tú lo entregaras en mano a sus captores. —Las llamas se elevan hacia arriba y Yael tira el papel en una papelera, donde arde un instante antes de consumirse del todo—. Lo que tienes aquí solo sirve para dañarte, Gwendolyn.

Hablo tartamudeando con tono acusatorio.

—Entonces ¿no era eso lo que andabas buscando?

—¿El qué? ¿Las cuentas?

—Sí. Yo creía que tú...

—No, Gwendolyn —me interrumpe—. El dinero me importa una mierda.

La sensación de alivio me hace estremecer. El mundo, durante este mes pasado, se ha cargado cualquier esperanza que tuviera sobre su futuro, aunque esta es la prueba de que al menos uno de sus habitantes sí es de fiar.

—Entonces —plantea—, ¿de quién son esas cuentas?

—No lo sé.

Yael da un meneo a la papelera para asegurarse de que las llamas se han extinguido y luego levanta la vista para mirarme.

—¡Qué lástima! Habría sido una información útil, sobre todo teniendo en cuenta que van a ir a por ti.

—Mi padre... Él no lo robó —afirmo—. Jamás robaría nada.

—Está bien —dice, como si lo que mi padre hiciera o dejara de hacer fuera irrelevante. Luego se acerca más y me coloca una mano en la muñeca y otra en el hombro—. Gwendolyn, escúchame. Recuerda siempre esto: cualquiera que te pregunte por estos números de cuenta es tu enemigo.

9

Siguiendo órdenes de Yael, me pongo unos pantalones de yoga que me presta y una camiseta interior. Me dirijo, descalza, hacia el centro de la colchoneta, donde me espera. Ella también se ha cambiado de ropa: lleva pantalones de chándal y una camiseta ceñida de tirantes. En su cuerpo no se ve ni un gramo de grasa, solo músculos tensos y fibrosos.

Empieza con unos cuantos estiramientos básicos, se dobla por la cintura y coloca las palmas de las manos pegadas al suelo. Yo la imito.

—A diferencia del kárate o del kung-fu, el honor no está presente en el Krav Maga, no en la versión que enseño yo —cuenta Yael—. Esto es lucha callejera. Usamos los dientes, las uñas... Lo que haga falta. No hay límites. Ni normas.

Se coloca sobre la colchoneta, con las piernas muy abiertas en uve, y baja la frente hasta pegarla en el suelo. Yo hago lo mismo y siento que la tensión del largo vuelo va relajándose poco a poco.

—La mayoría de tus enemigos serán luchadores expertos, pero sin entrenamiento. Por eso estás conmigo. —Yael se levanta de un salto y va hacia los armarios metálicos—. Mientras esperamos a que los monigotes de los despachos nos comuniquen nuestra misión, haremos lo posible por prepararte. Te enseñaré lo básico. No tendremos tiempo de convertirte en una experta.

Asiento con la cabeza para indicar que lo entiendo.

—Basta con que sea mejor que mi oponente.

—No tu oponente. Tu enemigo. —Se vuelve con un cuchillo de plástico amarillo de entrenamiento en la mano—. Esto no es un deporte. No romperás tablones con la frente. Lo que aprenderás es exactamente lo que se utiliza en Israel para convertir a la delicada hija de un dentista en una agente capaz de matar a un hombre con los pulgares.

Me pasa el cuchillo sujetándolo por el filo, con el mango por delante. Lo cojo titubeante. Ya sé que es de plástico, no es letal, pero me produce una sensación extraña. Nunca he usado armas de ningún tipo, jamás he sujetado ninguna. Yael retrocede y me ordena:

—Ahora, apuñálame.

La miro parpadeando.

—¿Que te apuñale?

—Para eso son los cuchillos —espeta—. ¡Apuñálame!

Lanzo una estocada sin ganas.

Yael aparta el cuchillo con el antebrazo.

—Otra vez.

Un nuevo embate, esta vez con más fuerza, pero ella vuelve a desviarlo con la otra muñeca.

—¡Otra vez!

Y lanzo una tercera embestida, en esta ocasión con más fuerza que las demás, he usado la musculatura. Pero en lugar de esquivarla, Yael me sujeta por la muñeca y me retuerce el brazo de tal forma que la hoja del cuchillo queda apuntando hacia mi propio pecho. Grito por el dolor de hombro y la muñeca, pero sigo luchando para zafarme de ella. Entonces Yael alarga una pierna de pronto y con un pie me derriba doblándome las piernas por debajo. En una fracción de segundo me veo en el suelo, mirándola desde abajo mientras ella lo hace desde arriba. El cuchillo que yo tenía unos segundos antes ahora está en sus manos.

Me sujeto el hombro derecho e intento aliviar el dolor que irradia desde él aplicándome un masaje.

—Eso ha dolido mucho —me lamento.

—Eso pretendía.

Espero que Yael me ayude a levantarme o que me diga algo positivo. Que ha sido un buen intento o que lo haré mejor la próxima vez. Pero en lugar de eso, empieza a rodearme, con sus silenciosos pies de bailarina pisando el suelo sin producir ruido alguno.

—¿Vas a quedarte ahí tumbada como una niña o vas a levantarte para aprender?

Me incorporo como puedo.

—Ya estoy lista. Enséñame.

—¿Seguro? Porque a mí me parece que no eres más que una vaga mocosa estadounidense —suelta mientras se desplaza hacia la izquierda, luego a la derecha, una grácil preparación para el próximo violento ataque o lo que sea que tenga en mente—. Te he dado un cuchillo y, en solo cinco segundos, ya estabas en el suelo, gimoteando.

—Estoy lista —afirmo.

—¿Cómo? —espeta.

—¡Enséñame! —grito.

Veo que su puño se dirige hacia mí, desde lo alto y a mi izquierda. Pero mis reflejos de gimnasta han despertado, y levanto el brazo para detenerlo. En ese momento su otro puño me golpea por el lado derecho, y el mundo se torna un lugar deslumbrante y silencioso. Lo único que existe es el dolor sordo en el riñón justo por debajo de las costillas.

Al abrir los ojos, Yael está de pie al borde de la colchoneta, en su cara se refleja la luz azul de la pantalla de su móvil mientras revisa su correo.

—De puta pena —dice dándome la espalda, con toda su atención volcada en lo que está leyendo—. Aunque, claro, en tu caso, de puta pena es lo que esperaba.

El dolor en el riñón va quedando desplazado por una rabia tan intensa que está a punto de cegarme. *Regardez la alpha bitch*, dándome la espalda como si yo fuera una amenaza tan ridícula que no vale la pena ni mirarme. Calculo la distancia que nos separa, la altura hasta el techo, el salto hacia delante, dos mortales, tres a lo sumo. Una zancada larga y perfecta. Pongo las palmas en el suelo, justo donde quiero, y muevo los hombros con toda la fuerza que me queda, lo cual me propulsa en el aire. Junto las piernas de golpe, y puede que este sea el mortal más alto que haya hecho en toda mi vida.

Percibo que una de las piernas de Yael sale disparada hacia arriba donde mi cuerpo estará dentro de una décima de segundo. Pero ha reaccionado prematuramente. Giro hacia un lado como una jabalina que se mueve en espiral, y mis pies aterrizan sobre el pecho de Yael. Ambas caemos al suelo, yo encima de ella.

Ha sido un ataque repulsivo y presuntuoso, pero ha funcionado, joder. La he dejado sin respiración y puede que sin arrogancia.

A Yael le cuesta unos segundos recuperar el aire y salir de debajo de mí. Se levanta y se masajea la sien con una mano. Yo me levanto y la miro de frente. Está que echa humo y roja como un tomate.

Me duele todo por mi pequeña acrobacia, pero no pienso dejar que se me note.

—¿Sigo siendo de puta pena? —pregunto.

—Tienes la sutileza de un camión —me suelta sin dejar de mirarme.

Es lo primero que dice que podría parecer un cumplido, y ahora, en su mirada, percibo que me está evaluando de nuevo. Reevaluando a la niña que creía que le habían endosado, sustituyéndola por otra.

—De nada —dice.

La miro con una sonrisilla enojada.

—¿Por qué?

—Por enseñarte la primera lección de Krav Maga —contesta—. Cómo recibir un golpe y volver a levantarse. No ha sido tan horrible como creías, ¿verdad?

En cierto sentido tiene razón. El dolor por el golpe de Yael ha escocido, pero ha sido lo que me hacía falta. En cuestión de minutos, me he recuperado y el dolor se había esfumado. Dolía mucho menos que la vergüenza que habría sentido de haberme rendido. Pienso en Astrid Foogle en el pasillo de Danton y el bofetón que me dio. No fue ni de lejos tan duro como los hábiles golpes de Yael y, sin embargo, me dolió mucho más. Me doy cuenta ahora de que el dolor del bofetón de Astrid no fue provocado por el golpe en sí, sino por lo que significaba: que ella era poderosa y yo no. Sea cual sea el recuerdo del dolor infligido por Yael es distinto, en cierto modo tiene menos importancia, porque al volver a levantarme y combatir contra ella he eliminado la toxina de la humillación.

—¿Te sientes orgullosa de ti misma? —pregunta Yael y me lanza un botellín de agua.

Tomo un trago entre mis jadeos de agotamiento y asiento con la cabeza.

Percibo el destello de algo desagradable en sus ojos.

—Te dejaré unas zapatillas, podemos ir a correr. Diez kilómetros para empezar.

Avanzamos a toda prisa por las calles mojadas, esquivando el tráfico lento, empujando a los peatones que se detienen para quedarse a mirar a las dos putas locas que corren bajo la lluvia, caladas hasta los huesos. Ella siempre va por delante de mí. Siempre. Yo nunca llego a pillarla. El de Yael no es un entrenamiento amable, ni rastro de palabras de aliento, solo me grita sus órdenes para que siga y siga, y me insulta en su extraña jerga que no entiendo.

Sus zancadas son largas y regulares, y aunque me dobla la edad, voy a unos diez metros por detrás de ella. Dos hombres de negocios van caminando uno junto al otro por la acera. Yael nunca para, nunca interrumpe su zancada y pasa entre ellos empujándolos con los hombros.

—*Putain!* —grita uno de los hombres mientras el otro lanza un escupitajo de flema blanca y amarilla que no impacta contra Yael por los pelos.

—*Je t'emmerde!* —les grita Yael.

Yo escojo el camino fácil y paso junto a los dos hombres por el bordillo y me golpeo la cadera con el espejo retrovisor de un Toyota aparcado.

Yael se vuelve y sigue corriendo de espaldas y me busca con la mirada por detrás de ella.

—*C'est inacceptable!* —espeta—. *Allez bouge-toi!*

Suelto un bufido y busco hasta la última gota de energía que me queda. La auténtica energía se me acabó hace rato, y ahora funciono gracias a las más pura y mordaz determinación.

Describe un giro brusco a la izquierda para adentrarse en el parque y usa un banco para darse impulso y saltar sobre la verja de hierro que nos llega hasta la cintura. Yo la sigo, pero resbalo con la zapatilla al pisar los listones de madera mojada del banco, y mi salto sobre la verja no es del todo limpio. Mi pie aterriza torcido del otro lado y caigo de bruces sobre el asfalto. Empiezo a levantarme, pero siento un dolor punzante en el tobillo y no logro aguantar el peso del cuerpo sobre el pie. Logro incorporarme sobre un pie y avanzo dando saltitos a la pata coja hasta un árbol joven y me sujeto a su tronco como punto de apoyo.

Yael aparece a mi lado.

—¿El tobillo? —pregunta.

Asiento con la cabeza, y ella se arrodilla para examinarlo. Noto sus dedos helados cuando me baja el calcetín y me toquetea la piel a toda prisa.

—Creo que es un esguince —digo.

—Solo es una torcedura —me contradice, sin una pizca de empatía—. Vamos, camina para que se te pase.

Me sujeta poniendo un brazo por debajo del mío y rodeándome por la cintura con el otro brazo, de modo que mi tobillo torcido queda entre ambas. Doy un paso con delicadeza, pero siento como si me hubieran clavado una aguja de hacer punto en todo el hueso.

—Estás bien —asevera—. Avanza tú sola.

Pero en lugar de eso la aparto de un empujón.

—¿No puedes intentar ser un poco amable? —espeto.

—¿Amable? —Yael me mira sin piedad—. ¿Crees que tus atacantes serán un poco amables? ¿Crees que dirán: «Pobre niñita, vamos a dejar que descanse un poco»?

Voy dando saltitos hasta una oxidada valla al final del parque y me sujeto a las barras metálicas. Con los dientes apretados, resoplo y lucho con todas mis fuerzas por contener una ola de lágrimas fruto del cansancio y del terror al darme cuenta de la tumba que me he cavado al venir a este lugar.

Percibo la presencia de Yael detrás de mí. Noto que está ahí, de pie, en silencio, como si quisiera darme una patada en la pierna buena y tumbarme y decirme que sea más dura. En lugar de eso, me posa una mano con gesto amable sobre el hombro, y me sorprende que sea capaz de tocar sin hacer daño.

—Vamos —dice.

Me mete un brazo por debajo del mío y tengo que apoyarme en ella para no caerme. Ya en la calle, Yael para un taxi, y subimos al asiento trasero. En ese espacio cerrado, lo único que huelo es el hedor de nuestro sudor.

Ayer me quedé dormida a las seis de la tarde escuchando a Yael gritar «*Un, deux, trois, un, deux, trois*» al ritmo de las fuertes pisadas de sus alumnas de danza del piso de abajo. Ahora, once horas más tarde, con el horario de sueño en algún punto entre Nueva York y París, estoy sentada al borde de la cama y hago la prueba de apoyar los dedos de los pies en el suelo, para ver si me duele el tobillo tras el esguince. Por fortuna, el dolor tipo aguja de tejer de ayer ha desaparecido y ha sido sustituido por un latido cálido y tenue que hace tictac bajo las bolsas de gel que Yael me ha atado al tobillo con una venda. Retiro el vendaje y veo que ha disminuido la hinchazón, bastante; Yael tenía razón. No es un esguince. Solo está torcido. Alardeará de tener razón y luego me castigará.

Voy cojeando en la oscuridad hasta la cocina, el cielo de París que se ve entre las persianas está azul oscuro por las primeras luces del alba. A medida que me acerco, el olor a beicon frito es cada vez más intenso, y me pregunto si serán imaginaciones mías. Pero cuando entro por la puerta de la cocina, veo a Yael delante de los fogones, espátula en mano.

—¿Cómo va ese tobillo? —me pregunta en voz alta para que la oiga a pesar del crepitar del beicon en la sartén.

—Mejor. Gracias. —Me quedo mirándola un instante, como si la idea de verla haciendo una tarea doméstica como preparar el desayuno fuera una especie de contradicción. Sin embargo, es la novedad lo que me paraliza; ver a alguien preparando beicon con huevos por la mañana, para mí, todo un sueño. Siento una punzada de placer en el vientre. Ni siquiera Georgina había hecho realidad esa fantasía secreta mía sobre la típica ama de casa estadounidense de los años cincuenta que al parecer reside en mi cabeza.

—Siéntate antes de que te caigas —dice—. ¿Sigues comiendo *kosher*?

Con lo aturdida que estoy me cuesta entender la pregunta, avanzo cojeando hasta la mesa y me dejo caer sobre una de las sillas.

—¿*Kosher*? —repito—. No. Supongo que no tengo el gen de la fe.

—Yo tampoco. Y aunque estemos haciéndolo mal, Dios ya tiene suficiente por lo que condenarme sin tener que fijarse en lo que he desayunado. —Raspa la sartén con la espátula—. Entonces comeremos beicon con huevos. Un auténtico desayuno estadounidense para mi auténtica adolescente estadounidense.

Durante un instante me pregunto si esto será algún truco y la miro con suspicacia. A lo mejor, la segunda lección del Krav Maga es cómo tirarte la grasa hirviendo del beicon en el regazo y aguantar como una campeona.

Hay una larga *baguette* en la mesa, y parto un trozo con la mano. De ayer. Tiene que ser de ayer. Aunque no está demasiado dura.

—Entonces, tu tobillo... Está solo torcido. Solo intentabas escaquearte de la carrera.

Pero no muerdo el anzuelo. Decido que hoy no va a pillarme.

—Bueno... ¿Cuál es tu historia? ¿Has estado casada alguna vez?

—¿Qué quieres saber?

—En el planeta del que provengo, es de lo que suele hablar la gente. Se llama conocerse.

Yael pincha el beicon con un tenedor.

—Ya no vives en ese planeta. Cualquier cosa que cuentes, la usarán. Cualquier cosa que ames, la perseguirán. Si tienes que hablar, cuenta solo mentiras.

Me rasco la frente y cierro los ojos, deseando que mi fantasía del ama de casa estadounidense de los años cincuenta vuelva, porque es demasiado temprano para esta mierda de filosofía del espía.

—Estuve casada —dice de pronto—. Una vez. Durante un año.

—¿Y?

—Una mujer en esta profesión... Tengo un dicho: una mujer necesita un hombre como... ¿Cómo lo diría?

—Como un pez necesita una bicicleta —completo.

Tira el beicon al plato y se queda mirándome.

—¿Qué? Eso es una idiotez. Yo iba a decir que una mujer necesita un hombre como necesita un fular de Hermès. Tenerlo es bonito pero si lo pierdes, da igual, solo es un fular.

—Vamos, que los hombres son desechables —replico—. Si pierdes uno, consigues otro.

—No solo los hombres. Todo el mundo. —Me pone un plato delante. Con unos huevos negros y quemados y resecos como el cuero. El beicon blandurrio y casi crudo—. Está en la naturaleza de esta profesión. Es imposible confiar en nadie.

—Eso es... Muy paranoico —opino—. No quiero creer en eso.

—¿De veras? Al fin y al cabo es la razón por la que estás aquí. —Se sienta con su plato y empieza a comer—. En un momento determinado, te traicionarán y, en otro, tú traicionarás a alguien. Te lo prometo.

—No, yo te prometo algo: nunca te traicionaré. —Dejo el tenedor y me quedo mirándola; ella también me mira—. Lo que estás haciendo por mí... Significa mucho.

—Esa clase de palabras siempre suenan bien cuando se dicen —afirma al tiempo que se limpia la grasa del beicon que tiene en la barbilla con la muñeca—. Te aseguro que alguien se lo dijo también a tu padre.

—Entonces, si voy a traicionarte, ¿por qué te molestas siquiera en ayudarme?

—Porque nuestros intereses son los mismos por el momento. Mañana... ¿Quién sabe? —Parte un trozo de la *baguette* con la mano y me mira—. Será mejor que comas. Tenemos un largo día por delante.

Una vez más me indica que me sitúe en el centro de la colchoneta de entrenamiento. Me dice que se recuerdan mejor las ideas cuando estás al borde de derrumbarte; por tanto, va a llevarme hasta ese punto. Yael me rodea en círculos. Lleva en la mano su pistola amarilla para el entrenamiento, fabricada de goma y prima hermana del cuchillo que utilizó ayer.

—Si ya estás luchando mano a mano y tu atacante saca un cuchillo, corre si puedes —dice—. Pero si tiene una pistola, continúa con el ataque hasta desarmarlo. ¿Sabes por qué?

—Porque el cuchillo solo sirve hasta donde llega el brazo, pero las balas viajan más lejos.

—Exacto —afirma Yael—. Por favor, coge esto.

Me entrega la pistola y luego se tumba en la colchoneta, boca arriba.

—Venga —me insta—, arrodíllate sobre mí.

Hago lo que me ordena y me siento a horcajadas sobre sus caderas. Me siento rara, es una postura demasiado íntima.

—Ahora apúntame con la pistola a la cara.

Dudo durante un instante. A continuación Yael me mueve las manos y apunta el cañón de la pistola a unos milímetros de su nariz.

—Podría parecer que no hay nada que hacer —me indica Yael—. Estoy en el suelo y mi enemiga está sobre mí con una pistola apuntándome a la cabeza. Una posición de desventaja total, ¿no?

Sonrío con timidez.

—Supongo que vas a demostrarme que no es así.

Golpea con la mano el costado de la pistola, se aparta el cañón de la cara y me desarma. Al mismo tiempo impulsa las caderas hacia arriba y me lanza volando hacia un lado. Medio segundo después, todo ha terminado. Al igual que ayer con el cuchillo, estoy tumbada boca arriba y ella tiene el arma.

Ahora hemos cambiado los papeles y yo estoy sobre la colchoneta, y Yael me explica cómo se hace, repitiendo la maniobra paso a paso. En cuanto lo pillo es increíblemente rápido. Golpe, giro, salto. Golpe, giro, salto. Si lo repites una y otra vez sin parar tus músculos lo recordarán sin necesidad de consultar al cerebro. Se convierte en un reflejo. Y me doy cuenta de que ese es el objetivo. Eso es lo que Yael quiere potenciar en mí. Quiere que sustituya mis instintos de gritar o de cagarme encima de miedo o de reaccionar de forma estúpida por algo mucho mejor y más útil.

Golpe, giro, salto.

Cuando ya hemos practicado todas las variantes del ataque una y otra vez, estoy empapada de sudor, mío y de Yael. Estoy acostumbrada a mi propio olor después del entrenamiento, pero ahora también estoy acostumbrada al suyo.

Con la pistola en mano, me levanto sobre Yael, victoriosa, y henchida de orgullo y adrenalina.

Pero ella percibe mi satisfacción.

—¿Crees que has ganado? —pregunta.

Me encojo de hombros, y ella responde lanzando la pierna y golpeándome en el tobillo que tengo lesionado. Me retuerzo sobre el suelo y de pronto la pistola vuelve a estar en su mano y tengo el cañón pegado a la sien.

—Estás muerta —declara sin ningún tipo de emoción—. Muerta porque no has terminado lo que empezaste. ¿Quieres que tu enemigo gane?

—No. Por supuesto que no.

—Entonces no te limites a coger la pistola. Úsala. Si no tienes que matarlo, por lo menos déjalo herido —me indica—. Dispárale en la pierna o, si le coges el cuchillo, córtale el talón de Aquiles.

Da la vuelta a la pistola y me la devuelve. Y luego practicamos mil veces más.

Entrenamos desde el momento en que me levanto hasta el momento en que me desplomo sobre el catre, dormida ya antes de tocar la almohada con la cabeza. Durante tres semanas, aprendo a pegar puñetazos logrando que la fuerza salga de mi cuerpo y no del brazo. Dónde dar puñetazos: en los huevos, el cogote, el estómago, el riñón. Puntos de presión: entre el labio y la nariz, entre el pulgar y el índice. Movimientos todos ellos —junto con golpes a las rodillas, patadas, bloqueos y retenciones— que Yael me mete en el cerebro a fuerza de innumerables repeticiones para que se me graben en la memoria muscular, en lo más profundo de mi ADN.

La década de gimnasia artística me ha mantenido ágil y equilibrada, y no tengo muchos problemas con la resistencia que me exige Yael. Cuando estamos a punto de finalizar la tercera semana, puedo identificar la radiofrecuencia mental de Yael y predecir qué hará a continuación. Ella asegura que es todo una cuestión física, que el luchador entrenado puede ver cómo se dilatan las pupilas de su oponente un cuarto de segundo antes de que ataque, pero a mí me parece más místico que eso, como la habilidad para ver un instante del futuro.

Me tiembla la musculatura de agotamiento, y una noche me cuento catorce moratones en todo el cuerpo. Ocho en las espinillas, dos en cada brazo, uno en la mandíbula y uno, misteriosamente —no tengo ni idea de cómo me lo he hecho— en el empeine del pie izquierdo. Me sangra la piel de los nudillos durante el día y se me cura por las noches, lo que me deja unas marcas marrones que vuelven a abrírseme por la mañana. En el espejo, después de ducharme, a duras penas reconozco mi propio cuerpo. Está volviéndose fibroso, furioso, de espaldas anchas, me pasa en los brazos, en la espalda. Parezco una boxeadora.

Yael finaliza el entrenamiento del día desafiándome. De forma brutal. Sin piedad. Empieza el entrenamiento del día siguiente enseñándome a evitar los errores de la noche anterior. Curiosamente, no temo las derrotas. Me han arrancado el miedo. Las palabras de Yael desde el primer día —que aprender cómo ser golpeada y aprender a levantarse es la primera lección del Krav Maga— me acompañarán para siempre.

Sin embargo, a medida que el miedo desaparece, este es sustituido por una descarga narcotizante que me ofusca y que despierta en mí aquella sensación que descubrí en Queens. Al parecer se alimenta de lo que Yael está enseñándome. De hecho, parece que estaba hambrienta de ella. Creo, o me gustaría creer, que esta cosa a veces asusta de verdad a Yael. Algunas veces me derriba con tanta fuerza que me pregunto si lo hace porque está enseñándome a combatir o si quiere enseñar a esa cosa que ella sigue siendo la jefa.

Y así seguimos hasta una tarde a finales de la tercera semana cuando, empapada de sudor y con todos los músculos ardiendo, me vuelvo hacia Yael justo a tiempo para coger una bolsa de la compra que me ha tirado.

En su interior hay una elegante chupa de motorista de cuero junto con un par de vaqueros negros.

—¿Qué es esto? —pregunto.

—Vamos a salir —contesta.

—¿Para hacer qué?

Deja un botellín de agua, se limpia la boca con el antebrazo.

—Han llamado los chicos de Tel Aviv —responde con tranquilidad—. Han encontrado a Feras.

10

Viajamos en el metro abarrotado durante largo rato, en dirección norte hacia la estación de Gare du Nord y las zonas que están más allá. Hombres africanos con chaquetones acolchados y pantalones holgados de cintura baja, hablando en francés *patois* y sus lenguas nativas. Mujeres árabes con burkas que las cubren por completo, empujando sus carritos de bebé cargados de bolsas de la compra colgando del manillar.

Cuando vine a vivir a París con mi padre tenía once años, era demasiado pequeña para salir a explorar por mi cuenta. Estuve principalmente en los suburbios del oeste, y me aventuraba a salir de nuestro barrio de Boulogne-Billancourt sobre todo para ir al colegio, que estaba todavía más hacia el oeste. El París que mi padre y yo explorábamos juntos durante los fines de semana estaba limitado a las partes más elegantes, a los distritos VII y VIII, y solo algunas veces un poco más allá.

Yael y yo bajamos en la estación de Pigalle. Hace unos cien años, los artistas se emborrachaban aquí bebiendo absenta. Pero en la actualidad es un barrio turístico lleno de sex shops y cafeterías donde te cobran un ojo de la cara. Hay seis o siete chicas más o menos de mi edad situadas delante de las luces de neón de un club de estriptís con medias de rejilla y lencería con lentejuelas, que reparten cupones a todos los hombres que pasan por allí, invitándolos a entrar para que se tomen una copa, a solo diez euros. Hablan inglés y francés, pero tienen un acento procedente de algún lugar situado mucho más al este de aquí. Son altas y huesudas, con la piel rosada por el frío y veo el odio en sus miradas. Estoy segura de que este no es el París en el que creyeron que acabarían. Desde luego que es un París distinto al que yo conocía. Cuando Yael y yo pasamos por delante, un hombre con el pelo cortado a cepillo y que lleva una chaqueta de piel de serpiente nos ve, da una calada al cigarrillo y espeta a las chicas en ruso que muestren más entusiasmo.

Yael avanza más deprisa mientras yo la sigo un paso o dos por detrás. Pasados más o menos veinte minutos, cruzamos la frontera para adentrarnos en un nuevo París que tampoco conocía. Aquí no hay sex shops baratos, ni turistas estadounidenses riendo con nerviosismo al ver a las estríperes, sentados en las sillas de la cafetería, bebiendo café *espresso* a sorbitos y llevándose la mano a la boca con gesto escandalizado por lo malicioso y poco estadounidense que es todo ese ambiente. Este es el París de los tunecinos que lavan las tazas de café de los turistas, el París de los senegaleses que les venden los imanes de la Mona Lisa sobre sus mantas desplegadas a orillas del Sena. Los toldos de las tiendas están desteñidos y rotos, los edificios donde se encuentran, agrietados y deteriorados... hace tiempo que pasaron de ser ligeramente decadentes a ser una ruina. Hay carniceros de carne Halal y agencias de viajes que ofrecen los mejores precios para volar a Argelia. Los quioscos venden tarjetas SIM y periódicos en idiomas de alfabetos poco conocidos. Yael me dice que el lugar se llama Goutte d'Or. «Gota de oro.»

El sol casi se ha puesto cuando llegamos a un pequeño parque con forma de trapecio. Cae una especie de escarcha del cielo, no llega a ser lluvia. Yael recoge un periódico de la papelera y seca el asiento de un banco.

—Esperaremos aquí un minuto —dice.

Me siento a su lado.

—¿Dónde estamos?

—Chitón —me ordena—. Deja que se acostumbren a nosotros antes de hablar. No somos nadie, solo un par de mujeres en un parque. Aprovecha el rato para observar.

Nos quedamos calladas durante un tiempo; y entonces veo lo que Yael quiere que observe. Justo en la calle de enfrente del parque, en la esquina, hay una pequeña cafetería. CAFÉ DURBIN, dice el letrero.

Me quedo sin respiración. De pronto me cuesta tragar aire y me llevo los brazos al pecho, donde presiono con fuerza.

—¿Ese es el lugar? —digo en francés y en voz baja.

Yael me coloca una mano en la pierna con amabilidad.

—Sí lo es.

Desde aquí veo el interior del local. Es sórdido y pequeño, pero está muy animado, en cada pequeña mesa hay dos o tres hombres, bebiendo café, té o vino tinto. Intento imaginar a mi padre allí, entrando en la cafetería, buscando a Feras. Procuro no hacer caso al nudo que se me hace en el estómago. «Mantente centrada —me digo—, en el aquí y el ahora; es la única forma en que conseguirás que él vuelva.»

—¿Qué significa «Feras» en árabe? —pregunta Yael en voz baja.

—Es un apellido —respondo—. Pero creo que en algunas partes también significa «león».

—Exacto. —Yael echa otro vistazo a su alrededor y luego se inclina para acercarse más a mí—. En este caso, Feras no es un apellido, tal como yo supuse, sino un nombre en código que los estadounidenses usan para referirse a él.

—¿Cómo sabes de qué forma lo llaman los estadounidenses?

—Incluso los aliados se espían unos a otros. Por si llega una época en que ya no lo son. —Yael deja de hablar cuando una anciana pasa por delante de nosotras con un pañuelo en la cabeza—. Los chicos de Tel Aviv han buscado en su base de datos y han encontrado más de cien confidentes en todo el mundo con el apellido Feras, ninguno de ellos en París. Sin embargo, como nombre en código, Feras solo tiene una correspondencia: Hamid Tannous. No vive muy lejos de aquí, en alguna parte del distrito XIX.

—¿Es un espía estadounidense? —pregunto.

—Es un confidente. Pero también trabaja para nosotros. Hablará con cualquiera que le pague. En Tel Aviv todos están de acuerdo en que es el tipo que necesitamos.

—¿Cómo podemos contactar con él?

—Tenemos un protocolo. Es una especie de cliente habitual para nosotros.

—Pues vamos a hacerlo.

Yael se vuelve hacia mí, me dedica la misma sonrisa que pone antes de darte una patada para derribarte doblándote las piernas.

—Las prácticas han terminado, Gwendolyn —sentencia—. Ha llegado la hora de la verdad.

Cruzamos un puente de caballete en dirección al distrito XIX. Por debajo de nosotras, pasan los trenes con parsimonia por las vías, como serpientes en una fosa. El barrio es viejo y ruinoso, un rincón ignorado y olvidado de París. Un hombre con chilaba, sandalias y una chaqueta de esquiador echada sobre los hombros se encuentra en la entrada de una tienda de reparación de ordenadores, fumando un cigarrillo. Nos desea buenas noches en árabe cuando pasamos.

Doblamos a la izquierda por la rue Marx Dormoy, luego a la derecha y luego otra vez a la izquierda. Por lo visto, Yael conoce este barrio como si hubiera vivido aquí toda la vida. Los coches en las calles forman un estrecho desfiladero junto con las paredes de los edificios, con el eco de la música pop en árabe, procedente del interior de las tiendas. El olor a carne a la brasa, a pimientos y el humo dulzón de la *shisha* llega danzando por el aire en pequeños remolinos y torbellinos.

Yael se detiene ante la puerta de un pequeño estanco, como un quiosco, donde venden periódicos y cigarrillos y billetes para el metro. Se queda mirándome.

—No digas nada, ¿entendido?

Asiento con la cabeza y sigo a Yael hasta el interior del establecimiento. Un hombre corpulento con mostacho se encuentra detrás del mostrador, mientras un joven mira a través de la nevera de refrescos y un par de mujeres con pañuelo en la cabeza leen atentamente junto a un expositor de revistas.

—Una cajetilla de Sobranie —dice Yael en francés, señalando el expositor de tabaco que hay detrás del mostrador.

—¿Sobranie negro o azul? —pregunta el hombre que se encuentra tras el mostrador.

—Los dorados —contesta ella.

La mira con los ojos entornados durante unos segundos que resultan incómodos.

—Se nos han terminado —responde—. Y no creo que vuelvan a traernos.

—¡Qué lástima! Eran para un amigo que está loco por conseguirlos.

El hombre ordena unos periódicos sobre el mostrador y no deja de mirar a Yael ni por un segundo.

—Entonces dile a tu amigo que vuelva mañana por la tarde. A lo mejor nos ha llegado alguna caja.

—¿Alguna hora en particular?

El hombre se encoge de hombros.

—La tarde.

—¿Está seguro? —pregunta Yael.

El hombre vuelve a encogerse de hombros.

—Estos días es difícil saberlo. Creo que son un poco irregulares.

Yael da las gracias y se marcha, conmigo pisándole los talones. Una vez fuera me acerco a ella.

—Traduce —me ordena Yael cuando estamos en la acera.

—Los cigarrillos, los Sobranies dorados... Te referías a Feras. El tipo ha dicho que era posible que Feras se hubiera ido, pero que a lo mejor podía encontrarlo. Y que tienes que volver mañana por la tarde.

150

—Casi —dice—. Por eso necesitábamos que vieras cómo funciona esto.

—¿Y ahora qué? ¿Esperamos y ya está?

—Volveremos pronto. —Entonces sonríe—. Mientras tanto... ¿Qué te parece si te invito a cenar?

Cogemos otra línea de metro para volver, y no estoy muy segura de dónde nos encontramos. Las puertas del vagón se abren en una parada llamada Place Monge, y Yael me sujeta por el codo.

—Vamos —dice, y tira de mí por las puertas justo cuando estas están a punto de cerrarse—. Ha llegado la hora de celebrar tu primera noche de campo.

¿Esta es una nueva Yael? ¿Una especie de versión más amable de la machacahuesos carente de piedad que he conocido estas semanas? Me preocupan sus motivos, aunque me apetece la idea de la celebración. El intento de contactar con Feras ha sido el primer progreso real que he conseguido. Y tengo una sensación de alegría, casi de júbilo, en el pecho. Desde que mi padre desapareció, solo he sentido indefensión, frustración y miedo, y ahora por fin siento algo distinto. ¿Emoción? Sí, es exactamente eso. A lo mejor me va esta vida clandestina.

Salimos de la estación de metro a un barrio que no conozco. Está descuidado, al estilo de Brooklyn, y hay personas por todas partes; las calles están plagadas de bares y tiendas de ropa y restaurantes que anuncian comida india y tailandesa en carteles pintados a mano.

Yael me lleva hasta un pequeño bistró. Está hasta los topes de gente y retumba el estruendo de las risas, del tintineo de las copas y el crepitar de una parrilla. Hay una multitud de clientes esperando una mesa en un pequeño vestíbulo, pero un camarero reconoce a Yael y le hace un gesto con la mano para que entre. Estamos sentadas en una mesa diminuta cubierta con papel marrón del que se usa para envolver la carne en las carnicerías.

—Mi sobrina es de Bélgica —le cuenta Yael al camarero.

—Bueno, entonces, bienvenida —me dice el camarero. Es un chico guapo, tal vez marroquí o argelino, y me guiña el ojo al entregarme la carta—. Haz que tu tía no se meta en líos esta noche.

Yael pide un *côte de boeuf* con patatas fritas para las dos, una copa de vino de la casa para ella y una botella de agua mineral para mí. Cuando el camarero se aleja, Yael se inclina sobre la mesa.

—Nada de vino para ti. La primera norma durante el trabajo de campo es que tienes que ser muy consciente de tu entorno más próximo. Se llama conciencia táctica. —Echa un vistazo a la sala durante un instante—. La mesa que tienes a las seis en punto, justo detrás de ti —me indica—, ¿de qué color es la camisa que lleva el hombre?

Me masajeo las sienes. Esperaba que hoy ya no hubiera más entrenamiento, pero está claro que Yael tiene otros planes.

—¿Azul?

—Era una pregunta trampa. Son dos mujeres.

—Oye, ¿podemos no hacer esto justo ahora? —protesto—. Ha sido un día muy largo.

Llegan las bebidas y Yael propone un brindis.

—Por ti y por tu padre —dice.

—Y por ti —agrego.

Entrechocamos las copas y ella toma un sorbo de vino.

—Bueno, ¿tienes novio en Nueva York? —pregunta.

—Creía que no hablabas de cosas personales.

—Y no hablo de mis cosas personales —dice—. Dispara: ¿tienes novio?

Aparto la mirada. Dios, todos los presentes en la sala parecen muy felices esta noche.

—Creo que es solo un amigo.

—Pero ¿te gustaría que fuera algo más?

—Para serte sincera, no he tenido tiempo de pensar en ello —contesto—. Todo esto ocurrió justo después de conocerlo.

—Todo volverá a la normalidad —augura—. Cuando sea así a lo mejor ocurre.

Es una estupidez pensar que las cosas volverán a la normalidad, pero le sonrío como si no lo fuera.

—¿Y tú? —le pregunto para cambiar de tema—. Esta es una calle de doble sentido.

—No he tenido la oportunidad —responde.

—Cuéntame, no sé... La última vez que estuviste enamorada. Alguna historia que ya haya terminado del todo. Eso no puede hacer daño.

Yael se ríe para sí misma con cierta tristeza.

—Estoy aprendiendo que nada termina del todo. —Luego toma un sorbo de vino y suspira—. Vale. Pero, te lo advierto, es una historia sensiblera y patética.

—Me encanta lo sensiblero y patético.

Desvía la mirada con gesto reflexivo.

—Hace diez años... No, fue hace más. En una de mis primeras misiones después de haber terminado el período de entrenamiento. Estaba haciendo un trabajo de seguimiento con otro agente. Estábamos en Budapest. ¿Has estado alguna vez?

—¿En Budapest? No.

—Una de las ciudades más perfectas del mundo. Es difícil no enamorarse allí —dice con los ojos clavados en el mantel de papel marrón de carnicería, con la copa de vino sostenida con languidez entre sus dedos—. Él y yo pasábamos mucho tiempo juntos en coches aparcados, mirando por ventanas de pisos oscuros. Y así ocurrió, en contra de todas las normas. Me enamoré del tío con quien trabajaba.

—¿Y ocurrió algo?

Yael niega con la cabeza.

—No. No mucho más que un beso.

—¿Por qué no?

—Para empezar, él estaba casado. Además, pertenecía al servicio de otro país. Era una combinación horrible. —Sonríe con los labios, pero sus ojos están tristes como si no supiera decidir a qué recuerdos recurrir.

—A lo mejor algún día volveréis a encontraros —digo, esperanzada—. Quién sabe.

—Quién sabe —repite con un tono que transmite que eso no ocurrirá en toda la vida.

El camarero aparece con una bandeja donde está servido nuestro *côte de boeuf*: un enorme pedazo de vaca muerta, con la superficie negra y todavía crepitante. Corta la carne en lonchas y la sangre sale a borbotones de ella y forma lagunas sangrientas sobre la bandeja. Me planteo volverme vegetariana en este instante. Pero cuando Yael empieza yo pruebo un bocado, sin estar muy segura, y está delicioso.

Cuando Yael termina de comer, se echa hacia atrás y se frota el vientre.

—Tengo que ir al baño —anuncia y se disculpa para levantarse de la mesa.

El camarero reaparece y vuelve a llenarle la copa hasta arriba. Cojo la copa sin que me vean y tomo un sorbo. Es un vino barato y sabe a cereza madura y a tierra, y marida a la perfección con la carne. Me bebo lo que queda y le hago un gesto al camarero para que me traiga otra copa. Me sonríe y vuelve a llenarme la copa. «*Soyez prudente!*», me dice. «¡Sea prudente!» Bebo hasta dejarla al nivel que tenía cuando Yael se ha levantado de la mesa y vuelvo a colocar la copa en el mismo sitio en que estaba justo cuando ella reaparece.

Yael paga la cuenta, y nos vamos. El vino ha hecho que sienta calor, y sé que dentro de un rato me entrará sueño y estaré un poco achispada. El barrio sigue hasta los topes con lo que parecen todos los habitantes de la noche parisina: parejas cogidas por el brazo, amigos íntimos e inseparables. Entran y salen por las puertas, los restaurantes y bares están abarrotados. Me pregunto cómo sería estar aquí en un momento en que el mundo no estuviera derrumbándose sobre mí con todo su peso. Supongo que sería como uno de los rincones más oscuros e interesantes del cielo.

—¿Te sientes bien después de beber vino? —me pregunta Yael—. Espero que no muy aturdida. Tienes que mantener tu conciencia táctica despierta.

—No —miento—. Me siento bien. ¿Cómo has sabido que...?

—El camarero me lo ha dicho —responde—. Incluso los aliados se espían entre sí.

Repito el resto de la frase mentalmente: por si hay un momento en que ya no lo sean.

Yael me pone una mano en el brazo y me obliga a parar.

—Tengo la vejiga de un ratón —comenta—. Pararemos aquí para que pueda ir al baño otra vez.

Sin embargo, ya hemos salido del barrio donde estábamos, el híbrido encantador entre París y Brooklyn, y los bares y restaurantes de este lugar son más ruidosos y más sórdidos. El bar frente al que estamos ahora tiene un cartel de luces de neón que reza LA CHÈVRE MAIGRE. «La cabra delgada.» Por la puerta se cuela la música *speed metal* en francés, muy alta y muy mala.

—Vamos a buscar alguna cafetería más pequeña —propongo.

Pero ella tira de mí y me obliga a entrar. Hay un montón de gente con aspecto de ser muy dura escuchando el concierto. Motoristas con chalecos de cuero, tíos con la cabeza rapada y tatuajes en la cara. Los cuerpos se sacuden con violencia, están borrachos y furiosos con el mundo. Están apretujados alrededor de un escenario circular donde un grupo está aporreando sus instrumentos. Es difícil distinguir los rostros y otros detalles por la espesa nube de humo de cigarrillos y porros, pero consigo ver que hay un par de mujeres.

—Puedes aguantarte —digo a Yael, lo bastante alto para que me oiga a pesar de la música.

—No seas tan niñata —me recrimina—. Espérame en la barra.

Desaparece por un pasillo en penumbra, mientras me quedo de brazos cruzados e intento esconderme entre las sombras. Pero no pasan más que unos segundos antes de que unos cuantos tíos empiecen a rondarme. Un tío rubio con el pelo cortado casi al cero y una chaqueta vaquera roñosa se abre paso entre ellos empujándolos con los hombros.

—¿Has salido a petarla esta noche con mamá? —me pregunta en francés. El aliento le huele a cerveza y a tabaco.

Paso de él o intento hacerlo, pero es como un muro de carne que se eleva sobre mí y es difícil fingir que no existe. Seguramente pesa cuarenta kilos más que yo... ¿Dónde narices se ha metido Yael?

El tío apoya las manos en la pared que tengo detrás y me deja encerrada entre sus brazos. Es alto y gordo y tiene la cara redonda y rosada que me hace pensar en un cerdo horrible. Me agacho para pasar por debajo de sus brazos y me dirijo hacia el pasillo oscuro para dar con Yael. Él me llama:

—¿Adónde vas, princesita? ¿Vas a salir por detrás para irte con los viejos?

Abro la puerta del baño de señoras de un golpe. Es un cuchitril sucio con las paredes pintadas de negro y una sola bombilla colgando sin lámpara sobre el lavamanos mugriento. Las botas me resbalan sobre un charco de algo que hay en el suelo cuando me dirijo hacia el único retrete llamando a Yael. Pero ahí no hay nadie.

A la salida del baño, el cerdo está esperándome al final del pasillo. Mis opciones son pasar por delante de él o salir por la salida de emergencia, una puerta de acero, que seguramente da a un callejón o a un patio. Me decido por la segunda opción y salgo por la puerta al gélido aire nocturno. Gritando a voz en cuello llamo a Yael, pero no recibo respuesta. Lo único que he conseguido es pasar de un lugar abarrotado y oscuro a un lugar oscuro y desierto.

El patio está cubierto de basura y cristales rotos, y hay pilas de cajones de madera. Está a cielo abierto, y oigo el ruido del tráfico de París que no procede de muy lejos. Doy vueltas en círculo por ese espacio buscando una salida, pero lo único que encuentro son puertas metálicas cerradas con llave que supongo que conducen a otros bares o restaurantes y un par de puertas de madera cerradas con una cadena. Del otro lado de esas puertas oigo a gente riendo y gritando en la acera.

—Parece que tu mamá te ha abandonado.

Me vuelvo de repente y veo al cerdo de pie delante de la puerta cerrada del bar. Un terror gélido me eleva del suelo y, durante unos segundos, tengo la sensación de estar flotando, y solo estoy en contacto con mi miedo. Deseo gritarle, decirle que no se acerque, pero, al abrir la boca, sé que lo único que puedo hacer es chillar.

Avanza hacia mí con lentitud, no es más que una silueta en la oscuridad del patio, pero una silueta con mucha seguridad. Se contonea al caminar, como si estuviera muy seguro de su fuerza. Solo cuando está a unos treinta centímetros de mí reacciono y retrocedo un paso. Oigo el crujido de los cristales rotos bajo mis botas.

La sombra de su rostro se ensancha hasta convertirse en una sonrisa a medida que se acerca a mí. Vuelvo a retroceder, pero mi espalda choca contra una pila de cajones amontonados contra la pared.

Lanza un brazo hacia delante y me tapa la boca mientras con el otro me agarra por la cintura. Me sale un chillido desde lo más profundo de la garganta, pero su mano lo ensordece y lo que se oye es un quejido agudo. Tira de mí hacia él y quedamos pegados el uno al otro.

Cierro los ojos con fuerza y solo oigo el sonido de una cascada: el intenso bombeo de mi sangre en las venas. En cuestión de segundos me desmayaré. Siento que me quita la mano de la cintura y empieza a subirla por mi espalda mientras me mete los dedos de la otra por la boca. Saben a sal y a polvo.

Entonces esa cosa que siento en mi interior vuelve a abrir los ojos. Estira las piernas dentro de mis piernas, estira los brazos dentro de mis brazos. Y ya no soy un traje que lleva puesto.

Mi mandíbula muerde con fuerza y mis dientes perforan la carne de la mano del tío hasta que tocan el hueso. Un chillido de barítono llena el aire, y él me saca de golpe los dedos de la boca, y casi me arranca las paletas al hacerlo.

Tengo un sabor metálico en la lengua y escupo al cerdo su propia sangre. Tambaleando hacia atrás se mira los dedos para ver si los tiene todos. Lanzo todo mi peso en el puñetazo que doy hacia delante, apuntando a su garganta. Pero él se mueve e impacto contra su hombro.

El golpe no parece desconcertarlo, y lanza un puñetazo escorado que se desvía hacia un lado antes de dirigirse hacia mi cabeza. Es un golpe torpe y lento, y le agarro la muñeca en el aire. El codo de mi otro brazo impacta contra su mejilla y le dobla la cabeza hacia un lado.

Pero antes de poder seguir, carga contra mí, me clava el hombro en el estómago y me tira hacia atrás, contra la pila de cajones. Me empuja con todo su peso y me planta en el suelo.

Mi golpe de codo ha sido duro y ahora le cae un hilillo de sangre por la comisura de los labios, pero está sonriendo, y me sujeta los brazos contra el suelo sentado a horcajadas sobre mí. Se lleva la mano a la parte trasera de los vaqueros y saca una pequeña navaja, la cuchilla es un fino triángulo de acero que brilla incluso en la oscuridad. La sacude sobre mi cara durante un rato, para enseñármela, para que la vea bien. Esto es lo que vio mi madre. Una cuchilla sobre la que se proyectaba la luz, justo antes de que la rajaran.

Pero mi cuerpo sabe qué hacer sin tener que preguntar. Le engancho una pierna con la mía; luego aparto la navaja de un manotazo justo cuando mi cadera sale lanzada hacia arriba y hacia un lado, con lo cual me lo quito de encima. Oigo cómo la navaja rebota contra el suelo.

Me levanto de un salto cuando él empieza a ponerse en pie. Describo un arco en el aire con la mano, como una especie de machete romo que impacta contra su garganta. El golpe es tan fuerte que noto el cartílago blando de su tráquea doblarse y romperse bajo mi mano. Se desploma de rodillas, con la frente pegada al suelo mientras se asfixia y jadea intentando recuperar el aliento.

Sin embargo, la cosa que tengo dentro todavía no ha terminado. Veo la navaja ahí tirada entre los cristales rotos, así que la agarro a toda prisa y la sujeto con debilidad. Veo la parte trasera de sus piernas ahí tiradas, tan abiertas y tan vulnerables... Recuerdo lo que dijo Yael sobre acabar siempre lo que has empezado.

Me acerco y miro la suela de sus gruesas botas. El cuero se raja enseguida en cuanto paso la navaja por encima, pero me detengo en cuanto estoy a punto de cortarle el tendón, incapaz de seguir.

—Hazlo.

La voz procede del otro extremo del patio. No es un susurro, sino una orden firme y segura. Levanto la vista cuando Yael aparece por detrás de una pila de cajones y se pone bajo la tenue luz de una puerta.

Lanzo un grito enfurecido. Resulta evidente que ha estado ahí todo el tiempo. Lo ha visto todo. Hiervo de rabia por dentro.

Pero la pierna del hombre empieza a moverse a pesar de que la tengo sujeta. Se ha recuperado un poco y está mirándome, apretando los dientes y con los ojos muy entornados. ¿Qué veo en su cara: agresividad o miedo?

Yael repite la orden.

—Hazlo.

Y lo hago.

11

Tengo un corte en el codo, un tajo de unos cinco centímetros de largo. A lo mejor me lo hice con los cristales rotos cuando el cerdo me tenía tirada en el suelo, o quizá fue con otra cosa. Yael me presiona la herida con una gasa de algodón empapada en alcohol. Es como fuego helado.

—Te odiaré toda mi vida por esto —digo, y voy muy en serio.

—Es una pena —contesta.

Hace demasiado calor en la cocina y el sudor me cubre de cuerpo entero, como una capa de laca. No he sido capaz de dejar de temblar.

—Ha sido una encerrona —le recrimino.

—Sí —afirma—. Tenía que asegurarme.

—¿Asegurarte de qué?

—De que eras capaz de hacerlo si era necesario. —Retira la gasa de algodón—. Si vas a trabajar conmigo, no puedo permitir que te derrumbes cuando se trate de algo importante. Necesitarás puntos.

—Iba a violarme, Yael.

—Eso como mínimo. —Rebusca en el kit de primeros auxilios que tiene desplegado sobre la mesa, vendas, tijeras, pinzas, esparadrapo, hasta que encuentra hilo y aguja—. De todas formas, habría intervenido si no te las hubieras apañado tú sola.

Siento tanta rabia por dentro que los pensamientos se agolpan y me cuesta escoger uno solo.

—La cuestión es que sí te las has apañado —dice, e intenta estabilizarme el brazo con una mano mientras sujeta la aguja con la otra—. Estate quieta.

—No puedo.

Me presiona el brazo contra la mesa y empieza a coser. La primera puntada de la aguja y tirón del hilo en los contornos de la herida me duele más de lo que esperaba, pero no tanto como todo lo demás. Me tiembla la voz.

—La cuestión es... Yael. La cuestión es que eso era real, ¿vale? Ese tío tenía una navaja, joder.

—¿Real? Por supuesto que era real —asevera, con la cara roja por el esfuerzo de sujetarme el brazo para que esté quieta mientras me da otra puntada con la aguja—. Ya te lo dije, esto no es un deporte. Ese tío no estaba haciendo la prueba para conseguir el cinturón verde.

Miro la aguja mientras entra y sale, entra y sale.

—Jamás podré olvidarlo, Yael. Su cara. La forma en que la navaja... ¡Por el amor de Dios!

—Lo siento. —Limpia la sangre con un pañuelo—. Asegúrate de no olvidar la parte en la que tú ganas.

—Sí, dejándolo cojo.

—Haciendo lo que debías. —Deja la aguja y hace un nudo al final de cada punto—. Terminado. Te dolerá y te picará a rabiar. Resiste las ganas de rascarte.

—Entonces ¿no te sientes culpable, ni siquiera un poco?

Me coloca una tirita ancha sobre la herida. Mueve los dedos con gran delicadeza.

—La justicia no es algo abstracto, Gwendolyn. ¿Qué has hecho esta noche? Así es la justicia. Fea y malvada.

Contra toda probabilidad, duermo bien. Pero durante toda la noche, tengo sueños extraños que van y vienen, vívidas pesadillas por las que voy pasando, sin sentir ningún miedo. Por la mañana, abro los ojos y me quedo mirando el techo desde el catre, intentando recordar los sueños.

Ya en la cocina encuentro a Yael despierta, leyendo una edición francesa de la revista *Vogue*, sentada a la mesa y tomando café. Cuando me ve se levanta y me sirve una taza.

—¿Has dormido bien? —me pregunta.

—He soñado cosas raras —respondo.

—Era de esperar. Tu mente intenta adaptarse a ti, a la nueva tú. —Abre un cajón que hay bajo la encimera y saca un pequeño cuaderno, con la cubierta de color carmesí, y lo tira encima de la mesa, justo delante de mí—. Y hablando del tema...

—¿Qué es esto?

—Digamos que es un regalo de graduación. Llegó hace un par de días, pero estaba reservándolo para este momento.

Vuelvo el cuadernito y veo el nombre de Rossiskaya Federatsiya en gruesas letras doradas y escrito en cirílico en la parte superior, seguido por las palabras FEDERACIÓN RUSA en alfabeto latino. Es un pasaporte ruso y tiene un aspecto muy auténtico. Lo abro y se me encoge el estómago al ver mi foto.

Aunque la cara es mía, el nombre no lo es. Dice: «Sofia Timurovna Kozlovskaya». Según la fecha de nacimiento, impresa con letras oficiales, tengo veintidós años.

—¿Quién...? ¿Quién es esta?

—Eres tú —dice Yael—. Pasa a la segunda página.

Lo hago y veo un visado de aspecto oficial con un logo de la Unión Europea, rematado por un sello holográfico de color plateado.

—Es un visado de trabajo —me aclara—. Puedes conseguir la residencia en cualquier parte, desde Irlanda hasta Grecia, y residir allí de forma legal.

—Pero ¿quién es...? —vuelvo a la página anterior—, ¿Sofia Timurovna Kozlovskaya?

—Sofia, la auténtica Sofia, era una estríper que murió por sobredosis de heroína en Munich hace dos años. Lo que tienes en las manos no es una falsificación. Es el pasaporte de la chica, solo que con tu foto.

—¿Cómo has conseguido esto?

—A lo mejor el poli que la encontró recibió un dinero, a lo mejor un amigo nuestro hizo desaparecer sus pertenencias —contesta—. Yo no me ocupo de eso, así que no lo sé. La cuestión es que lo que tienes aquí vale su peso en oro. Cualquier compañero de profesión mataría por un pasaporte así de auténtico.

Dejo caer el pasaporte de la mujer muerta sobre el mantel. Me parece tan macabro... Tan incorrecto.

Yael vuelve a abrir el mismo cajón y saca un grueso pliego de papeles doblados por la mitad. Lo deja sobre la mesa, junto al pasaporte.

—La información sobre Sofia —me explica—. Certificado de nacimiento, informes del colegio, una biografía de sus padres, información sobre la ciudad en la que se crio... En cuanto al resto de su vida, tendrás que inventártela.

—¿Qué quieres decir?

—La primera norma de una falsa identidad: hazte pasar por nativo cuando puedas. Segunda norma: la credibilidad de tu historia reside en los detalles. Estudia estos documentos y rellena las lagunas. ¿Cuál es su color favorito? ¿Quiénes eran sus amigos de infancia? ¿Qué edad tenía cuando un coche atropelló a su perro?

Abro el pliego de papeles y echo un vistazo a los documentos. Leo el certificado de defunción de su padre: cirrosis de hígado, cuando Sofia solo tenía catorce años. El historial laboral de su progenitor: trabajaba en una fábrica de goma en las afueras de la ciudad de Armavir, en el sur de Rusia. Los informes escolares de ella: notas altas en alemán, notas bajas en mates. La información es muy real, trágicamente detallada.

—Tómate la mañana —me indica Yael—. Escribe tu biografía y luego memorízala.

—Pero ¿Sofia no tiene un certificado de defunción?

—Casualmente se ha traspapelado. Estamos hablando de Rusia. Esas cosas pasan.

—¿Y si alguien empieza a investigar?

—Si no hay un pasado real es perfecto. —Se coloca en la silla que está a mi lado—. Así que te lo inventas. Improvisa.

Cierro los ojos... La nueva yo.

—Ahora ponte a trabajar —dice Yael al tiempo que me coge de la mano y me da un buen apretón—. Empieza a inventarte una vida, Sofia.

Mi aliento aparece y reaparece en el cristal formando un círculo de vaho que se extiende y se contrae, se extiende y se contrae. Con el dedo dibujo una carita en él, pero Yael emite un sonido que significa que pare, y así lo hago. Tal como me ha ordenado, mantengo uno ojo clavado en lo que hay por delante y otro en el espejo retrovisor del pequeño Volkswagen para ver lo que hay detrás. Me ha ordenado que no diga nada a menos que vea algo fuera de lo normal. Sin embargo, todo me parece fuera de lo normal y me pregunto si me enteraré cuando ocurra algo distinto. Un hombre árabe asoma la cabeza por la puerta de un videoclub y mira a su alrededor, luego vuelve a entrar. Una mujer con burka pasa caminando y empujando un carrito de lavandería vacío; transcurrido un minuto, regresa con el carrito todavía vacío. ¿Aquí hay algo normal?

La respiración de Yael es relajada, constante, como si estuviera durmiendo; se ha entrenado para respirar así. Su expresión es tensa mientras mantiene la vista clavada en su propio espejo retrovisor, desde donde puede ver la puerta del estanco que queda a media manzana por detrás de nosotras.

Ya llevamos fuera una hora. No se ve el sol por ninguna parte, resulta invisible tras las nubes grises y amorfas. Tengo que entornar los ojos para mirar el reloj, donde veo que son solo las cinco de la tarde.

Tengo la boca seca y pastosa, y le pregunto si podemos tomar un café o algo así. Ella me responde que no, que parecería sospechoso: dos mujeres solas en un coche tomando café. Y yo le pregunto si no es más sospechoso que dos mujeres solas en un coche sin hacer nada.

—Vamos a jugar un poco a las preguntas rápidas —propone Yael—. ¿Dónde naciste?

—En Novokubansk.

—¿Cómo se llamaba tu padre y cuál era su profesión?

—Timur Naumovitch Kozlovsky. Supervisor de una fábrica de goma.

—¿Y antes que eso?

—Lugarteniente de los Spetsnaz.

—¿Y qué son los Spetsnaz?

—Los comandos de las fuerzas especiales rusas.

Seguimos con las preguntas al mismo ritmo que el movimiento de las escobillas del limpiaparabrisas, que cruzan la luna del coche cada pocos segundos. Cierro los ojos e intento visualizar todos los hechos, los nombres y lugares contenidos en mi memoria. Luego oigo que Yael susurra:

—*Là-bas!*

Abro los ojos de golpe y me vuelvo. ¿Por dónde? Sigo la dirección de los ojos entrecerrados de Yael hasta un hombre pálido y delgado con vaqueros y chaqueta de chándal Adidas, situado bajo el toldo de una tienda, en la calle de enfrente del estanco. Tiene una poblada mata de pelo negro que necesita un buen corte y un proyecto de barba.

Yael pone en marcha el coche, sale del aparcamiento y describe un experto giro de ciento ochenta grados en la angosta calle. El hombre sigue nuestros movimientos con la mirada, aunque intenta fingir que no se ha fijado en nosotras. Su cuerpo se tensa como si estuviera esperando que alguien lo golpeara. Miro hacia atrás. No parece el monstruo que había imaginado, el hombre que secuestró a mi padre, Feras, el león. Aunque así es mucho mejor, será mucho más fácil echarle las manos al cuello cuando llegue el momento.

Yael reduce la marcha, baja la ventanilla y se dirige a él en árabe. Me cuesta un par de minutos traducir lo que dice mentalmente porque me suena todo muy raro: «Antes había aquí una tienda donde vendían material de Bellas Artes. ¿Sabes adónde la han trasladado?».

El hombre nos mira con preocupación, como si nos hubiéramos equivocado de tipo; luego da un paso inseguro hacia delante. Ahora lo veo más de cerca. No debe de tener ni veinticinco años y tiene un montón de pecas rojas en la frente.

—La tienda que buscas cerró en marzo del año pasado —nos informa.

—¿Marzo? —se extraña Yael—. ¿Estás seguro de que no fue en abril?

—No —contesta él—. Fue en marzo.

Yael mira de cabo a rabo la calle.

—Sube al coche, Hamid —ordena.

Desde el asiento trasero, puedo ver que está temblando; debe de ser por el frío aunque también por algo más. Sus pecas son como manchitas rojas, recuerdo de alguna enfermedad.

—¿Dónde está el tío de siempre? —pregunta—. Solo hablo con él. Se hace llamar Jean-Marc.

—Relájate, colega. Jean-Marc está de vacaciones, yo lo sustituyo —responde Yael y le posa una mano sobre el antebrazo con ánimo tranquilizador.

Él retira el brazo de golpe.

—¿Tienes algún lugar al que podamos ir? Están buscándome —dice, y pasa del árabe al francés.

—Podemos conducir durante un rato. Estarás a salvo con nosotras.

—¿A salvo? Llevo unos dos meses, más o menos, escondiéndome en sótanos. ¿Y por qué sois dos? Jean-Marc siempre venía solo.

Yael esboza una sonrisa amable mientras se adentra entre el tráfico nocturno de una concurrida avenida. Es la mirada más cálida que le he visto poner jamás.

—Es una aprendiz, eso es todo, Hamid. No hay nada de lo que preocuparse, ¿vale? —Su tono de voz es maternal—. Dime por qué has estado ocultándote en sótanos.

—¿Tienes algo de comer? No sé cuándo comí por última vez.

—Puedo parar y comprarte algo —se ofrece Yael—. O darte algo de dinero.

Hamid niega con la cabeza.

—Es demasiado peligroso. Oye, olvida la comida. Tienes que sacarme de aquí. Esta noche. Ahora mismo.

—¿Por qué es peligroso, Hamid?

Él se queda mirándola con los ojos entrecerrados.

—Porque están persiguiéndome. Son los mismos. Los mismos que lo hicieron, los que hicieron eso otro. Cada vez que intento salir, ahí están ellos. Esta noche casi no me presento. Si hubierais tardado un minuto más, os habríais encontrado un cadáver esperando. Estoy seguro.

—¿Alguien te persigue por lo que le hiciste al estadounidense? —pregunta ella—. ¿Esa es la razón, Hamid?

—Yo no le he hecho nada a nadie. Oye, tienes que sacarme de Francia. Quiero irme a casa.

—Quizá sea posible —responde Yael como si estuviera pensándolo—. Pero antes tengo que saber qué le ha pasado al estadounidense.

—No lo sé. Tomamos un café, fuimos a dar una vuelta y luego, la furgoneta...

—¿Qué furgoneta? —pregunta ella.

—Sí, en la calle. Se paró y bajaron dos hombres, no sé cómo se llaman, esos que arreglan váteres.

—Fontaneros —apunto.

Yael me echa una mirada para que siga callada.

—Sí, dos fontaneros. Llevaban una tubería larga y nos obstruyeron el paso. Pero luego salieron otros dos de la furgoneta. Uno puso una aguja en el cuello del estadounidense y el otro vino a por mí. Eran buenos. Profesionales.

—Resulta interesante que tú escaparas, pero el estadounidense no —observa Yael.

—¿Escapar? Salí corriendo y él me disparó. La bala me rozó el hombro —cuenta el chico, se baja la chaqueta y se aparta la camisa. Tiene una herida horrible cosida con unos puntos de sutura, es de color rosa y violeta, aunque está tornándose verde.

Paramos en un semáforo en rojo y una moto se sitúa a nuestro lado emitiendo un gran estruendo, por el lado del acompañante. Van dos personas con chupas de cuero negras y cascos integrales. El que va de paquete nos mira y se levanta la visera del casco. Por lo que veo de él es guapo, y me guiña un ojo con gesto coqueto antes de apartar la mirada.

Yael se inclina sobre Hamid, y echa un vistazo más de cerca a la herida.

—Has ido al médico a que te pongan los puntos.

—Si llegan a ver que es a causa de un disparo, el médico habría llamado a la policía. Fui a un veterinario que acepta que le paguen en metálico. Él me cosió la herida como si fuera una camisa rota y me dio pastillas para perro. ¿Parece infectada?

—No —miente Yael.

El semáforo se pone en verde, y empezamos a avanzar. Estamos en algún punto de las calles de la zona industrial que está por detrás de la estación de tren Gare du Nord. Huele a petróleo y a pescado.

—Esos fontaneros... —dice Yael—. Háblame de ellos.

—Eran alemanes —revela Hamid—. Eso es todo lo que sé.

—¿Alemanes? ¿Cómo lo sabes?

—Porque hablaban alemán... ¿Por qué iba a ser?

La moto regresa haciendo rugir el motor al seguirnos, acercándose al parachoques trasero. Un nuevo semáforo en rojo, y Yael va frenando hasta detenerse. La moto vuelve a colocarse a la altura del asiento del acompañante.

Es raro lo vacías que están las calles aquí por la noche. Miro la moto. El motorista que va de paquete está mirándonos, no se le ven los ojos tras el cristal tintado de la visera de su casco. Le da la vuelta a su bolsa de mensajero, se la coloca por delante y la abre. A continuación, sus manos enguantadas están sujetando un objeto extraño y abultado con una pequeña abertura en un extremo, que apunta hacia la ventanilla de Hamid. Me cuesta un segundo darme cuenta de que es una pistola, y justo cuando lo veo, el mundo explota en una llama anaranjada, y el cristal hecho añicos salta por todas partes.

Estoy pegada al suelo del pequeño Volkswagen. No oigo nada y está todo casi a oscuras, pero sí noto la vibración del coche sobre los adoquines mientras vamos corriendo por las calles de París. El viento me envuelve en un torbellino silencioso, y hay esquirlas de cristal por todos los lados, amontonadas en los rincones de los asientos, sobre los que se refleja la luz de las farolas: parece la fortuna de un rey en pequeños diamantes.

Veo una mano cubierta de tinta negra pasar entre los asientos y agarrarme de la chaqueta. Tira de mí, y veo a Yael, cuyo rostro está cubierto de tinta negra y grita palabras que no oigo. Me sujeta de la mano y la lleva hasta Hamid, me la pone en su pecho, la fuente de la que mana la tinta negra. Hay tres agujeros, no cinco, cada uno del diámetro de una moneda de diez centavos, por la que sale esa cosa, sale a borbotones, como una masa nebulosa. Estoy a punto de desmayarme cuando me doy cuenta de lo que es, pero logro no perder los nervios y presiono con todas mis fuerzas todos los agujeros que puedo cubrir con las manos, aunque eso solo provoca que salga incluso más sangre por los demás. Por eso muevo las manos hacia los otros agujeros, pero no sirve para nada. Hamid todavía tiene los ojos abiertos y muy vivos, aunque cada vez que los cierra para pestañear estoy segura de que no volverán a abrirse.

Vamos a toda velocidad por las calles tortuosas y angostas de un barrio industrial vacío, los coches aparcados a ambos lados están tan cerca que casi podemos tocarlos. La moto nos sigue de cerca, a menos de diez o quince metros, el faro se cuela por nuestra luna trasera como un fantasma perseguidor.

Yael gira de golpe a la izquierda, y yo salgo rodando. Tengo que soltar a Hamid y voy a chocar contra el lateral del coche. La moto no frena ni un ápice al tomar la curva. Debo de haber recuperado la audición porque oigo los dos motores como un dúo de ópera entre un tenor, que es el Volkswagen, y una chillona soprano, que es la moto.

Me muevo como puedo para recuperar la postura y me preparo para que el próximo giro no me pille por sorpresa y no tenga que soltar a Hamid. Todavía lo siento respirar, con debilidad, apenas un suspiro, con los ojos entreabiertos.

Viraje brusco a la izquierda. Las ruedas chirrían. Viraje brusco a la derecha y de nuevo a la derecha. Pero la moto no se rinde. De hecho nos está alcanzando. Ahora van a por Yael, están situándose a su altura. El que va de paquete está apuntando su recortada. Intento gritar para advertir a Yael, pero en cuanto abro la boca sale un nuevo fogonazo naranja por el cañón, una larga sucesión de disparos, de un sonido tan alto que parece imposible, como si el universo estuviera abriéndose en dos. El salpicadero que Yael tiene delante cobra vida: pedazos del mismo salen volando por los aires y danzando mientras fragmentos de plástico se esparcen por el coche a modo de confeti. Yael gira el volante a la izquierda, y la moto se aparta de un salto y sube a la acera, demasiado rápida y ágil para ella. Luego desaparece de nuestra vista.

No se produce la explosión que esperaba. Solo el ruido del metal retorciéndose y la carne impactando contra la carrocería y el cemento: un choque repentino y letal. Unas cuantas piezas de la moto pasan patinando por el asfalto que tenemos detrás, como si no hubiera desistido de la persecución. Nos detenemos media manzana más allá.

El silencio y la quietud del mundo me sorprenden. Pero no hay quietud para Yael. Sale del coche en cuanto este se detiene, retrocede renqueante hacia el desastre que tenemos detrás, está a todas luces herida pero no lo suficiente para que se detenga. Sigo presionando con las manos las heridas de Hamid, aunque puedo mover la cabeza para llegar a ver cómo Yael se encarama como puede a la base de cemento de una farola. La moto y el motorista están empotrados ahí como un amasijo de piezas irreconocible. El cuerpo del que iba de paquete yace tirado sobre el asfalto.

Yael tiene una pistola en la mano. ¿Se la ha quitado a alguno de los perseguidores? ¿La llevaría en su chaqueta? Cierro los ojos con fuerza, incapaz de mirar, pero Yael no dispara. Incluso desde aquí resulta evidente que no lo necesita.

La oigo regresar cojeando hasta el coche, va arrastrando el zapato sobre los adoquines.

—Ya puedes dejar de hacer eso —dice, y entra en el coche inclinándose hacia delante con la pistola sujeta a duras penas.

Miro a Hamid. Está totalmente quieto con la boca abierta y los ojos cerrados, y despego las manos de su cuerpo muerto. Me cuesta respirar.

Yael habla con dureza, con profesionalidad.

—Que no se te ocurra llorar. No tenemos tiempo. —Está sujetándose a la puerta del coche para no perder el equilibrio y se presiona el costado con una mano. La sangre se cuela entre sus dedos.

Salgo arrastrándome del asiento trasero e intento meterle un brazo por debajo del suyo para que no se caiga. Ella me aparta de un empujón y se le cae la pistola al suelo.

—Estás herida. Voy a llamar a una ambulancia.

—¿Una ambulancia? ¿Y cómo le explicamos la presencia de tres hombres muertos y una israelí herida?

—Entonces te llevaré yo en coche al hospital.

—El coche también está averiado. La dirección no funciona. —Cierra los ojos de dolor—. Tengo un número al que llamar para cuando suceden estas cosas. La embajada envía a alguien. Ya veremos si llega antes que la poli.

—Voy a quedarme contigo.

—Acabarás en la cárcel francesa. No lograrás recuperar a tu padre.

Me quedo mirándola durante un instante.

—¿Recuperar a mi padre? —grito—. Hamid ha muerto, Yael. La única pista que tenía ha desaparecido.

Me sujeta por el brazo y me lo apretuja con fuerza, en parte por el dolor que siente aunque también para subrayar sus palabras.

—Y estoy segura de que la madre de Hamid estará muy disgustada, pero, por lo que a ti se refiere, ahora tienes algo mucho mejor. ¿Es que no lo ves?

La verdad es que no lo veo. Pero me vuelvo a mirar los cuerpos tirados en la carretera y me doy cuenta de que tiene razón. Los hombres que querían ver a Hamid muerto son más importantes que el propio Hamid. O lo serían si no fueran dos cadáveres retorcidos entre el amasijo metálico de su moto.

Yael responde mi pregunta antes de que la formule.

—Llevan documentación, Gwendolyn. Pasaportes, tarjetas de identificación. Llevan móvil con nombres y números y fotos de todas las personas que conocen. Empieza por ahí.

Siento que su cuerpo tiembla apoyado contra el mío, y la ayudo a sentarse dentro del coche. Suelta un taco en hebreo y se le escapa un breve chillido.

—Pienso quedarme aquí hasta que vengan a ayudarte.

Alarga una mano para sujetarme la mandíbula y me retuerce la cara para que la mire. Me llega su aliento caliente y húmedo, que sale a través de sus dientes apretados.

—Escúchame, mocosa sentimental. O todo esto, Hamid, la sangre, la puta bala que tengo en el costado, significa algo o no habrá servido para nada. Vas a ser una tía dura, Gwendolyn, y seguirás sola, o no serás nada. ¿Qué decides?

Me suelta y yo me tambaleo hacia atrás. Durante un largo rato solo oigo el ruido de la noche parisina y la respiración jadeante de Yael.

Entonces me decido.

La pierna izquierda del motorista todavía está presionada contra la base de cemento de la farola, atrapada entre el motor y la rueda trasera de la moto. Rebusco en los bolsillos de sus vaqueros hasta que encuentro una cartera abultada y luego empiezo a registrar su chaqueta. Su torso ya no tiene estructura, no se nota ni la caja torácica, solo un montón de carne caliente y sin vida. Encuentro su móvil y su pasaporte, y me los meto en el bolsillo de la chaqueta. El cuerpo del acompañante, el hombre que llevaba la pistola, está tirado sobre el asfalto, a unos tres metros de distancia. Está más intacto pero doblado de una forma nada natural. El impacto lo ha dejado descalzo, pero todavía lleva enrollada a la altura del pecho la bolsa de mensajero. Dentro de esa bolsa encuentro su pasaporte, junto con munición de recarga para la pistola, una botella de Pepsi y una manzana. No llego a encontrar ni la cartera ni el móvil del segundo.

En la distancia se oye el aullido grave y agudo de las sirenas policiales francesas. Me vuelvo para mirar a Yael, que se encuentra de nuevo en pie y mirándome, con ambas manos presionándose el costado. Está apoyada contra la puerta del coche, quizá esperando a que me marche para dejarse caer.

A dos manzanas de la escena, las sirenas de policía se oyen más de cerca, pero las calles siguen vacías. El único vehículo que veo es una furgoneta blanca sin ventanas que pasa a toda velocidad por mi lado hacia el lugar de donde yo venía.

BERLÍN

Conectando con los servidores de Tor:
Svaneke.gcqtor01.BigBertha (Eslovenia)
Anonymousprox.altnet01.Rhymer (Japón)
SoixanteDix26.fortef07.Carre (Canadá)
Desconocido.Desconocido01.Alterform (Tailandia)
¡Felicidades! ¡Se ha conectado al chat anónimo de Tor!
Accediendo a modo privado/seguro
Usuario Anónimo Roja está conectado

Usuario Anónimo Becado: Dios, ¿dónde te metes?
    Usuario Anónimo Roja: Necesitaba una voz amiga
Usuario Anónimo Becado: Aquí me tienes
    Usuario Anónimo Roja: ¿Estás en un ordenador seguro?
Usuario Anónimo Becado: Sí ¿y tú?
    Usuario Anónimo Roja: Sí
Usuario Anónimo Becado: ¿Dónde estás?
    Usuario Anónimo Roja: Europa
Usuario Anónimo Becado: ¿Puedes especificar?
    Usuario Anónimo Roja: No
    Usuario Anónimo Roja: Lo siento
Usuario Anónimo Becado: ¿Estás segura?
    Usuario Anónimo Roja: No lo sé
Usuario Anónimo Becado: La poli estuvo aquí
    Usuario Anónimo Roja: ?????
Usuario Anónimo Becado: Justo un día después de irte
    Usuario Anónimo Roja: ¿La poli local de Nueva York?
Usuario Anónimo Becado: Otro tipo. Federales

Usuario Anónimo Roja: ¿Hablaste con ellos?

Usuario Anónimo Becado: ¡¡¡No, joder!!!

Usuario Anónimo Becado: Mi padre llamó a un abogado

Usuario Anónimo Becado: El abogado les dijo a los federales que se fueran a tomar por culo

Usuario Anónimo Becado: Mi padre dice que los demandará

Usuario Anónimo Roja: LOL

Usuario Anónimo Becado: ¿A que sí? Mamones

Usuario Anónimo Roja: Estoy de bajón

Usuario Anónimo Roja: Siento estar de bajón

Usuario Anónimo Becado: ¿Cómo va? ¿Estás a punto de encontrarlo?

Usuario Anónimo Roja: No lo sé

Usuario Anónimo Becado: Quiero ayudarte

Usuario Anónimo Roja: Me basta con que estés ahí

Usuario Anónimo Becado: Aquí estoy. Siempre

Usuario Anónimo Roja: Estás salvándome la vida

Usuario Anónimo Becado: ¿Cómo?

Usuario Anónimo Roja: Solo estando ahí

Usuario Anónimo Becado: Quiero ayudarte más

Usuario Anónimo Roja: Ojalá pudieras

Usuario Anónimo Roja: Pero no es seguro

Usuario Anónimo Roja: Tengo que cortar

Usuario Anónimo Becado: Espera

Usuario Anónimo Roja: Lo siento, tengo que cortar

Usuario Anónimo Roja se ha desconectado

Usuario Anónimo Becado: Te echo de menos

13

Aquí son todos hombres, están hablando por Skype con la familia, que está en sus países de origen, viendo porno o jugando. Soy la única mujer en el cibercafé, y me lo recuerdan sus miradas a cada segundo que paso aquí.

—*Funf Euro, zwanzig* —me dice el chaval aburrido del mostrador. Pago y salgo a la calle. Es por la tarde en Nueva York, pero aquí es de noche. Muy tarde. La lluvia no para, ni un minuto. Me ha seguido desde París y, aquí en Berlín, llena el ambiente oscuro de cristales helados que me pinchan las mejillas. Voy avanzando por la calle, manteniéndome cerca de los edificios y lejos de la luz amarilla que proyectan las farolas. Paso junto a los bares lúgubres, las lúgubres tiendas de porno, el espeluznante poli que vigila en la esquina esperando que alguien ataque, intentando pasar desapercibida, con la cabeza gacha, no hay nada que ver por aquí.

Esta será mi segunda noche en las calles de Berlín. Tengo dinero, pero en tres hoteles seguidos me han pedido el pasaporte y no sé si los documentos de Sofía son muy buenos. Y en el cibercafé, busco las webs sobre noticias de París. Solo encuentro un artículo sobre dos cuerpos sin identificar hallados en la calle, al parecer, víctimas de un accidente de moto. No dicen ni una palabra sobre Yael. Nada sobre Hamid. Ni una palabra sobre un Volkswagen tiroteado. Podría significar que ella se ha librado de todo o podría significar lo contrario, que la han capturado y que quizá la inteligencia francesa está involucrada. ¿Cuánto tiempo pasará hasta que relacionen a Yael conmigo y luego a mí con Sofía? ¿Cuánto hasta que se lo cuenten a los estadounidenses?

Hay un grupo de yonquis delante de la entrada de la Zoologischer Garten Bahnhof, aquí lo llaman la Bahnhof Zoo, tanto porque es la estación que está junto al zoológico como porque es un auténtico zoológico. Uno de los colgados ha encontrado media pizza que alguien ha tirado, así que me ignoran cuando paso disimuladamente a su lado y cruzo las puertas. En la estación de tren huele a pipí recién hecho y todavía caliente, pero aquí estoy protegida de la lluvia y está bien iluminado, además de ser relativamente seguro. Anoche dormí aquí —mi primera noche en Berlín—, y la poli me dejó en paz porque no tengo la misma pinta que los demás vagabundos o sintecho desperdigados por el suelo y los bancos. Voy razonablemente limpia y tengo la ropa bastante aseada, aunque, a estas alturas, la poli ya me habrá visto rondando por aquí, y no puedo arriesgarme a que me detengan por vagabundeo y descubran quién soy en realidad. Lo que, pensándolo bien, es una buena pregunta.

Con todo, Berlín es una buena ciudad para una chica a la fuga sin importar quién sea. Es barata, oscura, y un crisol de nacionalidades e idiomas entre los que perderse. De los idiomas que hablo, el alemán —que aprendí cuando mi padre fue destinado a Viena— es el que se me da peor y no puedo pasar por nativa ni aunque me esfuerce. Pero resulta que muchos jóvenes hablan inglés y que no hace falta buscar demasiado para encontrar a alguien que hable ruso en cualquier parte. Así que intento hablar mi oxidado alemán de primaria con acento ruso, pronunciando las vocales con dificultad y frunciendo más el ceño. Es fácil mientras recuerde hacerlo así. Nadie da mucha importancia a la pronunciación ni a la gramática en el Berlín de los refugiados y los que huyen.

Mi mejor opción en la Bahnhof Zoo es el barato antro de döner kebab que está a nivel de la calle. Está abierto hasta las tres de la madrugada, y el tío turco que trabaja en el mostrador no me echa hasta bien entrada la noche por quedarme dormida en uno de los compartimentos, aunque lo único que he consumido sea un solo kebab y una botella de Coca-Cola. Por suerte para mí vuelve a trabajar esta noche y me sonríe al saludarme cuando entro: es la primera sonrisa que me dedica alguien en Berlín. Un pedazo de carne de döner del tamaño y la forma de una pata de piano gira ensartada en una espada colocada en vertical, y él va cortando hábilmente tiras hasta formar un montón especialmente grande para mí y embutirlo en un pan de pita. Pone cebolla cortada en juliana y pepino, y luego riega toda la mezcla con blanca salsa de yogur especiada. Es básicamente el mismo kebab que me encantaba en Nueva York, y, en mi opinión, ninguna comida servida jamás a un emperador o a un papa puede superarla.

Le doy cinco euros, el elevado precio por ser un restaurante de la estación, y me instalo en uno de los compartimentos más apartados del local, cerca del fondo. La comida está caliente y deliciosa, y es un sustituto efectivo de una cama, una manta y un beso de buenas noches. Me corre un hilillo de grasa por la barbilla y me llega hasta el cuello, pero tengo tanta hambre que no me molesto en limpiarme hasta que he terminado. Un grupo de hinchas de fútbol borrachos entra en avalancha con sus camisetas azules y blancas, tarareando y cantando, pero estoy tan cansada que, a pesar del jaleo, me quedo dormida, desplomada sobre el asiento del compartimento, con la cabeza apoyada sobre la mesa.

Llegué huyendo desde París. Dios, ¡cómo corrí! Hasta el metro, de regreso al estudio de danza, luego me marché de allí de nuevo; todos los hombres de la calle eran polis, todos los coches o motos eran más asesinos. Cogí lo que pude de la casa de Yael. Mi mochila, mi ropa, mi nueva identidad... y algo de comida para el camino. Dejé atrás todo lo que me identificaba: mi chaqueta militar y el pasaporte.

Vomité dos veces, primero al salir del metro y luego en el baño de una pequeña cafetería roñosa cerca de la Gare du Nord. Fue allí donde limpié la sangre de los pasaportes, la cartera y el móvil que había cogido. Los asesinos de Hamid eran alemanes. Berlineses para ser más concretos: Gunther Fess y Lukas Kappel. De ahí que esté ahora en Berlín. Usé efectivo de la cartera para pagar el billete del tren nocturno expreso entre París y Berlín.

Los asesinos eran más bien guapos, a juzgar por sus pasaportes y no por sus cadáveres. Jóvenes atléticos, un tanto parecidos a los jóvenes agentes de bolsa que van a tomar copas a los falsos pubs irlandeses neoyorquinos de la Tercera Avenida. El móvil que le cogí a Gunther, el conductor de la moto, es un iPhone último modelo. No tenía descargada ninguna cuenta de correo electrónico, ni cuentas de redes sociales, y todos los mensajes de texto habían sido borrados. Por lo visto, era un teléfono de trabajo y no contenía ningún dato que pudiera incriminarlo. Lo había borrado todo salvo las fotos: los dos asesinos en acción. Sus amigos. Fiestas en clubes. Un montón de mujeres. Montones de botellas. Montones de coca alineada sobre las mesas.

El chaval del mostrador me despierta sin muchas ganas y me señala la puerta.

—*Tut mir Leid, Kumpel* —dice. «Lo siento, colega.»

Le digo que no hay ningún problema y me dirijo hacia la estación de tren. La poli está ocupada echando a los que siguen dentro, así que sigo mirando al suelo, me pongo la mochila al hombro y voy hacia la salida. Y, por supuesto, sigue lloviendo. Esa lluvia molesta y con voluntad propia que parece desviar su trayectoria a propósito para metérseme por el cuello. De forma instintiva, levanto los hombros y pido a los dioses una gorra o un periódico que llegue volando con el viento. Doblo la primera esquina desde la estación de tren y camino alrededor del zoológico. Está rodeado por una valla, aunque hay una pequeña parte de jardinera con arbustos y árboles entre la valla y la acera, y busco un lugar seco para acomodarme a dormir. La mayoría de los sitios más apetecibles ya están pillados, pero entonces veo un arce frondoso con un tronco bajo y ancho que tiene buena pinta. Me abro paso hasta él entre los arbustos, pero, cuando me siento, oigo la voz de una mujer que me grita: «*Raus hier!*» («¡Largo de aquí!»).

Echo un vistazo y veo dos ojillos mirándome desde debajo de una lona que lleva puesta a modo de capucha. Asoma una mano huesuda y me hace un gesto para que me vaya, luego retrocede y sujeta un bulto que la mujer tiene contra el pecho. Miro más de cerca y me doy cuenta de que el bulto es un niño de unos tres o cuatro años; su pelo negro asoma por debajo de una toalla sucia usada como manta. La madre del pequeño me mira, bajo la luz mortecina, y reconozco su mirada de miedo.

—Solo busco un lugar para dormir —digo.

—Aquí no, drogadicta. No quiero problemas.

Empiezo a alejarme en silencio, pero, contra toda lógica y razón, meto la mano en el bolsillo y saco un buen fajo de todo lo que tengo, una mezcla de euros y dólares. Se lo ofrezco, pero sus ojos blanquecinos me miran con suspicacia.

—Por favor —le pido—, cójalo. —Pero ella debe de creer que es alguna artimaña y se queda mirándome. Le dejo el dinero en el suelo para que lo coja y me marcho.

Sencillamente no hay buenas alternativas, y sé que tendré que probar con el pasaporte de Sofia e intentarlo en un hostal. Sigo caminando sin rumbo durante un rato, pensando en qué haré si el recepcionista llama a la poli. Vuelvo hasta la estación de tren y veo que hay un paso subterráneo. Me cuelo por allí, aliviada al escapar de la lluvia y me apoyo contra la pared para pensar.

Una mujer con minifalda azul y las piernas desnudas entra en el paso subterráneo por el otro extremo, lleva el pelo rubio y grasiento recogido en una cola de caballo. Se lleva un cigarrillo a la boca y se detiene delante de mí. Acto seguido se da unos golpecitos en los bolsillos de su chaqueta de cuero.

—*Hast du Feuer?* —dice. Luego, como movida por el instinto, dice—: *Spichki?* —Que significa «cerillas» en ruso.

Le contesto en el mismo idioma.

—No fumo.

—Entonces ¿de qué le sirves a Marina? —me reprocha, y se aleja.

Sin embargo, antes de que llegue al final del paso subterráneo, entra un coche y reduce la marcha hasta que se detiene delante de ella. La mujer se agacha y se apoya en una ventanilla abierta.

Me despego de la pared y me dirijo hacia el extremo contrario. Entonces oigo un grito que retumba sobre las baldosas del paso subterráneo. Es agudo, pero más de enfado que de miedo. Me vuelvo y veo que la mujer está tirando con fuerza para sacar el brazo de la ventanilla, y se sujeta con la otra mano a la puerta del coche para no perder el equilibrio.

Sin pensarlo un segundo, salgo disparada hacia ella. Al llegar al coche veo que la mano del conductor está sujetando con el pulgar la manga de la chaqueta de la mujer. Tiro hacia atrás de ella y tengo espacio suficiente para dar un golpe lateral con el canto de la mano izquierda, que impacta contra la barbilla del tío. Él suelta un grito, y, de pronto, la mujer y yo salimos volando de espaldas. Aterrizamos juntas sobre la acera.

Las ruedas chirrían justo cuando estoy a punto de levantarme de un salto, pero el coche ya ha salido disparado por el túnel, y el rugido del motor hace vibrar las paredes.

—¿Estás bien? —pregunto a la mujer en ruso cuando logro levantarme.

—Bien. —Busca algo en el suelo, luego recoge una bolsita de plástico entre el pulgar y el índice y se la pone a la altura de los ojos para comprobar si está en buenas condiciones—. Respóndeme a esto: ¿es que se creía que estaba tan desesperada? ¿Una mamada por *ein wenig* de hierba? Puto pringado.

La tomo de la mano y la ayudo a levantarse. Se mete la bolsita de marihuana en el bolsillo de la chaqueta y me mira.

—Bueno, *novichka* —«recién llegada»—, ¿cómo te llamas?

—Me llamo Sofia —contesto.

El pacto que hacemos entre Marina y yo en el paso subterráneo, cuando ya estamos fuera de la Bahnhof Zoo, está muy claro: veinte euros por noche en el sofá de su casa hasta que me quede sin dinero o hasta que a ella se le agote la paciencia. Vamos juntas en el metro hasta su vivienda, bastante al este del centro de Berlín.

Este trato es peligroso. Pero también es anónimo, porque nadie me pide el pasaporte. Y estaría mintiendo si dijera que no siento cierto alivio ante la presencia de Marina. Es difícil calcular su edad, pero está claro que es mayor que yo unos... ¿Cuántos? ¿Cinco años? Aunque he vivido en muchos lugares, he sido la mimada hija de un diplomático, las calles de Berlín podrían muy bien ser otra universidad. Este es el territorio de Marina, y ella conoce las extrañas leyes físicas de este lugar, en qué dirección actúa la gravedad y si dos más dos son algo distinto a cuatro.

—*Novichka* —dice desde el asiento que tengo enfrente del vagón vacío mientras se quita la roña de debajo de la uña con una llave—. ¿De dónde eres?

—De Rusia —respondo.

Pone los ojos en blanco.

—¡No jodas!

Se lo ha tragado. Norma número uno de la falsa identidad: hazte pasar por nativa siempre que puedas.

—Del sur —especifico—. Un lugar que se llama Armavir. Junto al mar Negro.

—¿Cerca de Sochi?

—A seis o siete horas en autobús. —Norma número dos: la credibilidad de tu historia reside en los detalles.

—Eso está prácticamente en Turquía —señala—. Eso lo explica todo.

—¿Qué es lo que explica?

—Cuando te vi por primera vez pensé que eras judía. Y me parece bien. Los judíos me la pelan. —Marina se inclina hacia delante—. Pero ahora estaba pensando que tenías que ser musulmana. Así que no se te ocurra traer ninguna de esas mierdas de la yihad a mi casa, ¿lo pillas?

—No soy musulmana.

—Estoy hablando en general. Cualquier cosa de la yihad en la que estés metida: religión, política o si alguien te persigue... Me da igual, todos los musulmanes están en alguna guerra santa. No se te ocurra acercarlo a mí. —Se levanta, se sujeta a la barra y cruza el pasillo para mirarme más de cerca—. Últimamente hay muchos refugiados por aquí, y eso significa que hay demasiada poli. Demasiada poli significa problemas para Marina.

—Ya lo pillo —contesto—. Si no hay jaleo, no hay poli.

—Lo has clavado, *novichka* —dice—. Dentro de solo un par de meses, trabajaré en un bar. ¿Sabes cuánta pasta ganan los que curran en los bares?

—¿Y qué haces ahora?

—Follar por dinero —responde.

Las palabras me impactan, y Marina sonríe de oreja a oreja cuando me ve poner cara rara.

—¿Tienes algún problema? —pregunta.

—No —niego—. Desde luego que no.

Pero percibe en mi tono de voz que la estoy juzgando.

—Marina hace con su cuerpo lo que Marina quiere, ¿te enteras? —me suelta—. Tu Alá o tu Jesús o en quien coño creas no tiene ni voz ni voto en esto. —Se queda callada un rato decidiendo si vale la pena discutir conmigo. Luego se queda mirando por la ventana—. Ya hemos llegado —anuncia.

Hacemos transbordo y tomamos un tranvía que pasa por el centro de una amplia avenida. Las farolas proyectan una luz grisácea sobre los edificios y hace visible su ruinosa gloria de la época comunista.

—No tienen mucho mejor aspecto durante el día —comenta Marina, que al parecer me ha leído el pensamiento—. *Gnily zubie.* —«Dientes podridos.»

Varias manzanas igual de ruinosas pasan por delante de la ventana antes de que Marina me tire de la manga para bajar. La sigo entre gigantescos edificios de cemento y me doy cuenta de que la única forma de distinguirlos se basa en la particularidad de la decadencia de cada uno de ellos. Uno tiene un lateral semiderruido, como unas orejas caídas; el otro tiene los toldos inclinados, como narices torcidas. Su edificio es el que tiene una pintada que dice RAUS AUSLÄNDER —«Largo de aquí, extranjeros»—, junto al portal de la entrada.

La puerta no está cerrada con llave. Basta con saber cómo manipular el pomo para abrirla: empujar, levantar y girar. El ascensor no funciona, según dice Marina, y lleva así desde siempre. La sigo escalera arriba hasta su piso en la sexta planta. Hay una tele encendida con el volumen muy alto en el piso de su vecino, y el hedor tóxico a crack, metanfetamina o muerte está suspendido en el pasillo.

Cierra la puerta con llave en cuanto entramos, y luego me enseña el piso. La diminuta cocina, el diminuto baño y el salón donde está el sofá con funda de cuadros escoceses, hundido por el centro, y un viejo sillón reclinable. También hay una habitación pequeña con dos camas individuales, una a cada lado de una ventana. La cama de la derecha está hecha con torpeza y hay una almohada de Hello Kitty encima.

—Esa es de Marina —me indica. La de la izquierda está muy estirada y tiene un crucifijo ortodoxo colgado sobre el cabecero—. Es la cama de Lyuba —prosigue—. Mi compañera de piso... Es chica de cámara.

—¿Chica de cámara?

Marina asiente con la cabeza.

—También es profesora de piano.

Me desplomo sobre el sofá, muerta de agotamiento, y aunque necesito una ducha y lavarme los dientes —Dios, ¿de verdad no me los he lavado desde que estaba en París?—, sencillamente no puedo moverme, ni siquiera para quitarme la chaqueta. Cierro los ojos, pero lo único que veo son colores caleidoscópicos y formas y caras y objetos. Intento dejar de oír, intento ignorar los ruidos de la ciudad que llegan de la calle, pero Berlín se niega a callarse. Es como Nueva York a su manera, siempre ahí, ansiosa por captar tu atención aunque estés intentando dormir, haciéndose notar con sus sirenas lejanas y los ruidosos camiones y el zumbido de los fluorescentes.

Justo cuando el ruido empieza a mitigarse, justo cuando el mundo empieza a silenciarse, se oye el clic de un mechero y me llega una vaharada de humo de marihuana. Abro los ojos y veo a Marina, ahora vestida con una camiseta rota. Está hecha un ovillo en una silla, con las piernas desnudas dobladas y pegadas al pecho, con una pipa marrón de cerámica sujeta con languidez en una mano. Está mirándome, observándome, como si fuera un animal del zoológico.

Quizá pasa un minuto; las dos estamos mirándonos. Al final, ella vuelve a encender la pipa e inhala.

—Por norma no pregunto —me cuenta con voz tensa, luego exhala—. Pero no eres la típica fugitiva.

Estoy demasiado cansada para entenderla, y mientras Marina se ríe por mi expresión de confusión, hace un gesto hacia el dormitorio, aunque, en realidad, está señalando todo Berlín.

—¿Cómo has acabado en el sofá de Marina? —pregunta—. ¿Papá te pegaba? ¿Tu novio te dejó preñada y querían que te casaras? Puedo ayudarte con eso.

—No —respondo—. Solo... Solo estoy buscando a una persona.

Se encoge de hombros.

—Por aquí hay un montón de personas.

—¿Y tú? —pregunto a mi vez—. ¿Cómo has acabado aquí?

Marina golpea la pipa sobre un cenicero de plástico.

—Marina no «acaba» en ningún sitio, *novichka*. Marina elige. Mi padre escapó, mi madre se casó con un conductor de autobús al que le gustaban las niñas pequeñas, así que... Puf. —Mueve los dedos y lanza su antigua vida al suelo—. Me largué, *nach Berlin*. Hace cuatro años, este julio.

—Te felicito —lo afirmo, pero suena a pregunta.

Rellena la pipa, y va presionando poco a poco la hierba en la cazoleta con la parte inferior del mechero.

—Además, Marina solo necesita a Marina. Al igual que Sofia solo necesita a Sofia. —Me pasa la pipa—. ¿Quieres?

—No, gracias —rehúso.

—Allá tú —dice, y se mete la pipa en la boca—. ¿Cuántos años tienes de todos modos?

Intento recordar qué edad dice en el pasaporte de Sofia.

—Veintidós.

Se ríe, y lanza un auténtico géiser de humo hacia el techo.

—Veintidós y una mierda.

—¿Cuántos años tienes tú? —pregunto.

Se limpia la saliva de la boca con la camiseta.

—Diecisiete —contesta.

Cierro los ojos hasta que Marina cree que estoy durmiendo y se va dando tumbos a la cama. Durante un rato intento imaginarme su vida, cómo será follar por dinero como si no fuera para tanto, cómo será no tener familia y que te importe un carajo, como si eso tampoco fuera para tanto. La vida como una guerra eterna contra todo, *ein wenig Gras* es todo lo que ganas.

Pero mientras me pregunto cómo será ser Marina, pienso en si no tendrá razón. Si es cierto que Sofia solo necesita a Sofia. ¿Por qué estoy aquí? Es una estupidez seguir con una búsqueda épica y sin sentido para encontrar a un padre que ni siquiera es mi padre biológico. Un padre que ha mentido toda la vida a su hija ni siquiera biológica. Un padre que mató a mi madre, porque él tomó una decisión equivocada y se negó a ser contable o cartero como todos los demás.

Esta conexión con él es solo imaginaria. La fantasía de una niña. Y, al igual que Marina y Sofia, Gwendolyn es demasiado mayor para la fantasía. «Crece ya, Gwendolyn. Olvídalo. Los hijos entierran a sus padres. Así funcionan las cosas. Ya lo hiciste una vez.»

El amanecer llega a Berlín. La luz —una batalla entre el celeste y el amarillo— se abre paso a través de mis párpados. Me doy media vuelta y entierro la cara en el cojín del sofá, pero los camiones pasan rugiendo con enfado por la avenida. Son los repartos de la mañana de *strudel* o lo que quiera que repartan los camiones en Berlín. Y, en alguna parte, en otra habitación, se oye el tictac de un reloj.

Cuando despierto, Marina se ha ido, y la ha sustituido una chica que supongo que es Lyuba. Es una rubia vivaracha, hecha un ovillo en el mismo lugar donde estaba sentada Marina, fumando un cigarrillo y leyendo la Biblia. Lo hace con languidez, con extrema belleza, con la pierna puesta de forma grácil sobre el brazo de la butaca, con la mano que sujeta el cigarrillo perfectamente colocada, apoyada sobre el otro brazo.

Miro el móvil: las tres de la tarde.

—¿Dónde está Marina? —pregunto.

—No lo sé —dice.

—Soy Sofia —me presento.

—¿Te lo he preguntado? —me suelta.

—¿Te importa si me pego una ducha?

—Hazlo. Puedo olerte desde aquí —contesta.

En el baño tengo que agacharme para evitar el tendedero de ropa improvisado y que ocupa todo el espacio: cuerdas que pesan por las bragas y sujetadores colgados con clips para el papel. Pero el lavamanos y la ducha están sorprendentemente limpios. Robo un poco de pasta de dientes y me cepillo con el dedo. Luego me meto en la ducha y dejo que el agua me limpie el terror, el agotamiento y el miedo, y que se lo lleve todo por el desagüe, entre remolinos de mugre.

Al terminar me visto y digo a Lyuba que voy a salir. Si me ha oído, no da señal de haberlo hecho.

Ya en la calle veo que ha dejado de llover, y un tímido rayo de sol asoma entre las nubes. En cierta forma, el barrio parece menos tenebroso que de noche, y los bloques de pisos de cemento lucen con simetría ordenada a pesar de su estado de decadencia. Una anciana con una bata de rayas riega la acera frente a una farmacia y me fulmina con la mirada cuando paso, como si le enfadara tener que compartir su mundo con la juventud. Encuentro una cafetería semioculta en una esquina y me gasto un euro en un café y un bollito relleno de salchicha que está hecho desde ayer. La pasta está tibia y es asquerosa, pero son calorías y es barato, y eso es todo cuanto importa.

Durante largo rato me quedo con la taza de café en la mano pensando, mirando la mesa de formica, como si los hechos y las conclusiones y las suposiciones estuvieran desplegados sobre ella. Pero aquí no hay ningún bibliotecario al que pedir consejo, ni un libro de texto que me diga cómo hacer esto. ¿Por dónde empiezo?

«Empieza por el motivo que te ha traído a Berlín —me dice una voz—, empieza por los dos hombres que mataron a Hamid. Parece lógico que no enviaran a un novato a París para un trabajo como ese. Habrán recurrido a alguien que lo haya hecho antes.»

Enciendo el iPhone y voy pasando con el pulgar las fotos una vez más. Ahí están: Gunther propinando a Lukas un puñetazo en la entrepierna. Lukas doblado sobre una raya de coca mientras Gunther apura una jarra de cerveza. Lukas propinando un puñetazo en la entrepierna a Gunther. El mundo de los hombres de juerga: coca, cerveza y golpes en los huevos. Aunque no son del todo iguales. Gunther es más delgado y Lukas más guapo. Y su vestimenta también es distinta. Lukas prefería, al menos esa noche, una camiseta ajustada, mientras que Gunther optó por una camiseta holgada a rayas con las mangas enrolladas: un auténtico tipo duro.

En ese momento veo lo que ambos tienen en común. El tatuaje. Ambos lo llevan en la cara interna del antebrazo. Es un contorno muy básico del continente europeo, la nariz de la península Ibérica olfatea un Mediterráneo invisible, que hace equilibrios sobre la pierna de Italia cuyo pie calza un tacón de aguja, su cadera son los Balcanes y Grecia. Alrededor de Europa hay una serpiente enrollada, también muy básica, tiene la cabeza donde deberían estar Noruega, Suecia y Finlandia.

Dos chicas adolescentes entran en la cafetería haciendo mucho ruido, y me distraen de mis pensamientos. Una es una pelirroja con pinta de remilgada y zapatos caros; la versión alemana de Astrid Foogle. La otra es rubia, tiene el pelo corto y lleva zapatillas de color rosa. Piden unos cafés y cruasanes de chocolate, y escogen una mesa en el centro de la sala. La pelirroja cuenta alguna superexclusiva que provoca que la rubia lance un suspiro ahogado: «*Doch!*».

Astrid Foogle. Me pregunto si ya habrá encontrado una nueva enemiga. Y el señor Lawrence. «Pregúntame ahora sobre la benigna indiferencia del mundo, mamón. Ya tengo una respuesta mejor.»

Me levanto con intención de marcharme mientras la mujer de la barra está limpiando la vitrina del expositor y retira una bandeja de tartas y bollitos con tal de dejar espacio al nuevo género.

—¿Cuánto es? —pregunto señalando los productos del día anterior.

—Iba a tirarlo —comenta.

—Le doy tres euros por todo.

Se pone las manos en jarras y sorbe algo que tiene entre los dientes.

—Cinco —dice.

Retiro un cenicero, un montón de revistas y todo un horizonte de botellas de alcohol de la mesa de la cocina del piso y coloco la caja de pasteles en el centro.

Lyuba se acerca como una gata curiosa y mira la bollería sin dejar de mirarme a mí también. Pregunto si Marina ha vuelto, y ella hace un leve gesto de asentimiento con la cabeza. Cojo un delicado pastelito de frutas que está deshaciéndose, con relleno de fresa, y lo envuelvo en una servilleta.

Marina está sobre la cama, con las piernas cruzadas y un montón de fichas en el regazo.

—No me molestes. Estoy estudiando.

Coloco el pastel sobre la cama, delante de ella, a modo de ofrenda.

—¿Qué estás estudiando?

—Recetas de cócteles. —Coge el pastel y arruga la nariz—. ¿Qué es esto?

—Pensé que a lo mejor tenías hambre —digo.

—¿Has traído alguno para Lyuba?

—Por supuesto.

—No deberías haberlo hecho. Ahora esperará que los traigas cada día, y cuando no lo hagas, te odiará. —Retira la servilleta y empieza a comer.

—Ya me odia.

—Lyuba es de Moscú. Allí las crían para ser unas perras.

Veo que Marina lleva una venda casera hecha con algodón que le tapa el lóbulo de la oreja derecha. Se le ha empapado de sangre y ha manchado el tejido de marrón.

—¿Qué te ha pasado en la oreja? —inquiero.

—Leo —contesta, y se limpia la boca con la manga.

—¿Leo?

—Leo es nuestro *sutenyer*. Me ha arrancado el pendiente.

Me cuesta entender la palabra.

—*Sutenyer?*

Me mira con los ojos entrecerrados.

—Marina folla por dinero, Lyuba hace lo de las cámaras, el *sutenyer* se lleva su parte. ¿Qué clase de rusa eres que no lo sabes?

Quiere decir que es su chulo. Sonrío a la defensiva.

—En Armavir lo llamamos de otra forma.

—Bueno, en general, Leo es como un osito de peluche. Se encarga de los malos clientes.

—Si es como un osito de peluche, ¿por qué has dejado que te haga eso?

—No tiene nada que ver con que le deje o no, *novichka*. Si no me lo hubiera hecho él, otro me haría algo peor. —Se encoge de hombros con resignación—. El mundo pertenece a los hombres. Es suyo. Nosotras somos suyas. Árboles, piedras, el cielo... Todo suyo.

—Entonces ¿qué pasa con eso que me dijiste, eso de que Marina solo necesita a Marina? ¿Era mentira?

—Es lo que deseo. Algún día será cierto. —Ordena la pila de fichas que tiene sobre la cama.

Me siento en la cama junto a ella y saco el iPhone, empiezo a pasar las fotos hasta que llego a la que muestra los brazos tatuados tanto de Gunther como de Lukas.

—Necesito un favor, Marina. Quiero que mires algo.

Me coge el móvil y se queda mirando la foto.

—Es la sala vip del Rau Klub. Lo sé por el sofá naranja en el que están sentados.

—El tatuaje que llevan los dos. ¿Qué significa?

Se encoge de hombros como quitándole importancia.

—Criminales. La mafia.

—¿Estás segura de que la foto se sacó en el Rau Klub?

—Por supuesto. A veces hago la noche allí. El sueño de Marina, el sueño más grande de Marina, es servir copas allí. En una buena noche te sacas mil euros.

—¿Puedes hacer la noche hoy allí? —pregunto—. Quiero echar un vistazo.

—Que te lleve, quieres decir. ¿A una tía que ni siquiera sabe qué es un chulo? —Se queda mirándome con detenimiento y los ojos entornados—. De los tíos de la mafia como estos una escapa, ratoncito de campo. No va hacia ellos.

—Solo quiero echar un vistazo. Por favor.

Sacude la cabeza, suspira y luego hace una larga pausa.

—Puedes mirar, pero, como hagas algo más, Marina se larga, ¿entendido?

14

El Rau Klub se oye antes de llegar a verse: el estruendo de la música house taladrando el ambiente es como la lejana detonación de un cañón. Para llegar hay que bajarse del U-Bahn en la última parada, en un solar yermo de aspecto asqueroso, y caminar más o menos un kilómetro por una calle flanqueada por fábricas cerradas.

Es un camino oscuro, pero fácil de recorrer, lleno de chavales de fiesta que van en la misma dirección, como en una especie de peregrinación. Casi todo el mundo habla en alemán, claro, también en ruso y en turco, pero no en inglés. O los turistas no han oído hablar del Rau Klub o es demasiado extremo para que se atrevan a ir. De tanto en tanto, un Mercedes Benz, un BMW o una limusina alquilada pasa con parsimonia, con el conductor aporreando el claxon para que la gente se aparte, y los chavales miran por las ventanillas con los ojos entrecerrados para ver quién va dentro.

Marina camina descalza, con los zapatos en una mano.

—Mantente sobria —me advierte—. Este lugar está lleno de perros y demonios. Ya lo verás. —Rodea con delicadeza un charco de líquido marrón de aspecto repugnante.

La estructura, cual esqueleto de zombi, del Rau Klub es una gigantesca fábrica antigua de ladrillo visto, los huecos donde antes estaban las ventanas vibran con una pulsión envuelta en una luz rosa y azul. Nos abrimos paso hacia la entrada a través de un solar lleno de malas hierbas, pisando cascos de botellas rotas y fragmentos enormes de cascotes de construcción.

—Cuidado con las jeringuillas —dice Marina.

Estoy congelándome con el minivestido que me ha dejado, que tiene la espalda casi descubierta. Además, es difícil caminar con estos zapatos baratos que me ha obligado a comprar, con unos tacones horteras de plástico. Pero Marina dice que así parece que estoy buena, y no le sorprende cuando el gorila de la puerta nos localiza en una cola de al menos cien chavales congelados que quieren entrar al club y nos hace un gesto con la mano para que pasemos las primeras.

Las luces centellean sobre los cuerpos de la multitud en la pista central y perforan con sus haces la bruma de humo y vapor. El ritmo machacón de los altavoces me aporrea el pecho. Ya había estado en clubes, en Moscú, en escapadas con los hijos de otros diplomáticos, pero fue para divertirme. Ahora estoy aquí por trabajo, y el Rau Klub es como una versión futura y distópica de la fiesta del *Titanic*, cuando ya se habían marchado todos los botes salvavidas.

Voy siguiendo a Marina por una amplia escalinata metálica y veo lo enorme que es este sitio. No estoy segura de qué fabricarían aquí antes, pero tenía que ser algo grande. Tanques de acero oxidado están alineados junto a una pared, y una red de tuberías retorcidas recorre el techo. Hay cuerpos por todas partes, apretujados hasta formar una sola masa que se retuerce. La música va subiendo de volumen. De pronto se oyen miles de silbatos, un montón de haces de luz cruzan la atmósfera y se mueven de forma frenética, como si un avión de rescate estuviera sobrevolándonos con sus focos.

Hay otro gorila al final de la escalera, un tipo obeso con boina, que saluda a Marina en ruso. Se echa a un lado y nos hace un gesto con la cabeza para que pasemos.

Ante nosotras aparece una versión ligeramente más silenciosa, menos abarrotada de lo que hay abajo. Las sonrisas de dientes blancos relucen por las luces rosas y azules, como las de los gatos de Cheshire, y las miradas de ojos brillantes nos siguen, porque somos las recién llegadas a la sala. Hay hombres recostados en bancos, atendidos por mujeres con minifalda y sonrisa falsa. «¡Madre mía, eres el tío más listo, más guapo y más rico del local!»

Se oye un tiro, y casi me muero del susto, pero en lugar de gritos, oigo risas entrecortadas procedentes de una mesa del fondo. Allí un hombre con camisa abrochada con gemelos y corbata desanudada rociaba a su harén de seis chicas adolescentes con champán comprado con la bonificación de su empresa.

Marina pide dos *ginger-ales* en la barra. Me ha dicho que nunca beba alcohol en el trabajo, que solo lo finja. Recuerdo la charla de Yael sobre la conciencia táctica. No hay tantas diferencias entre los peligros que corre un espía y los que corre una prostituta. Las dos copas cuestan treinta euros. Treinta euros por dos refrescos. Al menos estos precios sirven para reducir el número de la manada. Marina localiza dos taburetes vacíos en la barra.

—Fíjate bien en la gente. Será mejor que no actúes enseguida. —Levanta la vista y sonríe a algunos tíos cuando pasan—. Luego escoge tu objetivo. Yo me llevaré la cartera y tú, el reloj. —Me lo dice con tanta seriedad que no sé muy bien si está bromeando.

Un chico con cazadora de cuero, ligeramente parecido a algún actor, está tomando un vodka con sus colegas y cantando con voz embriagada en alemán. Marina hace un gesto de asentimiento para señalármelo.

—Es un futbolista del Munich. Da buenas propinas, pero sus colegas son unos gilipollas. Tendrás suerte si te pagan.

—¿Los conoces?

—¿A ellos en concreto? No. Pero aprendes rápido a distinguir las especies.

—¿Qué me dices de ese? —Señalo a un tío de unos sesenta años con el pelo canoso y largo hasta los hombros. Va emperifollado con vaqueros rotos y camisa con estampado de cachemir, superllamativa. Está dándole la brasa a una chica negra y preciosa como una modelo, de unos veinticinco años, que está picoteando una aceituna de su vaso de Martini como si esta tuviera un pelo.

Marina entorna los ojos y hace un gesto de asentimiento.

—Aprovechable. Le gusta regalar joyas. Esa cosa que brilla en el cuello africano no es de cristal. —Se acerca a mí para hacerme una confidencia—. Lo único que tienes que hacer es escucharlo llorar como un bebé porque está haciéndose viejo y porque sus hijos son todos unos drogadictos y porque ya nada importa.

Este club es un mundo fascinante y Marina, una guía experta. Analizamos a unos pocos más: el hombre de negocios charlando con un jovencito guapo; y los jóvenes pijos de punta en blanco, con gafas de sol y traje, con sus melenas perfectamente peinadas hacia atrás y engominadas.

Al final de la escalera aparecen cuatro hombres. El gorila ruso se abre paso para retirar el cordón y dejarlos pasar. Sus risotadas estruendosas se oyen como rebuznos agudos y chillones. Es la típica risa de matón. Van dándose tirones y empujones en cada escalón, y van tropezando por la pista hasta llegar a una mesa con un cartel que dice RESERVIERT. —«RESERVADA.» Todos los presentes se fijan en ellos antes de apartar la mirada a toda prisa. Pantalones de chándal. Camisas de seda desabrochadas. Zapatillas de deporte Puma.

Marina me da un codazo.

—¿Has visto los tatuajes?

Me quedo mirándoles los brazos: llevan las mangas enrolladas. Son los mismos tatuajes que en las fotos de Gunther y Lukas.

—¿Y qué especie es esa? —pregunto.

—*Schlägertypen* —espeta Marina. «Los típicos tíos duros»—. Eso significa dinero y dolor. Primero recibes uno y luego, el otro.

Siento un retortijón de miedo en el estómago, pero ha llegado la hora de trabajar. Echo hacia atrás el taburete y me pongo de pie.

Marina me sujeta con fuerza por la muñeca.

—Has dicho que solo ibas a mirar. No seas idiota.

Le sonrío.

—Solo voy al baño.

Mientras cruzo la sala, percibo que Marina no me quita ojo, protectora aunque preguntándose al mismo tiempo hasta qué punto vale la pena serlo conmigo. Para atraer a los chicos camino contoneándome ligeramente, aunque me siento como una niña de cinco años que se ha calzado los tacones de su madre, y desisto tras dar un par de pasos. Aunque con eso ha bastado; se han fijado en mí. Al pasar junto a su compartimento privado y dirigirme al baño que se encuentra al fondo, oigo que uno ellos comenta con entusiasmo: «*Feine Schlampe*».

«Menudo putón», significa, y lo hubiera entendido sin saber alemán. El tono ha sido bastante claro. Sigo andando, ignorándolos —fingiendo que los ignoro— y desaparezco en el interior del baño.

Delante de los lavamanos hay dos rubias esnifando coca sobre la encimera de porcelana. Hay otras dos chicas del club delante de los espejos discutiendo al tiempo que se arreglan la falda, se colocan bien las tetas en el sujetador y se miran con odio. Sobre un taburete pegado a la pared hay una señora mayor, oronda e hinchada, que va entregando toallas. Tiene la mirada fija en el vacío, extraviada.

El miedo y la adrenalina aumentan en mi interior, y el sudor empieza a perlarme la frente. La vieja me pasa una toalla, y tiro una moneda de un euro en el cestillo que tiene junto a ella. Me enjugo la frente y me miro en el espejo con tal de ensayar un par de sonrisas para los chicos.

Ha llegado la hora de salir a escena. Me tranquilizo y salgo caminando de regreso hasta donde se encuentra Marina. Uno de los *Schlägertypen* se levanta y me sigue. Marina pone los ojos en blanco al verlo y sujeta el bolso con fuerza sobre el regazo.

Vuelvo a sentarme. El tío me rodea con un brazo y pone el otro sobre Marina.

—*Was geht ab?* —dice. «¿Qué pasa?»

—*Verpiss dich* —espeto con un acento ruso tan marcado como logro articular. «Que te den.»

Es guapo, debe de tener unos veinte años, lleva el pelo negro despeinado y tiene un poco de perilla. Supongo que es el más mono del grupo, y lo han enviado como avanzadilla. Se vuelve hacia Marina.

—Tu amiga me ha dicho que me den. ¿No te parece un poco grosero?

Marina se agacha para zafarse de su brazo.

—Yo me largo de aquí —contesta en ruso con una ceja enarcada. Su gesto me indica que, si soy lista, la seguiré.

Me aterroriza quedarme sola, pero solo puedo sonreírle y mirar cómo se va. El tío se instala en el taburete de ella y alarga el brazo hacia mi mano.

—¿Qué pasa? ¿Cómo te llamas, nena?

—Me llaman Sofia —respondo.

—Y a mí me llaman Christian.

Los amigos de Christian son más o menos como me los había imaginado: unos mamones de lo más peligroso. Con cada ronda de cervezas y chupitos de vodka —tres de cada durante la primera hora— se inspiran para alcanzar cotas cada vez más elevadas de imbecilidad, como si estuvieran compitiendo entre ellos. Oigo la cháchara estúpida sobre fútbol y coches, interrumpida por improvisados combates de boxeo. Aunque también voy captando fragmentos sueltos de conversación. Es algo relativo a un duelo por alguien que conocían. Hoy había un funeral. No, dos. Empiezan a sudarme las palmas de las manos.

Christian intenta darme palique. «¿Qué pasa contigo, nena?» Me pregunta sobre mi estación del año favorita, mi color favorito, mi refresco favorito, mi mascota favorita de la infancia... Respondo lo mejor que puedo, y voy llenando los espacios en blanco de la vida de Sofia tal como me había enseñado Yael. Otoño, azul, Fanta, un conejo llamado Alyosha. «Tenemos tanto en común...», comenta.

Sin embargo, en líneas generales, me trata como un mueble. Un objeto que está ahí. Soporto que vaya poniéndome la mano en la pierna, las típicas preguntas subidas de tono —«Dime, Sofia, ¿todas las chicas rusas que hay en Alemania son putas?»—, aunque, salvo por eso, soy otra rusa más del club. Una chica que jamás entendería de qué están hablando realmente sus colegas.

Entonces empieza una nueva canción, no la he oído nunca, pero se oye un suspiro colectivo. Los chicos se agitan y luego se levantan. Brindan entrechocando sus copas y piden otra ronda. Esta es su canción. La favorita de Gunther. Lukas la odiaba.

Un escalofrío me desciende desde los hombros hasta la punta de los dedos de las manos. Mi teoría era cierta. Hay que seguir el camino hasta la fuente de agua y allí encontrarás al resto del rebaño. Me tranquilizo, me obligo a parecer tranquila.

—¿Quiénes son Gunther y Lukas? —pregunto.

Christian inspira con fuerza y me apoya la mano en el muslo.

—Nuestros colegas —contesta.

—¿Oh?

—Murieron la semana pasada. En un accidente de moto.

—Lo siento —digo—. ¿Aquí? ¿En Berlín?

—En París.

Cierro los ojos, oigo el bombeo de la sangre en mis venas. Levanto mi copa de *ginger-ale* y me la bebo de un trago. Cojo el agua de otra persona y también me la bebo. «¿Y ahora qué hago, Yael?»

—¿Te pasa algo? —pregunta Christian.

—Nada —respondo—. Vamos a bailar.

Bajamos la escalinata hasta la pista de baile y rezo para que él no se fije en que me tiemblan las manos y las rodillas mientras me sujeto a la barandilla. Hasta la última fibra de mi cuerpo desea correr hacia la salida, el cerebro evolucionado de origen reptiliano está indicándome que aquí hay peligro, que hay fuego y depredadores. Pero Christian es mi pase. Mi pase para llegar hasta los asesinos de Hamid. Mi pase para llegar hasta los captores de mi padre. «Serás dura, Gwendolyn.»

En la pista de abajo hay muchos cuerpos, demasiados. Avanzar por la sala es como pasar a través de una masa de gelatina. Con cada paso hay que librar una batalla para no asfixiarse. No obstante, permito que él me agarre de la mano para llevarme hasta la pista de baile. Christian y yo bailaremos juntos. El tiempo suficiente para dejarle que vaya a un lugar privado conmigo. Luego lo torturaré para sacarle información o me lo follaré para obtenerla. De una forma u otra, conseguiré el mismo resultado.

—Mira —dice Christian—. Oye, lo siento. Odio bailar. Es una mierda. Y de verdad, de verdad, tengo que volver con mis amigos. Por los funerales... Ya sabes.

Por dentro estoy que echo humo. Pero Sofia sonríe.

—¿Me das tu número de teléfono? Te enviaré un mensaje. Podríamos salir.

Me dedica una risa nerviosa de colegial, y me lo dicta. Le envío un mensaje de una sola palabra: «Sofia».

Él mira el móvil.

—Lo tengo.

Vuelvo a la casa de Marina en el U-Bahn, y voy recordando la escena del Rau Klub, planificando lo que vendrá a continuación. Por la ventanilla del tren veo el reflejo de mi cara, la oscuridad de las paredes del túnel intensifican su nitidez. Los fluorescentes del vagón dan a mi piel una palidez terrible y me veo unas ojeras marcadísimas. Tengo los ojos hundidos y me brilla la piel sobre los músculos de la mandíbula por lo apretados que tengo los dientes.

Me ocurre algo raro en el estómago y en la cabeza: el terror que he sentido desde el momento en que descubrí que se habían llevado a mi padre se ha ido... ¿Transformando? El verbo parece inapropiado. El concepto que estoy buscando es eso que le pasa al tío de la novela de Kafka cuando se convierte en cucaracha. ¿Metamorfosear? Lo busco en el móvil.

Metamorfosear (De *metamorfosis*). Verbo. tr. 1. Cambiar de forma significativa de apariencia o personalidad, en ocasiones, a través de medios sobrenaturales, especialmente cuando se trata de algo más bello o grotesco.

Eso es. El terror está metamorfoseando esa sensación interior que descubrí en Nueva York, la sensación para la que me entrenó y refinó Yael. Esa sensación es la otra cara de la moneda, el contrapunto, la respuesta a gritos a la pregunta del terror. El terror pregunta: «¿Qué será de mí?». La sensación responde: «Esto».

La rabia está nublándome el pensamiento, y como la rabia es el oxígeno que alimenta la sensación de mi interior, está bastante ansiosa esta noche. «Lleva a Christian a algún lugar privado, cueste lo que cueste, átalo a la cama y aplícale unas tenazas y un mechero hasta que te dé una respuesta.» Pero esa no es forma de conseguir información, me lo dice la razón. Lo aprendí de mi padre mientras veíamos las noticias sobre los terroristas torturados.

—Un hombre admitirá cualquier cosa si lo torturas. Que es un terrorista. Que es el demonio. Que conoce los números ganadores de la lotería del día siguiente —me dijo.

Además, está lo otro. ¿Por qué no? Follármelo en lugar de torturarlo; la violencia sería mejor y menos repugnante que tener que tirármelo. Pero ya veremos. Haré lo que haga falta. Cualquier cosa con tal de ganar.

Me salto la parada del tren y tengo que retroceder caminando desde la siguiente estación. No dejo de pensar en Christian y sus amigos. ¿Cómo podría haber secuestrado a mi padre esa panda de imbéciles que he conocido esta noche? ¿Qué derecho tiene esa panda de mierdecillas que tragan cerveza como si fuera agua e intentan pegarse entre ellos en los huevos a mirar siquiera a mi padre? Había imaginado que el malvado que me quitó a mi padre sería poderoso, imponente e inteligente y monolítico, un portaaviones que juega a ajedrez. Pero estoy ante unos malvados mequetrefes, que no piensan y que, además, son un montón.

Y es eso lo que los hace todavía más terroríficos. ¿Cómo puedo ganar? ¿Los venzo en un concurso de ortografía? Mientras camino, voy fijándome en la gente que hay en la calle: vagabundos y borrachos, y tíos cuyos ojos brillan como cuchillas por el resplandor de las farolas. Pero todos me miran con miedo al pasar como si yo fuera el peligro, como si fuera yo la que pudiera abordarlos en un portal o en un callejón para rajarlos.

Marina y Lyuba están durmiendo en sus camas cuando vuelvo. Cierro la puerta del baño con cuidado al entrar para no despertarlas, y dejo colgando la cabeza sobre el lavamanos. Resuello un par de veces hasta que empiezan a rodarme lágrimas por las mejillas. Pero tengo el estómago casi vacío y no me sale nada con la arcada, más que un hilillo de saliva. Con la esponja de crin que hay colgando del grifo de la bañera, me froto las manos y los antebrazos, porque intento limpiarme con desesperación una suciedad que no veo ni huelo.

Hay una nota en el sofá garabateada en cirílico. «Despiértame cuando vuelvas», dice. Entro en la habitación de Marina con sigilo, me siento en el borde de su cama y le toco el brazo. Vuelve la cabeza y me mira parpadeando.

—Esta noche me has asustado —confiesa—. Estaba preocupada.

—Lo siento —me disculpo.

Está a punto de decir algo, pero no lo hace y me apretuja la mano.

15

Rebusco por la cocina e improviso un desayuno para mis compañeras de piso y para mí. Hay té negro y miel y yogur y un cartón de huevos y media barra de pan de centeno, denso y soso, cuya etiqueta indica que es esencial para conseguir *überlegene Darmgesundheit*. «Una salud intestinal fantástica.» Hago lo que puedo con los ingredientes y los sirvo en la mesa para Marina y Lyuba.

Esta me mira con los ojos entrecerrados entre el humo de su cigarrillo y solo come pan de centeno.

—El té está muy flojo —comenta, y se levanta para marcharse. Pasados un par de minutos sale por la puerta diciendo que tiene que dar una clase de piano «a una pequeña princesita rica» en un piso de lujo de Charlottenburg.

Marina coge el plato de Lyuba y se lo termina.

—Me sorprende que hayas vuelto a casa.

Empiezo a recoger.

—No estaba buscando un rollo.

—No lo decía por eso, *novichka*. Me sorprende que sigas respirando. —Marina lleva el plato al fregadero y coge el estropajo—. Dijiste que estabas buscando a alguien. ¿Es uno de ellos, de esos gángsteres? ¿Todo esto va de una especie de venganza?

Limpio la sartén con una esponja y voy rascando el huevo quemado con las uñas.

—No es una venganza.

Marina deja caer con estruendo dos platos secos en una balda. Me sobresalto con el ruido.

—Te lo dije: no traigas a casa de Marina tu mierda. Lyuba cree que ni siquiera eres rusa. ¿Lo sabías? Dice que te lo inventas.

—Armavir está muy lejos de Moscú.

—Eso es lo que le dije yo. Es una paranoica. Escucha demasiado a Putin, cree que hay espías por todas partes. Pero, Sofia, después de lo de ayer con ese de la mafia... Si quieres quedarte aunque sea una noche más, vas a tener que contarme a qué estás jugando.

Cierro el grifo y me vuelvo hacia ella.

—Estoy buscando a mi padre —digo—. Escapó y creo que ha acabado con ellos. Con esos críos del club. —Es lo mínimo que ella aceptará como verdad.

Marina pone los ojos en blanco.

—Entonces eso era. El gran misterio de Sofia resulta que es una mierda sentimental. —Deja el trapo de cocina sobre el fregadero—. Papá ha huido por algún motivo. Lo mejor es dejarlo con sus nuevos amigos. Ambos seréis más felices así.

Estoy a punto de contestarle, de decirle que las cosas no son de ese modo, pero ella ya ha salido de la cocina. Pasado un rato, oigo cómo se cierra la puerta de su habitación.

Me vibra el móvil en el bolsillo. Es un mensaje de texto de Christian: «*was geht ab baby*». Me siento en el borde de la mesa de la cocina y me quedo mirando la pantalla, con los pulgares sobrevolando el teclado. Lo que quiero responder es: «Lo que pasa, guapo, es que quiero hacerte sangrar». Lo que escribo en realidad es: «*Nicht viel. Du?*». «No gran cosa. ¿Y tú?»

Me responde enseguida con una jerga alemana abreviada que me cuesta siglos descifrar. Pero, en cuanto lo consigo, me doy cuenta de que hay una fiesta esta noche en una zona llamada Neukölln, y que voy a asistir como su acompañante.

Me encuentro con Christian en la parada de Hermannstrasse del U-Bahn. Ya es de noche, pero todo lo envuelve el fulgor fluorescente de debajo de la marquesina del puesto de comida de la esquina. Él está apoyado contra la pared y comiendo salchichas cubiertas de una salsa que parece kétchup, pinchándolas con un palillo y embutiéndoselas en la boca. Lleva una chupa de cuero de color rojo chillón, y unas zapatillas de deporte, nuevas y relucientes, de un blanco cegador.

—¿Te gusta la salchicha al curri? —pregunta sin dejar de masticar y levantando una bolsa de papel—. Puedo pedirte un palillo. O puedes usar el mío.

Niego con la cabeza e intento esbozar una sonrisa forzada. Me repito que esta noche soy Sofia, muy mona y tímida, callada y misteriosa.

Él me mira de arriba abajo.

—¿No llevas vestido?

Llevo unos vaqueros y mis Doc Martens y la chupa de cuero que Yael me compró sobre una camiseta negra.

—Creía que esta noche era algo informal.

—No, ¡claro! Bueno, ¡estás muy guapa! De verdad. Estarías guapa con cualquier cosa. —Lo ha dicho con sinceridad, se pone rojo con rubor adolescente. Es guapo, a pesar del kétchup en la barbilla, como si perteneciera a alguna pandilla adolescente de las que había oído hablar a los doce años. No es el líder, sino uno de los callados, objeto de millones de amores secretos.

Tira lo que le queda de comida a una papelera y se limpia la boca con una servilleta.

—¿Ya has estado en Neukölln? —pregunta—. Antes era una zona dura. Ahora es una mariconada. Hay un montón de artistas y esas mierdas.

Camina a mi lado por una calle donde hay viejos edificios de apartamentos en una acera, y altos hierbajos en la otra, que cubren una cerca de malla tras las que hay unas vías de tren. No sabría decir si es un barrio malo o sencillamente viejo y mal iluminado.

—¿Quién da la fiesta? —pregunto.

Suelta una risa nerviosa.

—Es en el piso de mi jefe, pero no te preocupes. Le he dicho que eras guay. Es una especie de fiesta para mis colegas que murieron. Decimos que es una «celebración de la vida».

Una fiesta después del funeral. En el piso del jefe. Un terror nervioso me forma un nudo en el estómago. ¿Dónde se ha metido toda esa chulería que sentí anoche en el tren?

—Entonces es una especie de fiesta conmemorativa.

—Sí. Es un poco elegante. Que es por lo que creía que igual te pondrías vestido. Pero no pasa nada.

—Bueno, háblame de tu jefe —digo—. ¿Es un tío guay?

—¿Paulus? Es superguay. Y su piso... Ya verás. —Lanza un suspiro exagerado y sacude la cabeza—. Tiene dos apartamentos, uno encima del otro. Y ha construido una escalera para unirlos. Con una barandilla de caoba. Jacuzzi en la azotea. Una tele grande que te cagas de no sé... De dos metros de ancho.

—Guay.

—Creo que en un par de años yo podría tener un piso así. —Da una palmada, emocionado—. A lo mejor tendré una tele de tres metros de ancho.

—¿Y tú en qué trabajas, Christian? —pregunto, intentando fingir inocencia total—. Anoche no me lo dijiste.

Pone la voz muy grave para hacerse el adulto.

—Soy mayorista. Compramos y vendemos cosas. Ordenadores. Whisky. Recambios de coche. Lo que sea. De oeste a este, de norte a sur. Por toda Europa.

—Ah, y yo que creía que te dedicabas a algo peligroso, no sé... —Lo miro de soslayo y le sonrío—. Me gusta lo peligroso.

—¡Oh, puede ser! —exclama, ansioso por no decepcionarme—. A lo mejor no siempre tenemos todos los papeles para Hacienda. A lo mejor falta algún sello de importación.

—Eso da miedo. Con todo ese papeleo. Podrías cortarte con el papel.

Se le demuda el rostro y pone expresión avergonzada.

—También hay otras cosas. Esos tíos, mi equipo... No hay nadie que se atreva a meterse con nosotros.

—Ah, sí... —digo y me aseguro de que capte mi suspicacia—. ¿Eso es cierto?

Pero él se arrepiente y habla a la defensiva.

—Esta chupa me ha costado quinientos euros, ¿sabes? Es una edición limitada, joder. Créeme, Sofia, no se consigue lo que uno quiere en este mundo siendo un puto perdedor humilde.

—*Genau* —convengo. «Exacto.»

La celebración de la vida es en un edificio cubierto de grafitis, justo al fondo de la calle. Música house y las ventanas estremeciéndose, hombres que ríen y gritan. Christian me lleva de la mano al subir la escalera del edificio, pasamos junto a parejas que están enrollándose y fumando hierba. Los tíos parecen una versión más vieja de él mismo, y las chicas con vestidos mini parecen versiones más elegantes de mí. Christian entra en la fiesta dando un grito triunfal correspondido por un par de gritos más. Hay muchísima gente alrededor de la tele gigantesca de la que me ha hablado, jugando a un videojuego de pegar tiros en un mundo destrozado.

Nos abrimos paso como podemos hasta la cocina al fondo del piso, y Christian me pasa un botellín de cerveza y un vaso de chupito lleno. No veo cómo escaquearme, así que tendré que mandar a la mierda la conciencia táctica. Brindamos con los vasos y me trago el chupito de un licor denso y dulce que me deja los labios pegajosos como pegamento.

Christian me toma de la mano, me vuelve hacia él y presiona su cuerpo contra mi espalda. Sus labios, también pegajosos, empiezan a explorar mi cuello. Intento escabullirme, pero él me sujeta con más fuerza.

—¡Oye! —digo, y sacudo la cabeza—. *Nicht doch!*

Uno de sus colegas de anoche, los del Rau Klub, se acerca con una sonrisa de oreja a oreja y le da a Christian un fuerte puñetazo en el hombro.

—¿Dónde están tus putos modales? ¡Te ha dicho que pares ya! —Pero Christian suelta una risotada porque, evidentemente, es una broma. Ambos empiezan a fingir que luchan, y yo aprovecho para zafarme. Me escabullo entre la multitud que no para de darme empujones, el jaleo es ensordecedor, y busco algún lugar que esté menos abarrotado. Encuentro un rincón donde dos mujeres con minivestidos están fumando y hablando en ruso entre ellas.

Una mujer pálida de unos veinte años con el pelo rubio casi albino me hace un gesto señalándome con su cigarrillo.

—*Russkiy?*

Asiento en silencio.

—Dios, otra de las nuestras no —se lamenta—. ¿De cuál de ellos eres?

—De él —contesto, y señalo a Christian—. El de la chupa roja.

—Oh, Christian solo es un niño —comenta otra mujer. Esta a lo mejor tiene casi treinta y lleva el pelo negro recogido en un elaborado moño. Se tambalea un poco hacia atrás y hacia delante, y se presenta diciendo que se llama Veronika—. Estoy con Paulus. Puedes quedártelo si quieres.

Las mujeres se ríen y yo lo intento.

—¿Cuál de ellos es Paulus? —pregunto.

Veronika señala a un hombre que está de pie cerca de nosotras. De unos treinta y pico, con la cabeza totalmente afeitada y una camisa entallada de color negro sobre un cuerpo musculado y fibrado. Está bebiendo chupitos con Christian y otros dos chicos jóvenes. Sirve otra ronda. Y luego otra.

—Se ponen en plan baboso por la coca y el licor —cuenta Veronika, arrastrando las palabras al hablar—. El truco es esconderse abajo hasta que se les termina la coca, y entonces acaban durmiéndose mientras juegan a videojuegos.

Junto a una ventana abierta en el fondo de la sala hay un grupo de hombres reunidos. Un tío musculoso con camiseta de tirantes ruge mientras levanta un barril de cerveza por encima de su cabeza. Se oyen gritos de aliento. Cánticos. Luego el barril de cerveza cae por la ventana. Se oye el impacto. El aullido de la alarma de un coche. Risas histéricas hasta el llanto.

La rubia apaga el cigarrillo en el suelo y me agarra por el brazo.

—Ha llegado la hora de desaparecer.

Nos escabullimos con discreción de la fiesta hacia una escalera de caracol situada en el centro de la habitación. Veronika va cruzando miradas con las demás mujeres y les hace un gesto con la cabeza para que ellas también desaparezcan.

La rubia nos indica el camino, mientras yo la sigo con Veronika, quien se sujeta con fuerza de la barandilla, con los tacones pisando con torpeza los escalones.

—Los chicos conocen las normas —dice—. Esta zona es solo para el jefe y para mí. Privada. Con acceso denegado.

El piso de abajo está mucho más tranquilo. Hay sofás blancos de piel, una mesita de centro de cristal, un horrible cuadro abstracto con un recargado marco dorado colgado de la pared. Otras tres mujeres se unen a la novia de Paulus, la rubia, y a mí en el sofá. Alguien saca una botella de vodka. Alguien saca un espejo pequeño y un tubito de plástico transparente lleno de polvo blanco.

Además de las dos rusas y yo, hay dos mujeres alemanas y una austríaca. Las conversaciones que las mujeres habían iniciado en la planta de arriba prosiguen y yo capto algunos fragmentos. Problemas sexuales. Dónde comprar. Clínicas donde no las invitarán a poner una denuncia por presentarse con un ojo a la virulé.

Veronika se sienta a mi lado y vacía un vaso de vodka. Mientras me sirve a mí de la botella, me habla en ruso y en voz baja.

—¿Christian te trata bien? Yo he empezado a beber a mediodía, por eso estoy siendo una bruja cotilla.

—Oh, sí —aseguro—. Es un amor.

—Bueno, es joven. Mira a tu alrededor. Mira en qué hijos de puta se han convertido —dice y toma otro trago—. Este negocio suyo. Los hace volverse malos. Y, después de lo de París, se comportan todos como locos.

París. Qué borracha está, ¿y hasta qué punto me atrevo a aprovecharlo para sacarle información?

—Christian me lo ha contado —le digo—. Lo de Gunther y Lukas, qué triste.

—¿Triste? Por favor. Eran unos idiotas y unos matones, igual que todos los demás monstruos de ahí arriba. —Me pone una mano en el hombro y otra en la pierna. Novias que se consuelan—. Da igual, ya estoy harta de hablar de esto. Al menos Paulus no puede echarme la culpa de esa mierda. No, no puede. Debería patear su culo de gángster de mierda.

Sonrío y le doy una palmadita en el brazo como gesto de complicidad.

—Como decía mi tía: «Una mujer necesita un hombre como un fular de seda». Tenerlo es bonito, pero, si lo pierdes, ¿qué más da?, ¿no?

—¡Qué gran verdad! Además, nunca te escuchan, ¿sabes? Es como si hubieran nacido sin oídos. Le dije a Paulus que siempre se arrepiente de los trabajos que acepta de ese matón llamado Boris o Bandar o Buh-no-sé-qué. Siempre. Es demasiado trabajo y no paga lo suficiente. Puto París. —Veronika se coloca el espejito con coca delante y forma dos delgadas líneas con el canto de la tarjeta de un gimnasio de otra persona—. ¿Quieres? Te ayuda a mantenerte delgada.

—No —lo rechazo—. Gracias.

—No siempre tendrás ese tipito, ¿sabes? —Veronika se dobla por la cintura, primero esnifa una raya y luego la otra. Cuando se reincorpora, tiene los orificios nasales enrojecidos y luce una sonrisa de oreja a oreja. Me agarra de la mano y se la coloca en el pecho—. Siente mi corazón. Siéntelo. Galopa como un caballo de carreras.

Y así es.

—¿Estás bien? —pregunto—. A lo mejor deberías... Bajar el ritmo.

Veronika se queda mirándome durante un instante con una expresión que parece de enfado. Luego suelta una risa estridente.

—Oh, pequeña. Hazte un favor y lárgate de aquí. Lárgate de aquí antes de que te conviertas en mí.

Se oyen fuertes pisadas descendiendo por la escalera. Veo que Paulus está bajando. Se detiene a medio camino y se queda mirando directamente a Veronika.

—¿Por qué estáis todas aquí abajo? ¡Subid! ¡Ahora! ¡Vamos!

Todas las mujeres se levantan, y Veronika hace una reverencia a Paulus.

—Tus deseos son órdenes, *Liebling*.

Las sigo hasta la mitad de la escalera y luego me detengo. La fiesta es aún más ruidosa que antes, está a tope de gente. Ni siquiera se darán cuenta de que no estoy.

Vuelvo a bajar por la escalera y entro en casa de Paulus para echar un vistazo. Es el piso hortera de un gángster; *Schlägertypen*. Demasiado cuero, demasiado cristal, demasiado caro, es una auténtica mierda. ¿Cuánto tiempo tengo hasta que baje alguien a buscarme? ¿Diez minutos? ¿Dos?

Paso por la cocina y me dirijo hacia el pasillo. Aquí está el dormitorio, con una mesa de escritorio enorme y un armario también enorme. Por ahí está el baño, con mármol por todas partes. Y ahí hay una puerta cerrada con llave. Me detengo para intentar escuchar los ruidos de la fiesta. Las pisadas de cientos de pies, las risas chillonas, un grito, algo que impacta con pesadez contra el suelo.

Paulus, ¿dónde guardarás la llave? En tu bolsillo, por supuesto, aunque a lo mejor... Me dirijo hacia el comedor. Con el mayor sigilo posible abro el armario, rebusco entre los abrigos y las chaquetas, pero no encuentro nada. Mierda. A lo mejor Paulus se ha cambiado de ropa antes de la fiesta. A lo mejor la llave está en sus pantalones, tirados en el suelo de la habitación.

Pero el suelo del dormitorio está despejado y también la superficie de la mesa de escritorio. En el armario y los cajones de las mesillas de noche no encuentro más que una novela en ruso, calderilla y unas cuantas recetas. El miedo me atenaza en este momento como un narcótico, pero me concedo un último minuto. Desesperada, registro el cesto de la ropa sucia: camisetas, calcetines y ropa interior, de Veronika y de él. ¡Qué puto asco! Rebusco en una bolsa de la compra de unas galerías de moda: un camisón de seda con la etiqueta todavía colgando. Miro debajo de la cama: solo una caja de cartón enviada por mensajería.

Tiro de ella por el suelo y miro a ver si ya la han abierto. No hay ninguna etiqueta con la dirección, ni albarán en el interior. Solo una hermosa caja de madera protegida con espuma. Parece un humidificador de puros, pero cuando levanto la tapa, veo que es algo completamente distinto.

Una pistola con cromado de oro en una base de terciopelo hecha a medida del arma. Muevo una pequeña nota para poder leerla bien. Es hortera que te cagas y justo lo que hubiera esperado que recogiera alguien como Paulus. Una placa de bronce de la tapa dice:

ČESKÁ ZBROJOVKA UHERSKÝ BROD
FABRICADA EN LA REPÚBLICA CHECA
EDICIÓN LIMITADA, NÚMERO 64 DE 100

Aunque la nota que hay encima no es hortera. Es de un papel grueso con los cantos redondeados y parece de lino. En la otra cara, escrito con tinta azul, dice en inglés: «Como siempre, un placer hacer negocios contigo. Tu amigo que te admira, BK». Durante un instante me quedo mirando con atención las iniciales. ¿Qué había dicho Veronika? «Ese matón llamado Boris o Bandar o Buh-no-sé-qué.»

Me digo que mi tiempo ha terminado. Ha llegado la hora de

largarse de aquí, de volver a la fiesta. Para colocar de nuevo el paquete exactamente donde estaba, lo deslizo por debajo de la cama y me dirijo por el pasillo hasta el comedor. Tengo que olvidar la llave de la puerta cerrada, es demasiado arriesgado estar en la zona que Veronika ha dicho que era privada, con acceso denegado.

Cuando estoy doblando la esquina para entrar en el comedor, me quedo paralizada. Christian está al final de la escalera. Está mirándome con los ojos entornados por el enfado.

—¿Qué coño estás haciendo?

«Trágate el miedo —me digo—. Sé Sofia.» Me acerco a él, le pongo las manos en el pecho y esbozo la sonrisa más sexy que puedo.

—Esperándote —respondo.

Me sujeta las manos por las muñecas, y lo hace con fuerza.

—No puedes estar aquí abajo. Ya lo sabes.

Rodilla a la entrepierna, pulgares en los ojos. Cegarlo. Correr. Pero no lo hago.

—Christian, suéltame, me haces daño —le imploro—. Quería que vinieras a buscarme y así estaríamos solos.

Relaja el gesto y veo su mirada de incertidumbre. Entonces me suelta.

Se oyen más pasos por la escalera, esta vez, acelerados. Rodeo a Christian con un abrazo y tiro de él hacia mí. Sus labios chocan contra los míos y le meto la lengua entre los dientes. Siento que se le tensa el cuerpo por la sorpresa.

Luego alguien lo aparta de mí de un tirón violento. Paulus me mira a mí, luego a Christian y vuelve a mirarme a mí.

—¡Puta zorra! —brama—. ¡Puta ratera callejera! —Y se vuelve hacia Christian—. ¿Y tú? O tú también estabas robando o eres demasiado idiota para darte cuenta de que ella estaba haciéndolo.

Christian intenta replicar, pero no logra hacerlo. Paulus me sujeta por la chaqueta y me empuja con fuerza contra la pared.

—¿De qué vas? ¿Eres ladrona o estabas poniendo micros? ¿Trabajas para la poli?

—¡Paulus! —grita Christian.

—¡Cállate!

—¡Paulus! —vuelve a gritar Christian, da un paso hacia delante; es el adolescente en una situación violenta forzándose a ser valiente—. He sido yo. Ha sido culpa mía. Yo la he invitado a bajar. Buscaba... Buscaba un lugar donde estar solos.

—Y una mierda —replica Paulus—. Veronika me ha dicho que ella no ha vuelto a subir con las demás.

Christian inspira con fuerza y se frota la boca con una mano.

—Con el debido respeto, Paulus, Veronika está borracha y colocada. No te ofendas. Pero tú mismo lo has visto. —Hace un gesto para señalarme—. Ha dicho que se acostaría conmigo esta noche. Pero yo no podía esperar. Así que le he dicho que nos coláramos aquí abajo.

Tengo la vista clavada en el perfil de Paulus mientras mira a Christian. Entonces se relaja y me suelta la chupa.

—Putos mocosos —dice Paulus con los dientes apretados.

—Lo siento —se disculpa Christian.

Paulus me agarra por el cuello desde atrás y me empuja hacia la escalera. Me sujeto a la barandilla y consigo no caerme.

—¡Tú! —Me señala con un dedo tembloroso el pescuezo—. Largo de mi casa.

Se vuelve hacia Christian.

—Y tú. Tú te quedas aquí mismo, joder.

16

Con el móvil conectado a un enchufe de la pared y el cable estirado al máximo, estoy tumbada en el sofá de Marina, mirando la pantalla y los tres mensajes sin responder que he enviado a Christian: «*Bist du ok?*», «*Bist du ok?*» y «*??????????*»

Escribí el primero en el U-Bahn de regreso a casa de Marina; el segundo, una hora más tarde, y el tercero otra hora después, y todo el tiempo estuve preguntándome si Paulus estaría torturándolo. La verdad es que necesito a Christian. Él era mi pase. Y la he cagado para los dos. Sin él, se acabó mi acceso hasta los hombres que se llevaron a mi padre.

Y mientras la sensación de mi interior se preocupa y aprieta los dientes por haber fallado en la estrategia, mi corazón, mi corazón humano, sufre por el chico, solo un poco. Es un matón y un baboso borracho, pero al final se comportó con valentía. Dio la cara por mí. Eso tiene algún valor, ¿no?

Después de largo rato, logro dormir a trompicones y sobresaltos, pero me despierto tan a menudo que creo notar vibraciones en el móvil que tengo apoyado sobre el pecho. Me levanto antes del amanecer, camino hasta el comedor, y envío a Christian otro mensaje triste e impotente: «*Bist du ok?*».

Me lavo los dientes y me ducho, con el móvil colocado en el borde del lavamanos y vuelto todo el rato hacia arriba para verlo. Pero no llega ninguna respuesta. Mientras me cepillo el pelo y me visto, oigo a Lyuba y Marina moverse por la cocina. Al abrir la puerta, no obstante, veo a una tercera persona de pie entre ellas. Tiene barba de chivo pelirroja y una barriga redonda con forma de alubia. Lyuba me señala, el tío se levanta el cuello de su chaqueta vaquera y taconea el suelo con una de sus botas texanas.

Durante un instante, ambos nos miramos en silencio. Luego él se vuelve hacia Marina y le da un sonoro bofetón en la mejilla. Ella suelta un chillido agudo aunque nada teatral, típico de alguien acostumbrado a esos golpes. Me quedo mirando mientras ella retrocede y se escabulle hasta colocarse junto a la puerta de la cocina; toda su confianza se ha esfumado.

El hombre camina hacia mí, y yo retrocedo hasta el comedor, dejando un par de metros de separación entre ambos. Lo mejor es estar aquí, en un espacio más amplio, si no me equivoco sobre lo que está a punto de ocurrir.

—Soy Leo —me dice en ruso—. Y tú te haces llamar Sofia, ¿es correcto?

—Es correcto.

Leo asiente en silencio y se acerca un paso más. Esta vez no retrocedo.

—El impuesto de protección son trescientos a la semana. Que es un precio bastante justo, ¿verdad, Marina?

Ella levanta la vista con la mejilla roja por el bofetón.

—Sí, Leo.

—¿Cómo has dicho? —pregunta él.

—Sí, Leo —repite Marina—. Muy justo.

Entrecierra los ojos.

—Pero para ti, como no has pagado las últimas cuotas, los intereses... Supongo que serán mil. ¿Qué te parece?

Se me tensan los músculos: están listos para la acción. Cualquier rastro de miedo que reste en mi interior queda hecho un borrón en el fondo de mi mente, por detrás del deseo de castigar a este hombre, por detrás de la convicción de que soy capaz de hacerlo.

Ladeo la cabeza.

—Ahora voy a recoger mis cosas, Leo. Luego saldré por la

puerta. —Mi tono suena seguro, incluso engreído, de una forma que no lo había oído jamás. Y me gusta—. En cuanto a mi dinero, es mío. Me pertenece. Eso significa que no pienso dártelo.

Me hago a un lado, recojo mi mochila y meto dentro el móvil, el cargador y un par de cosas más que están por la casa. Leo se queda mirándome con expresión de curiosidad. Soy una novedad para él.

Mientras me dirijo hacia la puerta, no lo pierdo de vista y me vuelvo si él lo hace, no le doy la espalda en ningún momento. Entonces realiza su movimiento: me agarra con torpeza del brazo izquierdo.

La memoria muscular para la que me entrenó Yael entra en acción. Le sujeto la mano y se la retuerzo para que me suelte. El brazo de Leo se convierte en una palanca que desplaza su cuerpo hacia donde yo quiero, con la entrepierna hacia arriba y ladeada. Impacto con la rodilla en sus huevos con la fuerza de un bate de béisbol. Mientras se retuerce de dolor, voy a por las sienes y le clavo las uñas en el pelo y en el cuero cabelludo, y así lo mantengo retenido.

Dos rodillazos más: uno en la cara; con el segundo oigo que algo cruje. Lo suelto, él retrocede unos pasos y cae de rodillas. Entonces levanta la vista para mirarme. Ahora sus ojos están vidriosos y con expresión de humildad. «Esto es lo que ocurre, Leo, cuando intentas quedarte algo que no es tuyo.»

Marina tenía razón al decir que Leo es como un osito de peluche. He tardado unos cuatro segundos en derribarlo y eso no es aceptable. Así que salto impulsándome con el pie derecho y describo un arco en el aire con la pierna izquierda. Doy con el pie en su sien y le doblo el cuello hacia un lado. Da media vuelta en el aire y se desploma con un sonoro impacto sobre el suelo.

Leo está inconsciente, o tan aturdido que no protesta cuando le quito la pequeña pistola que lleva en un bolsillo de la chaqueta junto con un rollo de billetes. El rollo está hecho de rollos más pequeños: billetes unidos por clips. Sin duda son las ganancias de la mañana de las chicas. Él me mira con expresión ida. Tal vez porque entiende qué está pasándole, tal vez no. Tiene la nariz tan hinchada que ha doblado su tamaño y ha adquirido un tono berenjena.

La euforia me sienta como un baño relajante y noto como me tiemblan los labios queriendo esbozar una ofensiva sonrisa. A mis espaldas, oigo a Lyuba chillando y a Marina gritando el nombre de Leo.

Me quedo mirando la pistola que llevo en la mano. Es algo pequeña aunque pesada para el tamaño que tiene. Tiene un mecanismo deslizante a un lado para ser movido con el pulgar. Veo un punto naranja enterrado en el metal que aparece cuando lo desplazo. ¿El seguro?

Leo se remueve en el suelo y se rebusca con sus dedos gordos en los bolsillos para dar con la pistola. La apunto en su dirección y la amartillo con el pulgar hasta retirar el seguro. Es lo que hacen en las películas para captar la atención del otro, y funciona. Leo se cubre con las manos con gesto de rendición, con los dedos muy separados, tembloroso. Una voz interior me dice que me marche ya, que lo deje todo tal como está. Pero Yael me dijo que una buena diosa guerrera siempre termina lo que empieza.

Lyuba y Marina pasan corriendo por mi lado. Espero que sigan pegándole, que le quiten lo que les debe. Pero Lyuba, anegada en lágrimas, le sujeta la cabeza y lo acuna mientras se moja los dedos con saliva para limpiarle la sangre de la cara.

Marina se vuelve hacia mí, roja de furia.

—¡Oh, maldita zorra estúpida! ¡Te dije que no quería tus mierdas de la yihad! —Se acerca a mí, no le doy miedo ni le da miedo la pistola. Me quita de la mano el rollo de billetes—. He trabajado cuatro años para conseguir que esto funcionara.

—Él no va a poseerme, Marina —digo—. Y tampoco te posee a ti. Esta es tu oportunidad. Se acabó Leo.

—¡Siempre habrá otro Leo! ¡Mañana mismo habrá diez más! Si voy a cualquier otro sitio, París, Chicago, donde sea, ¡me cago en la puta!, ¡habrá otro Leo! —Se lleva las manos a ambos lados de la cabeza, entierra los dedos en su espesa melena y lanza un suspiro ahogado—. ¿De verdad eres tan ingenua que no sabes cómo funciona este mundo? ¿Vas a quedarte y a cargarte a todos los demás Leo por nosotras?

La miro parpadeando, boquiabierta por la impresión.

—Lo siento. Yo creía que... Os estaba ayudando...

—Ahora tienes que largarte. De hecho, será lo mejor. Pero ¿qué ocurre a Marina cuando te vayas, Sofia? Pregúntate qué ocurre. —Marina me empuja por los hombros con fuerza y yo retrocedo tambaleante—. ¿Quieres ser una heroína, Sofia? Deja este mundo que no entiendes tal como está. Salva el culo. Ya me cuidaré yo del mío.

Se agacha, recoge mi mochila y me la tira. La cojo, pero me quedo plantada donde estoy.

Marina me señala la puerta.

—Ahora vete a librar tu guerra en casa de otra.

«*Triff mich*», dice el mensaje de Christian. «Reúnete conmigo.» Después me llega al móvil la dirección de un restaurante turco en un barrio llamado Pankow. Accedo a quedar dentro de tres horas.

El sol se refleja sobre todas las superficies como fragmentos de metralla luminosa y se me clava en los ojos. Es el primer día cálido del que mi cuerpo tiene memoria. Viajando en el S-Bahn con dirección a la estación central de Berlín, me recuesto en el respaldo del asiento y siento cómo se filtra el sol a través de la ventana sucia hasta llegarme a la cara, lo cual evapora mis lágrimas. Mi plan inmediato es comprarme unos pantalones nuevos que no estén manchados con la sangre de Leo en la rodilla. Luego buscaré un hotel barato donde pueda llevar a Christian. Nada elegante. Ningún sitio donde miren los pasaportes de chicas rusas con lupa.

Lo siento mucho, Marina. Lo siento muchísimo. La visión de Leo, hinchado y sangrando, me había provocado orgullo y satisfacción. Era lo que había que hacer. Yo lo tenía muy claro. Y yo soy quien lo hizo. Mi yo fuerte y poderoso, yo, la heroína de la historia. «Ahora, Marina, tendrás que cortar el cuello a Leo para terminar el trabajo que yo empecé, o no. Ocurra lo que ocurra, te he dejado plantada para que seas tú la que limpie la sangre. Ni siquiera he sido capaz de pasar la fregona. Por favor, perdóname. Por favor, coge el dinero de Leo y sal corriendo lo más lejos y lo más rápido posible.»

Sin embargo, la pistola de Leo está en mi bolsillo. Cada vez que la toco, se me corta la respiración. «¡Oh, qué cosas haremos juntas, tú y yo!»

Todo está en orden. Tengo pantalones nuevos y limpios, la habitación está reservada, y Christian está en la cafetería turca cuando llego. Saludo con la mano mientras atravieso la sala de turcos, sirios y norteafricanos que están reunidos alrededor de pequeñas mesas de cobre, tomando a sorbos té muy negro en tacitas de cristal con asas de plata llenas de filigranas. Unos cuantos hombres están tumbados en el fondo en otomanas con cojines rojos y pasándose una pipa de *shisha*. El humo huele a manzanas y me recuerda el otoño.

Christian se levanta cuando entro y se mueve con dificultad para retirarme la silla. Tiene un ojo morado, hinchado aunque no demasiado. Aunque estoy segura de que está lleno de cardenales.

—Siento lo de anoche —se disculpa con timidez.

—¿Que tú lo sientes? Christian, yo lo siento. Fue culpa mía.

Sin embargo, él hace un gesto con la mano para quitarle importancia.

—No ha sido nada que no pueda soportar. —Lo dice con cierto orgullo. Traga saliva y me dedica una sonrisa impaciente—. Me preocupaba que no quisieras volver a verme.

Coloco ambas manos sobre la suya.

—Anoche me salvaste. No sé qué habría hecho si no llegas a intervenir.

—Oye, Paulus ha dicho que si me ve contigo, estoy fuera. Así que esto, lo nuestro, tendrá que ser algo discreto, ¿vale?

Por eso ha escogido la cafetería turca.

—Claro.

Llega el camarero, y Christian pide té y pastelitos *baklava* para los dos.

—Ya está bien de hablar de las mierdas de Paulus. Hablemos sobre ti —dice cuando se ha marchado el camarero—. ¿De dónde eres?

Le doy los detalles más jugosos de la vida de Sofia que había leído en París. Cómo fue criarse en mi parte de Rusia. Nunca había comida suficiente, pero sí violencia de sobra. Papá bebía vodka y estuvo dos años sin encontrar trabajo. Mamá murió de gripe.

—Echo de menos los bosques de abedules y las grullas —le cuento, porque me parece que suena como el típico detalle ruso. Él va asintiendo sin parar; está tragándoselo todo.

—Tampoco hay tanta diferencia entre Rusia y la zona de Alemania de la que soy yo —afirma.

—¿Ah, no? —exclama una ansiosa Sofia justo cuando llega el té y los pastelitos.

Me habla de su ciudad natal, próxima a la frontera con Polonia, en lo más profundo de la antigua Alemania del Este. Su padre los abandonó cuando él tenía seis años, según cuenta, y su madre siguió sus pasos dos años después. Su abuela, una vieja comunista amargada, lo crio con el poder fortalecedor de la pobreza. Siempre tenía zapatos demasiado pequeños y solo patatas para comer todo el invierno.

Escojo con delicadeza entre los *baklava* del platito que tenemos delante. Para Christian, la vida como pequeño gángster es una gran mejora. Chupas de cuero de edición limitada y sueños como una tele de tres metros de ancho siempre serán mejor que comer patatas a diario.

Cuando levanto la vista, está mirándome con ternura, con la

cara muy pegada a la mía. Ha llegado mi hora de trabajar. Ha llegado la hora de ir al grano.

—Me gustó esa tal Veronika —comento—. Hablamos mucho. Me contó todo sobre lo de Gunther y Lukas.

No obstante, a Christian no le apetece hablar sobre Gunther y Lukas. La silla chirría cuando la arrastra por el suelo para colocarse junto a mí.

—Ahora ya lo sabes, ¿verdad? Lo del negocio. El negocio en el que estoy metido. Lo que ocurre.

—Pero eso es lo que me gusta de ti. El mundo no te da una oportunidad, pero tú la buscas de todas formas. Creo que eres valiente. —Me acerco más a él, pego los labios con suavidad a los suyos. Es un beso tierno, muy dulce, y lo hago durar unos cinco segundos antes de susurrar—: Creo que es emocionante, esa cosa que ocurrió.

—¿Esa cosa? —murmura.

Otro beso, otro susurro.

—Lo de París. Veronika me contó que Paulus ha secuestrado a un estadounidense.

Sin embargo, me doy cuenta enseguida de que me he pasado. Christian se echa hacia atrás, mira a su alrededor, y se seca la boca.

—Sí, bueno, eso fue... Solo un trabajito. —Traga saliva con nerviosismo—. Una mierda para un checo. No lo sé... No es algo de lo que podamos hablar, ¿vale?

Lo interrumpo besándolo. Esta vez durante más tiempo, le sujeto la cara entre las manos. «Una mierda para un checo.» A nuestro alrededor, los presentes vuelven la cabeza y nos miran boquiabiertos.

Christian me aparta con amabilidad.

—Dios, aquí no podemos hacer esto.

Echo mi silla hacia atrás.

—Pues vamos a algún sitio donde sí podamos hacerlo.

Christian camina a mi lado por una larga avenida, cogiéndome de la mano mientras le llevo al hostal. Giramos a la izquierda hacia una calle comercial normal y corriente, con tiendas de móviles y restaurantes de döner kebab que conduce hasta la parada del U-Bahn, a un par de manzanas de distancia.

Nos veo reflejados en el escaparate de una floristería y también veo el reflejo de alguien más. A unos cinco pasos por detrás de nosotros hay un tipo en muy buena forma con gafas de sol Oakley ocultándole los ojos. Lleva el pelo rubio muy corto, vaqueros y chupa de cuero. No tiene nada malo. Es normal. Del montón. Pero siempre va cinco pasos por detrás de nosotros.

—Tenemos que andarnos con cuidado —me advierte Christian.

—Sí, eso es lo que hacemos.

—¿Tu casa está lejos? —pregunta.

—A dos paradas de aquí —contesto.

Ahora dice algo más, pero no lo oigo. Estoy totalmente concentrada en todos los escaparates por los que pasamos y en el tío con las gafas de sol Oakley. No se ven gafas así en Europa. Justo en ese momento, percibo otro reflejo desde el otro lado de la calle. Hay otro tío en muy buena forma con el pelo corto, en este caso castaño. Este no lleva gafas de sol, pero viste de la misma manera: chupa de cuero y vaqueros, como si fuera una especie de uniforme. Cruza la calle y se coloca justo al lado de su gemelo. No cruzan ni una palabra. Son solo dos tíos. Insisto: del todo normales.

Doy a Christian un apretón en la mano.

—Están siguiéndonos —le informo con un tono lo bastante bajo para que solo él me oiga.

Noto que se le tensa el cuerpo y mira de forma despreocupada por encima del hombro.

—¿Los reconoces? —pregunto.

—No —niega.

—¿Son amigos de Paulus?

—No —repite Christian—. Será mejor que te marches ahora

—dice—. Sigue recto y luego gira a la derecha. Llegarás a una avenida después de dos manzanas.

Pero necesito a Christian, necesito cualquier información que esté dentro de su cabeza.

—No. Yo me quedo contigo.

En cualquier caso, es demasiado tarde para contradecirme. Los dos hombres ya nos han alcanzado, están cada vez más cerca, a solo un paso. El rubio está justo por detrás de Christian, sacude la muñeca y una barra metálica telescópica sale disparada, sujetada por el mango. La oigo silbar al cruzar el aire en dirección a la nuca de Christian, pero lo aparto de un empujón y la barra impacta contra la parte blanda de su hombro.

El segundo hombre me rodea por el cuello con un brazo y cuando intento clavarle el codo en las costillas, él me atrapa y me lanza un golpe en la muñeca con el canto de la mano. Me tiene atrapada contra el suelo y me hinca la rodilla en la espalda. Sencillamente, nada de lo que me enseñó Yael me sirve.

Christian está peleándose con el rubio, pero tampoco consigue gran cosa. Su atacante está a todas luces muy bien preparado y está propinando duros golpes de boxeador a Christian en el pecho y en la mandíbula. Entonces Christian se desploma. Su contrincante se arrodilla sobre él y dos veces, y hasta tres, aporrea su cabeza contra la acera.

Un enorme todoterreno Volvo se desvía en dirección al bordillo, y alguien abre la puerta trasera. Mi atacante intenta levantarme, pero yo me zafo de él. Y justo cuando estoy incorporándome, él se vuelve de golpe y me agarra por la pierna. La suela de su zapatilla aterriza en el centro de mi vientre, y me sale una bocanada de aire por la boca que me deja sin respiración en el momento en que me quedo doblada. Voy quedándome sin visión hasta que solo veo un túnel negro y caigo de espaldas. Intento recuperar el aliento, pero lo único que siento es un dolor lacerante al intentar llenar los pulmones de aire con todas mis fuerzas.

Los dos hombres vienen a por mí en este momento, y yo me

alejo tambaleante. Con la fuerza que logro reunir, me toqueteo los bolsillos hasta que encuentro la pistola de Leo. Los dos se acercan, con las manos extendidas, dispuestos a cogerme. Quito el seguro del arma y la dirijo hacia un punto ciego entre ambos. La pistola se levanta en mis manos cuando se dispara con un sonoro estruendo.

El punto ciego entre ambos resulta ser una plancha del Volvo, y aparece un pequeño orificio en la carrocería. Disparo de nuevo cuatro tiros más, uno tras otro. Se oyen gritos en la calle. La gente empieza a correr en todas las direcciones menos en la nuestra.

A continuación, los atacantes se meten de cabeza en el asiento trasero del Volvo, y el todoterreno sale quemando rueda para alejarse del bordillo con cinco orificios de bala y la puerta trasera todavía abierta. Desaparece unos segundos después, y el rugido del motor es sustituido por el de las sirenas.

He huido antes de que llegara la poli y he tirado la pistola a una papelera que había a media manzana del lugar. Pero de ninguna manera puedo permitir que la única pista que tenía desaparezca sin intentar evitarlo, suponiendo que todavía siga vivo. Por eso rodeo la manzana y me quedo al fondo de la multitud que se ha reunido para ver el espectáculo, con la esperanza de que nadie me reconozca, como efectivamente sucede. Ha llegado una ambulancia con el nombre del hospital impreso en un lateral, y yo me quedo mirando mientras suben a Christian. Se lo han llevado entre un despliegue sonoro de sirenas y luces deslumbrantes. Me pregunto si lo habrían hecho así de haber estado ya él muerto. Entonces la policía ha empezado a acordonar la zona y a tomar declaraciones, por eso me he largado de allí.

Revivo la escena una y otra vez mentalmente. ¿Quiénes eran los atacantes? ¿Su objetivo era Christian o yo? Durante cinco horas, doy vueltas por el barrio rodeando el hospital cuyo nombre estaba escrito en el lateral de la ambulancia. Mi plan se ha ido a la mierda, y no solo por Christian, si es que todavía respira... Es probable que ahora esté relativamente seguro en la habitación de un hospital. También hay un coche patrulla en la plaza destinada al camión de bomberos delante de la puerta del centro. Así como un sedán Volkswagen blanco, normal y corriente. Normal y corriente hasta que veo la matrícula especial y una extraña antena de radio. ¿Serán solo inspectores de policía o algo más?

Cuando ya llevo cinco horas de vigilancia, decido emprender la única acción que me queda como alternativa. Entro en el hospital por la puerta de urgencias y encuentro una entrada en el vestíbulo que lleva hasta las demás zonas del centro. Pregunto por Christian en el mostrador de información. La recepcionista me dice que lo han ingresado. Está en la cuarta planta, en la habitación 22.

Las máquinas enchufadas a Christian emiten ruiditos y pitidos e incluso una especie de latido mecánico. Está vivo, lo indica cada pitido, está vivo. Tiene los dos ojos morados, una mejilla deforme y la mandíbula desencajada. Pero no tiene ventilación artificial, y la gráfica de sus latidos en el monitor representa la seguridad de un problema matemático que siempre da el mismo resultado.

Se oye un ligero golpe en la puerta, y entra una enfermera. Tiene el pelo raro y castaño, y no le llega a los hombros de su bata verde. El nombre que indica en su placa es Ursula.

—¿Va a ponerse bien? —pregunto.

Se encoge de hombros, luego escribe algo en la carpeta del historial.

—¿Qué le ocurre?

—¿Eres una familiar?

Asiento en silencio.

—Traumatismo craneoencefálico, fractura leve de la mejilla izquierda, cuatro costillas rotas —recita como si estuviera leyendo la lista de la compra.

—¿La policía ya sabe quién lo hizo?

Ursula suspira.

—La policía está buscando a dos hombres blancos y un Volvo. Pero había una mujer con la víctima y también la están buscando.

—¿Una mujer?

La enfermera se queda mirándome durante demasiado rato.

—Americana. Una fugitiva, según dicen.

Desvío la mirada, pero noto que está mirándome.

—¿Cuándo calculan que recuperará la conciencia? —pregunto, exagerando cuanto puedo el acento ruso.

—En cualquier momento a partir de ahora. Estará un mes con fuertes jaquecas, pero debería dar gracias de seguir con vida. —Ursula coge un pequeño mando a distancia con un solo botón y me lo entrega—. Si estás aquí cuando despierte, puedes darle esto. Es un gotero de morfina. Si aprietas el botón, recibes un chute.

—¿Y qué evitará que se administre una sobredosis?

—Solo puede llegar a tomar varias dosis en una hora. Suficiente para eliminar el dolor y ponerlo a volar como una cometa, pero nada más.

Ursula se dirige hacia la puerta y entonces se detiene.

—Hazme un favor, avisa a enfermería cuando despierte.

—Vale.

—Hay policías esperando en la cafetería para hablar con él —dice Ursula.

La sigo con la mirada hasta que desaparece por la puerta. Sabe quién soy. Quizá. O acabará atando cabos.

Echo las cortinas de las ventanas que dan al pasillo, luego me vuelvo hacia Christian, indefenso en su cama. Estando así parece más joven, inconsciente, como un niño de diez años en lugar de un matón de veinte. Lleva una venda muy prieta en la coronilla y la mejilla izquierda hinchada sobresale como la parte superior de una magdalena.

—Christian, despierta —susurro en alemán sin molestarme en poner el acento de Sofia.

230

No se mueve. Le poso la mano en el hombro, una de las pocas partes de su cuerpo que no está vendada, y lo sacudo un poco.

—Tienes que despertar, Christian.

Su cuerpo se estremece ligeramente, y sacude la cabeza, como si estuviera negando algo en sueños. Lo agarro bien por el hombro y le doy un apretón, le clavo las uñas en la piel y aprieto cuanto puedo. Su anatomía se agita, parpadea y el pitido de metrónomo que monitoriza sus latidos se acelera. Pero tiene la mirada clavada en mí y, a pesar de la hinchazón, veo que está intentando sonreír.

—¿Te duele, Christian? —pregunto, con la amabilidad de una profesora de guardería.

Logra asentir a duras penas con la cabeza.

—¿Quieres que te ayude a acabar con el dolor, Christian?

Otro esforzado asentimiento.

Levanto el mando del gotero de morfina y presiono el botón. Pasan solo unos segundos hasta que su gesto se relaja y su mirada se torna lechosa y satisfecha.

—Dime dónde está el estadounidense, Christian —susurro.

Se le contraen las pupilas cuando intenta enfocar la mirada en mí. Su expresión es confusa.

—¿Qué estadounidense? —consigue articular con un tono tan bajo que apenas distingo lo que dice.

—El estadounidense al que secuestró Paulus en París.

Percibo que el ritmo de su respiración se acelera y vuelve a mirar con expresión confusa y desorientada la habitación.

—Cosas malas, Sofia.

Se me hiela la sangre.

—¿Qué cosas malas, Christian?

Abre y cierra la boca sin emitir sonido alguno, como un pescado sobre la tabla, a punto de ser cortado.

—Allí hacemos cosas malas —susurra—. En el almacén.

Me digo que debo ser amable. «Sé amable.»

—¿El estadounidense está allí, Christian? ¿En el almacén? ¿El estadounidense está en el almacén?

—Yo lo vi.

—¿A quién viste, Christian?

—Al estadounidense.

—¿En el almacén? ¿Viste al estadounidense en el almacén?

Está mirando directamente al techo, flotando en una nube de narcóticos.

—¿Sofia es una espía? —dice con parsimonia al tiempo que arruga la cara. Empieza a brotarle una lágrima del ojo izquierdo y acaba saliendo, le cae por la sien hasta la oreja—. Dile a Paulus que siento que Sofia sea una espía. Él sabía que era una espía. Dijo que era una infiltrada. Sofia la infiltrada.

Una decisión delicada: apretar el botón del gotero de morfina otra vez o arriesgarme a que vuelva a caer inconsciente; o no presionarlo y arriesgarme a que se calle. Lo aprieto de nuevo. Su expresión se relaja, y regresa la mirada lechosa y complacida a sus ojos. Está a punto de dormirse y le doy una bofetada, primero con suavidad y a continuación con más fuerza. Apenas logra enfocar la mirada.

—Ahora no, Christian —digo—. No te duermas ahora. ¿Dónde está el almacén?

—Dile a Paulus que lo siento.

—Paulus ha dicho que te perdonará si me lo dices.

Aparta la mirada. Sé que está luchando contra el efecto de la morfina, intentando descubrir dónde se ha metido su buen juicio. Coloco la mano sobre las vendas que tiene en el torso, donde están las costillas rotas, y hago presión hacia abajo. Su cuerpo se estremece de forma involuntaria y vuelve a centrársele la mirada. Intenta apartarme la mano de un golpe, pero está demasiado colocado y débil.

—¿Dónde está ese almacén, Christian?

Se le demuda el rostro con gesto agonizante, y presiono con más fuerza.

—En Adlergestell —responde con mala cara.

—¿En qué parte de Adlergestell? Dime con qué calle.

—¡Dios, me duele mucho!

—Dímelo o te juro por el alma de mi madre que te mato en esta misma cama, Christian.

—Dorpfeldstrasse.

Sé que está muy inconsciente y que esta es toda la información que voy a obtener. Cuando levanto la mano, su rostro se relaja.

—Sofia la infiltrada debería andarse con cuidado —dice, bajo el efecto de la morfina y el dolor que todavía sienta—. En el almacén hacemos cosas malas.

—Buenas noches, Christian —me despido, y presiono el botón del gotero tres veces más.

17

El trayecto hasta Adlergestell con Dorpfeldstrasse dura un millón de años. Un tren, un bus, otro tren, un tranvía y, a lo largo de todo el recorrido, represento una obra breve mentalmente: ensayo el diálogo y lo que diré cuando encuentre a mi padre. No pienso en qué aspecto tendrá ni en cómo lo liberaré, ni en cómo escaparemos. No se puede tener un plan hasta que no conoces los hechos. Puesto que no conozco ninguna realidad, salvo una ubicación nada concreta, voy a centrarme en la pequeña obra que estoy ensayando para cuando esté todo solucionado. Porque, ¿a quién pretendo engañar?, este teatrillo inventado es, con seguridad, lo único que ocurrirá.

«En el almacén hacemos cosas malas.»

Me bajo en la parada de Adlershof. El barrio está lleno de restaurantes baratos y exuda una sospechosa atmósfera insípida. Un hombre más bien pálido con pantalones de chándal y un cigarrillo colgando de la comisura de los labios empuja un carrito de bebé. Un tío asiático con un delantal manchado de sangre está apoyado contra la pared bebiendo cerveza de una botella. Por detrás de una hilera de árboles y una valla cerrada con una cadena, oigo los ruidos y el traqueteo de un tren de cercanías. Su interior está iluminado con una luz amarilla, se ven las cabezas de los pasajeros dormidos apoyadas en las ventanillas, rebotan mientras se dirigen a sus hogares, situados en los pueblos más prósperos de las afueras de Berlín.

Un viejo flacucho de barba canosa, como un papá Noel demacrado, pasa junto a mí montado en bicicleta y va haciendo zigzag por la acera como si estuviera borracho. De la destartalada radio que lleva enganchada con cinta aislante al parachoques trasero, me llega el sonido de antigua música folclórica alemana: tubas y trombones, un grave tambor. Es la banda sonora de su particular desfile individual.

Aquí hay sobre todo pisos. No veo nada que pueda describirse como un almacén. Pero entonces lo veo. Un pequeño edificio de una sola planta con aspecto de gasolinera abandonada, oculto en lo más profundo de un aparcamiento vacío, un lugar en que nadie se fijaría a menos que estuviera buscándolo. Un letrero en la entrada anuncia de forma muy vaga servicios de reparación de coches y recambios usados justo encima de la puerta, pero es la única señalización sobre la función del local. Al principio paso caminando y lo dejo atrás, sin dejar de mirar a mi alrededor para ver si hay alguien. No hay nadie, al menos que yo vea.

Hay un taller anexo al edificio, y una valla de madera que me llega por encima de la cabeza que se extiende, al parecer, hasta la parte trasera de la propiedad. La valla colinda con la pared sin ventanas de un edificio de apartamentos a un lado y con un callejón flanqueado por pequeños árboles resecos al otro. Camino por el callejón, voy pisando cristales rotos, neumáticos viejos y basura, hasta que me doy cuenta de que la valla de madera llega hasta más allá de otro edificio, situado por detrás del taller de reparación de coches. Es una edificación mucho mayor, hecha de ladrillo y manchada de marrón oscuro por un siglo de contaminación y humo. Hay pequeñas ventanas arqueadas en la fachada del segundo piso, algunas clausuradas con tablones de madera.

Compruebo la resistencia de una de las ramas de un árbol, y me encaramo para mirar por encima de la valla. Ahí abajo veo piezas de coches desguazados ordenadas en pequeñas pilas, lunas por allí, puertas por allá. El edificio más antiguo da a un desguace con tres enormes puertas arqueadas cerradas por fuera con cadenas y candados. Si hay algo en este barrio que pueda parecer un almacén donde Christian y sus amigos cometen sus fechorías, tiene que ser aquí.

Desde la parte trasera, al igual que en la fachada, toda la edificación parece vacía. La oscuridad vespertina creciente me proporciona un buen escondite, y me doy impulso con las piernas para saltar la valla. Aterrizo sobre una docena más o menos de capós de coches amontonados en una pila ordenada. Fragmentos de cristal se rompen al pisarlos con las botas. Me quedo paralizada y espero en tensión a que el proverbial perro guardián del desguace sea algo más que proverbial, pero no aparece, solo se oye el ruido del tráfico y el de mi respiración.

Los candados y cadenas que cierran las enormes puertas arqueadas del almacén son resistentes y nuevos; artilugios pesados y relucientes ideados para no ser abiertos con facilidad. Pero son las puertas —con sus picaportes— lo que llaman mi atención: son de madera antigua y acero oxidado, el tipo de objeto por el que un banquero de Nueva York pagaría seis mil dólares para convertirlas en mesa de comedor.

Un par de segundos rebuscando por el patio es todo lo que me hace falta para encontrar lo que ando buscando: una barra de hierro de un metro de longitud. La meto por debajo de la cadena de la tercera puerta arqueada y la hago girar para que funcione a modo de torniquete, para tensar la cadena que bloquea los dos antiguos picaportes de acero. El metal es más resistente de lo que había imaginado, y tengo que emplearme a fondo con todas mis fuerzas, pero, tras varios minutos de forcejeo, veo que los picaportes empiezan a doblegarse hacia dentro y van acercándose entre sí. Mientras sigo retorciendo la barra, los brillantes tornillos de acero que habían permanecido hundidos en la madera durante un siglo o más empiezan a reaparecer, milímetro a milímetro. Puedo sentir hasta el último músculo de mi cuerpo, desde los antebrazos, hasta los del culo y los de los tobillos, tensándose por el esfuerzo. Los tornillos chirrían cada vez que hago girar la barra; entonces se oye un estallido final cuando el picaporte de la izquierda por fin cede bajo el peso de mi fuerza y sale disparado de la puerta.

Durante una milésima de segundo veo el destello de la sonrisa de Yael en el recuerdo, y siento su orgullo retransmitido como una señal de radio desde dondequiera que se encuentre en este momento: París o Tel Aviv o el infierno.

Abro la puerta de golpe solo unos centímetros y echo un vistazo al interior. Hay un viejo sofá estampado de cuadros dorados y marrones, una mesita de centro sobre unos neumáticos y tablones y cubierta con botellines de cerveza, y una mesa de cocina de formica justo al fondo, plagada de lo que parecen cajas de iPad todavía cerradas. El olor a marihuana, cigarrillos y cerveza sigue presente en la atmósfera cargada. Me cuelo en el interior y cierro la puerta al entrar.

Solo se ve una lucecita que se filtra a través de unas ventanas pequeñas y sucias, situadas en lo alto de la pared del fondo. Saco la linterna de mi llavero y apunto con el haz para echar un vistazo a mi alrededor. Recipientes de comida para llevar tirados por todas partes, coronados por colonias de cucarachas que salen huyendo. Hay cajas apiladas contra las paredes y llegan hasta el techo. En ellas se leen las marcas Johnnie Walker, Marlboro, Apple, Gucci. Dirijo el haz de luz hacia una puerta abierta que da a la habitación contigua y veo incluso más cajas, a montones. Sea cual sea su valor —ya sean productos auténticos o de imitación— no se cuenta por miles, sino por millones.

Avanzo con cautela pisando la basura del suelo, intentando hacerlo con el mayor sigilo posible, hasta que encuentro una escalera que conecta la planta baja tanto con el piso de arriba como con el sótano. Es una cuestión de probabilidades en realidad: ¿dónde tendrías a un prisionero, arriba o abajo? Empiezo a bajar la escalera y la linterna ilumina colillas de cigarrillo pisoteadas, envoltorios de comida y una ratonera que ha machacado a un ratón, del que solo queda el esqueleto. Hay una puerta de madera abierta al final de la escalera, y, más allá, más cajas apiladas.

Entro poco a poco, muy atenta a cualquier ruido. El techo es bajo en esta parte y lo recorren, de lado a lado, unas vigas de madera. En los huecos que quedan entre ellas, cables eléctricos pelados y un par de tuberías serpentean alrededor de todo el espacio.

Encuentro lo que ando buscando en el rincón más remoto de la sala más remota. Al principio supongo que se trata de un enorme frigorífico industrial, como esos que tienen en los restaurantes, en los que puedes entrar de pie, salvo que por fuera está hecho de recuadros metálicos sin pintar, oxidados y soldados entre sí. Una puerta, también metálica, está entreabierta y sujeta por una sola bisagra vieja que ocupa todo el lateral, y un par de cerrojos correderos y un tremendo cierre donde posiblemente hubiera un candado están atornillados al lado opuesto de la puerta. A juzgar por la forma y el tamaño de los cerrojos, fuera lo que fuese que hubiera en la sala debía quedarse allí. Me quedo quieta con la mano en la puerta y cambio de idea: no parece un frigorífico, sino una cámara de gas.

Abro la puerta con delicadeza, en cierta forma aferrándome a la idea de que mi padre estará dentro, esperando. Pero, obviamente, no está.

Las paredes y el techo están cubiertos por completo con viejos cojines de sofá atornillados. El ambiente es asfixiante. Asfixia de chillidos, asfixia de cualquier esperanza. Encuentro un interruptor fuera de la habitación y lo enciendo. Hay una bombilla en el interior de una rejilla colgada en el centro del techo. El lugar me pone enferma, pero me obligo a seguir con los ojos abiertos, a permanecer con la mente fría e imparcial. «Observa y deduce —me digo a mí misma—. Averigua lo que puedas.»

Hecho: dos anillas de metal —el acero opaco en la parte superior y más brillante en la base— están atornilladas al suelo de cemento, separadas aproximadamente por un metro de distancia entre sí. Deducción: el brillo de la base de las anillas sugiere que ha habido alguien encadenado a ellas, y que ha tirado de ellas sin parar y durante largo tiempo.

Hecho: el único espacio en las paredes que no está cubierto de cojines es la pequeña abertura para la ventilación cerca del techo, donde hay una tubería de PVC de pocos centímetros de diámetro que recorre toda la pared. Deducción: a pesar de la ventilación, el lugar es sofocante.

Hecho: hay un desagüe metálico en el centro del suelo de cemento con lo que al principio me parece una importante cantidad de óxido en los bordes. Tras analizarlo —rascando el óxido con la uña— veo que no es óxido, sino sangre. Deducción: el prisionero fue torturado y/o asesinado en esta habitación.

Estoy segura de que mi padre ha estado aquí. Todavía puedo olerlo, o creo que puedo. El olor está mezclado con miedo y sufrimiento, y juro por la vida de mi padre y por la memoria de mi madre que convertiré en cadáver a quienquiera que haya hecho esto.

Sin embargo, estoy demasiado involucrada en la historia, siento demasiadas emociones para seguir siendo objetiva. Me seco las lágrimas, salgo de la pequeña celda y empiezo a analizar con detenimiento la sala exterior. Recojo las pilas de papel que hay sobre uno de los montones de cajas y los leo detenidamente, voy leyendo y descartando, leyendo y descartando. Hay un albarán donde se detalla la entrega en camiones de unos bolsos, recibos de pizzas y cerveza, una revista de porno japonés, el manual de instrucciones de un microondas.

Pero en cuanto llego al final de la pila de papeles, veo las cajas que hay debajo. Están hechas de tosca madera de pino y tan nuevas que todavía se huele la savia. Escrito con una plantilla sobre la superficie de todas ellas dice:

Česká Zbrojovka Uherský Brod
CZ 805 Bren 5.45x39
Fabricado en la República Checa

Me estrujo el cerebro intentando averiguar por qué hay algo que me suena entre esa retahíla de palabras. Entonces caigo en la cuenta: el nombre del fabricante de la pistola de oro que encontré en la habitación de Paulus: FABRICADA EN LA REPÚBLICA CHECA, EDICIÓN LIMITADA, la número 64 de una serie de 100. También recuerdo la nota: una expresión de agradecimiento tras haber llegado a un acuerdo, firmada por BK. Boris o Bandar, o Buh-no-sé-qué.

Hay nueve cajas más con exactamente la misma etiqueta —Bren, es un modelo de ametralladora, ¿verdad? Y otras dos con la indicación Semtex—, al parecer también son productos de la República Checa. Después de pasarme la vida viendo documentos y etiquetas del gobierno sé perfectamente bien lo que es el Semtex. Es un explosivo plástico, y el primer recurso de los grupos de demolición, ejércitos y terroristas de todo el mundo. Además de los iPads, los bolsos de Gucci y los cartones de Marlboro, Paulus tiene oculto aquí un arsenal.

Por encima de mi cabeza, crujen los tablones de madera, y casi no me doy cuenta hasta que vuelven a crujir. Me quedo paralizada en el sitio, con el oído agudizado como si fuera un perro. Un paso. Luego otro. Aquí hay alguien.

Apago la linterna y miro a mi alrededor en busca de una salida, pero solo está la escalera. Sobre el suelo del piso de arriba, oigo las pisadas de alguien que intenta moverse con sigilo. Los pasos son lentos y cautelosos, dados por alguien que intenta recordar dónde están los tablones que crujen y dónde los que no.

Desde lo alto de la escalera, un hombre dice en inglés con fuerte acento alemán:

—Gwendolyn Bloom. Déjate ver, por favor.

Paulus no necesita ayuda para desplazarse por el sótano a oscuras. Conoce el lugar al dedillo y se mueve por el laberinto de basura y cajones con habilidad. Avanza hacia la única luz visible, el mortecino fulgor que irradia la bombilla encendida en la celda. La puerta de la celda está abierta de par en par e invita a entrar. «Acércate más —dice—. Aún más.»

El hombre parece tranquilo y relajado, lleva una elegante chaqueta de cuero sobre el brazo derecho, y la pistola todavía en la cartuchera bajo el izquierdo.

Se detiene más o menos a un metro de la entrada de la celda y deja la chaqueta con cuidado sobre los cajones de los rifles de asalto. Con los brazos en jarras, repite mi nombre. Hay que escuchar con atención su tono de voz para percibir la amenaza.

Hace una pausa para intentar oír dónde estoy, da dos pasos al frente y se sitúa a solo un par de centímetros de la entrada de la celda. Me pregunto si estará imaginando que ya me he ido o planteándose si en realidad he llegado a estar allí. Paulus se inclina hacia delante y asoma la cabeza por el interior de la celda. La luz de la bombilla se refleja sobre su cuero cabelludo de afeitado perfecto mientras él vuelve la cabeza para un lado y otro del espacio.

En ese preciso instante mis pies aterrizan con perfección milimétrica sobre su cintura, con lo que él sale disparado hacia delante, al interior de la celda. Se estampa contra el suelo, la pistola se le cae de la cartuchera y sale rebotando sobre el cemento hasta el rincón más alejado del espacio.

Me suelto de la tubería de cobre que he usado para balancearme y agarro la puerta. Él se arrastra en mi dirección, pero yo cierro de golpe y echo el cerrojo justo cuando el hombre lanza todo el peso de su cuerpo contra ella. Oigo un ruido, como el claxon de un coche en la distancia, y me doy cuenta de que es un grito de rabia, apenas audible a través de la capa de aislamiento de la celda, cuya única salida es la angosta salida de la ventilación de PVC.

Todavía tengo gruesas telas de araña pegadas a la ropa, la cara y las manos de haber estado escondida entre las vigas del techo. Me he quedado suspendida allí, en posición horizontal, con los tobillos sobre una tubería de cobre y sujetándome con las manos a otra tubería. Mientras Paulus iba bajando la escalera, logré subir sobre un viejo archivador y me metí como pude en el angosto espacio, preocupada por que las tuberías llegaran a ceder bajo mi peso, por que me fallaran las piernas o por que él me oyera respirar. Sin embargo, en cuanto entró en la sala y se acercó a la celda, me quedé callada y quieta como una estatua.

Acerco una maltrecha silla de madera a un lateral de la celda y me subo encima para situarme lo más cerca posible de la salida de ventilación de PVC.

Al principio todo está en silencio, luego oigo una risilla.

—¿Sabes lo que es un aviso amarillo? —pregunta en inglés—. Es lo que publica la Interpol cuando desaparece alguien. Como la adolescente estadounidense desaparecida Gwendolyn Bloom.

Lo ignoro. Solo es su teoría. Es imposible que lo sepa con certeza.

—¿Quién es esa? —pregunto con el alemán de acento ruso de Sofia.

—Entonces ¿no eres tú? Bueno, si la ves, dile a Gwendolyn que ahora es un aviso rojo. «Buscada para ser interrogada en relación con un asesinato», dice el aviso.

—¿Qué asesinato? —inquiere Sofia.

—El asesinato de Christian Leitzke. —Se queda callado. Oigo el clic de un encendedor y, transcurrido un segundo, me llega el olor al humo de tabaco a través de la salida de ventilación—. Lo siento, ¿no te habías enterado? Lo han encontrado asfixiado con una almohada en su cama de hospital hace una hora más o menos. Lo encontró un amigo mío y me llamó enseguida por teléfono.

Cierro los ojos. Pobre Christian. Pobre desafortunado y embelesado Christian. Siento que hayas tenido que ser tú. Ya no tiene sentido seguir fingiendo.

—¿Lo has hecho tú, Paulus? —pregunto en inglés. Es la primera vez que oigo mi auténtica voz desde que llegué a Berlín.

—Bueno, ¡estoy hablando con Gwendolyn Bloom!

—¿Por qué has matado a Christian, Paulus?

—De haberlo matado yo, lo habría hecho por contarte dónde está este edificio. Pero la policía piensa algo distinto. Enseñaron tu foto a una enfermera. Dijo que pesabas unos kilos menos y que llevabas el pelo distinto, pero que sin duda eras tú. Felicidades, por cierto.

—¿Por qué?

—Por haber perdido peso.

Está intentando picarme, hacer que cometa la estupidez de enfurecerme. Pero no lo permitiré. Ahora lo tengo, y todos mis movimientos deben estar calculados. Casi oigo el tictac del reloj sobre el tiempo que le queda a mi última oportunidad de que esto llegue a su conclusión, sí o no, vivo o muerto.

—¿Qué has hecho con él?

—¿Con Christian?

—Con el estadounidense.

Se hace el silencio mientras Paulus piensa.

—Es familiar tuyo, ¿verdad? Tenéis el mismo apellido.

—Sí —afirmo.

—¿Un tío? ¿Tu padre? Creo que es tu padre. ¿Quién busca venganza para un tío?

—No estoy buscando venganza. Quiero encontrarlo.

—¿Encontrarlo? —Paulus suelta una risilla—. Entonces me temo que hoy vas a recibir más malas noticias.

Cierro los ojos con fuerza y me muerdo la palma de la mano para evitar ponerme a gritar.

—Su final fue malo —prosigue Paulus—. *Schmuddelig*. ¿Cómo se dice en inglés?

«Espeluznante.» «Repulsivo.» «Asqueroso.» «Tortuoso.» «Horrible.»

—¿Cómo ocurrió? —pregunto con el rostro húmedo por las lágrimas.

—Me encargué yo personalmente. Con un cuchillo. Lo hice aquí. En esta habitación. En cuanto al cuerpo, lo llevamos en coche al este. A una ciénaga situada en la frontera con Polonia. Eso es todo.

Tengo que apoyarme contra la pared, me sujeto al borde de la celda para no caerme.

—Habló sobre ti, ¿sabes? Justo antes de que lo hiciera —grita Paulus, que sin duda está disfrutando del momento—. Estaba suplicando. «Por favor, no lo hagas —me dijo—. Tengo mujer e hijos», eso fue lo que dijo. Lo gritaba. Y lloraba como una nenaza.

Abro los ojos de golpe, y repito mentalmente las palabras que acaba de decir Paulus.

—¿Qué dijo exactamente? —pregunto a Paulus—. Las palabras exactas.

—Lo de siempre: «Por favor, no lo hagas», y esas cosas. Suplicaba —responde.

—¿Y después de eso? —pregunto.

—«Tengo mujer e hijos.»

Mujer. Hijos. Muerta. Plural.

—¿Estás seguro?

—*Genau* —responde Paulus—. Dijo exactamente eso. ¿Cómo iba a olvidarlo? Estaba siendo muy sincero, joder.

Me obligo a concentrarme en la superficie de textura acerada de la pared de la celda, me obligo a respirar más despacio. Paulus ha mentido. O puede que no. Debo conseguir que mi mente racional tire de este hilo y descubra hasta dónde lleva. Aunque también está jugando conmigo; está obligándome a seguir escuchando, a seguir hablando, a retenerme aquí hasta que aparezcan sus amigos.

Me inclino en dirección a la salida de ventilación para hablar.

—Ahora tengo que matarte, ¿verdad? ¿No es así como funciona esto?

Otra de sus risotadas autosuficientes.

—¿Con qué? Yo soy el que tiene la pistola, y, aunque tuvieras una, nos separan dos centímetros de acero. Además, tú no eres una asesina, *Mädchen*. Tienes tetas, pero no pelotas.

Pienso en las cajas de ametralladoras Bren. ¿Soy capaz siquiera de abrir una de esas cajas? ¿Las armas tendrán balas o se venderán por separado, como las pilas? De todas formas, no me importa nada de eso, porque ya he pensado en otra cosa.

—Está muy bien construida esta celda que tienes aquí, ¿eh? —comento—. Si clausuro esta tubería, ¿cuánto tiempo crees que te durará el oxígeno?

Se queda callado un instante, asimilando la idea de una posible asfixia, calculando el volumen de la celda, el ritmo de su respiración, dividiéndolo todo por el número de horas.

—Un día o dos como mínimo —contesta por fin.

—Verás, yo estaba pensando en un par de horas, pero, claro, como tú has dicho, no soy más que una *Mädchen* con tetas y las mates nos cuestan mucho —digo—. Por eso se me ha ocurrido añadir fuego a la mezcla. Edificio viejo, vigas grasientas y un montón de mierda que puede arder. ¿Te importaría pasarme el mechero a través de la ventilación?

—Mis amigos llegarán en cualquier momento.

—¿Tus amigos te quieren lo suficiente para rescatarte de un edificio en llamas, Paulus? —Recojo su chaqueta y empiezo a rebuscar en los bolsillos, saco una cartera y una espantosa navaja automática, y meto ambas en mis bolsillos. Luego encuentro un paquete de chicles, las llaves de un coche y, por último, justo lo que andaba buscando—. No te preocupes por el mechero. He encontrado unas cerillas.

Recojo un pedazo de papel del suelo, el albarán de un envío, y lo retuerzo hasta convertirlo en antorcha.

—*Auf wiedersehen*, Paulus —me despido, enciendo la punta del papel y lo meto por la tubería.

Un grito sordo, terrible y agudo, se oye a través de la tubería. Retiro la antorcha y la apago dándole pisotones contra el suelo.

—¿Qué has dicho?

—No era verdad —grita Paulus—. Cuando te he dicho que lo he matado. Está vivo. O debería de estarlo.

245

Me quedo inmóvil. Una sonrisa amplia y satisfecha aflora a mi rostro, y dejo caer la frente sobre el muro de la celda. Pero entonces caigo en que eso es justamente lo que él cree que yo quiero oír. ¿Qué otra alternativa le quedaba? Intento hablar con serenidad.

—¿Qué hicisteis con él?

—Usarlo como moneda de cambio —responde enseguida—. Lo entregamos para obtener armas y cosas así.

Me quedo mirando las cajas.

—¿Qué clase de armas? ¿Qué son esas otras cosas?

Se hace un breve silencio y luego:

—¿Por qué lo preguntas?

—Paulus, respóndeme o te quemo vivo.

—Ametralladoras Bren. Y un explosivo llamado Semtex.

Entonces lo entiendo. Todo. Absolutamente todo. Han vendido a mi padre a los checos a cambio de armas.

—Gracias, Paulus.

—¿Perdona? —me dice—. No te oigo.

Me pongo de puntillas y repito lo que acabo de decir más cerca de la salida de ventilación.

—Repítelo, por favor. Es que está costándome oírte. Habla directamente por la tubería.

Justo cuando me coloco frente a la salida de la ventilación, me pasa junto a la mejilla izquierda una explosión de calor y oigo el rugido de una fuerte corriente de aire. Caigo de la silla hacia atrás y me doy un golpe contra el suelo al caer de espaldas. El hedor a cordita y azufre de la pólvora se me ha metido en las narices.

Me llevo una mano temblorosa a la cara y descubro que la bala no me ha tocado. No me ha dado en el cerebro por unos milímetros. Me levanto como puedo y vuelvo a recoger la chaqueta de Paulus.

Un hilo de humo, como el de la punta de un cigarrillo encendido, todavía sale por el extremo de la tubería cuando vuelvo a subir a la silla. Paulus está insultándome en alemán, gritando que si

Fotze esto, que si *Schlampe* aquello. Seguramente se ha quedado sordo por haber disparado la pistola en un sitio tan pequeño y cerrado, así que no me molesto en despedirme mientras meto la chaqueta todo lo bien que puedo en la salida de ventilación.

Las torres de cristal de la Hauptbahnhof refulgen desde el interior y le dan más aspecto de radiografía de una estación que de una estación auténtica. El lugar es transparente salvo por su estructura metálica. Todo lo demás es de cristal, y veo a las personas circulando por dentro como si fueran las células del sistema sanguíneo. Al entrar estoy tranquila y me limito a caminar tan deprisa como los demás berlineses. «Observad, *Polizei*, qué pinta tan normal y corriente y de persona que no ha asesinado a nadie que tengo.» Dentro de la estación se percibe esa clase de anarquía relajada que solo debe existir en Alemania, todo el mundo se mueve con una prisa cortés y anodina. Imito a los demás lo mejor que puedo: me muevo rápido, pero sin impaciencia, no sonrío, aunque tampoco fulmino a nadie con la mirada.

Hay una cola ordenada delante de la ventanilla de los billetes: hay una mujer musulmana con un niño pequeño delante de mí, un chico de instituto con un grave problema de acné por detrás. Dos polis con ametralladoras bajo el brazo se pasean con parsimonia, mirando directamente a la cara a los presentes. Intento no apartar la mirada, pues creo que así parecería sospechosa, aunque al final no puedo evitarlo.

Con ochenta euros logro comprar un billete de ida en el siguiente tren con destino a Praga, que sale dentro de veinte minutos desde el andén número 14. En cuanto el tren salga, lo único que tendré que hacer es estar conmigo misma unas cuatro horas hasta que crucemos la frontera checa y estaré a salvo, o al menos más segura de lo que estoy aquí.

Pero para eso todavía faltan veinte minutos. Y, esta noche, Hauptbahnhof es tierra de polis. Están por todas partes. Hay tíos con cara de pocos amigos con sus trajes de asalto de color azul marino y ametralladoras y perros, así como tíos elegantes con sus trajes y sus placas colgando del cuello. Dudo mucho que una adolescente estadounidense buscada para ser interrogada por un asesinato haya puesto la ciudad en estado de sitio, pero tengo que aceptar que conocen mi nombre, y es casi seguro que ya habrán visto mi foto.

El retrete apesta, pero al menos aquí no me ve nadie. Me apoyo contra la puerta y registro la cartera de Paulus. Hay un condón, un carnet y un fajo de al menos mil euros.

Sé que voy a arrepentirme de haberlo dejado con vida. Yael me habría obligado a matarlo, sin duda. Me habría hecho quemar el almacén con él dentro sin darle más vueltas. Y yo quería hacerlo. Lo deseaba más de lo que he deseado nada en toda mi vida. Incluso iba a hacerlo. Pero Paulus no se equivocaba conmigo al menos en una cosa: no soy una asesina. No porque no pueda, no porque esa cosa que tengo dentro no me deje, sino porque es la única barrera que todavía no he derribado en mi camino hacia el abismo. Conservaré ese pequeño rincón de mi yo de diecisiete años, esa delgada porción de Gwendolyn Bloom, durante tanto tiempo como sea posible.

Pasados quince minutos, salgo del retrete y me dirijo hacia el andén número 14. Todo lo que he sacado de la chaqueta de Paulus, salvo por el dinero en efectivo y la navaja automática, acaba en una papelera que encuentro de camino.

La poli también está empleándose a fondo hasta en el último rincón del andén, y sus perros van olisqueando los equipajes. ¿Es posible que hayan identificado mi olor?

El silbido del tren se aproxima como un ángel que desciende del cielo, y yo retrocedo un poco hasta que el ángel hace sonar su silbato electrónico y se abren las puertas. Las cruzo dos segundos antes de que se cierren. Se oye el chirrido de los frenos, un nuevo silbato y el anuncio amortiguado de los altavoces. Entonces empezamos a movernos.

Encuentro un compartimento vacío en segunda clase y me siento junto a una de las ventanillas. El andén va quedándose sin personas, un poli sale corriendo hacia la escalera, hay un par de pasajeros que han llegado tarde y corren con los brazos en alto.

No va nadie más en mi compartimento, pero levanto una mano para ocultar mi sonrisa al tiempo que me recuesto en el asiento y pongo las botas sobre el que tengo enfrente. El andén se convierte en un túnel oscuro, que se convierte a su vez en un barrio urbano cubierto de maleza, que se convierte en las afueras y por último en el campo.

He huido.

PRAGA

18

Duermo durante un rato: es un sueño profundo con un dulce regusto a victoria. El revisor pasó a pedir los billetes un par de minutos después de salir de la estación de Berlín, pero nadie más me ha molestado desde entonces. Tras la victoria llega la recompensa. En este caso, un sueño. Es uno de esos sueños que sabes que lo son desde el principio, y acallas la voz que te dice que nada de eso es real, con la esperanza de que la ilusión continúe para siempre.

Voy en un tren exactamente igual a este, recorriendo una zona rural como esta. Los avisos de paradas se oyen por un altavoz de tono inalterable: Queensboro Plaza, avenida Treinta y nueve, avenida Treinta y seis. Es el tren N, mientras va dando trompicones y frenazos y traqueteos a través de una versión de Queens que en realidad es la Alemania rural. En la parada de Broadway con la calle Treinta y uno, Terrance se une a mí en mi pequeño compartimento.

—¿Este asiento está ocupado? —pregunta y señala el que tengo a mi lado. Lleva los mismos pantalones chinos y el jersey de cuello de cisne del día en que lo vi en la tienda de discos. Abro la boca para decir algo, para decirle que soy yo, Gwendolyn, pero no me salen las palabras.

Él no parece reconocerme y, al principio, eso me alarma, pero entonces entiendo el porqué. ¿Cómo iba a hacerlo? Ya no soy la chica que él conoció en Nueva York. Justo cuando regresa mi voz, él saca unos auriculares. Pero, como es un sueño, yo también oigo la música. Es una pieza lenta, triste y maravillosa de Miles Davis. Al principio solo se oye una trompeta y una batería tocada con escobillas, luego entra un piano discreto y armonioso hasta dejar paso al saxofón.

Después ya no estamos en el tren, sino del otro lado de las vitrinas cubiertas de vaho de ese bar del Waldorf Astoria, ese que yo solo he visto desde la acera. El saxofón entrega la melodía a la trompeta y se une a la armonía, como si entablaran una conversación entre ambos: cálida, civilizada, el saxofón le dice, asintiendo, a la trompeta: «Te entiendo, te entiendo».

Estamos sentados en un banquito acolchado, solos entre una multitud de personas adineradas. Es tarde. Estoy cansada. Me apoyo en él. Huele a colonia y a normalidad.

Se acerca un camarero, con pajarita, camisa blanca y chaleco.

—Dresde —dice el camarero, y despierto.

Estamos llegando a la estación de Dresde, y unas cuantas personas suben y bajan del tren. Los recién llegados echan un vistazo rápido a los compartimentos en busca de alguien callado o conversador o con quien valga la pena coquetear. Yo me echo hacia delante y me despatarro, en un intento de parecer lo más desagradable y poco atractiva posible, y casi funciona. Un chico delgado con el pelo castaño y grasiento recogido en una cola alta se detiene en mi puerta y se queda mirándome la cara antes de seguir caminando. Al parecer busca a alguien en concreto y no soy yo.

El tren toca el silbato y reemprende la marcha, las casas y los edificios cubiertos de grafitis de la parte mala de la ciudad de Dresde van pasando a toda prisa. Había oído que era un lugar maravilloso antes de la Segunda Guerra Mundial, como Florencia, solo que en Alemania. Una ciudad hermosa, medieval, irreemplazable. Sin embargo, unos meses antes de que terminara la guerra, los yanquis y los ingleses lo bombardearon todo, lo dejaron reducido a cenizas, y decenas de miles de soldados, trabajadores, madres y niños murieron quemados vivos. Lo leí en un libro de Kurt Vonnegut.

Saco el móvil y le envío un mensaje de texto a Terrance: «Voy en tren y me he dormido. He soñado contigo».

La respuesta llega en menos de veintisiete segundos.

«¿De veras? ¿De qué iba?»

«Tocaba Miles Davis —escribo—. Estábamos en el Waldorf. En el bar.»

El tiempo de espera de la respuesta ha sido más largo esta vez. En Nueva York es por la tarde. Me lo imagino sentado en clase, tecleando la respuesta con el móvil escondido bajo la mesa. «Pienso mucho en ti.»

Sonrío y parpadeo un par de veces. «Yo también pienso mucho en ti.»

«Me tienes aquí para lo que necesites.»

Por extraño que pueda parecer, le creo. Es una creencia absoluta, un axioma, el hecho de que, a pesar de que apenas lo conozco, lo dice en serio. A continuación, como si estuviera leyéndome el pensamiento, otro mensaje: «Puedo ir y estar contigo. Ayudarte. Cogeré un avión. Llegaré mañana».

Aunque estoy sola en el compartimento, me tapo la cara con una mano para que nadie pueda ver mi expresión, que es mía y solo mía, de agonía y gratitud al mismo tiempo.

«Gracias. Quizá pronto. No ahora.»

La verdad es que lo necesito aquí desesperadamente, pero sé lo que se me viene encima. Sé que lo que me espera será mucho más duro que lo que he vivido ya y que un chico refinado del Upper East Side no lo aguantaría ni un segundo. La ayuda que podría proporcionarme —su habilidad, sus recursos, su amabilidad— sería un despilfarro en esta situación.

Empiezo a teclear la respuesta, pero es demasiado larga y demasiado sincera. Es el tipo de cosa que solo debería decirse cara a cara. Así que lo borro. Qué mala suerte tengo, tener que partir a la guerra cuando lo único que quiero hacer es huir con este chico tan guapo y vivir felices comiendo perdices.

El tren deja atrás las afueras de Dresde, aumenta la velocidad y los edificios se convierten en un borrón. Ya estamos más cerca de la frontera. Llegaremos a Praga dentro de una hora. El revisor vuelve a pasar y oigo el clic de la perforadora de billetes mientras va pidiéndolos a los pasajeros que acaban de subir.

Cojo mi mochila y me dirijo al aseo, donde me limpio la cara del sudor seco de Berlín.

Alguien llama a la puerta del baño, con educación, aunque impaciencia.

—*Einen Moment* —digo.

Tocan otra vez, esta vez con más insistencia.

—*Einen Moment!*

Y otro golpe más, solo para cabrearme.

Abro la puerta de golpe y me encuentro al tío de la cola que se subió en Dresde. Lleva una barba de tres o cuatro días y una pequeña pistola en la mano.

—Atrás —me ordena en inglés.

Intento cerrarle la puerta en las narices, pero él vuelve a abrirla con un golpe de hombro.

—¡Ponte contra la pared, joder! —me susurra cogiéndome con una mano por la solapa de la chaqueta mientras me apunta con la pistola a la cara con la otra. Se mete como puede en el diminuto retrete y cierra la puerta de un puntapié al entrar.

El inglés no es su lengua materna, aunque no tiene acento alemán. Con todo, debo suponer que esto es un regalito de Paulus, lo que significa que el tío ha logrado liberarse de algún modo. No habrá sido muy difícil imaginar hacia dónde me dirigiría yo; le bastó con una llamada para que algún amigo suyo me encontrara en el tren de Dresde. Debí quemar a ese cabrón vivo, joder.

—Esto es lo que va a pasar —me informa el tío—. Pronto cruzaremos la frontera checa. En la primera parada, tú y yo bajaremos del tren. Lo haremos en silencio y sin armar ningún lío. ¿Queda claro? —Me toquetea con la mano izquierda por todo el cuerpo y me registra los bolsillos buscando armas a toda prisa. La navaja que le quité a Paulus... ¿Dónde está? En la mochila, que está junto al lavamanos.

Las luces del espejo empiezan a parpadear con el movimiento del tren, que está perdiendo velocidad. Siento que me inclino hacia la parte trasera del convoy y supongo que estamos ascendiendo por una pendiente. Mi nuevo amigo de la pistola cambia el peso del cuerpo para no perder el equilibrio.

—¿Cuánto te paga Paulus? —pregunto.

—¿Qué?

—¿Cuánto te paga Paulus? Podría darte más.

—¿Quién es Paulus?

Hago una tranquila evaluación de la situación e intento imaginar qué me aconsejaría Yael. Como me vi en tantas ocasiones durante mi entrenamiento, estoy en una posición de absoluta desventaja. Él tiene una pistola y yo no tengo nada.

Echo una mirada soslayada a mi mochila y asiento en su dirección.

—¿Te importa que saque algo de ahí?

—No.

—¿No porque no te importa o no porque no puedo sacarlo?

Entorna los ojos, confuso.

—No, no puedes.

—Necesito un tampón —digo en inglés y luego lo digo con acento alemán—. *Tahm-pohn.*

Cae en la cuenta de lo que es y pone cara de asco.

—Te esperas.

—Eso no funciona así. Lo necesito rápido. Ahora mismo. Si no, esto va a ser muy asqueroso para los dos.

Agarra la mochila y empieza a rebuscar en su interior.

—Fíjate que no sea uno de los usados.

Me mira parpadeando, confuso, revisando las fichas mentales que se haya hecho sobre el tema de las mujeres y los tampones. Entonces me tira la mochila y me pega el cañón de la pistola a la cara.

—Sácalo tú —me ordena—. Pero no intentes nada.

Levanto la mochila —pesa por la ropa, el neceser y todo lo que tengo— y dedico a mi captor una sonrisa sumisa para que se confíe. No dejamos de mirarnos, mi nuevo amigo y yo, mientras rebusco a tientas en la mochila hasta encontrar lo que buscaba, la navaja de Paulus.

—Gracias —digo.

Cuando alarga la mano para coger la mochila se la tiro con fuerza a la cara. La mano con la que sujeta la pistola se dirige de golpe hacia mí, pero yo agarro el arma y le retuerzo la muñeca al tiempo que le rompo el dedo que tiene en el gatillo doblándoselo hacia atrás. El grito de dolor es casi ensordecedor.

De alguna forma encuentra espacio para sacudir el puño izquierdo, que impacta en mi sien justo cuando voy a abrir la puerta. La pistola se me desliza de la mano y cae por un lado del váter. Lanzo cuchilladas con la navaja, pero él las esquiva con facilidad y me clava una rodilla en el estómago.

Consigo abrir la puerta, agarro la mochila como puedo y salgo dando tumbos al pasillo del tren, pero él está ahí mismo, pegado a mí como mi sombra. Vuelvo a pegarle una estocada con la navaja, pero él la esquiva y me agarra por detrás, me rodea por el cuello con un brazo mientras, con la otra mano, la del dedo del gatillo roto, me sujeta por la muñeca derecha. Me retuerce la mano para que la navaja quede apuntándome al pecho, e inicia la lenta tarea de acercarme el filo cada vez más y más. Me resisto sin pausa pero su brazo me tiene todavía sujeta con fuerza por el cuello y empieza a faltarme el oxígeno.

El tren traquetea y chirría al tomar una curva. En el exterior, veo las luces de un par de casas convertidas en un borrón al pasar. Volvemos a acelerar al entrar en lo que supongo que es una vía rápida.

La navaja está a solo un par de centímetros de mi pecho. Se me agotan el oxígeno y también las fuerzas. Con todo lo que me queda lanzo el codo izquierdo hacia atrás para clavárselo en el costado, en los riñones, y llevo el tacón de la bota hacia los dedos de sus pies. Él se contrae, y solo durante un cuarto de segundo afloja un poco la presión ejercida sobre mi mano y el cuello, el tiempo suficiente para que yo me zafe. Giro sobre mí misma y le clavo la suela de la bota en el estómago. El aire sale disparado de sus pulmones y se dobla sobre sí mismo.

Salgo disparada por el pasillo del tren hacia el vagón de cabecera y tiro con desesperación de la barra de la puerta, pero está atascada o yo tengo demasiado miedo para saber cómo se abre. Echo la vista atrás y veo a mi amigo acercándose hacia mí. Ha recuperado la pistola y está apuntándome con la mano izquierda estirada.

—Tira la navaja —me exige.

Miro hacia el arma inútil que tengo en la mano y oigo las palabras que me decía Yael en el entrenamiento: «Escapa del cuchillo y corre hacia la pistola».

En la pared que tengo al lado hay una trampilla metálica con las palabras FRENO DE EMERGENCIA escritas en checo, alemán e inglés. Abro la portezuela, agarro el mango rojo y tiro de él con todas mis fuerzas.

La potencia y la velocidad con la que actúa me impactan. La atmósfera se ensordece con un chirrido de acero clavándose en las vías cuando las ruedas se bloquean sobre estas, y todo parece doblarse hacia delante. Me quedo pegada a la puerta del vagón y veo el cuerpo del de la coleta abalanzándose hacia mí con la misma velocidad a la que el tren avanzaba hace solo unos segundos.

Impacta contra mí con la fuerza de un camión, y mi navaja se clava hasta el fondo en su pecho. El cuerpo del pistolero se desliza hasta el suelo, con su última emoción, profunda sorpresa, grabada en el rostro. A través de la ventanilla de la puerta que separa los vagones, veo una pareja de lo que supongo que son policías fronterizos checos corriendo hacia mí.

Doblo la resbaladiza hoja de la navaja, me la meto en el bolsillo y abro las puertas del tren. El gélido aire de la noche checa me golpea en la cara y me invita a adentrarme en la oscuridad.

Hay más de un metro de separación entre el vagón y el suelo, y aterrizo con fuerza sobre los arbustos. Luego salgo corriendo, dando tropiezos, colina abajo, hacia la ciudad que veo allí abajo. Doy un traspié al impactar contra un tronco podrido y me encuentro boca arriba, mirando al tren. Veo la silueta de un poli en la puerta apuntando el haz de su linterna hacia la colina cubierta de maleza. Entonces baja de un salto al suelo, coloca la linterna sobre una pistola con la que apunta hacia abajo y va moviendo hacia delante y hacia atrás entre la maleza. Aguanto la respiración y permanezco inmóvil mientras el haz de luz pasa justo por delante de mí. De pronto se apaga, y el poli vuelve a subir al tren. ¿Por qué no vienen a por mí? ¿El caso no pertenece a su jurisdicción? ¿Están esperando refuerzos? ¿Les da miedo la oscuridad? No tengo ni idea, pero aprovecharé cualquier oportunidad que surja porque estoy segura de que no pasará mucho tiempo hasta que todas las fuerzas policiales se me echen encima como un tsunami.

Me acuclillo junto a un garaje, estoy segura de que alguien me oirá jadear. Las manos, los brazos, todo el cuerpo me tiembla de forma incontrolable, se convulsiona, tengo una especie de ataque que está compuesto al menos de dos clases de miedo: miedo a la poli y miedo a que el asesinato que acabo de cometer no deje jamás de reproducirse en mi mente. La sangre que me cubre las manos y la ropa se ha puesto negra como la tinta, como la del pecho de Hamid. Cuando intento limpiármela no hace más que extenderse como la grasa. Qué fácil había sido todo, con qué facilidad había alargado la mano y había activado el freno de emergencia. La primera ley del movimiento de Newton había hecho el resto: un objeto en movimiento tiende a permanecer en movimiento. Mi lección de física del día.

En ese momento se detiene la convulsión de mis extremidades, y el vapor de las nubes que me ofuscan la mente se esfuma cuando la fría racionalidad sale a escena una vez más. Evaluar la situación, idear un plan, saltar a la acción.

Camino con el mayor sigilo posible por el borde de una colina, por donde asciendo junto a una hilera de pequeños garajes y patios. Sé por el olor que hay un río no muy lejos, me llega el tenue hedor a pescado y a musgo podrido. Desde aquí me parece una pequeña ciudad anodina y veo a través de las ventanas traseras de las ordenadas casitas a las ordenadas familias haciendo su vida en casa al final de la jornada. Una madre, un padre y una hija de unos seis años están cenando sentados a la mesa. Una mujer está viendo la tele en el sofá mientras el hombre sentado a su lado lee un libro con las gafas colocadas en la punta de la nariz. Un trío de adolescentes juega a videojuegos mientras la madre de uno de ellos revisa unas facturas en la habitación contigua. ¿Qué pensarían esas organizadas familias si supieran que una asesina, todavía cubierta con la sangre de su víctima, anda merodeando por allí, vigilándolos a través de las ventanas de sus casas?

La pendiente de la colina se aleja de las vías del tren y yo la sigo, y me mantengo alejada de la calle y del angosto callejón de tierra que recorre la parte trasera de los garajes. Debe de ser el camino que toman los adolescentes y los amantes secretos, y agradezco que sea oscuro y casi invisible.

No tardo mucho en encontrar lo que quería: una sucesión de cuatro casas a oscuras al final de una de las manzanas, cuyos ocupantes o bien no han llegado todavía o no están en la ciudad. Escojo la tercera y echo un vistazo por la ventana trasera en busca de alguna señal de vida. Hay una gata negra tumbada en el sofá, aristocrática como una reina, que se queda mirándome con cara de aburrimiento. Bosteza, se levanta y camina con gracilidad hacia una hilera de cuatro cuencos de comida colocados para ella en el suelo.

Cuatro cuencos. Podría significar que sus dueños están de viaje. Toco con delicadeza la puerta trasera por si acaso, mirando por la ventana para ver si alguien se mueve, pero todo permanece quieto salvo la gata.

Meto la punta de la navaja por el pequeño hueco entre la puerta y la cerradura, justo donde está el pestillo. Hago palanca y oigo cómo cruje la madera. Al tercer tirón el marco de la puerta se resquebraja con un ruido sordo.

Cierro la puerta al entrar, y la gata, ya con curiosidad, se acerca y describe un ocho al pasarme entre los tobillos. Le rasco la cabeza y echo un vistazo a mi alrededor. Además de los cuatro cuencos de comida, encuentro un recipiente de aluminio para el agua y una pila de correspondencia bajo el hueco de la puerta de entrada.

Al parecer hay dos chicos adolescentes que comparten habitación en el piso de arriba y duermen en literas. Hay fotos de revistas de coches y chicas en biquini y un póster de Jay Z pegados a las paredes. Su armario es un territorio de caza bien nutrido. Cojo una camiseta y unos vaqueros de entre las cosas del pequeño, además de un abrigo verde parecido a la casaca militar de mi madre, que me dejé en París al salir huyendo a toda prisa.

Ya dentro de un pequeño baño sin ventana enciendo la luz. La sangre que tengo en las manos, los antebrazos, el pecho y el vientre está secándose y convirtiéndose en una bonita pasta de color marrón mierda. Me desnudo, hago una pelota con mi ropa, salvo con las botas, y lo meto todo en una bolsa de basura. Me rasco bien la sangre del cuerpo con un montón de toallas para las manos. Las únicas que he encontrado son de esas bordadas con un pequeño reno y un muñeco de nieve, las que se reservan para los invitados de Navidad. Lamento estropear las toallas buenas para invitados de la familia.

En el armarito de debajo del lavamanos encuentro unas tijeras de barbero y me pongo manos a la obra con mi pelo, me lo corto a tajos, lo dejo de un centímetro de largo, tan corto que se me ve el cuero cabelludo. Es un buen disfraz primitivo; en cuanto me pongo la ropa robada, parezco un chico adolescente, al menos a un par de metros de distancia. Espero que baste para que la poli de las calles no se vuelva para verme mejor.

Recojo el pelo y limpio la sangre del lavamanos con el papel de váter y el líquido limpiador que hay en el armarito. Luego voy desandando el camino y voy limpiando todo lo que he tocado. Me convenzo a mí misma de que es para borrar las pruebas, pero es algo más que eso: no quiero que esta familia se sienta mancillada por mi visita. Forman parte de un mundo más limpio que yo, y la enfermedad que tengo podría ser contagiosa.

Camino hacia el norte de la pequeña ciudad, ya que supongo que la poli se centrará en las zonas situadas al sur, las más próximas a Praga. En un área de descanso para camiones ubicada a un par de kilómetros, un camionero polaco llamado Witold accede a llevarme a Praga por diez euros. Acordamos el precio en nuestro alemán elemental, el único idioma en común que encontramos. Se comporta con una educación extrema durante el viaje de una hora hasta la ciudad, culpable solo de haber estado cantando temas de Led Zeppelin y Aerosmith que sonaban en la radio. Pero incluso se disculpa por ello y me ofrece la mitad de su salchicha de hígado para compensarlo.

Witold me deja en la orilla oeste del río Moldava desde donde se ve un puente que dice que me conducirá al casco antiguo. «*Das Prag, das du dir vorgestellt hast*», dice. «La Praga que habrás visto en tu imaginación.» Me sonríe mientras me bajo del camión, me desea buena suerte y me pide que tenga cuidado. Es la primera persona normal que he conocido en meses, y desearía seguir con él hasta cualquier lugar al que se dirija.

Un trolebús empapelado de anuncios de Samsung pasa traqueteando por la zona, con las luces del interior parpadeando. Desde algún punto de la ciudad llega el timbre de barítono de un campanario, doce veces: son las doce. Medianoche en Praga, y el puente sigue lleno de parejas adolescentes, de algún modo, todavía enamoradas después de todo un mes. Un tío me ofrece maría o coca o heroína, lo que esté buscando. Hay otro tío tirado boca abajo en el suelo, con una gorra entre las manos alargadas, con un par de monedas dentro.

Hay una cafetería del otro lado y, a través de las ventanas, veo una cálida luz amarilla y los camareros de aspecto antiguo, con sus pajaritas y delantales largos sirviendo platos de comida humeante y alargadas jarras de cerveza a unos elegantes comensales. ¿De dónde habrán salido? ¿De la ópera? ¿De una obra de teatro? La idea de la comida es, atendiendo a mis circunstancias, una cuestión superflua. Aunque en cierto sentido tengo hambre, no tanto por disfrutar de una cena de pato y raviolis chinos sino por el calor y la deliciosa compañía de la buena gente. Durante un breve instante, pero muy breve, me planteo entrar, aunque no puedo correr el riesgo de ser vista. Por lo que sé, ya soy famosa, mi rostro ha aparecido en la televisión, buscada por asesinatos en dos países.

Las luces cegadoras de un coche patrulla me tapan la calle de enfrente durante unos segundos. Seguramente en su recorrido de costumbre, pero esta nueva yo debe evitar a cualquier poli, y así lo hago. Doblo por la esquina hacia una angosta calle secundaria donde me fundo con la oscuridad y retrocedo en el tiempo unos cientos de años. La calle es de adoquines de piedra, con estrechas rodadas paralelas dejadas por el paso de siglos de carros de caballos y, más adelante, antiguos automóviles, y cada uno de ellos se llevó consigo una parte del adoquinado. Mis pasos se oyen con eco al rebotar en los muros de los edificios medievales a ambos lados de la calle, ensordecidos solo por el ahogado motor de una vespa que pasa a toda velocidad.

La calle se bifurca en dos y yo tomo el camino de la izquierda para acabar dando la vuelta y regresando al mismo punto. Me decido entonces por la derecha, y la calle vuelve a bifurcarse una y otra vez. Es un trazado sin lógica, no es más que una compleja anarquía, como si la ciudad aflorase del suelo cual bosque, todo caos y belleza orgánica.

En ese momento tropiezo con una plaza y casi lanzo un suspiro ahogado al verla. Witold tenía muchísima razón. Aquí está, la

Praga que uno ve en su imaginación. Es un cuento de hadas con luces de color ámbar y piedra tan tersa por el paso del tiempo y por el roce de las manos de millones de incontables visitantes deseosos de tocar tanta belleza. Maldita suerte la mía de tener que verlo justo en la situación en que estoy. Siento celos de los montones de turistas que van pasando de terraza en terraza de las cafeterías, de las familias que posan para las fotos, incluso de los chicos que beben cerveza y piropean a las chicas.

De algún modo logro aislarme de la visión y centrarme en las prioridades prácticas, la primera de las cuales es dónde dormir esta noche. Un hotel y hostal quedan descartados si la policía me tiene fichada, y tengo que asumir que así es. Me mantendré atenta por si encuentro a otra Marina, pero no puedo contar con tener tanta suerte en dos ciudades seguidas.

Me alejo un poco de las multitudes dando un paseo y descubro una calle apartada, diminuta y curvilínea con un edificio a un lado y un muro de unos tres metros de alto al otro. No tengo ni idea de lo que hay detrás del muro. Puede que un parque o un patio. Algún lugar privado sin yonquis ni pirados. Echo un vistazo a mi alrededor y veo que estoy sola en la calle, me agarro a una farola antigua para los carruajes y me doy impulso hacia arriba. Desde lo alto del muro veo lo que parece un parque privado, como una versión en miniatura del Gramercy de Nueva York, aunque es difícil verlo bien en la oscuridad. A pesar de no saber qué tengo debajo, voy dejándome caer poco a poco e intento ser lo más sigilosa y cautelosa posible.

Toco algo duro con los pies, pero en cuanto dejo caer el peso del cuerpo sobre ello, se mueve. Lo toqueteo con la punta de las botas hasta que me quedo sin fuerza en las manos y caigo al suelo. Palpando el suelo a mi alrededor, a oscuras, noto fragmentos de piedra afilada que sobresalen de la tierra en extraños ángulos y están muy juntos entre sí, como una dentadura torcida.

Estoy en un cementerio.

Cierro los ojos, me obligo a no sentir este miedo de niña pequeña y vuelvo a abrirlos. Me digo a mí misma que no es más que otro lugar, y privado, por cierto. El lugar está plagado de lápidas, como la vegetación de algún jardín morbosamente fértil. Intento caminar entre ellas hasta un sendero despejado e iluminado por la luz de la luna. Ahora veo que las lápidas están casi todas escritas en hebreo, y las fechas son de hace cientos de años. El terreno está empinado y tan abarrotado de tumbas que el suelo está abultado por los cuerpos enterrados, que, sin duda, están amontonados en pilas de cinco, ocho y hasta doce, uno encima de otro.

Solo por un instante me planteo volver a escalar el muro. Pero la verdad es que no voy a encontrar ningún otro sitio tan acogedor esta noche, y tengo preocupaciones más reales que los fantasmas. Encuentro un lugar entre dos hileras de tumbas tan pegadas entre sí que tengo que tumbarme de lado. Las lápidas siguen calientes por el sol y su tacto es casi blando al apoyar el cuerpo contra ellas. «Eres bienvenida esta noche, viajera», parecen decir.

Me cierro bien la chaqueta y me pongo a dormir entre los muertos.

Paso la noche sin soñar y en silencio, como si fuera uno más de los cadáveres que yacen aquí. El suelo está blando y las tumbas me cobijan, lo que me permite dormir profundamente y de un tirón, mucho mejor de lo que he dormido desde que estaba en París.

Me despierto con la luz del sol y la punta de una pala golpeándome en la bota. Cuando se me aclara la vista veo que la pala está sujeta por un viejo con el pelo cano y un mono de trabajo de color azul. Me habla en lo que supongo que es checo y luego en un inglés parsimonioso.

—Aquí nada de borrachos, ¿vale? Vuelve por donde hayas venido.

—Solo necesitaba un lugar para dormir —digo poco a poco y le enseño las manos para que vea que no soy peligrosa—. Me han robado el dinero y el pasaporte. ¿Entiende? ¿Robar?

—¿Eres inglesa? ¿Estadounidense?

—Sí —contesto—. Quiero decir: no. Hablo inglés. Un poco. —No estoy segura de quién debo fingir ser.

Me mira con los ojos entornados la cabeza rapada y la ropa de chico adolescente.

—Eres una chica —afirma, más bien para sí mismo.

—No quiero hacer daño a nadie —digo.

—Si te han robado el dinero y el pasaporte puedo llamar a la policía para que te ayude.

—No —niego con demasiada rapidez, luego esbozo una sonrisa forzada—. No, gracias. Ya los llamaré yo. Más tarde.

Afloran las profundas arrugas alrededor de su boca: acaba de tomar una decisión mentalmente.

—¿Necesitas comida, a lo mejor?

—Estoy bien —respondo—. Gracias de todos modos.

—Algo de desayuno —insiste—. Luego, te vas.

Es el vigilante del lugar y tiene un pequeño piso sobre el museo contiguo al cementerio. Es sábado, según me dice, el sabbat, por eso hoy no habrá visitantes.

Me siento a una pequeña mesa mientras él prepara pan y queso sobre una tabla de madera. Hay una vieja tele cuadrada encima de la mesa, a mi lado; están dando las noticias matutinas. No entiendo qué dice el presentador, pero ponen unas imágenes del tren en que yo viajaba anoche y un grupo de policías con perros rastreando la colina por la que hui. «No te vuelvas ahora», digo mentalmente al vigilante. Ojalá espere hasta el parte meteorológico. La imagen deja paso a otra de dos hombres llevando una camilla con un cuerpo bajo un cobertor de plástico negro.

El vigilante sirve una bandeja con un grueso pedazo de queso naranja y un pan de centeno sobre la mesa. Se sienta, se embute una servilleta en el cuello del mono de trabajo y prepara un bocadillo.

—¿Sabes algo de eso? —pregunta, y ladea la cabeza hacia la tele—. Un asesinato, han matado a un tipo en un tren de Berlín.

—¿De veras? ¿Quién lo ha hecho?

—¿Quién ha hecho asesinato? —El vigilante se encoge de hombros—. Si saben, no lo dicho.

Relajo los hombros un instante por la sensación de alivio. A lo mejor es verdad que no lo saben. O a lo mejor se limitan a no decirlo. Sea como sea, de momento me he librado.

—Sobre pasaporte —dice el vigilante—, es más fácil que yo llame policía. Tú no checo.

Sonrío con cortesía.

—Es usted muy amable, pero no, gracias.

Las arrugas de sus ojos se marcan cuando mastica. ¿Es un gesto de sospecha o hay algo más? Entonces sonríe con timidez. Veo su dentadura mellada y amarillenta, dos de los dientes llevan funda de oro.

—¿Eres judía? —pregunta.

—Mis padres lo eran.

—Los judíos entienden a veces mejor sin policía —declara—. Para nosotros, mala historia.

—Me las arreglaré sola —asevero.

—En *Praha*, muchos delincuentes —me advierte el vigilante y usa lo que supongo que es la palabra checa para Praga—. Delincuentes pegan, roban, ¿sabes? —Hace gestos exagerados, como si quisiera abarcar el mundo entero—. Malo sobre todo para mujeres solas.

—Gracias por la advertencia.

—Conozco alguien. Hedvika. Ella está en *Praha* 10, *Vrsovice*. No lejos. Tiene sitio. A lo mejor da habitación. Solo poco dinero. ¿Tienes poco dinero?

—Sí.

El vigilante rebusca entre una pila de papeles hasta que encuentra un sobre roto y un lápiz.

—A lo mejor Hedvika bien para ti. No muchas preguntas. Para ella, no pasaporte, no problema.

Me parece que para el vigilante no es una novedad este mundo donde a veces se está mejor sin policía. Me entrega el papel con la dirección garabateada. Por su descripción, parece justo lo que necesito: una habitación en la casa de una anciana, barata y en los bajos fondos.

Cuando acabamos de desayunar, friego los platos, que es lo único que puedo ofrecerle a cambio de la comida y su amabilidad. Al despedirme del vigilante le estrecho la mano con firmeza.

—Gracias —digo.

Él asiente con gesto serio.

—Cuidado en *Praha*.

19

Compro un bono de transportes en un estanco, además de tres nuevas tarjetas SIM. Las indicaciones que me ha dado el vigilante son sencillas, y pronto me encuentro en un pequeño barrio con pequeños edificios, en el número 10 de Praga, antiguo pero bien conservado.

La mujer, Hedvika, es una anciana y tiene el cuerpo formado por esferas, como un muñeco de nieve. Ataviada con la bata que hace las veces de vestido y de camisón, me enseña el pequeño edificio de tres plantas que dirige como pensión. Es un lugar antiguo, pero con los suelos tan fregados que tienen un centímetro menos de grosor. Aquí, me explica la anciana en alemán —una buena *lingua franca* en esta parte de Europa— está la cocina. Todos pueden usar la nevera, pero el robo es motivo de expulsión. Aquí está la sala de estar, no se fuma, no se sube el volumen de la tele. Aquí está mi habitación, no se puede traer nadie a dormir, se paga por adelantado todos los lunes al mediodía. Llegamos a un acuerdo: dos mil quinientas coronas o cien euros a la semana, pagados en cualquiera de las monedas. Le pago la primera semana y ella me deja tranquila. Ni siquiera me pregunta el nombre.

En la habitación no hay ni mucho espacio ni muchos muebles. Es más bien una pequeña celda. Una cama individual, una silla de madera, una mesa de madera y una pequeña cómoda de tres cajones para la ropa. El baño está al final del pasillo, y tendré que compartirlo con hombres, ha dicho Hedvika, por eso siempre tengo que echar el pestillo y no dejar mi ropa interior por ahí tirada.

Chicos con aspecto de vietnamitas, sirios y latinoamericanos pasan a mi lado por el pasillo y me saludan entre dientes. Tal vez sean trabajadores sin papeles. Aunque resulta difícil saberlo. Son sencillamente personas que necesitan una habitación sin pasaporte y sin problemas.

Estoy agotada y quiero dormir, pero no puedo quedarme dormida. Tengo demasiadas cosas que hacer. Había llegado a la conclusión de que mi padre está en Praga, pero las pruebas son solo circunstanciales. Recabadas de fragmentos de conversación con Veronika y con Christian. De una nota dirigida a Paulus firmada por BK. Unas cajas con armas. Las declaraciones de un hombre que creía que iba a matarlo si no me decía lo que yo quería oír. Tras solo unos minutos de reflexión improductiva, la diminuta habitación empieza a parecerme claustrofóbica, y salgo a dar un paseo para pensar.

Un cielo con color de batalla encapota Praga y tiende un telón de acero entre la ciudad y el sol. Podría llover o tal vez el cielo nos caiga encima, es difícil decidir qué ocurrirá. Siento un hondo deseo en el alma por algo, aunque no sé muy bien por qué: un rayo de sol o un vaso de zumo de naranja o solo una condenada flor.

Llego a duras penas a un pequeño parque con unos columpios en un rincón. Hay una niña con vestido rosa colgando boca abajo de una barra de equilibrio mientras una mujer mayor, su abuela, tal vez, lee un libro sentada en un banco. Es la visión más alegre que puedo desear en este momento, así que me siento al borde de un muro no muy lejos de allí y observo.

La pequeña dice algo en checo, luego lo repite, más alto esta vez. Supongo que dice «Mírame». La abuela levanta la vista, sonríe y asiente en silencio, luego mira en mi dirección. Finge devolver la mirada al libro, pero yo sé que ha activado su radar de peligro. Transcurrido un minuto más se levanta, recoge a la niña y se ponen en marcha, volviéndose a mirarme mientras avanzan por la acera.

Una única gota, el aviso de la tormenta, cae en la rodilla de mis vaqueros sucios y se extiende en un círculo oscuro. Otra me cae en la coronilla y me baja por lo que me queda de pelo hasta el cuello. Cierro los ojos y me imagino en Tompkins Square Park y a Terrance la tarde previa al día en que todo se volvió una mierda.

Saco el móvil, instalo la nueva tarjeta SIM y marco su número. Se oye el zumbido de su teléfono marcando el tono de llamada que no hace más que enfatizar las horas y el océano que nos separan.

Habla en voz baja, como si estuviera en el fondo de un túnel.

—¿Diga?

—Soy yo —susurro.

El sonido estático de la distancia, de la señal viajando a través de las nubes de tormenta, a través del espacio, a través de los satélites y aterriza de nuevo.

—Yo también... Soy yo —dice.

—Sabemos quiénes somos —comento.

—Todavía. Hablar es peligroso.

—Pondré una SIM nueva cuando hayamos terminado.

—¿Has encontrado...? ¿Lo has conseguido?

—Todavía no. Pero estoy a punto. Bueno, al menos más cerca que antes.

—¿Puedo ayudar? —se ofrece.

—Sí —afirmo—. ¿Puedes chatear online pronto?

—¿Dentro de veinte minutos?

—Vale. Por el canal de siempre. Tor proxy.

—¿Por eso me has llamado?

—En parte.

—¿Y la otra parte?

Cierro los ojos, noto que las pestañas me arden, que me quedo sin respiración. Para mí supone un mundo que otro ser humano esté conmigo en este momento, escuchándome, aunque esté tan lejos como la Luna.

—Bueno... Para poder escuchar a alguien normal.

—¿Estás bien? —me pregunta.

—Sí —miento.

Conectando con los servidores de Tor:

Anonymousprox.altnet01.Rhymer (Japón)

CaravanServ.hamd08.SamizdatGambol (Serbia)

MacherKurland.glick04.Storytime (Canadá)

BigMacMcGarey.Alerform03.Gambol (Jordania)

¡Felicidades! ¡Se ha conectado al chat anónimo de Tor!

Accediendo a modo privado/seguro

Usuario Anónimo Roja está conectado

Usuario Anónimo Roja: Gracias por ayudarme

Usuario Anónimo Becado: No hay problema. Ha sido genial oír tu voz

Usuario Anónimo Roja: Necesito tus dotes de hacker total

Usuario Anónimo Becado: No soy tan bueno, pero lo intentaré

Usuario Anónimo Roja: No tengo gran cosa

Usuario Anónimo Roja: Un tío checo con las iniciales BK

Usuario Anónimo Roja: Envía armas y bombas a Alemania

Usuario Anónimo Becado: ¿¿Terroristas??

Usuario Anónimo Roja: No

Usuario Anónimo Roja: A lo mejor. No sé

Usuario Anónimo Roja: Traficantes de armas, creo

Usuario Anónimo Becado: ¿Qué más?

Usuario Anónimo Roja: Es todo

Usuario Anónimo Roja: lo que tengo

Usuario Anónimo Becado: ¿En serio?

Usuario Anónimo Roja: ¡¡SÍ!!

Usuario Anónimo Roja: También es frustrante para mí

Usuario Anónimo Becado: Dame cinco...

Usuario Anónimo Roja: ???

Usuario Anónimo Becado: ... minutos

Usuario Anónimo Roja: ¿Estás?

Usuario Anónimo Roja: ¿Estás?

Usuario Anónimo Roja: ¿ESTÁS?

Usuario Anónimo Becado: Un minuto
Usuario Anónimo Roja: Lo siento
Usuario Anónimo Roja: ?????????????
Usuario Anónimo Becado: ¡Esta mierda lleva tiempo!
Usuario Anónimo Becado: Esto es lo que tengo
Usuario Anónimo Becado: Un montón de gente con las iniciales BK
Usuario Anónimo Becado: Pero hay un criminal de los gordos que es checo
Usuario Anónimo Becado: Se llama Bohdan Kladive
Usuario Anónimo Becado: Perdón, Bohdan Kladivo, sin e final
Usuario Anónimo Roja: Me cago en la puta
Usuario Anónimo Roja: ¿estás seguro?
Usuario Anónimo Becado: Antecedentes policiales desde 1992
Usuario Anónimo Becado: Tráfico de armas
Usuario Anónimo Becado: y trata de blancas son los más graves
Usuario Anónimo Becado: Es un pez gordo
Usuario Anónimo Becado: Al nivel de Pablo Escobar
Usuario Anónimo Roja: ¿De veras? ¿Cómo lo sabes?
Usuario Anónimo Becado: Está todo en la base de datos de la IN-TERPOL
Usuario Anónimo Roja: Para cagarse
Usuario Anónimo Roja: ¿Cómo has entrado en la base de datos de la INTERPOL?
Usuario Anónimo Becado: ;)
Usuario Anónimo Becado: Es púbica
Usuario Anónimo Becado: pública, digo
Usuario Anónimo Becado: Solo hay que saber cómo buscarla
Usuario Anónimo Roja: Da igual, ¡¡¡eres eugenio!!!
Usuario Anónimo Roja: un genio, digo
Usuario Anónimo Becado: Gracias, pero no es nada
Usuario Anónimo Roja: ¿Dónde vive el tal Kladivo?
Usuario Anónimo Roja: ??
Usuario Anónimo Becado: Es superpeligroso
Usuario Anónimo Becado: No te lo digo, ¡joder
Usuario Anónimo Roja: Lo necesito
Usuario Anónimo Roja: Porfa
Usuario Anónimo Roja: Porfa, jodeeer
Usuario Anónimo Becado: No está su dirección

Usuario Anónimo Becado: Seguramente se muda mucho
  Usuario Anónimo Roja: ¿Qué ciudad?
  Usuario Anónimo Roja: Solo la ciudad
Usuario Anónimo Becado: Praha 1

Paso a un navegador normal no protegido y busco en Google «Bohdan Kladivo». Me lleva a una serie de artículos que aparecen en pantalla. «En *Praha*, muchos delincuentes.»

Las noticias en la prensa checa se centran en los trapicheos locales de Kladivo. Sus estafas en los casinos de Praga. Sus relaciones con jueces y agentes de policía y personajes poderosos del gobierno checo. Hay un titular sensacionalista de un periódico de prensa amarilla de Praga, y la traducción es como sigue: «Encontrado juez decapitado en Karlovy Vary». Es un artículo asqueroso, aderezado con fotos. Otro artículo especula sobre las hondas implicaciones de los trapicheos de los delincuentes callejeros de Praga y habla de un ratero que se negó a pagar el impuesto revolucionario a Kladivo y que acabó con la mano cortada por una sierra circular.

Cierro los ojos. La idea de que mi padre esté retenido por hombres como esos... Pero dejo de pensar en ello. «No lo pienses. Sigue en un estado productivo.»

Luego investigo más a fondo, voy más allá de los artículos en la prensa checa. Encuentro una noticia en *The New York Times* que relaciona a Kladivo con armas introducidas de contrabando en Sudán, Irak y Siria. En *The Guardian* encuentro un mapa donde se señalan las rutas que siguen los misteriosos vuelos de aviones de carga de Kladivo —de Rusia a Siria, de Siria a Moldavia y de Moldavia a China—, cuyo cargamento es desconocido.

Voy bajando la página para leer el artículo, este publicado por *Der Spiegel*. Afirma que la organización de Kladivo escoge a mujeres y niños a dedo en Europa del Este y Rusia durante espléndidas subastas, en las que las víctimas son vendidas a adinerados clientes de todo el mundo. *Fleischkurator*, lo llaman en el artículo. Marchante de cuerpos sería una traducción acertada. Marchante de carne sería otra.

Mi propio cuerpo se queda helado cuando llego a un artículo de *The Economist* de hace solo unos días en el que dice que Kladivo ya estaba cambiando la naturaleza del crimen organizado en Europa —creando nuevos canales de abastecimiento, innovando sistemas con antigüedad de décadas— tan solo un par de semanas después de la muerte de su antiguo jefe, el capo serbio del crimen Viktor Zoric.

Es el hombre que vi en la foto del portátil de mi padre. El hombre con el orificio de bala del tamaño de una moneda en la frente. «Cosas muy malas —fue la respuesta de mi padre cuando le pregunté qué había hecho Zoric—. Las peores.»

Voy de regreso a la pensión de Hedvika. Ahora que sé que estoy en la ciudad adecuada, y que busco al hombre adecuado, debo averiguar cómo y dónde encontrarlo. Me vienen a la memoria imágenes fugaces de rostros y fragmentos de conversaciones. Hedvika diciéndome que el alquiler se paga los lunes, en coronas o en euros, que ambas monedas le van bien. El vigilante hablándome mientras desayunaba y advirtiéndome sobre los delincuentes de *Praha*, que son malos sobre todo con las mujeres solas.

Cuando paso por delante de una tienda, un viejo se tambalea en la entrada y con su mano llena de manchas marrones alargada me pide algo con un hilillo de voz. Estoy a punto de volverme de golpe en la otra dirección para evitarlo, pero no lo hago. Mejor no tentar al karma, así que me rebusco en los bolsillos algo de calderilla, pero lo único que encuentro son trozos de papel, un cartón desplegable de cerillas y la baraja de cartas que me llevé de Nueva York. Meto la mano en el bolsillo de los vaqueros, encuentro un par de monedas y se las doy al anciano.

La baraja de cartas.

Me la saco del bolsillo y empiezo a barajarla.

La belleza de Praga 1 es lo que atrae a los turistas, y los turistas son los que atraen a los delincuentes. Eso se ve por todo el mundo, en cualquier lugar donde se congreguen los turistas gordos. Son un recurso natural, frutos silvestres esperando a ser recolectados.

Desde mi asiento sobre el borde de una fuente de piedra, veo casi toda la plaza del casco antiguo con sus chiringuitos de cerveza y sus puestos de souvenires demasiado caros y los grupitos de turistas yendo de aquí para allá, exclamando «¡Aaah!» y «¡Oooh!» y sonriendo de oreja a oreja para las fotos. También veo a los rateros y los timadores empleándose a fondo con ellos. Todos los sospechosos habituales están aquí, los estafadores son comunes a todas las culturas e idiomas —robar al devolver el cambio, colar moneda falsa, usar el truco de la cámara fotográfica que no funciona—, las cosas que he visto una y otra vez por todo el mundo. Aunque lo que no veo es el juego de los trileros con las tres cartas.

En cuanto a la poli, está por todas partes, pero, al parecer, ignoran a los timadores. Durante las tres horas que paso observando la plaza del casco antiguo, ni siquiera detienen a nadie. Veo a una turista disgustada hablando con un poli y él le entrega un folleto, que ella lanza al suelo, frustrada, antes de alejarse a toda prisa. Lo recojo y leo instrucciones en varios idiomas sobre cómo presentar una denuncia a la policía por internet.

Coloco mi caja entre dos tenderetes de cerveza y empiezo a barajar. Tres cartas dobladas por el centro para que sean más fáciles de levantar: la reina de corazones, la jota de picas y la jota de tréboles. Las muevo de sitio, paso la reina a la izquierda, a la derecha y al centro.

Lo que necesito y no tengo, no obstante, es un cebo, un compañero que finja estar jugando al juego y ganando. Y si mi víctima escoge la carta correcta, tendré que recurrir al clásico método usado por los timadores en solitario de todo el mundo: gritar que viene la poli, recoger todo y salir pitando.

Mis primeras víctimas no tardan en aparecer, tres jóvenes alemanes borrachos con camisetas del equipo de fútbol de Munich.

Se tambalean y tropiezan, cerveza en mano, mientras miran cómo muevo las cartas.

—¡Sigan a la dama! —grito—. *Folgen Sie der Dame!*

Se acercan, y uno de ellos se atreve a señalar con el dedo y tocar la carta situada más a la izquierda. Doy la vuelta a la carta y, mira tú por dónde, ¡la reina! Vuelvo a barajar, las desplazo de atrás hacia delante, sacudo y cambio las cartas de lugar. El chico toca la del centro. Vuelve a ganar.

—*Zeigen Sie mir Ihr Geld* —digo, mientras sigo barajando. «Enséñeme el dinero.» Saca un billete de veinte euros y gana por tercera vez. Deslizo un billete de veinte en su dirección por encima de la caja.

«Vámonos —le dicen sus amigos—, venga.» Pero el bicho de la codicia ya le ha picado, y el chico saca más dinero. «Doble o nada», le indico, y él accede. Levanto la reina, doy la vuelta a la jota de picas y vuelvo a barajar. Toca la carta de la derecha, y yo la vuelvo hacia arriba. Jota de picas.

Pone cuarenta euros sobre la caja, fastidiado por mi victoria pero enganchado y ansioso por demostrarse a sí mismo y a sus colegas que no es un perdedor. Saca dos billetes de veinte más mientras barajo. Aplasta con toda la mano la carta de la izquierda. Jota de tréboles. Qué mala suerte.

Una pareja estadounidense —con zapatillas blancas de deporte, gorras de béisbol, y el marido con camiseta de la NASCAR— se acerca a echar un vistazo. Cuando lo intentan, la mujer escoge la carta correcta. Los animo con un falso inglés macarrónico a hacer una apuesta.

—Ay, no sé —se lamenta la mujer como eludiendo la respuesta, con su acento nasal del Medio Oeste estadounidense, pronunciando las vocales como si estuvieran llenas de aire, delicadas como globos.

—Qué lástima —exclamo—. Me da a mí que esto se le da bien.

El hombre saca un billete de diez euros del bolsillo. Que se convertirá en uno de veinte tras su primera derrota y en uno de cincuenta tras la segunda. Se pone rojo como un tomate y exhala sonoramente como si acabara de darle una patada en el vientre. Los dos se van a toda velocidad, sacudiendo la cabeza.

Pasada una hora ya he ganado más de cien euros. Dos horas más y tengo trescientos cuarenta. Me pone enferma tener que timar así a los turistas, pero el dinero lo compensa con creces haciéndome sentir bien de nuevo.

Cuando me dirijo hacia la salida de la plaza, dos chicos con chándales marca Puma a juego se colocan a mi altura. Son jóvenes y bastante guapos, sobre todo el más alto, con un cuello de levantador de pesas que es tan ancho como su cabeza. Dice algo en checo, me sujeta del brazo justo por encima del codo y me da un buen apretón.

Lo miro con gesto perdido mientras él repite lo que ha dicho con un inglés bastante neutro.

—Desde el río hasta Narodni es nuestro, ¿lo entiendes? —Tiene el aire inconfundible de matón de instituto y me empuja contra la pared de una bonita iglesia antigua situada a la salida de la plaza—. ¿Cuánto has sacado hoy, niñato?

—No soy un niñato —respondo en inglés con el marcado acento ruso de Sofia—. Y eso no es asunto tuyo, gilipollas.

Me levanta la barbilla con un dedo y se queda mirándome a la cara.

—Joder, tío —dice—. Libor, mira esto. Es una chica.

El otro —Libor, obviamente— sonríe de oreja a oreja y le hace un comentario en checo.

—Me llamo Emil —se presenta el alto—. ¿Has oído hablar de mí?

—No.

—Esto, toda esta zona me pertenece. Pertenece a Emil. Así que te diré algo. Tú dame el dinero y aléjate de aquí, joder, ¿lo pillas?

—¿No quieres decir que pertenece a Bohdan Kladivo? —pregunto.

Ambos se miran.

—Si tratas con nosotros, estás tratando con él —afirma Libor mientras Emil me agarra por la chaqueta y empieza a registrarme los bolsillos.

Con una mano lo sujeto por la muñeca al tiempo que le bloqueo el brazo por el interior del hombro con la otra. Impacta contra el suelo con fuerza y de costado, y yo le retuerzo el brazo hasta colocárselo en la espalda, para inmovilizarlo. Libor empieza a gritar cuando clavo los dedos en el cabello engominado de Emil y le golpeo la frente contra los adoquines, solo una vez y no con demasiada fuerza. Lo único que pretendo es dejar las cosas claras.

Entonces Libor me sujeta y me aparta de un empujón. Emil se levanta de un salto, con un hilillo de sangre que le cae de la cabeza hasta la frente y le llega a la nariz. Va a meter la mano en la chaqueta del chándal, pero Libor levanta una mano y dice algo sobre la poli. Emil opta entonces por pegarme un puñetazo en el estómago.

20

Salimos de Praga 1 y nos dirigimos hacia el sur, siguiendo el curso del río, en el todoterreno BMW de Emil. Libor viaja junto a mí en el asiento trasero, clavándome una pequeña pistola sobre el costado con una mano, mientras con la otra me toca la espalda, el hombro, el culo y la pierna. Tomo el apunte mental de cortar la mano al baboso de Libor en algún momento futuro si sobrevivo a esto.

Si los artículos que afirmaban que las garras de Kladivo llegan a los niveles más profundos de la delincuencia callejera están en lo cierto, no me cabe duda de que, mil eslabones por encima de la cadena evolutiva a contar desde Emil y Libor, daré con él. Mi pequeño numerito de especialista no ha sido más que un intento de derribar la puerta que me lleve hasta Kladivo.

En el exterior todavía está Praga, aunque en una zona situada más a las afueras. Solo diez minutos después, tomamos un desvío y nos dirigimos hacia la entrada trasera de una estructura que destaca entre los edificios de planta única y las tiendas del barrio. Se trata de una mansión señorial con vistas al río, tres plantas de piedra gris con aspecto de tener más de cien años.

El lugar tiene ese intenso aire a época del Imperio austrohúngaro, y nos detenemos frente a una puerta sencilla que tal vez fuera la utilizada por el servicio. Emil y Libor me empujan a toda prisa para que suba la escalera hasta llegar a una cocina reluciente parecida a la de un restaurante.

Los camareros, ataviados con pajarita y chaleco, se niegan a reconocer nuestra presencia de forma exagerada, como si no hubiera nada que llamara la atención en la aparición de dos tíos con chándales de Puma y una mujer casi calva atravesando su cocina. Emil abre la puerta de golpe y me lleva a la habitación contigua.

Jamás he estado en un casino y solo los había visto en las pelis. Pero la impresión que tenía de que eran lugares ruidosos llenos de luces cegadoras y viejos con riñoneras horteras era del todo errónea. Este casino es más del estilo de James Bond: con candelabros de cristal, hombres con americana y corbata y mujeres con vestido de noche. No he visto ningún cartel que anunciara la presencia de este lugar en la entrada de la mansión, así que, al parecer, la gente —la gente adecuada— simplemente sabe de su existencia. Oigo risas, el traqueteo de las fichas al chocar entre sí, el roce de las cartas al ser barajadas, el clic imparable de la rueda de la ruleta.

Nos quedamos frente a la entrada un momento como extraños aguadores de la fiesta, soportando las miradas altivas de clientes que nos miran por encima del hombro desde sus asientos. Un hombre de torso prominente con el pelo negro y ralo se dirige hacia nosotros a toda velocidad. La combinación de su esmoquin con sus andares acelerados y cómicos lo hace parecer un pingüino con prisas. Con un resoplido nos envía a todos de regreso a la cocina.

Emil y él intercambian palabras dichas en voz muy alta en checo mientras el tipo nos acorrala en un pasillo y nos conduce hasta una puerta que lleva a una sala decididamente menos elegante. Aquí hay otras personas, cinco o seis tíos, variaciones de los tíos con chándal, que se pasean por ahí como si la habitación fuera su club privado. Están sentados en desgastados sofás de cuero y taburetes de barra de bar demasiado destartalados para mantenerse firmes sobre el suelo del casino.

El hombre con el esmoquin da vueltas en círculo alrededor de un viejo escritorio de madera con carpetas y ceniceros y tazas de café y se deja caer sobre una silla que gime bajo el peso de su cuerpo.

Emil y él discuten acaloradamente hablando muy rápido en checo. Parece ser que el hombre del esmoquin está furioso con Emil por haberme traído a este lugar mientras que el joven intenta justificarse. Los demás tíos presentes en la sala observan la escena con curiosidad, aunque manteniéndose al margen.

El jefe chasquea los dedos dos veces y me señala.

—Tu nombre —me ordena en inglés.

—Sofia —contesto.

—Yo soy Miroslav Beran, pero todos me llaman el Jefe. ¿Sabes por qué me llaman el Jefe, Sofia?

—¿Porque es el jefe?

—¡Eso es! —exclama con el falso entusiasmo de los que se saben poseedores del poder—. Dime algo, por favor. ¿De dónde eres? ¿De Armenia? ¿Eres gitana?

—Rusa.

—Mi joven colega aquí presente, Emil, dice que estabas dirigiendo una operación de juego en *Praha* 1 —me cuenta con hastío—. «*Sofistikovaný*» es la palabra que usamos para ese juego en checo. «Sofisticado.» Todos los juegos de *Praha* 1 son asunto de Emil. Es a lo que se dedica. ¿Lo entiendes?

—Sí —asiento.

—Por este delito y también por haber estampado su cabeza contra la calle, Emil cree que debería pegarte un tiro —dice Beran, el Jefe—. Emil debe presentarse ante mí antes de disparar a cualquiera, ¿sabes? Es una nueva norma que tenemos por lo que ocurrió la última vez, ¿verdad, Emil?

Emil dice algo para protestar, pero el Jefe levanta un dedo y Emil se calla.

La silla chirría cuando el Jefe se levanta y vuelve a rodear la mesa para dirigirse a mí con los brazos cruzados sobre el pecho.

—Somos hombres razonables, Sofia. Toleramos a los ladrones y a los rateros gitanos; todo el mundo debe ganarse la vida. Pero las operaciones de juego en *Praha* son competencia directa de nuestros intereses. ¿Sabes cuál es el castigo por dirigir un negocio que entra en competencia directa con el nuestro?

—No.

El Jefe se inclina para acercarse a mí, me toca la cara con delicadeza y me vuelve la cabeza como si estuviera valorando el aspecto de un perro de concurso.

—La primera vez, te despides de un dedo. Eso es en el caso de los hombres. Para las mujeres hay algo más. ¿Quieres más detalles?

Retiro la cara de golpe.

—No estaba jugando —replico—. Era un timo. Un truco.

—Emil dice que era un juego de cartas.

—Es un truco de trileros. Parece un juego de cartas, pero no lo es —aclaro—. No se puede ganar. No como yo lo juego.

El Jefe dice algo en checo, y uno de los tíos con chándal se levanta a duras penas para sacar una baraja de cartas de un cajón del escritorio.

—Enséñamelo —me ordena el Jefe.

Los presentes en la sala vuelven a prestar atención, y todos se echan hacia delante con curiosidad cuando yo saco la jota de tréboles, la jota de picas y la reina de corazones y las doblo un poco por la mitad. Pido al Jefe que se fije dónde está la reina y empiezo a mover las cartas sobre el borde de la mesa, poco a poco al principio, para que él pueda seguir con facilidad el movimiento de las cartas desde una posición a la siguiente. Paro y hago un gesto con la cabeza al Jefe.

—Está justo aquí, por supuesto —asevera el Jefe. Cuando vuelvo boca arriba la reina, él mira con sonrisa satisfecha a todos los presentes y se da un baño de risas. Me da una palmada en el hombro—. A lo mejor engañaste a Emil con esto, pero no a mí.

—Entonces apueste algo —lo reto.

—Disculpa, ¿repites eso?

—Que si está tan seguro, apueste algo.

Una mano pone un enorme fajo de euros enrollados con una goma y los coloca sobre el escritorio. Sigo la mano hasta el brazo y veo que es la de Emil.

—Apuesto contra la chica —dice Emil al Jefe—. Si gana, se larga con el dinero: tres mil euros. Si no gana, ella me pertenece.

El jefe sonríe.

—¿Qué quieres decir con eso de que ella te pertenece, Emil? ¿Que te la quedarás como mascota?

Oigo silbidos graves emitidos por los amigos de Emil. Los oigo susurrar emocionados a mis espaldas. El Jefe parece animado con la posibilidad de que eso ocurra y se queda mirando fijamente a los presentes para confirmar el consenso general.

Siento un miedo creciente, hasta la última célula racional de mi cuerpo está alerta, me ponen en tensión para que busque la salida de la sala, me gritan que salga, que salga, que me largue.

El Jefe asiente con la cabeza.

—De acuerdo —conviene, y los demás aplauden y silban con gravedad.

Pero se hace el silencio entre los hombres cuando levanto las cartas y empiezo a mezclarlas, envío la reina a la izquierda, luego a la derecha, la meto debajo de la jota de picas y coloco la jota en su lugar.

Emil está mirando como si tuviera rayos X en los ojos, así que acelero mis movimientos. «Esto no es un juego —me repito—. Es un timo.» Y sigo moviendo las cartas, dejo que la reina se vuelva boca arriba, como si hubiera ocurrido por accidente. Entonces vuelvo a cogerla, pero muy rápidamente la sustituyo por una jota. Acabo con una floritura, tirando las cartas sobre la mesa. La concentración en el gesto de Emil resulta evidente, y me analiza de cerca en busca de alguna pista. Pero yo estoy hecha de piedra y no expreso nada en absoluto.

«Esto es demasiado fácil —está pensando—. Me ha engañado.» Luego lo piensa mejor y cree que quizá no ha sido así y que es exactamente tan fácil como parece. Levanta la vista para mirar al

Jefe, pero Beran es un profesional del casino y permanece tan impertérrito como yo.

Emil alarga el dedo índice hacia la carta que tengo a la izquierda y luego lo desvía de pronto hacia la carta que está en el centro.

—¿Es esa tu respuesta? —pregunto.

Hace una pausa para exhalar con parsimonia, con todos los músculos de la cara en tensión.

—Sí —contesta.

La sala al completo lanza un suspiro ahogado —en realidad es bastante sonoro— cuando vuelvo la carta y es la jota de picas. Me sobresalto cuando Emil lanza las manos al aire, porque creo que está a punto de pegarme, pero se vuelve y suelta una larga retahíla de tacos que son recibidos con risas por el resto de los presentes.

Está señalándome y gritando con furia al Jefe en checo, intentando protestar, supongo, argumentando que yo lo he engañado o que no ha sido justo. Tiene razón, por supuesto, pero yo ya les he avisado de que los engañaría. Solo que, esta vez, el Jefe ha sido mi cebo, al mostrar a la concurrencia lo fácil que era el juego hasta que el auténtico timo se pone en marcha.

El Jefe lo mira.

—¿Es que no somos *cestný lidé*? ¿Hombres de honor y juego limpio? —grita, no solo a Emil, sino a todos los presentes en la sala.

Todos asienten con sumisión. El Jefe saca un cigarrillo de un paquete que tiene en el escritorio y lo enciende. Exhala el humo con gesto reflexivo.

—Coge tu dinero, Sofia. Has ganado y eres libre para irte.

Emil no para de caminar de un lado para otro, atravesándome con la mirada, con cara de odio. Dios sabe qué me habría hecho de haberme ganado. Dios sabe qué podría hacerme todavía.

Doy un paso hacia delante y recojo el fajo de dinero. Noto su peso en las manos y es una sensación maravillosa. No creo haber visto nunca tanto efectivo junto en el mismo sitio.

—¿Cuál es su parte habitual? —pregunto al Jefe.

—¿Mi parte?

—El dinero que se lleva por cada juego que se desarrolla en *Praha* 1?

—El treinta por ciento.

Saco novecientos euros del fajo y los pongo sobre la mesa.

—Quiero trabajar para usted —anuncio.

El Jefe enarca las cejas y oigo unas cuantas risillas entre los presentes.

—Como verás, somos todos hombres —dice.

—Acabo de conseguir que gane novecientos euros en menos de un minuto.

El Jefe inhala con fuerza y se le abren las aletas de la nariz. Se hace un largo silencio mientras lo piensa y mira a su alrededor, sopesando el ambiente. Luego sonríe como el típico al que le gusta llevar la contraria y se encoge de hombros.

—¿Y por qué no, joder?

A las nueve en punto de la mañana siguiente, el casino está cerrado a los clientes y solo pueden estar allí los empleados. Volverá a abrir por la tarde, pero, por el momento, el personal vestido con chándal está reunido en el bar, con las zapatillas de deporte subidas a los taburetes tapizados de carísimo cuero verde, dejando caer migas de su desayuno consistente en pan con queso y salami en la mullida moqueta. Dejan de hablar en cuanto entro y todos vuelven la cabeza para seguir mis pasos por la sala. Un chico delgado, que limpia una pistola desmontada con un cepillo metálico, enarca las cejas al verme y sacude la cabeza. Esto va a ser una auténtica mierda.

Beran, el Jefe —que durante el día lleva vaqueros y una camisa blanca de vestir desabotonada hasta el pecho— se sitúa delante de la barra y está bebiendo agua mineral de un botellín entre bocados de salchicha y col fermentada. Sonríe al verme, como si le sorprendiera que me haya presentado.

—Ven conmigo —me ordena Beran, y lo sigo por el pasillo hasta su despacho. Me señala una silla, me siento con pose remilgada, con la espalda recta y las manos cruzadas sobre el regazo.

Beran abre un armarito metálico situado al fondo de la sala y saca una bolsa de lavandería colgada de una percha.

—Voy a necesitar tu pasaporte —dice.

Lo saco para dárselo y lo pongo sobre el escritorio.

—¿Tomas drogas? —pregunta—. ¿Heroína, metanfetamina?

—Nada.

—¿De veras? ¿Ni siquiera un poco de marihuana de vez en cuando?

—Marihuana cuando era joven. Ahora ya no.

Pone la bolsa de lavandería sobre el escritorio.

—Desnúdate.

—¿Perdón?

—Desnúdate. Quítate la ropa.

En el fondo sabía que todo acabaría así. Estaba dispuesta a follarme a Christian, así que ¿por qué no a Beran, el Jefe? No se puede luchar con uñas y dientes para descender a los bajos fondos de Europa y salir virgen en el intento.

Dejo la chaqueta y la camisa en el suelo e intento no temblar. Los pantalones no tardan en llegar al mismo sitio. Beran levanta la vista y me mira con frialdad.

«No seas débil —me digo—. El fin justifica los medios.» Me llevo las manos a la espalda para desabrocharme el sujetador y estoy a punto de hacerlo.

—Con eso basta —me detiene Beran—. Estira los brazos.

Como un médico, me toma de las manos y las vuelve para inspeccionarlas de cerca, desde la muñeca hasta el hombro.

—Estás limpia —afirma con cierto tono de sorpresa—. Disculpa mi brusquedad, pero tenía que comprobar que no tenías marcas ni de jeringuillas ni de correas. No permito que los adictos trabajen para mí. Ni los soplones.

Me pasa la bolsa de lavandería con el colgador y retira el plástico que la cubre. Es una especie de uniforme: camisa blanca, chaleco marrón bordado, falda corta marrón y una pequeña pajarita del mismo color.

—Por favor —me pide—, póntelo.

Me tiemblan las manos mientras me pongo la ropa, aunque no tengo ni idea de para qué es este uniforme. No hay espejo, pero estoy segura de que tengo un aspecto ridículo.

—¿Es un uniforme de camarera, señor? —pregunto.

—Vas a ser crupier, Sofia. Aquí, en el casino. Te encargarás del blackjack. Póquer. Baccarat.

—Pero no conozco ninguno de esos juegos —protesto.

—Sabes contar, y te he visto manejar la baraja. Eso ya te sitúa por encima de casi todos los demás.

—Yo creía que podría trabajar con...

—¿Con los chicos? ¿Con Emil y Libor? —Niega con la cabeza—. Ni hablar. Supondría la rebelión. Las únicas mujeres de este lugar trabajan en el casino.

Me da la sensación de que ahora toca dar las gracias, así que le expreso mi gratitud por el trabajo, aunque no es para nada lo que había imaginado.

—No es nada —dice con calidez—. Solo contrato a personas de las calles con talento. Personas inteligentes que son, ¿cómo se dice en inglés? ¿Como niños sin padres?

Hago un ejercicio de memoria.

—¿Huérfanos?

—Huérfanos. Eso es —asiente el Jefe al tiempo que me abre la puerta del despacho—. Personas a las que nadie echará de menos.

Mi placa identificativa dice «Sofia», y el uniforme me queda demasiado ajustado, y está confeccionado así a propósito, según me han contado las otras chicas, para elevar el culo y los pechos y evitar de esa manera que nos escondamos fichas del casino en ropa más holgada.

Mi maestra, una compañera crupier llamada Rozsa, saca tres cartas: reina de diamantes, ocho de picas, siete de tréboles.

—Veinticinco —digo al instante, luego repito el número en ruso, en alemán y en checo, cuyos rudimentos va enseñándome Rozsa sobre la marcha. El idioma checo, al parecer, es bastante parecido al ruso y no tengo ningún problema en aprender conceptos básicos, como los números.

Rozsa es menuda, con la piel muy blanca y una melena corta tipo campana años veinte de color negro. Me recuerda a una versión de Campanilla con el pelo más negro y más dura. Saca tres cartas más: jota de corazones, as de picas y dos de diamantes.

—Veintitrés o trece —digo. El as puede ser un uno o un once, lo que resulte más conveniente.

Seguimos con la rutina del conteo durante un buen rato hasta que Rozsa se siente satisfecha.

—Has nacido para esto, Sofia —sentencia en un inglés muy claro y reúne las cartas con un elegante movimiento de muñeca—. Ahora, ¿qué hacemos con tu cara?

—¿Mi cara? —pregunto.

—Sí. Con ese pelo y lo de no llevar maquillaje, así pareces un chico con tetas. Ven.

Me lleva hasta el baño y vierte el contenido de su bolso sobre la pica.

—Mira —me indica y levanta una barra de pintalabios—. ¿Sabes qué es esto?

—Claro que sí —contesto.

—Entonces demuéstramelo.

Saco la tapa de la barra de labios y me los pinto. La verdad es que solo he usado maquillaje cinco o seis veces en toda mi vida. Lo odio, sobre todo el pintalabios; el olor y el sabor me dan repelús.

Rozsa chasquea la lengua y sacude la cabeza al tiempo que me quita la barra de las manos.

—*Ach!* —exclama—. Ya lo hago yo. Pon la cara así.

Imito su expresión y tenso los labios mientras Rozsa me unta esa cosa. Después del pintalabios llega la sombra de ojos, el lápiz de ojos y el colorete.

—¿Ya has conocido a los demás crupieres? —me pregunta Rozsa mientras me pinta.

Le digo que todavía no, y ella me habla de algunos detalles y me confirma lo que me había dicho Beran, que todos somos una especie de huérfanos, llegados a la deriva desde los rincones más oscuros y sombríos de Europa. Rozsa me enumera las que le gustan: Marie y Vika, las gitanas rumanas, son sus favoritas. Seguidas por Aida, la musulmana croata, y Gert, hija de radicales alemanes. En cuanto a Ivan, el anarquista ucraniano, dice que al principio parece callado, pero que es guay en cuanto lo conoces mejor. Por último, Rozsa me habla de sí misma: es húngara, habla nueve idiomas y está aprendiendo brujería. Enarco una ceja al escuchar esto último, y ella me cuenta que había soñado con mi llegada al casino y me dice que en su sueño vio una mujer de pelo corto cuyo nombre empezaba por ese y que llegaría un día de estos y que traería un regalo para todos ellos.

—¿Qué clase de regalo? —inquiero.

—En el sueño no salía —responde.

—¿Y cómo terminaba el sueño?

Al escucharlo, sonríe y sé que va a mentirme.

—No lo recuerdo —reconoce.

Estoy a punto de insistirle para que me cuente más sobre el sueño, pero entonces Rozsa me sujeta por los hombros y me vuelve hacia el espejo para que me vea. Está mirándome una cara que no había visto antes: los pómulos rosas por el colorete; los ojos grandes y despiertos gracias a la decena de cosas diferentes que Rozsa ha hecho con ellos; la boca carnosa y jugosa por el pintalabios. Parezco una premonición de mi yo adulto, una mujer unos cinco años mayor que yo. Mi nueva cara es solo bonita en teoría. Parezco justo en lo que estoy convirtiéndome: una mujer dura, más cruel que la niña que ha dejado atrás, que se esconde con cinismo tras una capa de maquillaje aplicada con habilidad.

—¿Te gusta? —pregunta Rozsa.

—No... No lo sé —admito.

—Esto es el... El... de una mujer —Sacude la mano en el aire, buscando con impaciencia la palabra justa en inglés—. *Verkleidung* —dice al final en alemán.

—Disfrazada —apunto.

—Sí, eso. Si a los hombres les gusta ver a sus mujeres guapas y felices, ellas se ponen un disfraz y fingen serlo. —Empieza a recoger el maquillaje y lo mete de nuevo en el bolsito—. Los hombres que dirigen esto exigen que siempre estemos guapas y felices. Tienes que andarte con ojo.

—Lo sé. Emil y los demás son peligrosos.

—Buf, esos no son nada —exclama al tiempo que se vuelve hacia mí—. A los que debes temer son a Beran y a los que mandan más que él.

Se me pone la piel de gallina. Debo retener esta información. Rozsa es simpática, pero también es lista, y este es su mundo mucho más que el mío.

—¿Beran no es el jefe? —pregunto con ingenuidad.

—Solo del casino y de los chicos que están en la calle. —Me pone las manos en los hombros y ladea la cabeza—. Ya sabes quién es el dueño del casino, ¿verdad?

Se me tensa todo el cuerpo. Por favor, Rozsa, deja que te lo oiga decir en voz alta. Niego con la cabeza.

—Su auténtico nombre es Demonio —afirma en tono neutro—. Pero se hace llamar Kladivo.

Incluso cuando Rozsa estaba pronunciando el nombre, lo que sentí en mi interior no fue miedo, sino orgullo. Había encontrado al Demonio y ahora había venido a buscarlo. Así que, confiada y con las manos relajadas, trabajo en mi primera mesa con los clientes del casino del Demonio.

Digo en voz alta cuál es el total de cartas en cuatro idiomas, y un ruso gordo, sin afeitar y que fuma un cigarrillo tras otro, gana al blackjack por tercera vez consecutiva. Llamo a los camareros y aparecen unos segundos después con un cubo plateado de hielo del que asoma el cuello de una botella de champán. Parece el mástil de un barco hundido.

Sin embargo, al final el ruso pierde. Como hacen todos. Algunos de los crupieres no expresan emoción alguna cuando recogen las apuestas de las mesas, pero Rozsa dice que va mejor para las propinas si esbozas una tímida sonrisa comprensiva. Así lo hago y me va bien.

Vuelvo a mi habitación en la pensión de Hedvika esa primera noche y las siguientes veinte con más dinero del que se me ocurre cómo gastar. Estoy ganando más de lo que ganaba mi padre trabajando para el gobierno. Empiezo a comer en cafeterías en lugar de llevarme comida comprada en la calle a la habitación. Me compro ropa nueva, mi propio maquillaje y un par de elegantes zapatos planos para el trabajo. Tengo que recordarme a mí misma todas las noches el no acostumbrarme a esta próspera novedad y no olvidar el auténtico motivo por el que estoy aquí.

He aceptado el trabajo en el casino solo para acercarme a los matones que tienen retenido a mi padre. Seguirles la pista no es difícil, porque no paran de entrar y salir del casino a todas horas. En solo un par de días empieza a correr el rumor de que soy lesbiana. Rozsa me informa de ello, ella dice que es por el pelo corto y también por el hecho de que diera una paliza a Emil. En cualquier caso, al parecer los chicos se han tomado lo de mi supuesto lesbianismo como una razón para intentarlo más a fondo conmigo y lo convierten en una carrera para ver quién se acuesta antes conmigo. Emil es quien lo intenta con más ganas, quizá, visto desde su lógica inescrutable basada en su escroto, es una forma de recuperar la dignidad entre sus colegas matones.

«¿Te gustaría venir conmigo algún día, nena, para que te enseñe mi piso superchulo? ¿Alguna vez has conducido un Porsche?»

Son todas las frases penosas para ligar que usaba el pobre y difunto Christian dichas con el inglés que han aprendido de las series televisivas estadounidenses sobre tíos duros. Me cuesta mucho no estallar cuando las oigo. Me limito a tragarme lo que opino y sonreír, preguntar sobre sus pisos y decirles que no, que nunca he conducido un Porsche. Tengo que mirar las copas de las que bebo y evitar a toda costa que dejen de mirarme a los ojos.

Entre las preguntas sobre sus fastuosos Porsche, cuelo algunas indiscretas sobre Kladivo. Pero todo lo que llego a saber es que el tipo es, en gran parte, un misterio y que está ocupado en algún otro sitio, que solo aparece por el casino, de vez en cuando y que se larga de allí enseguida.

Resulta difícil conservar la paciencia. Cada vez que miro a Beran el Jefe o a Emil o a Libor o a los otros veinte matones abriéndose paso por el casino, me pregunto si habrán puesto las manos encima a mi padre, si le habrán pegado un puñetazo o le habrán rajado la garganta, o habrán tirado palas de tierra sobre su cuerpo. Porque les haré lo mismo cuando llegue el momento.

El Demonio llamado Bohdan Kladivo llega un par de minutos antes de que se abran las puertas, en mi vigésimo segundo día en el casino. Los demás se dirigen a él llamándolo *Pan* Kladivo; el título de distinción, *Pan*, es una palabra que significa algo entre «señor» y «sire», y es muy formal.

Es bajo y de complexión delgada, su delgadez queda acentuada por un traje carísimo y muy ceñido de rayas. Lleva el pelo negro peinado hacia atrás, con la frente despejada, y le enmarca la cara afilada, lo que resalta sus finos rasgos de pájaro mientras sus ojos de mirada rápida analizan el mundo por encima de la montura plateada de sus gafas. El resto de los matones que he conocido rezuman fuerza; los temo por su musculatura y su mal carácter. Sin embargo, Bohdan Kladivo rezuma intelecto, y de forma inmediata lo temo por su mente y lo que parece una racionalidad quirúrgica. Estoy segura de que, para él, todos los problemas son un tumor y la única solución real es el cuchillo.

El Jefe se vuelve loco con la llegada de *Pan* Kladivo, señala un nuevo candelabro, el nuevo tapizado de fieltro de las mesas y la nueva chica que ha encontrado: yo. Sonrío con coquetería e inclino la cabeza como una pequeña reverencia en señal de respeto. Pero hay cosas más importantes que los candelabros y el fieltro y yo en la mente de Bohdan Kladivo porque no hace más que echarnos un vistazo mientras saca al Jefe de la sala del casino y lo conduce hasta la cocina.

—En alemán se dice que está *gestört* —dice Rozsa cuando la puerta batiente de la cocina se cierra por fin—. ¿Cómo se dice en inglés, por favor?

—Preocupado —contesto.

—Exacto —conviene ella—. Preocupado.

—¿Por qué? —pregunto.

—Todo el mundo tiene preocupaciones. —Rozsa se encoge de hombros y se aparta de mi lado—. Los monstruos también.

Permanezco de pie frente a mi mesa de blackjack vacía durante una hora. Las tardes son así los días laborables, y agradezco este momento de tregua. Sería difícil contar las cartas cuando estoy tan concentrada en todos los posibles temas que pueden estar discutiendo Kladivo y Beran, el Jefe en el despacho del casino. Quiero pruebas de que todavía tienen a mi padre, de que sigue vivo, aunque me conformaría con la más mínima evidencia de que es así.

—¿Estás disponible? —me pregunta en inglés alguien situado a mi lado.

Me vuelvo y veo a Bohdan Kladivo, con las manos estiradas por delante de él.

—Me refiero a tu mesa —sonríe—. ¿Tu mesa está disponible?

Me tiemblan los labios un instante, pero al final consigo decir:

—Por supuesto, *Pan* Kladivo.

Se sienta en el taburete central, saca una ficha de cinco mil euros del bolsillo y se la coloca delante.

Las cartas no están a su favor, un diez y un seis frente a mi once. Golpea la mesa con el dedo corazón, y yo saco otra carta, un cinco, lo que le da un veintiuno. Vuelvo mi segunda carta y saco otro siete, lo que me da dieciocho.

—Felicidades —digo, recojo las cartas y le entrego otra ficha de cinco mil euros.

—Eres Sofia Timurovna, ¿sí? ¿He dicho bien el patronímico?

Se refiere a mi apellido, que en ruso siempre es una variante del nombre del padre. En mi caso es Timur.

—Sí, así es —afirmo.

—*Pan* Beran dice que aquí brillas como una estrella. Que eres inteligente y excelente con las cartas. —Dobla su apuesta y la sube a diez mil—. ¿De qué parte de Rusia eres?

—De la ciudad de Armavir, en el sur —contesto mientras jugamos la mano—. Diecinueve. Vuelve a ganar.

Apila todas sus fichas, veinte mil euros en total. Saco una jota y un cuatro para él, una pareja de ochos para mí.

—Los rusos son un pueblo admirable —declara—. Disciplinado. Leal. Otra carta, por favor.

—Entonces puede que conozcamos a rusos diferentes —replico mientras le entrego un tres, lo que le da un total de diecisiete.

Se niega a recibir otra carta y yo saco para mí un cuatro, lo que suma veinte a mi favor.

—Gana la casa —anuncio. Al igual que haría con cualquier otro cliente, le retiro su pila de fichas por valor de veinte mil euros.

Bohdan Kladivo me mira durante una fracción de segundo. Luego se saca una ficha de mil euros del bolsillo y me la pasa deslizándola por el fieltro.

—Para ti —dice—. Eres la única en este lugar que se ha atrevido a hacer algo así.

—Hacer ¿el qué, *Pan* Kladivo? —pregunto.

—Dejarme perder.

La meto por la pequeña ranura que tengo para guardar las propinas como haría con cualquier otra y me limito a darle las gracias. También parece apreciar el gesto y me sostiene la mirada hasta que yo desvío la mía.

—Eres nueva en *Praha* —afirma—. ¿Ya tienes novio?

Se me revuelve el estómago.

—No salgo con nadie —respondo.

—Sí, eso es lo que dice *Pan* Beran. Se dice que eres lesbiana, pero yo creo que simplemente tienes la inteligencia de no salir con los hombres de este lugar. Pueden ser... Toscos.

—Simplemente soy una mujer que no sale con nadie.

—Entiéndeme, no estoy preguntándotelo por mí —me aclara—. Te lo pregunto por mi hijo, Roman. Creo que tu carácter podría ser una buena... Digamos que sería una buena influencia para él.

Inclino la cabeza y sonrío con la máxima cortesía posible.

—Lo siento, *Pan* Kladivo. Como ya he dicho, no salgo con nadie.

—Una decisión que debo respetar. —Suspira y saca una pequeña libreta del bolsillo de la americana—. No obstante, por si cambias de parecer, deja que te dé mi número de móvil.

Me pasa su información en un trozo de papel escrito con una pluma estilográfica. La punta de plata refleja la luz como la hoja de un escalpelo, y en el lateral de la pluma de color negro piano veo la inscripción: PARA PAPÁ, TE QUIERO, G.

21

Rozsa prepara un té que huele a regaliz negro y a suelo húmedo de verano. Lo bebo a sorbos y agradezco que esté caliente, aunque el sabor sea horrible. Ella me dice que es medicinal y que, por tanto, se supone que debe ser asqueroso.

Como pude logré llegar al final del turno, tras soportar un torbellino de cartas de juego y pilas de fichas de dinero vistas a través de un velo de humo de cigarrillos. Rozsa me encontró sentada en el suelo en la parada del tranvía a la salida del casino, y, según ella, tenía la cara blanca como un hombre muerto.

Por eso he tomado un té y algo de comer en su piso. No ha aceptado mis protestas cuando le he dicho que estaba bien y que prefería irme a casa. Incluso ha insistido en pagar un taxi para llegar a su piso, un armario apestoso sobre una cafetería bastante lejos del casino, en la orilla oeste del río.

Lo único de lo que soy capaz esta noche para seguir fingiendo que soy Sofia la Rusa es recordar pronunciar como ella las palabras y beber el té como ella lo haría. Siento muchísimas ganas de contárselo todo a Rozsa, de confesarle la verdad, de descargarme del lastre de mi propia historia. Pero lo que le digo en cambio es que me encuentro en este estado tan penoso por una migraña provocada por todo ese humo de cigarrillos. La verdad es que la cabeza me duele porque soy presa de un profundo pánico y estoy en shock, peor de lo que me he sentido en todo este tiempo desde que se llevaron a mi padre.

Ahí estaba, la pluma. La prueba que había estado buscando. ¿Y ahora qué? ¿Qué debo hacer? Lo que necesito es que Yael, la diosa guerrera ninja rompehuesos, me lo diga, pero a la única que tengo es a Rozsa, la duendecilla húngara que se cree bruja.

—Ese sabor que notas es anís y algo más, en húngaro se llama *edes gomba* —comenta Rozsa sobre el té—. No es medicina para el cuerpo, sino para la parte que no se ve.

—El alma —apunto.

—El alma. Exacto.

Cojo un poco del pato asado que ha traído de la cafetería de abajo, pero ahora mismo no me apetece comer cadáveres.

Rozsa se emplea a fondo para acogerme al igual que lo hizo Lili en Nueva York, ahuecando los cojines para colocarlos formando un pequeño nido a mi alrededor y remetiéndome las mantas por encima de los hombros. Esto se les da bien a las húngaras.

—Eres una clase de gata rara —dice Rozsa al tiempo que se acomoda en el sofá a mi lado con su taza de té—. Un minuto estás tranquila y en silencio, y al siguiente, es como si estuviera quemándosete la cola.

—Es que se me está quemando —digo entre dientes mientras tomo un sorbo de té.

—¿Sabes?, la otra noche estaba pensando en ti y no pude dormir. Así que me levanté y te eché las cartas del tarot.

—¿Las cartas del tarot?

—Sí. ¿Crees en eso, Sofia?

No he creído en Dios desde que era niña, y por consiguiente no creo ni en las cartas del tarot ni en la güija ni en el ratoncito Pérez.

—En realidad no me van mucho esas cosas —confieso.

—No hace falta creer en la gravedad para caer de bruces —me advierte sonriendo—. ¿Quieres saber lo que me dijeron?

—Claro —contesto para no disgustarla—. Adelante.

Se inclina hacia delante sentada en el sofá y junta las yemas de sus diminutos dedos.

—La primera carta que saqué, que habla de tu pasado, fue el seis de copas. Simboliza la infancia, la inocencia. Pero todo eso ha desaparecido, está en el pasado. La segunda carta, que se refiere a tu presente, es el loco.

Consigo soltar una risita y bebo otro sorbo del asqueroso té.

—No te confundas, el loco no es idiota —me aclara Rozsa—. El loco es inteligente, astuto.

—¿Y la tercera carta? —pregunto.

Rozsa se echa ligeramente hacia atrás.

—La carta de la muerte —responde—. Pero cuando la saqué estaba boca abajo.

Estaba claro que tenía que ser esa.

—¿Y eso significa...?

Rozsa se encoge de hombros.

—No estoy muy segura. Soy nueva en esto. Pero la vieja de mi pueblo dice que la carta de la muerte boca abajo no siempre simboliza la muerte.

—¿Y entonces?

—No está claro. —Se echa hacia delante y me aprieta las rodillas con ambas manos—. Tal vez la muerte de otra persona. Aunque también puede significar un cambio. El final de algo.

Cierro los ojos con fuerza y me presiono la frente con la palma de la mano. Empiezo a sentir sueño y la sensación de calidez que me dan la manta y los sedantes empieza a extenderse desde el estómago al resto del cuerpo. Es por el té, de anís y *edes gomba*, sea lo que sea eso.

—Como ya te he dicho, no creo en esas cosas —insisto.

—Ya lo sé —dice Rozsa—. Pero yo sí.

Me tumbo en el sofá, en el nido de cojines y mantas. La habitación empieza a dar vueltas, luego para y vuelve a girar. Rozsa se tumba a mi lado y presiona su cuerpo contra el mío, me rodea con un brazo para evitar que me caiga de la Tierra mientras esta gira y gira sin parar.

De pronto estoy en un baile en una elegante casa, con un vestido de noche verde y una máscara blanca. Es un sueño, obviamente, pero lo veo con la claridad de una película. El fuego arde en una chimenea y proyecta un fulgor naranja en el rostro de los hombres —son todos hombres— reunidos en la sala. Yo llevo una bandeja con seis copas de oro que parecen antiguos cálices de una iglesia. Voy pasándoselas una a una, a Kladivo, a Emil, a Beran y a otros tres cuyos rostros no veo. Cuando todos se han ido, coloco la bandeja sobre una mesa, sobre la que hay un espejo con marco de oro. Me quito la máscara y no veo mi cara, sino una calavera.

Dejo pasar una semana antes de hacer la llamada para que no parezca que tengo demasiada prisa o que estoy impaciente. Bohdan sugiere que cenemos los tres: él, su hijo, Roman, y Sofia.

Nos reunimos en un restaurante junto al castillo Hradcany, la sede del gobierno checo. Los manteles son blancos, las paredes están forradas de terciopelo violeta y la vela arde con un fulgor dorado. Rozsa me ha prestado un vestido negro sin mangas para la velada. Para ella es corto y para mí, aún más, lo que es mucho más conveniente para mis planes. Bohdan sonríe y me mira cuando Roman y él me ven en el recibidor del restaurante.

Está claro que el hijo ha heredado la estética impoluta de su padre, pero no su apariencia. Roman es alto e incluso a pesar del elegante traje, veo que está musculado. Lleva el pelo rubio ceniza peinado con la raya en medio y tiene el aire confiado de un bróker de Wall Street de pura cepa. Sin embargo, cuando me levanto del sofá de terciopelo para ir a saludarlos —con un beso en la mejilla a cada uno—, el hijo echa una mirada al padre, y entonces sé que esto es una encerrona para una cita a ciegas.

Este es, según me dice Bohdan Kladivo una vez que estamos sentados, el mejor restaurante de toda Praga, quizá de todo el país. No puedo saber si es cierto o no, pues soy incapaz de notar ninguno de los sabores del foie-gras ni de la codorniz asada ni de los espárragos con delicada salsa de nata que el camarero describe, todo con un toquecito de enebro. Los hombres beben vino —un Château de no-sé-qué del 82— y me ofrecen una copa. «No, gracias», dice Sofia, porque prefiere el agua mineral.

Me ha quedado claro desde un principio que estos son gángsteres distintos a la clase de delincuentes que son Emil e incluso Miroslav Beran. Son gángsteres que saben leer la carta de vinos, que saben qué tenedor se usa para la ensalada y cuál para la carne. Con todo, no puedo evitar mirarles las manos mientras disfrutan de su cena de negocios y van pinchando sus tenedores y sujetando con fuerza el tallo de sus copas de vino. Las manos de Bohdan Kladivo son finas y delicadas con largos dedos. Tiene manos de pianista. Las de su hijo son enormes y parecen zarpas: tiene unos dedos gruesos ideales para estrangular.

—¿Y tus padres siguen en Rusia, Sofia? —pregunta Bohdan.

Sonrío con tristeza.

—Mi madre murió cuando yo tenía siete años. Y mi padre, cuando tenía catorce.

—Una tragedia —afirma—. La familia es importante. Podría decirse que es indispensable. Tal vez un día, Dios te bendiga con una familia propia.

—Tal vez —contesto con una sonrisa.

Fuerzo un poco los límites sobre la identidad de Sofia y voy flirteando discretamente con ambos hombres, pero, sobre todo, con Roman. Bohdan parece encantado conmigo, pero con su hijo me costará más. Me invento anécdotas sobre la pequeña ciudad de la chica, Armavir. Hablo de su amor por los libros y el aprendizaje. Hablo sobre su capacidad de superar las adversidades y hacer fortuna en Europa, carrera que culmina aquí, esta noche. Les digo que es un honor estar cenando con ambos. Luego propongo un nuevo brindis con timidez, este a la salud de ambos.

—¿Has ido a la universidad, Sofia? —inquiere Bohdan.

—Por desgracia, no.

Bohdan agita una mano para quitarle importancia.

—Entonces, como yo. Tú y yo, nuestra universidad ha sido el mundo real. —Hace un gesto hacia Roman—. Roman, no obstante... Fue a Yale. «Lo llaman la Ivy League», las cinco universidades más prestigiosas de Estados Unidos. Incluso perteneció al equipo de remo.

—Tienes suerte de haber ido allí —le comento a Roman.

—Tiene suerte de tener un padre que se lo haya pagado. —Bohdan sonríe de oreja a oreja—. ¿No es así, Roman?

Roman vuelve a llenarse la copa de vino.

—Mucha suerte.

—Ahora el rey paga los coches extranjeros del príncipe y todas sus fiestas con sus, por así decirlo, amigos íntimos.

Ambos hombres intercambian una mirada severa, lo que hace restallar un relámpago cuya potencia debo amainar.

—Bueno, ¿te gusta la música, Roman? —pregunto para relajar la tensión.

Una sonrisa de alivio. La primera de esa clase que he conseguido arrancarle.

—Sí que me gusta —contesta.

—El jazz —interviene Bohdan—. Es la única música que gusta tanto al rey como al príncipe. ¿Qué opinas del jazz, Sofia?

—Oh, me gusta muchísimo. —Inspiro y contengo la respiración un segundo—. A mi padre... A mi padre también le gustaba.

A Bohdan se le ilumina la mirada.

—¿Sabías que *Praha* era la capital del jazz de Europa del Este? Es cierto. Todo se tocaba en la clandestinidad, claro. A los comunistas no les gustaba. La consideraban una música peligrosa, digamos, decadente.

Aparecen los camareros asistentes y recogen los platos mientras el jefe de camareros trae la carta de postres. Pero Bohdan lo despide con un gesto de la mano y se enciende un puro. El humo asciende a su alrededor y lo envuelve en una nube de color azul.

Me mira a través de él, como si estuviera planteándose algunas preguntas que no debería formular, y llegando a la conclusión de que eso puede esperar. Luego se mira el reloj y enarca una ceja.

—Roman, hay un concierto que empieza dentro de poco en el Stará Paní. Deberías llevar a Sofia.

Percibo que a Roman se le tensan los músculos del cuello.

—Tal vez Sofia tenga que ir a algún sitio. A lo mejor tiene que trabajar mañana.

—Tonterías. Está con el hijo del jefe —lo corta Bohdan—. Además, no se puede despreciar una cita con una mujer rusa. ¿No es eso cierto, Sofia Timurovna?

—Es cierto, *Pan* Kladivo.

Nos vamos poco después, Bohdan desaparece en el asiento trasero de un Mercedes mientras un guardaespaldas le abre la puerta. Luego el aparcacoches trae el vehículo de Roman, un Audi, reluciente, negro como el azabache y elegante. Me coloco en el asiento del acompañante y él se pone al volante.

—Escucha, si no quieres salir, lo entiendo —comento.

—No pasa nada —dice y pone el coche en marcha—. Solo que esta noche no esperaba estar haciendo esto. Mi padre... Quiere que me reforme.

—¿En qué sentido?

—Quién sabe.

Cruzamos el río y recorremos las antiguas calles de Praga 1, y pasamos por muy poco por los angostos callejones hasta que aparcamos en la plaza del casco antiguo, donde hace solo un par de semanas yo estaba timando a los turistas. Stará Paní se oye desde la calle: un saxofón acelerado y el riff de una batería.

El club se encuentra al final de una escalera de acero. Es un lugar elegante, con aire de antiguo bar clandestino, con un escenario en un extremo y lamparitas en todas las mesas que iluminan los rostros de los elegantes clientes. La banda también es imponente: un cuarteto de saxo, piano y percusiones.

Nos acomodamos en el sofá de una reducida zona vip situada en el lateral. Aparece una camarera, saluda a Roman por su nombre y me mira. Roman se pide una cerveza y a mí, un agua.

El concierto continúa, pero Roman no está escuchando. Está pendiente del móvil, enviando mensajes y mirando a su alrededor con impaciencia. Está claro que estamos aquí solo para satisfacer a su padre. Me acerco más a él en el sofá y le rozo la pierna distraídamente con una mano. Sin embargo, Roman se recoloca para que dejemos de tocarnos.

Llega otro mensaje, él teclea otra respuesta. Se acerca a mí.

—Lo siento, Sofia. Tengo que irme.

—¿Va todo bien? —pregunto.

—Es que... Mira, tengo que reunirme con alguien. Es un asunto de negocios —contesta.

—Entiendo.

—Lo que pasa es que... Ya sabes. Ahora mismo no estoy buscando nada. —Saca un grueso fajo de dinero del bolsillo, separa un par de billetes y me los pasa—. Para que cojas un taxi a casa —me indica.

Tira un par de billetes más para las copas y desaparece por la escalera. ¿Con quién va a reunirse? Me gustaría saberlo. ¿Sobre qué hablarán? Espero un rato y luego lo sigo.

La calle está abarrotada de turistas en camiseta, pero con su elegante traje, Roman resulta fácil de localizar. Lo sigo a cierta distancia, dejando siempre entre ambos al menos una docena de personas. Me cuesta andar por las calles adoquinadas con los tacones, por eso me los quito y los llevo en la mano. Algunos me silban, otros se me insinúan, pero los ignoro y sigo adelante sin mirar atrás.

Roman dobla por un callejón estrecho, luego sale a otra calle más ancha y entra por la puerta de un bar. Me sitúo en la calle de enfrente, en un espacio a oscuras, apoyada contra una pared donde no llega la luz de la farola. El establecimiento no tiene nada de especial. Está en un edificio angosto de color blanco y con un siglo de antigüedad —lo que en Praga es casi moderno— y hay un gorila con chaleco vaquero sentado en un taburete junto a la entrada.

Mientras espero me pregunto qué estará pasando en el interior. ¿Se habrá encontrado con su auténtica novia o con algún colega de negocios, como ha dicho? Transcurre una hora o tal vez menos. Entonces se abre la puerta del bar y sale Roman dando tumbos, seguido por otro hombre. Ambos están borrachos y caminan con paso un tanto oscilante. Van riendo, tocándose los hombros mientras se ríen por alguna broma.

Ahora hay menos gente en la calle, y por eso debo seguirlos más de lejos. Caminan durante unos diez minutos o algo así y se detienen frente a un edificio de apartamentos moderno y bastante elegante. No oigo lo que dicen, aunque es fácil entenderlo. Roman se mira el reloj, el otro chico avanza hacia el edificio, Roman niega con la cabeza. Se produce un silencio violento, el otro chico se queda mirándose los zapatos. Entonces Roman se acerca, le levanta la barbilla y lo besa. Es un beso intenso que parece significar mucho para ambos.

En otra situación, en otra vida, lo habría visto como algo tierno y conmovedor. Pero ¿qué pasa ahora con mi plan?

El beso prosigue y capta la atención de tres transeúntes. Están muy borrachos y empiezan a silbarles y a gritarles en inglés: «¡Maricón! ¡Maricón!». Roman y su novio dejan de besarse e intentan ignorar a los borrachos. El novio estruja una mano a Roman y desaparece tras entrar al edificio mientras su amante empieza a alejarse caminando por la calle, con paso oscilante e inseguro.

Los borrachos lo siguen como pueden, y yo oigo que van hablando entre ellos. Deben de tener unos veintitantos y van vestidos con polos pijos de Burberry. Por la forma tan escandalosa en que hablan, llego a la conclusión de que son ingleses que salen de alguna fiesta de machotes, decepcionados porque las «zorritas de Praga» no son tan facilonas como les habían dicho.

Cada pocos pasos, uno de ellos continúa metiéndose con Roman, insultándolo con obscenidades. Pero si Roman los oye, o bien es demasiado listo para demostrarlo o está demasiado borracho para reaccionar. Se detiene un segundo junto a la fachada de un edificio y apoya la cabeza contra la pared.

Los hombres perciben ese momento de debilidad y aprovechan para acortar más las distancias. Roman dobla por una calle vacía y estrecha que conduce hacia la plaza del casco antiguo.

Uno de los ingleses levanta un botellín de cerveza y golpea a Roman con fuerza en la nuca. Él se vuelve, y a pesar de la tenue luz, veo la rabia aterrorizada en su rostro. Sin embargo, los hombres no se dejan intimidar. Uno de ellos sujeta a Roman por los hombros y le da un cabezazo en la nariz, y la cabeza de Roman sale disparada hacia atrás. A continuación, los tres empiezan a pegarle puñetazos torpes a la vez hasta que Roman se desploma contra la pared y cae al suelo.

Su cuerpo está inmóvil y los tres hombres se quedan ahí de pie un instante decidiendo si la diversión ha terminado demasiado pronto. «Dejadlo en paz —pienso—. Ya os habéis divertido bastante.» Pero uno de ellos comienza a patearlo y le clava la zapatilla en el estómago y en la sien. Los otros dos se unen a él.

Salgo disparada hacia delante, tiro los zapatos al suelo y sujeto al más alto de los tres atacantes por la muñeca. Le retuerzo el brazo hasta darle la vuelta y le golpeo en el cogote con el antebrazo, lo que lo envía de bruces contra la pared de piedra. Logra zafarse, pero le pego un derechazo en la mandíbula que lo lanza volando por los aires.

El segundo atacante me sujeta de un hombro por la espalda. Lanzo el codo hacia atrás y se lo clavo en el estómago; me vuelvo y le clavo el pulpejo de la mano en la barbilla y cae tambaleante hacia atrás. Queda incapacitado, pero será solo durante unos segundos. Percibo movimiento por un lado y me vuelvo. Un tremendo golpe ebrio del tercer atacante no llega a darme en la cabeza por unos milímetros. Respondo con una veloz patada en su entrepierna. Él se dobla sobre sí mismo y retrocede tambaleante unos pasos. Pero cuando avanzo hacia él, me doy cuenta de que los otros dos atacantes están retirándose con las manos en alto.

Miro a Roman. Sigue tendido en el suelo, todavía semiinconsciente, pero tiene una pistola en la mano y está intentando apuntarla hacia los hombres. Dos de los atacantes se vuelven y salen corriendo como pueden por el callejón, mientras el tercero sale corriendo en dirección contraria.

Roman mueve la pistola a su alrededor, en busca de un blanco. Con amabilidad, se la sujeto y le obligo a bajar el cañón.

—Guárdala —le susurro.

La sangre sale a borbotones de su nariz.

—Hijos de puta —brama con voz ahogada.

Pero está volviendo a desmayarse, a caer en la inconsciencia. Compruebo su pulso y veo que es constante; aun así, tiene que ir al hospital pero no tengo forma de llevarlo en coche. Solo durante un segundo me planteo gritar pidiendo ayuda, pero un hombre con el apellido Kladivo seguramente no quiere que la policía se presente aquí haciendo preguntas sobre qué ha ocurrido y por qué.

Le saco el móvil del bolsillo y pienso en cómo acceder a sus contactos. Voy pasándolos hasta que veo la palabra «*otec*», «padre», igual que en ruso. Presiono en el nombre y se marca el número.

—*Pan* Kladivo —digo cuando responde—. Soy Sofia. Roman está herido. Está respirando, pero inconsciente. ¿Quiere que llame a una ambulancia?

Se hace el silencio y me habla con voz pausada.

—No. Nada de ambulancias. ¿Dónde estáis?

—En *Praha* 1, cerca de la plaza del casco antiguo. En un pequeño callejón...

—¿Hay tiendas cerca? Dime cómo se llaman.

Le digo el nombre de una pizzería y de una bodega, ambas ya cerradas por esta noche.

—Haré que alguien vaya a buscaros. No te muevas.

—Gracias.

—¿Sofia?

—¿Sí, *Pan* Kladivo?

—¿Estabas...? ¿Estabas con él?

—No, *Pan* Kladivo. Yo he llegado después.

Silencio. De fondo oigo una música suave y el tintineo de unas copas, como si estuviera en una fiesta.

—Llegará alguien muy pronto —me asegura y luego cuelga.

Espero durante cinco minutos junto a Roman. Respira con fuerza y de forma constante, lo que interpreto como buena señal. Entonces veo dos siluetas que aparecen al fondo del callejón, procedentes de la plaza. Cuando se acercan a la luz de la farola, reconozco a Emil y a Libor.

—¿Qué coño ha pasado? —pregunta Emil.

—Lo han atacado tres hombres —contesto.

Se quedan pasmados delante de Roman un minuto, discutiendo qué hacer en checo. Luego lo levantan, cogiéndolo cada uno por un brazo, y lo arrastran hacia la plaza.

Yo empiezo a caminar en la otra dirección, pero Emil me sujeta por el brazo.

—Ni hablar —dice—. El jefe ha dicho que nos acompañes.

Los sigo hasta el BMW de Emil y los ayudo a tumbar a Roman en el asiento trasero con Libor. Yo me siento en el sitio del acompañante, y partimos entre el denso tráfico de la madrugada praguense.

—¿Quién ha sido? —inquiere Emil mientras salimos de la ciudad en dirección a las afueras.

—Tres tíos ingleses —respondo—. No sé por qué habrán escogido a Roman.

Emil se ríe entre dientes.

—Apuesto a que yo sí lo sé.

No decimos nada más durante el resto del viaje. Los edificios dan paso a casas pequeñas, luego a casas más grandes cuanto más nos alejamos de la ciudad. El coche entra por un camino privado de grava con letreros que advierten en grandes letras y en checo sobre lo que ocurrirá a quien se atreva a entrar sin permiso.

Nos acercamos a una cancela de forja instalada en un señorial muro de piedra. Por detrás hay una gigantesca mansión estucada, un lugar inmenso con un jardín muy bien cuidado. Un hombre con chándal estilo gángster se acerca, se protege los ojos de los faros con una mano y sujeta una ametralladora con la otra.

22

Tumban a Roman en una alargada mesa de madera de la cocina como si fueran a preparar algún plato. Le montan un colchón improvisado con mantas que lo separa de los tablones, y por encima de su cuerpo hay cazuelas y sartenes de cobre que cuelgan del techo. Hay un par de hombres de seguridad del equipo de Bohdan rondando por aquí a la espera de instrucciones.

Bohdan, arremangado y con la corbata desanudada, está de pie con las manos en las caderas, supervisando el trabajo del médico privado que han llamado a la casa. El médico es amable y se muestra asustado, mantiene siempre la cabeza gacha.

Me siento donde me ordena Bohdan, en una silla de madera apartada de la pared. Desde aquí veo a Roman con toda claridad. Acaba de recuperar la conciencia, y el médico está dándole unos puntos de sutura en un corte de la mejilla. Roman tiene la mirada puesta en mí, muerto de miedo. El médico le limpia un poco de sangre y anuncia que ha terminado.

Bohdan chasquea los dedos mientras da unas órdenes en checo. Por lo visto, está ordenando a todos que se marchen, pues es lo que hacen todos, incluso el médico. Yo empiezo a levantarme, pero Bohdan me sujeta por el hombro y me obliga a volver a sentarme en la silla.

—Tú no —me ordena.

Cuando la puerta de la cocina se cierra, Bohdan se vuelve y se acerca a mí.

—No te dejes nada —dice Bohdan—. No te dejes nada o lo sabré.

—Tres hombres, tres ingleses, borrachos, se metieron con él. Estaban acosándolo, le decían cosas... Cosas horribles. Lo agarraron y Roman intentó defenderse. Luchó como... Se defendió como un león.

Bohdan sacude la cabeza al volverse hacia Roman.

—¿Lo has oído, Roman? Te ha llamado león. Cuánta lealtad. A pesar de todo, sigues siendo el rey de la selva para ella. —Se acerca a su hijo y se le pega a la cara—. ¿Estabas...? ¿Estabas con ese tío?

Roman cierra los ojos y dice algo en checo.

—En inglés, para que Sofia lo oiga y lo entienda —le pide Bohdan—. No seas cobarde.

—Estaba con... Con un amigo.

Los gritos de Bohdan hacen que pegue un respingo en mi asiento.

—¿Tu amigo? ¿Uno de tus novios? ¿Uno de tus amantes?

La humillación en la mirada de Roman parece más dolorosa que las heridas que tiene en el cuerpo.

—*Ano* —susurra. «Sí.»

Bohdan asiente con la cabeza y se apoya en el borde de la mesa.

—Solo te he pedido que llevaras tu enfermedad con discreción. Y ni siquiera eres capaz de hacer eso. ¿Tienes idea de lo que pasará si se descubre en algún momento que mi hijo es un sodomita?

—Lo siento, *táta*.

—¿Y tú? —dice Bohdan señalándome—. ¿Cómo es que estabas allí?

—Nos habíamos... Nos habíamos separado —respondo—. Iba a otro bar y vi a Roman por la calle de pura casualidad.

—¿Y qué hiciste, limarte las uñas y quedarte mirando como una puta inútil? ¿O se te ocurrió salir a pedir ayuda?

Roman lo interrumpe.

—Se enfrentó a ellos. Los tíos me tumbaron y ella luchó contra ellos.

Bohdan ladea la cabeza y se queda mirándome con los ojos entornados.

—¿Es eso cierto?

Asiento en silencio.

—Sí, *Pan* Kladivo.

Bohdan se aproxima a mí, lo tengo tan cerca que huelo su colonia.

—¿Cómo aprendiste a luchar?

—Mi padre era soldado. De los Spetsnaz —cuento—. Mi padre creía que una mujer debe aprender a defenderse al igual que aprende a coser y cocinar.

—Roman, ¿es cierto que la mujer lucha como un miembro de los Spetsnaz?

—Sí que lo es —afirma Roman—. Lo hace mejor que tus hombres.

Bohdan suspira y se frota las sienes.

—Sofia, lo arreglaré para que alguien te lleve a casa.

—Podría quedarme y ayudarlo...

Bohdan abre la puerta de la cocina.

—Aquí ya no te necesitamos, Sofia.

Uno de los tíos en chándal, un tío delgado con el pelo corto y rubio oxigenado y un tatuaje de un diamante en el cuello, me coge por el brazo y me saca por la puerta hasta meterme en el asiento trasero de un Volkswagen. No dice nada durante el trayecto, ni siquiera me pregunta por la dirección de la pensión de Hedvika, que, intuyo, ya sabe dónde está.

De regreso en mi cuarto, me quedo tumbada en la cama durante tres horas, incapaz de dormir, incapaz de pensar en nada que no sea la paliza que han dado a Roman y en cómo eso afecta a mi plan. A las cuatro de la madrugada, empiezan a cerrárseme los ojos. Y entonces es cuando vienen a por mí.

Se oye un fuerte golpe en la puerta, y oigo voces y el ruido de unas llaves. Antes de que pueda preguntar quién es, se abre la puerta, y aparece Hedvika con un grueso camisón de punto y el pelo cubierto con una redecilla. Hay dos hombres detrás de ella: uno de ellos es el conductor con el tatuaje del diamante; el segundo, alguien nuevo. Es grueso y de unos cincuenta años, con las mejillas sonrosadas y un bigote canoso con un tono anaranjado bajo la nariz por el alquitrán de los cigarrillos. La pobre Hedvika parece a un tiempo aterrorizada y furiosa.

—Tienes que venir con nosotros —me informa el segundo hombre mientras empieza a abrir los cajones y a tirar todo lo que tengo sobre la cama. El otro tío saca una bolsa de basura doblada del bolsillo, la abre de golpe y empieza a meter mis posesiones dentro, salvo mi móvil, que se guarda en el bolsillo. Me pongo los vaqueros y una camiseta, las botas y los zapatos ya están en la bolsa y ellos me ignoran cuando se los pido.

Cuando terminan, no queda nada en la habitación, ni rastro de que yo haya estado en ella. Veo al hombre del bigote contando billetes y poniéndoselos a Hedvika en la palma de la mano. Le pagan por las molestias y le dan algo más para que se limite a negar con la cabeza por si alguien aparece preguntando por mí.

No hay alternativa posible a tener que irme con ellos.

—Es una orden de *Pan* Kladivo —anuncia uno de ellos. Durante un breve segundo, me planteo la posibilidad de huir, pero estoy descalza y no correría más que unos metros antes de que uno de estos dos me disparase.

Me empujan hasta la puerta lateral de una furgoneta de incógnito. La parte trasera está separada de la delantera por una malla metálica que va del suelo al techo. Me sujetan por los brazos y me tiran al suelo del vehículo. Con los brazos a la espalda noto que me atan las manos con un cable metálico y los oigo colocarme unas esposas. Pataleo, pero los tipos me agarran las piernas y también me

314

esposan los tobillos. El tío del tatuaje del diamante se arrodilla sobre mi espalda mientras el segundo me pone una bolsa de tela negra en la cabeza.

La puerta corredera de la furgoneta se cierra y nos ponemos en marcha unos segundos después. El tío grande sigue conmigo en la parte trasera. Lo huelo: apesta a cerveza, cigarrillos y a sudor. Lo percibo, su masa corporal sobre mí, ocupando el mismo espacio. Aquí detrás no hay asientos, y no hay casi nada a lo que agarrarse, así que, cuando la furgoneta toma una curva, me estampo contra las puertas traseras.

—El pasaporte que enseñaste a Miroslav Beran en el casino es una mala falsificación —grita el tío grande en ruso—. ¿Cuál es tu verdadero nombre?

—Sofia Timurovna Kozlovskaya —respondo.

Por esa respuesta, me gano un manotazo en la sien.

—¿Cuál es tu verdadero nombre? —vuelve a gritarme.

—Sofia Timurovna Kozlovskaya —repito.

Un nuevo manotazo en la sien, este, más fuerte.

—¿Cuál es tu verdadero nombre?

—Sofia Timurovna Kozlovskaya.

Una bota me impacta en el costado, y caigo al suelo. La furgoneta está acelerando y la calzada es lisa, parece que acabamos de entrar en la autopista. En lo que confío —en lo único que puedo confiar— es en que el pasaporte que me proporcionó Yael sea tan bueno como ella me dijo. Y, aunque no lo sea, debo mantener la misma historia hasta el final. Si todavía tienen a mi padre, decirles mi verdadero nombre es una sentencia segura de muerte para él.

Unas manos me sujetan por la camiseta y tiran de mí hacia delante.

—Hemos comprobado los archivos, ¡zorra! —grita mi interrogador—. Tu pasaporte dice que eres de una ciudad llamada Armavir, pero en el hospital no tienen ninguna documentación sobre ti.

Me queda claro por su acento que es ruso de nacimiento, por

eso le contesto en ruso y me esfuerzo por hablar a la perfección.

—Porque nací en Novokubansk. Armavir es el lugar donde me crie.

Me empuja contra la pared de la furgoneta.

—Conozco Armavir como si fuera mi polla. Dime, ¿de qué color es el tejado de la casa de la ópera?

—El tejado de la casa de la ópera es azul.

—¡Una mierda! ¡No hay casa de la ópera en Armavir!

—El tejado de la casa de la ópera es azul —repito.

—¡Dijiste a *Pan* Kladivo que tu padre pertenecía a los Spetsnaz! —vocifera mi interrogador—. ¡Sabemos que trabajaba en una fábrica!

—¡Al salir del ejército empezó a trabajar en una fábrica! —le grito—. ¡Murió cuando yo era niña!

—Vaya. Pobre zorrita —espeta y me da un papirotazo en las orejas—. ¿De qué murió?

—Vodka.

Me pega un puñetazo en el riñón izquierdo.

—¿En qué tipo de fábrica trabajaba?

—¡De goma! —chillo—. En su fábrica hacían goma.

Me pega un puñetazo en el riñón derecho.

—¿Goma para qué?

—Para los consoladores de tu madre.

Pero está cansándose del jueguecito y después de gritarme un par de preguntas más y de darme unos cuantos puñetazos más, para. Está jadeando, resollando. Luego se oye el clic de un mechero y huelo el humo de un cigarrillo.

La espera, el preguntarme cómo acabará todo esto, se ha terminado, supongo. Algo ha salido mal, han encontrado alguna laguna en mi historia, han recabado algunos datos. La noche que había empezado en un restaurante junto a un castillo acabará con mi cuerpo dentro de un barril flotando en un pantano. Se me ocurre que a lo mejor estoy precipitándome, pero es que no logro vislumbrar otro final.

Seguimos en la autopista. Incluso a través de las paredes de la furgoneta oigo el rumor de las ruedas de los camiones y el resoplido de los frenos hidráulicos cuando pasamos junto a vehículos de dieciocho ruedas. Pierdo la noción del tiempo. El interrogatorio y los golpes parecen haberse sucedido durante horas, pero seguramente no han sido más que unos minutos. Me duele el cuerpo y me siento sangrar por las muñecas, a causa de haber tirado de las esposas, movida por la rabia aunque sin resultado.

Después de un largo rato marcado solo por el sonido del tráfico y el clic del encendedor cuando mi interrogador enciende un nuevo cigarrillo, la furgoneta reduce la marcha y viramos de golpe a la derecha. En este tramo la calzada es más irregular, y doy botes y ruedo por el suelo hasta el fondo de la furgoneta como una pelota de juguete. Seguimos por este camino durante más o menos diez minutos. Luego volvemos a frenar y a girar a la derecha.

Ya debemos de estar cerca del fin. Se me pone el estómago como una piedra, y me pregunto cómo lo harán. ¿Me dispararán? ¿Me estrangularán? ¿Y por qué aquí? ¿Por qué no en Praga? En realidad, las respuestas no importan, supongo. Son solo algo que contribuye a alimentar el miedo. Tengo el cuerpo dormido por la resignación. Dicen que cuando uno ve las orejas al lobo no hay ateos que valgan, aunque está claro que aquí no hay Dios que valga, para el caso, así que supongo que estamos en paz. Es todo inevitable y está claro como el agua.

A pesar de estar encapuchada, sé que el conductor ha abierto su ventanilla. La presión del aire ha cambiado, y oigo una ruidosa sinfonía de grillos. Huelo la deliciosa humedad de un bosque por la noche.

¿Me pegarán? ¿Me degollarán? ¿Me violarán antes?

Mi interrogador me arranca la capucha sin advertirme y yo me incorporo para ver mejor. Hay insectos que revolotean frente a la luz de los faros cuando nos aproximamos a un charco de fango tan ancho como la carretera. El conductor blasfema y las ruedas traseras giran en el sitio mientras avanzamos a duras penas. Por delante hay una verja encadenada que se abre gracias a un guardia del que solo veo la silueta perfilada por la sombra.

La furgoneta avanza con ritmo cansino hasta el centro de un patio iluminado por cuatro lámparas de vapor de sodio cuya luz se refleja en el barro por debajo de las pantallas cónicas y grises, plagadas de polillas. A ambos lados del patio hay edificios pintados de verde, tal vez de hace cuarenta años, que nadie ha reformado desde entonces. Nos detenemos delante de una estructura de dos plantas. El lugar tiene airé institucional, parece un barracón militar.

Sin embargo, no estamos solos. Hay media docena de coches aparcados aquí: dos Range Rover, tres BMW tipo sedán y un Mercedes que es exactamente igual al que usó Bohdan Kladivo para irse del restaurante.

El conductor apaga el motor y baja para abrir la puerta lateral. Me impresiona la mansedumbre con la que permito que me saquen de la furgoneta. No lucho, ni siquiera me resisto. En lugar de eso, permito que me sujeten cada uno por un brazo. Tras dar un par de pasos, me doy cuenta de que me sujetan haciéndome mucho daño, no porque estén apretando, sino porque apenas puedo caminar y están arrastrándome. Mi cuerpo ha aceptado lo que mi mente se niega a asumir: que esta es la forma en que todo acaba.

El barro que tengo bajo los pies es frío, y huelo el bosque, su humedad, su vida. Una polilla me roza la mejilla, la frente. Mi interrogador abre de golpe la puerta del edificio. Las luces de los fluorescentes parpadean y zumban, y proyectan su luz sobre el sucio vinilo dándole un estrambótico tono azul. Arrastro los pies y avanzo lentamente, y voy dejando unas huellas en absoluto dignas de alguien que va a morir de muy mala manera. Mis escoltas se detienen frente a la puerta abierta de un despacho, la tocan con suavidad y la silueta de Bohdan Kladivo se levanta de una silla.

Es un hombre distinto al que estaba sentado frente a mí durante la cena, hace menos de ocho horas. Bajo la luz del fluorescente, su rostro se ve chupado y esquelético, es un demonio de una talla medieval en madera, tal como Rozsa había dicho. Vuelve a llevar uno de sus elegantes trajes a medida, con la corbata bien pegada al cuello, cuyo grueso nudo es como un pedestal para su nuez de Adán.

Mi interrogador pronuncia un par de palabras en checo, y Bohdan responde asintiendo una sola vez con la cabeza como si el interrogador acabara de confirmarle sus sospechas. Bohdan se me acerca, me pone una mano en el hombro y me lleva por el pasillo. Mis dos escoltas nos siguen.

—¿Sabes qué es este lugar? —me dice al oído, con tono grave y confidencial.

—No —contesto, apenas con un hilillo de voz.

—Lo llamamos nuestro *tábor*: nuestro campo. Pero, durante la época comunista fue algo más: una cárcel gobernada por la policía secreta.

Estamos al principio de una escalera metálica y sus pasos resuenan con eco mientras bajamos. Los míos son silenciosos y noto el frío gélido de la escalera en las plantas descalzas de los pies.

—Tortura. Ejecuciones. Una bala en la nuca era lo normal —prosigue—. Lo hacían aquí mismo, en el sótano.

Caminamos por un pasillo idéntico al de arriba, solo que este está forrado de puertas de acero, cada una de ellas con un número grabado en el metal, de pintura desvaída, sobre una pequeña trampilla metálica a la altura de los ojos.

—Después de enviarte a casa, me pregunté: ¿quién es esta mujer que lucha como un hombre pero con la lealtad de una madre? —Entorna los ojos, llenos de impaciencia—. Tuve claro que una mujer así solo puede ser dos cosas: un tesoro más escaso que los diamantes o una espía que han enviado para delatarme.

—No soy una espía, *Pan* Kladivo.

—Pero sabrás disculpar la paranoia de este pobre viejo, ¿verdad? —Bohdan se detiene frente a la celda número 7, y pasa un dedo por la marca del número casi invisible—. Esta celda... Esta era la mía. Durante cinco meses. De la primavera al verano del año 1986. Por *chuligánství*, así lo llamaban. Vandalismo. Por vender vaqueros y cintas de casete de música rock estadounidense.

Están a punto de fallarme las rodillas.

—No he hecho nada para traicionarlo, *Pan* Kladivo.

Bohdan me pone una mano en cada hombro, inspira con fuerza y luego sonríe.

—Ahora ya lo sé, Sofia Timurovna. No eres una espía.

Pienso a toda velocidad para descifrar sus palabras. ¿Lo habré escuchado mal? ¿Se habrá equivocado al decirlo? ¿Me cree? Mi interrogador se presenta ante mí, me quita las esposas de las muñecas y luego se arrodilla para quitarme la sujeción de los tobillos. Suspiro aliviada, y Kladivo me da un fuerte abrazo y me mantiene sujeta con fuerza.

—Y te pido disculpas por la forma en que te han tratado los hombres en la furgoneta —continúa Kladivo—. Toda precaución es poca. ¿Lo entiendes?

—Sí, *Pan* Kladivo —afirmo.

Deja de abrazarme y me posa una mano en la mejilla.

—Esa es la razón de por qué, Sofia Timurovna, debo pedirte una prueba más de tu lealtad. Digamos, una prueba más de tu amistad.

Bohdan Kladivo gira el tirador de la puerta de la celda número 7 y la abre. En su interior veo el cuerpo de Miroslav Beran, con la camisa del esmoquin arremangada hasta los codos. Está delante de otro hombre arrodillado en el centro de la celda, con los brazos atados a la espalda. Una vez pasado el primer impacto, reconozco a uno de los atacantes de Roman, el más alto de los tres, al primero que atrapé.

Hay una mesa de madera en un rincón de la celda. Sobre ella

hay un par de tenazas, un taladro eléctrico y un soplete: las herramientas necesarias para lo que tengan planeado hacerle a continuación. El prisionero respira con tanta agitación que se le infla y desinfla el pecho, cada bocanada de aire le cuesta un mundo, está a unos segundos de sufrir un infarto. Está mirándome y percibo en su expresión que me ha reconocido.

Bohdan se coloca a mi lado en la puerta.

—Tengo la suerte de poder decir que el comisario jefe de la policía de *Praha* es un buen amigo mío. Hizo las pesquisas pertinentes en el hospital y encontró a este listo a punto de marcharse tras recibir unos cuantos puntos. Unos puntos no parecen suficiente después de haber pegado a mi hijo, ¿no te parece, Sofia Timurovna?

—No, *Pan* Kladivo —convengo.

El hombre abre la boca, se atraganta y al final logra hablar.

—Señorita, lo siento... Verá, mis colegas... Nosotros... Ya sabe, solo estábamos pasándolo bien, se nos fue un poco de las manos, eso es todo... Yo podría... Podría darles dinero.

Miroslav Beran lanza un puñetazo al hombre en la sien, y este cae de lado. Con un pañuelo blanco que se saca del bolsillo, el Jefe se seca el sudor de la frente, y luego se limpia la sangre de los nudillos. Por hacerlo sangrar, da al tipo una fuerte patada con la punta de su mocasín de piel de marca en el costado. El prisionero no consigue más que lanzar un suspiro ahogado como respuesta.

Bohdan da un paso adelante y se acuclilla frente al prisionero.

—Reconoces a esta mujer, ¿verdad?

El hombre asiente en silencio.

—¿Y es cierto que ella os atacó después de pegar al tío ese?

Asiente de nuevo.

—Sí que lo hizo, señor. Lo hizo. Lucha de forma muy sucia. Mis colegas y yo estábamos pasándolo bien, pegándole un poco a ese tío. Y entonces apareció ella y se pasó muchísimo, señor. Se pasó muchísimo.

Bohdan se levanta y se vuelve hacia mí.

—¿Sabes cómo logré sobrevivir en este lugar siendo interno, Sofia Timurovna?

—No, *Pan* Kladivo.

—Por la disciplina —revela Bohdan—. Es lo que no tiene Roman. Es por lo que no puede, digamos, reprimir su debilidad. Pero veo disciplina en ti, Sofia Timurovna.

—Sí, *Pan* Kladivo. Tengo disciplina.

Bohdan dice algo a Beran en checo, y Beran saca una pistola con silenciador de una cartuchera de los pantalones. Me la pasa sujetándola por la empuñadura. Mis ojos pasan de la pistola a la cara de Kladivo, pero no veo más que una ligera sonrisa y unas cejas enarcadas, expectantes. Cojo la pistola. Es un arma usada, pesada. Los contornos de la mirilla, el martillo y el gatillo están pulidos y el metal brilla en ellos por los millones de veces que se la han sacado de las cartucheras de pantalones y camisas.

—Demuéstramelo, Sofia Timurovna. Demuéstrame lo disciplinada que eres.

Mi mente se niega a reconocer el significado de la frase, se niega a dar la orden a mi mano. Pero la cosa que hay en mi interior, ese ser que ha evolucionado desde que apareció en Nueva York, que es más fuerte desde París, más violento desde Berlín, ahora me ocupa por completo. Me ha sustituido. Y al parecer no tiene ningún problema con lo que piden. Los números ya están hechos: encontrar a mi padre supone acercarse a Kladivo, lo cual supone a su vez demostrar lealtad y ello significa matar al homófobo, lo que supone...

Se oye un ruido similar al de un martillo impactando contra el metal. Veo un abanico rojo aparecer en la pared y en el suelo por detrás de la cabeza del prisionero. Esto va seguido por el sonido de una tenue campanilla, y siento que algo me quema por el costado de uno de mis pies descalzos. Miro al suelo y veo el casquillo de la bala pegado a mi pie, con el humo todavía ascendiendo por un extremo. La pistola sigue en mi mano y también sale humo por el cañón.

23

El sol está saliendo, la luz violeta se torna naranja y luego amarilla. Vamos a toda velocidad por la autopista en dirección a Praga, el recorrido se hace tan cómodo y llevadero en la parte trasera del Mercedes de Bohdan Kladivo que bien podríamos estar en un avión. Los asientos del sedán son del color y la textura de la mantequilla. Me sujeto a la tapicería en un intento de que dejen de temblarme las manos y estoy segura de que voy a dejar marcas permanentes con las uñas. Bohdan abre un panel situado entre los asientos, es una pequeña nevera y me ofrece un botellín de agua. Pero estoy haciendo todo lo posible por no vomitar y niego con la cabeza.

—Un hombre siempre desea tener un hijo y ese hijo es lo que Dios me dio —me cuenta Bohdan con voz pausada—. Aunque a lo mejor debería haber deseado una hija.

Me pregunto cómo no es capaz de ver el odio en mi mirada.

—Lo que has hecho en la celda —prosigue Bohdan—... Eso ha sido una demostración de *síla*, como se dice en checo. De fuerza. También de poder. De autoridad.

Incapaz de mirarlo, me quedo mirando por la ventana.

—Entiendo cómo debes de sentirte, Sofia Timurovna. Pero una mujer que quiera ascender en este mundo debe ser más cruel que los hombres.

Debo concentrarme, demostrarle que no ha significado nada para mí, demostrarle que mi voluntad puede ser igual de implacable que mis actos.

—Tiene razón, *Pan* Kladivo —digo.

La ciudad aparece en la distancia, los edificios rojos y beis, las nuevas torres de cristal y acero, los chapiteles del castillo de Hradcany. Me pregunto si los otros dos atacantes de Roman estarán corriendo por las calles en busca de su amigo.

Bohdan me da una palmadita en la mano con gesto paternal.

—Tu empleo actual en el casino está, digamos, por debajo de tus posibilidades.

—¿Qué?

—Tus capacidades. Allí están desaprovechadas. Por eso, a partir de ahora, trabajas para mí. Se acabó lo de repartir cartas. ¿Es preferible para ti?

—Sí, *Pan* Kladivo. Es preferible para mí —digo.

—Puedes ser un ejemplo de disciplina para mis hombres. También serás una buena compañera para Roman. ¿Quién sabe?, podría cambiar sus hábitos gracias a ti.

—¿Una buena compañera?

—Su acompañante y tal vez, algún día, su amante. Aunque las cuestiones del corazón son cosa del Señor, no mías. Te pagaré bien, por supuesto.

—¿Va a pagarme por ser su novia?

Kladivo se encoge de hombros.

—A ojos del mundo, sí. En mi caso, no soy tan anticuado para no aceptar que mi hijo es maricón. A ti solo te pido que seas un ejemplo para él, que seas su compañera para templarle las cajas y enseñarle cómo es la disciplina.

—¿Puedo abrir la ventanilla? ¿Para que entre un poco de aire?

Kladivo asiente con la cabeza, y yo presiono el botón para bajarla solo un poco. El aire es fresco y huele a diésel.

—En este mundo moderno, una mujer no debe conformarse con quedarse sentada si aspira a hacer el mismo trabajo que un hombre —prosigue Kladivo—. ¿Estás preparada para eso, Sofia? ¿Preparada para aprender cómo se lleva mi negocio?

Preferiría estar muerta. Pero por supuesto sonrío, tanto como puedo, y digo:

—Sí, *Pan* Kladivo. No hay nada que desee más.

Suspira con satisfacción.

—Entonces eres tal como pensaba. Pero recuerda lo que he dicho sobre las mujeres que aspiran a ascender en este mundo.

—Que deben ser más crueles que los hombres —repito y me obligo a mirarlo—. Entonces seré así, *Pan* Kladivo. Y gracias. Por la oportunidad.

Salimos de la autopista y avanzamos por las tortuosas calles de adoquines de un barrio elegante en la orilla oeste del río. Hay antiguas mansiones señoriales mezcladas con edificios modernos de lujo, todo es o anterior o posterior a la época comunista, como si el siglo xx no hubiera existido. El Mercedes se detiene delante de un edificio de apartamentos con ventanas divididas por parteluces de curiosas formas geométricas y llamativos colores. El edificio brilla como una joya tallada bajo la luz de la mañana.

—¿Qué es esto? —pregunto.

—El piso de Roman —contesta Kladivo—. Y ahora también el tuyo.

Kladivo me acompaña hasta la puerta del piso, con la mano en mi codo. Por detrás de nosotros, el portero se mantiene a la espera, como deferencia, con la cabeza gacha y la bolsa de basura con mis pertenencias en las manos. Intento meter la llave en la cerradura y Bohdan se aparta hacia un lado para que el portero abra en mi lugar.

—¿Quiere... pasar? —pregunto.

Kladivo sacude la cabeza.

—Ha sido una noche intensa, así que aprovecha que estás sola para descansar. Roman volverá más tarde.

El silencio del interior me recuerda al silencio del piso de Terrance, una especie de zumbido lujoso emitido por todas las cosas.

En el comedor hay dos sofás bajos de piel color crema sobre una mullida alfombra persa color sangre. Hay unas obras de arte excelentes en el pasillo y una nevera de vinos bien nutrida en la cocina.

Encuentro el baño y empiezo a llenar la bañera con agua muy caliente. Tardo casi cinco minutos en saber cómo va. Todo es de mármol blanco y madera oscura y las superficies son todas brillantes. Es una maravilla, en realidad. Como sacado de una revista de decoración de baños. Ese tipo de revistas existen, y por lo visto lo recuerdo de alguna vida muy lejana. En cuanto a este mundo, en el que estoy viviendo, en los pies tengo manchas de sangre seca de la cabeza del turista inglés al que he volado la tapa de los sesos.

La bañera es grande y tarda en llenarse. Pienso en mi padre y en las condiciones en las que debe de tenerlo confinado Kladivo. Seguro que él no tiene una bañera de agua caliente, esté donde esté. Pero cuando me siento en el borde se me ocurre que tal vez sepa exactamente dónde está.

Si todavía lo tiene retenido Kladivo, existe la posibilidad de que lo tenga en la comisaría secreta de la que acabo de salir. ¿Y por qué no? Es una cárcel lista para ser usada, privada y segura. ¿He estado a solo unos metros de él y no me he dado cuenta?

Cierro los grifos de la bañera, me desnudo y me meto en el agua. Está demasiado caliente y se me pone la piel roja, pero eso es lo que quería. Es para desinfectarme. Es para limpiar el dolor. Me obligo a llorar o al menos a sentir culpabilidad, por el hombre al que he matado, para demostrarme que queda en mí alguna emoción humana normal. Pero no funciona. Además, ese mamón dio una paliza a un gángster en la calle, lo llamó maricón e intentó matarlo a patadas, ¿cómo creía que acabaría todo? Ese gilipollas se lo buscó. Podría haberse limitado a dejar en paz a los dos hombres que se besaban y haberse ido a tomar otra cerveza con sus colegas. Podría haberlo hecho, pero no lo hizo, y ahora un tío con el pelo rubio oxigenado y un tatuaje de un diamante en el cuello estará tirando su cuerpo a un agujero cavado en la tierra. Así es como justifico el asesinato, en cualquier caso. Así es como evito coger la cuchilla de afeitar de Roman y cortarme las venas.

Sin embargo, en todo esto hay una lección que debo aprender. He pasado la primera prueba, un examen obligatorio para la identidad de Sofia y un interrogatorio básico. Pero habrá más pruebas, y Sofia no será capaz de aguantarlas. No sometida al análisis al que puede someterme un hombre como Bohdan Kladivo. Hemos traspasado con mucho las bases sobre técnicas de espionaje que me enseñó Yael, y no soportaré el interrogatorio con las tenazas o el taladro o el soplete. Necesito una alternativa. Necesito una salida.

Quito el tapón de la bañera y me envuelvo con una toalla para salir. Tengo mucho que hacer antes de que Roman llegue a casa.

Todo sigue intacto en la bolsa donde metieron mis cosas, incluso el dinero. Me visto a todo correr y estoy a punto de salir cuando me detengo delante de la ventana. Hay un pequeño Škoda de tres puertas aparcado del otro lado de la calle, y dos chicos jóvenes con chaqueta de cuero apoyados en él, fumando y mirando directamente a la entrada del edificio de Roman. No hablan, no miran sus móviles, solo están ahí fumando y mirando. «Está claro —pienso—. Ahora soy propiedad de *Pan* Kladivo, comprada y pagada para ser guardada en el armario más bonito de toda Praga. ¿Son protectores y captores? Supongo que lo mismo da.»

Voy de una habitación a otra, inspeccionando las ventanas en busca de una posible salida alternativa. Pero todas se abren solo unos centímetros, y aunque lograra colarme por una de ellas, tengo por delante una caída de cinco pisos de alto hasta la azotea del edificio de al lado. Así que decido salir con sigilo del piso y bajar por la escalera desde el piso duodécimo hasta el sótano. Camino por un pasillo hasta el cuartito de las basuras, donde caen los deshechos de todas las plantas en una trituradora. Tal como había imaginado, hay una puerta que conduce al exterior, y si me he orientado bien, saldrá a un callejón paralelo a la calle.

Mi intuición es correcta, y el callejón está desierto. Encuentro un trozo de papel en el suelo y lo doblo en forma de cuña para meterlo por la puerta y evitar que se cierre del todo al salir.

Me pongo la capucha de la chaqueta y desaparezco tras doblar la esquina.

Los grafitis cubren las paredes de la escalera del metro. Adolescentes aburridos y drogados ocupan los bancos de la estación, con los ojos muy abiertos y hundidos en sus rostros cadavéricos, con el cuerpo cubierto por camisetas tres tallas más grandes.

Paso por delante de ellos en dirección a la calle. Tiendas destartaladas con coches destartalados aparcados delante. Una *babushka*, vieja como el planeta, se detiene para recolocarse el pañuelo de lunares que lleva en la cabeza y se mete conmigo por parecer un chico. «Las mujeres orgullosas de serlo llevan el pelo largo», me dice.

Hay una carnicería y una pequeña panadería, un taller mecánico y una agencia de viajes. Pero la tienda que estoy buscando está un poco más lejos, entre la tienda que vende instrumentos musicales de segunda mano y un salón de belleza con cabinas de bronceado. El letrero que tiene está en ruso y dice UTENSILIOS PARA RESTAURANTES.

La fachada de la tienda es una cortina como la de un garaje, entro y finjo estar buscando algo. Cuencos metálicos, coladores y ceniceros de plástico están apilados en columnas que llegan hasta el techo. Una mosca que anda revoloteando alrededor de una bombilla abandona su posición para revolotear a mi alrededor un segundo antes de largarse por la puerta de la tienda. Cojo un par de objetos y me dirijo hacia el mostrador donde un tío obeso con la piel grisácea está sentado en un taburete.

Dejo los objetos sobre el mostrador, y él empieza a sumar su valor con una calculadora de mano. Luego me acerco más y le hablo en ruso.

—Mi jefe me ha enviado a esta tienda porque estamos teniendo muchos problemas con una rata —digo.

El tío me mira a través de los cristales mugrientos de sus gafas.

—Ratoneras y veneno, pasillo 7.

—Sí, eso ya lo he visto. La cuestión es que el problema con la rata es muy serio. Mi jefe me ha enviado aquí, a tu tienda específicamente, porque me ha dicho que tienes algo bueno.

—¿Algo bueno?

Señalo con la cabeza la puerta que tiene detrás, lo que supongo que es un almacén.

—Hablo de lo bueno de verdad —digo—. Como lo que teníamos en casa.

El dependiente pone las manos sobre el mostrador y, con un esfuerzo considerable, se pone de pie. Desaparece al entrar en la habitación contigua y sale, un instante después, con una pequeña caja de cartón.

—Fabricada en Corea del Norte —anuncia.

—¿Es la mejor? —pregunto.

—Es como el puto Rolls-Royce.

Levanto la caja y le doy la vuelta. El embalaje es amarillo y parece un enorme letrero de advertencia de peligro con una calavera y unas tibias cruzadas estampadas junto al texto escrito en negrita, subrayado y en coreano.

—No cojas las bolitas con las manos descubiertas —me advierte—. Yo ni siquiera cogería esa caja sin guantes.

La dejo caer sobre el mostrador.

—¿Actúa rápido?

El dependiente suelta una risotada.

—En un minuto. Puede que dos.

—¿Y... duele?

—Son ratas; no saben qué es el dolor —me contesta sin dejar de mirarme—. Pero si me equivoco, qué más da.

Es una larga tradición honrada en el mundo del espionaje: la cápsula del suicidio. ¿Que los nazis se presentaban en tu puerta? La mordías con fuerza. Morías incluso antes de que te pusieran las manos encima. El cianuro concentrado es la sustancia habitual, pero una bolita de veneno para ratas fabricado en Corea del Norte funcionará igual de bien. Al menos confío en ello.

La clave se encuentra en dos ingredientes prohibidos en casi todo el mundo, salvo en Corea del Norte, el cianuro y el talio. En el mundo del veneno para ratas son el equivalente a la cebolla y el ajo en el mundo culinario. Eso es lo que dicen los expertos en internet. Invertí solo diez minutos de búsqueda en averiguarlo. Pasé otros diez minutos buscando un lugar en Praga donde poder encontrarlo. Basta con entrar en cualquier tienda rusa del mundo y siempre hay una selección mejor de cualquier cosa, desde caviar hasta vodka para llegar al veneno de rata, en la trastienda. Solo hay que saber cómo pedirlo.

Entro en el piso por el mismo lugar por el que salí, evitando la calle principal y a los hombres de Bohdan Kladivo. Ya en el baño, saco un tubito de bálsamo labial, corto la punta y tiro el resto. Luego cojo dos bolitas del veneno para ratas y las meto en el tubo y encajo lo que queda de bálsamo metiéndolo por encima. Ahora ya tengo mi vía de escape. Mi alternativa a las tenazas y el soplete. En caso de que me llegue la hora. Cuando me llegue la hora.

Justo cuando me meto el tubito en el bolsillo del vaquero, oigo que se abre la puerta del piso. Me obligo a sonreír, salgo del baño y veo a Roman.

Todavía tiene la cara hinchada, lleva una mano vendada y cojea al caminar. Me quedo en el pasillo, observándolo mientras deja el móvil y la cartera en una mesa junto a la entrada y se mira el rostro en un espejo. Me ignora cuando lo saludo, y cuando me acerco para cogerle la chaqueta del traje que lleva colgada sobre los hombros, se aparta. Él solo es el medio para llegar a un fin, debo recordarlo. No debo sentir lástima por él. No debo preocuparme por lo que le ocurra.

—¿Cómo te encuentras? —digo.

—Tengo una nueva e importante misión de mi padre —contesta.

—¿Qué es? —pregunto, contenta.

—Tengo que llevarte de compras.

—¿Qué quieres decir?

—Nuevos vestidos. Nuevos zapatos. Nuevo de todo. Mi padre dice que tienes que parecer una verdadera mujer Kladivo y que yo debo ayudarte a conseguirlo. «Todo el mundo sabe que a los maricones se les da bien», me ha dicho.

Percibo el dolor en el tono de Roman. Todavía lleva la camisa de anoche, y se pelea con los botones mientras intenta desabrochárselos.

—Ya lo hago yo —me ofrezco, y le desabrocho un botón.

—No me toques —me suelta Roman, y me aparta las manos. Logra desabrocharse los demás poco a poco y se quita la camisa sacudiendo los hombros. Tiene el torso musculado y tonificado, aunque lleva una gruesa venda alrededor de casi todo el pecho.

—¿Qué tienes? —pregunto.

—Las costillas rotas. —Roman se queda mirando al suelo con los labios apretados como si acabara de chupar un limón—. ¿Cuánto viste anoche?

—Solo el ataque.

—No mientas.

—Vi lo suficiente. Pero quiero que sepas que me da igual.

Asiente con la cabeza al escucharlo y aparta la mirada.

—Bueno, ya he terminado con eso.

—Roman, ¿por qué no...? ¿Por qué no te vas? —Le cojo la camisa e intento ver qué expresión pone—. Me refiero de Praga. De Europa. Podrías ir a un lugar donde...

Me mira con severidad entornando los ojos por la luz.

—No soy maricón —espeta—. Esto, este negocio, eso es lo que soy. De nada, por cierto.

—¿Por qué?

—Por salvarte el culo. Si no le hubiera dicho que intentaste ayudarme, tú también estarías muerta. —Me quita la camisa de golpe y se acerca un paso más, se pega a mí—. Y ahora mi padre cree que eres algo más que una zorrita de la calle. Pero eso ya lo veremos, Sofia. Ya veremos qué eres.

—Vale, Roman —convengo, y agacho la cabeza—. ¿Por qué no descansas un poco? Te prepararé un té.

Para evitar que los transeúntes entren a mirar y toquen los objetos expuestos sin haberse lavado las manos, a la tienda de la calle Pařížská —a un tiro de piedra del cementerio donde pasé mi primera noche en Praga— debe entrarse llamando a un portero automático. La dependienta, Claudette, me habla en inglés mientras me enseña los vestidos. Habla en un tono muy correcto, pero su mirada no podría expresar más alegría y satisfacción. Ya ha transformado antes a chicas pobres de la calle, las ha convertido en amantes perfectas o incluso esposas. «Pero esta calle es de una sola dirección, cariño —dice la mirada de Claudette—. Y no aceptamos devoluciones.»

En el probador me entretengo algo más de lo necesario, me miro con detenimiento en el espejo sin llegar a creer del todo lo que veo. Mi pelo negro natural —teñido tantas veces y que llevaba años sin ver— ha vuelto a crecer desde que me lo rapé. Está totalmente pegado a la cabeza por la parte izquierda. Por debajo del cabello hay un rostro enfadado de rasgos afilados y un cuerpo más fuerte y fibrado de lo que ha sido incluso desde que Yael me entrenó. Mi piel traslúcida y pálida está tensa por la capa de acero que tengo en el interior, y me da el aspecto de un ser hecho de piedra. Esta desconocida tiene una nueva clase de belleza: es bella gracias a la fuerza, bella gracias a la furia. Es aterradora y maravillosa, y, por primera vez en mi vida, lo que veo en el espejo me gusta.

Salgo del probador y voy desfilando con un vestido de noche tras otro delante de Roman, que está recostado en un sofá con tapicería de seda. Finge estar disfrutando y me alaba de forma exagerada haciendo comentarios lascivos cuando vuelvo a desaparecer tras la cortina. Al final, cuando ya no puede soportar más el aburrimiento, da por finalizado el espectáculo.

—¿Cuál te ha gustado más? —le pregunto.

—El que más te haya gustado a ti, mi precioso ángel. —Habla arrastrando las palabras. Desde la noche de la paliza, ha estado tomando Percocet y pinchándose los chutes de morfina que le han recetado para el dolor. ¿Seguirá colocado? ¿Colocado otra vez? Se prepara el cóctel de medicamentos cada pocas horas, así que es difícil saber si está bajo sus efectos.

—El verde, el de color esmeralda. El que tiene lentejuelas —digo.

Hace un gesto de desprecio con la mano.

—Perfecto.

El verde esmeralda con lentejuelas cuesta lo mismo que un coche. Es, literalmente, veinte veces más caro que lo más caro que haya tenido en toda mi vida. Roman lo paga en efectivo, aunque le cuesta contar los billetes y yo tengo que ayudarlo.

Cuando salimos a la calle Pařížská, nuestros dos guardaespaldas apagan el cigarrillo pisándolo y se sitúan a diez pasos por detrás de nosotros. Son los mismos chicos que estaban frente al piso de Roman y que han estado con nosotros todo el día. Me vuelvo para mirar en su dirección.

—¿Podemos deshacernos de ellos? —pregunto.

Roman ignora la pregunta.

—Esta noche vamos a Das Herz. Necesitarás ropa para salir de clubes.

Traduzco el nombre alemán.

—¿El corazón?

—No. Das Herz es una persona. Un DJ. Pincha esta noche y vamos a ir a verlo. El pueblo no respeta a un rey que no puede ver, según dice mi padre. Es parte del negocio: dejarse ver en público.

—¿Y qué hay del resto? La parte que no es pública —pregunto—. Tu padre quiere que aprenda.

—Lo harás dentro de muy poco. —El móvil de Roman le suena en la chaqueta, y contesta. Es una conversación breve en checo, y cuelga—. Se acabó. Como ya te había dicho —me dice—. Se llamaba Janos. Le gustaba que lo llamaran Jimmy.

—¿Quién?

—El maricón al que viste. El que me siguió al salir del bar. —Percibo la malicia implícita en su tono de voz.

—¿Has...? ¿Has roto con él?

—Está muerto —anuncia Roman—. De un disparo. En su piso, mientras desayunaba.

Se me perla la piel de sudor y siento ganas de vomitar de repente.

—¿Lo ha matado tu padre?

—No —niega Roman—. Yo.

Todas las personas de Praga menores de treinta años han salido para asistir al concierto de Das Herz en un club llamado Fume. Está al sur de Praga 1, en las ruinas semiderruidas de un hospital de la época comunista.

Roman y yo estamos sentados en la zona vip de la tercera planta, justo al borde del suelo, donde empieza el abismo. Presidimos la fiesta que tiene lugar en el piso de abajo, entre muros derruidos y desiguales, similar al interior de las fauces de alguna criatura gigantesca. Personas atractivas bailan bajo la luz de la luna y las luces estroboscópicas, ajenas, sobre lo que sería la lengua de la criatura, ignorantes de que están a punto de ser devoradas. Das Herz se encuentra de pie sobre una plataforma tras un embrollo demasiado complejo de platos de disco y portátiles Mac, con los auriculares pegados a una oreja y sacudiendo un brazo en el aire al compás del ritmo.

Nosotros estamos aquí porque deben vernos aquí. Entre los

glamurosos. Entre la gente que importa. Das Herz lleva solo una semana fuera de la clínica de desintoxicación de Helsinki, y este es su primer concierto desde hace nueve meses. Hay periodistas para cubrir el evento y harán comentarios en Twitter para contar que incluso Roman Kladivo, el gángster y heredero de la familia del crimen organizado más importante de Europa central, ha asistido con su nueva novia.

Hay champán Cristal en un cubo con hielo a nuestros pies, enviado por un rapero estadounidense que todos conocen menos yo. Hay cocaína en la mesa que tenemos delante, esnifada por la recua de amigos de Roman vestidos de chándal. Alguien presume de su nuevo tatuaje: un diablo de color naranja y rosa montado en moto. Otro presume de su nueva Glock de 9 milímetros: una hermosa pistola de compuestos plásticos con un tambor para quince balas.

—¿Qué te ha pasado? —pregunta alguien importante a Roman al ver su ojo morado y la venda de la mano.

—Un accidente de coche —contesta Roman—. Volqué el Lambo en la 18. —«Lambo» es la abreviatura de Lamborghini, así los que tienen que usar la palabra con frecuencia se ahorran tiempo.

Sigue bajo los efectos del Percocet y la morfina. La medicación y el champán y el whisky y la cerveza están poniendo especialmente simpático a Roman esta noche, ávido de presumir de nueva novia y de su posición como rey y monarca muy hetero de los clubes de Praga.

Yo sonrío a todo el que viene a presentar sus respetos y río con ganas sus bromas. Acepto el caviar que me envía la estrella japonesa del pop invitada. Beso en la mejilla al hijo de un sultán de Dubái.

Sin embargo, la celebración dura poco, afortunadamente. Pasa solo media hora del concierto cuando llega un intruso. Es Emil, sudoroso, furioso.

—¿Es que no contestas el móvil, joder? —grita a Roman en inglés lo bastante alto para que lo oiga a pesar de la música.

—Relájate. Esnifa un poco. Ya te traigo algo. ¿Adónde coño se ha ido la camarera? *Servírka!*

—Te he enviado hasta cuatro mensajes, puede que cinco —le reprocha Emil—. Roman, hay un problema.

—Siempre hay un problema —se lamenta Roman—. *Servírka!*

—A Libor lo ha pillado la policía. Dicen que es por robo de mercancías.

Roman se presiona el tabique nasal.

—Pues que lo suelten bajo fianza por la mañana.

Emil mira en mi dirección.

—Libor y yo teníamos que hacer eso esta noche. Ya sabes, lo del cargamento que se suponía que debíamos recoger, la entrega en el *tábor.*

«*Tábor.*» Es la palabra que había usado Kladivo para referirse a la comisaría de policía secreta.

—Dejadme que os ayude —me brindo.

Emil se encoje de hombros.

—Verás, no quiero ofender a la novia del jefe...

—Llévatela —ordena Roman—. Llévate a Sofia.

Emil ríe con incredulidad.

—En serio, Roman...

—Mi padre dice que ella tiene que aprender el negocio —lo interrumpe Roman al tiempo que apretuja el hombro de Emil.

—¿Y qué?

Una especie de sonrisa desagradable aflora al rostro de Roman.

—Que se lo enseñes.

24

Es medianoche, y una lluvia fina ha empezado a caer mientras vamos por la calle Sokolovská. Esta parte de la vía está casi dormida, las persianas metálicas de las tiendas están echadas y las cortinas bajadas en las ventanas de los pisos. Hay un fuego ardiendo en alguna chimenea de leña. Huele a hogar, y desearía estar allí, leyendo a Kafka y acurrucada bajo una manta, o haciendo lo que sea que hace la gente normal delante de una chimenea en Praga. En lugar de eso, estoy tomándome un café en vaso de papel, de ese turco y fuerte con textura de fango de río en el último puesto de kebab abierto tras dos manzanas de caminata.

Aquí es donde se supone que Emil me recogerá después de haber ido a buscar el camión y que yo haya regresado al piso para quitarme la ropa de salir por la noche. Al cabo de la calle veo un camión pequeño y cuadrado doblando la esquina, sus faros amarillos ametrallan la calzada que tiene por delante y apuntan directamente hacia mí. Incluso desde esta distancia puedo oír la música de hip-hop que suena en su interior.

Va frenando y se detiene ante mí, me subo al asiento del acompañante. Emil se queda mirándome, lleno de rabia por tener que trabajar con una mujer, sobre todo conmigo, y tiene un aspecto aún más peligroso con el fulgor azul de las luces del salpicadero proyectado en su rostro. Acelera y dobla a la izquierda. En cuestión de minutos, nos incorporamos a una autopista en dirección norte.

—¿Por qué quiere Roman que justo ahora te tires a la calle? —me plantea Emil—. Creía que eras demasiado fina para estar con nosotros.

—La expresión correcta en inglés es «que te eches a la calle», no «que te tires» —lo corrijo en voz bien alta para que me oiga a pesar del espantoso rap checo que retumba desde los altavoces.

—Que te den por culo, ¿sabes? Eres rusa —exclama.

—¿Puedo bajar el volumen de la música?

—Soy yo. Es mi disco. Me llamo MC Vrah. «Vrah» podría traducirse por gángster, asesino. ¿Sabías que era rapero?

Bajo el volumen de todas formas.

—¿Qué vamos a recoger?

—Cargamento. Es todo lo que me autorizan a decirte. —Se pone en el carril izquierdo, adelanta a toda pastilla a una caravana de camiones, las coloridas lonas que cubren sus tráileres se sacuden como velas bajo la luz de las lámparas de vapor de sodio.

Hay una mochila en el espacio que queda entre ambos, la cojo y me la pongo en el regazo.

—¿Qué es esto? —pregunto.

—Lo que vamos a entregar a cambio del cargamento —contesta.

Abro la cremallera y saco tres bolsas de plástico llenas de unos cristales amarillentos que parecen caramelos duros. Cada una debe de pesar un kilo aproximadamente.

—¿Drogas? —pregunto.

—¿Acabas de salir del pueblo? Es metanfetamina en cristal. De la mejor. Importada de Oklahoma —me informa Emil y luego añade con orgullo—: Es un territorio de Estados Unidos.

No tengo ni idea de cuánto valen tres kilos, pero seguro que es un montón. Teniendo en cuenta que llevamos un camión y no un coche, seguro que vamos a cambiarlo por algo bastante importante.

—Casi se me olvida —dice y empieza a rebuscarse en los bolsillos de la chaqueta. Saca una pistola y me la coloca en el regazo—. Por si acaso.

—Por si acaso ¿qué?

—Ya lo verás —responde.

Viajamos sin hablar durante largo rato, los únicos sonidos proceden de la autopista y de los altavoces, un bajo grave y machacón y la voz de MC, el gángster asesino. Entonces Emil empieza a frenar cuando se sitúa a la derecha. El carril se separa del resto de la autopista y pasamos por debajo de un letrero que anuncia NĚMECKO. Alemania.

Salimos de la República Checa alrededor de las dos de la madrugada. Ya no existe el cruce fronterizo físicamente, solo quedan los restos: las garitas de tablones de madera de los guardias fronterizos y las barreras ya siempre levantadas. Lo que hizo la Unión Europea para facilitar la movilidad comercial también ha facilitado el comercio para los delincuentes. A personas como Emil, y ahora, por lo visto, también a personas como yo.

Salimos de la autopista a un par de kilómetros de distancia de la frontera y pasamos por un pequeño pueblo donde todos los edificios se ven negros por la oscuridad nocturna. Reduce la marcha y gira a la izquierda en la última calle antes de que empiecen a aparecer los campos de siembra. Es un callejón, y lo seguimos hasta llegar a una zona de carga y descarga situada tras una tiendecita.

Hay un tío con vaqueros y chupa de cuero esperando, con una pierna apoyada en la pared. Al vernos, apaga el cigarrillo tirándolo a un charco, como si fuera la versión alemana de James Dean, y se acerca.

—*Was geht ab, bro* —dice Emil por la ventanilla abierta.

Los dos empiezan a darse la mano de una forma complicadísima, que culmina con un abrazo y unas palmadas en la espalda.

James Dean me ve y asiente con la cabeza.

—¿Quién es la nena? —pregunta en inglés.

—Sofia. La nueva. El jefe cree que es una buena idea tener una chica en estos tiempos que corren —responde Emil.

Me echa un vistazo y asiente con la cabeza.

—Me llamo Fischer —se presenta. Luego vuelve a mirar a Emil—. Los tíos que están ahí dentro son gángsteres de los de verdad. Ni se os ocurra cagarla, ¿vale?

La puerta corredera de la zona de carga se abre hacia un lado. Los gángsteres de verdad encajan muy bien en el papel, con sus chupas de cuero desgastado y parcheadas, con sus botas de trabajo moviéndose con impaciencia sobre el suelo. Pero Emil pasa por delante de ellos con ligereza y baja del camión.

—Vamos —me indica.

Fischer, Emil y yo subimos a la zona de carga y entramos a la trastienda. La puerta del garaje se cierra a nuestra espalda y se oye el sonido metálico de las cadenas y los engranajes. Fischer presenta a los hombres, todos con nombres rusos.

El jefe, Max, se encuentra tras un banco de trabajo y nos sonríe con la sinceridad de un perrero atrapando un perro. Tiene pelusilla rubia en la cabeza y lleva parches en la chupa: un murciélago con las garras en una granada y una calavera con dos martillos cruzados por debajo.

—¿La has traído? —pregunta en inglés mientras señala con un gesto de la cabeza la mochila que lleva Emil en la mano.

Emil saca las tres bolsas y las pone sobre el banco de trabajo. Uno de los tipos, el más bajito, abre una bolsa y saca una muestra con unas pinzas. La coloca en un tubo de ensayo y la lleva a un mostrador donde tiene unos cuantos utensilios de laboratorio. Todas las miradas están puestas en él y en la prueba que realiza, y puedo percibir la tensión en el ambiente. Toqueteo la pistola que llevo en el bolsillo.

Al final, el químico se vuelve y habla en ruso, en voz alta, para que los demás puedan oírlo.

Me inclino para acercarme a Emil y traduzco:

—Muy pura. En un noventa por ciento.

Max estira los brazos y sonríe de oreja a oreja.

—Tres kilos, de la mejor calidad.

340

—Como había prometido —asevera Emil—. ¿Tenéis el carga-mento?

Max hace un gesto de asentimiento a sus hombres y los otros dos salen en dirección a la tienda.

—Bueno, ¿lo que habíamos acordado, diez unidades?

—Correcto —responde Emil—. Diez unidades.

Desde algún punto en lo más profundo de la tienda oigo los gritos de dos hombres seguidos por chillidos agudos. A conti-nuación, doblando la esquina, aparece un grupo de chicas jóve-nes, niñas, en realidad. La más joven debe de tener catorce y la mayor, quizá diecisiete. Se me perla la piel de sudor, y unas ganas de vomitar repentinas me revuelven el estómago. Este es el «car-gamento». Ellas son las «unidades».

Van esposadas con bridas de plástico y las empujan con palos. Los hombres les pegan de forma arbitraria, sin otra intención que la de hacerles daño.

—¡Oye! ¡No quiero ni un puto cardenal! —grita Emil y se vuelve hacia mí—. ¡Díselo tú!

Traduzco sus palabras.

Las llevan hasta la entrada. Diez chicas, encorvadas, temblo-rosas, con los ojos muy abiertos por el miedo. Todas son de una be-lleza extraordinaria, espectacular. Esa clase de belleza que desea toda mujer y que temen todos los padres. Unas cuantas se quedan mi-rándome, en busca de un espacio en el terror que sienten para sen-tir odio. Han aprendido a esperar algo así de los hombres, pero han reservado un lugar aún peor para mí en el infierno.

Se me tensa la mandíbula y cierro los puños. «Saca la pistola y libéralas. En nombre de lo poco bueno que queda dentro de ti, Gwendolyn, haz lo correcto.» Pero no lo hago. Me digo que no puedo hacer nada. Tengo una pistola con ¿cuántas balas? Puede que ocho. Aunque fuera una tiradora experta, me habrían abatido antes de que pudiera acabar con solo dos de los rusos. Eso es lo que me digo para evitar hacer algo. Porque soy una cobarde y una egoísta.

Max rodea la mesa de trabajo y se sitúa junto a Emil.

—Bonitas, ¿verdad? La pelirroja es de San Petersburgo. Había pensado en dejártela un poco más cara, pero no. Te la dejo como... —me mira—, *podarok?*

—Regalo —digo.

—Sí, como regalo. Te lo hago y a lo mejor volvemos a hacer negocios juntos, ¿vale?

Emil se adelanta y sujeta a la pelirroja por las muñecas esposadas.

—No tiene marcas de fábrica —observa.

Max se encoge de hombros.

—Tal como pediste, nada de yonquis. Todas de la mejor calidad.

Emil se acerca a otra chica. Ella retrocede y él le acaricia el pelo negro.

—¿De dónde son las demás? —inquiere.

—Polonia, Rumanía, Rusia, Albania. Yo qué sé. He hecho lo que me pediste, buscarte lo mejorcito.

—¿Y están limpias? —pregunta Emil.

Max hace un mohín.

—¿De enfermedades? No tienen nada. Hemos hecho que las revise un médico. Están limpias como el jabón. —Da una palmadita a Emil en el hombro—. Hazles pruebas de VIH, sífilis, lo que sea, si salen positivas, me llamas. Te devuelvo el dinero, no hay problema.

Emil tiende la mano y Max se la estrecha. Todo muy caballeroso.

Alguien levanta la persiana del garaje, y Emil me manda a abrir la parte trasera del camión. Me quedo en la plataforma ayudando a cada una de las chicas a subir, las sujeto por el antebrazo y tiro de ellas hacia arriba. Dos o tres chicas rompen a llorar. Una de ellas incluso se resiste, pero Emil le tira de la cabeza hacia atrás y le pone una pistola en la mejilla, y así acaba todo.

Voy a agarrar a la pelirroja del antebrazo, pero ella se niega y sube sola. Luego me escupe en la cara y me llama «mala puta» en ruso.

Las ventanillas están bajadas, y Emil rapea con Lil Wayne que canta en la radio mientras va golpeando con la mano al ritmo de la música la puerta lateral del camión por fuera.

—Para ya —le ordeno.

—¿Qué? —grita más alto que la música.

Presiono el botón para apagar la radio con la palma de la mano y la música deja de sonar.

—Que pares. Que pares de golpear la puerta y, por el amor de Dios, para ya de cantar.

La sonrisa maléfica de Emil se ilumina con las luces del salpicadero.

—¿Lo ves?, esta es la razón por la que Roman no debería haber enviado a una mujer para este trabajo. Las chicas de ahí detrás son solo putillas, ¿sabes?

—¿Y cuál es la diferencia entre ellas y yo?

Se encoge de hombros.

—Tú vas sentada aquí delante.

Cierro los ojos porque ya no soy capaz de seguir aguantándolo, la rabia que siento y que me quema por dentro y que amenaza con fundirme la piel. Tengo la mano en el bolsillo. Tengo la mano alrededor del mango de la pistola. Busco el gatillo con el dedo. Esto, la misión de encontrar a mi padre, acaba esta noche. Diez vidas a cambio de una, a lo mejor, de dos. Es una decisión fácil, ¿no? Ninguna moral divina me exigiría otra cosa. Me limito a ver cómo le vuela la tapa de los sesos y me hago con el volante.

—¿Vamos a llevarlas al...? ¿Cómo se llamaba? ¿Al *tábor*? —pregunto.

—Sí —contesta Emil.

—¿Y qué les pasará allí?

Emil piensa un minuto mientras se enciende un cigarrillo. El humo sale revoloteando por la ventanilla abierta.

—El *tábor* es para retenerlas. Ya sabes.

—Retenerlas —repito—. ¿Para violarlas?

Emil hace una mueca.

—Son putas, Sofía. No hay violación si son putas.

Quito el seguro de la pistola con el pulgar y saco poco a poco el arma del bolsillo, manteniéndola oculta junto al muslo. Pero antes necesito una confesión de Emil. No me basta con que muera; tiene que saber por qué.

—¿Las violan en el *tábor*, Emil?

—¿Estás de coña? El puto *Pan* Kladivo nos cortaría la polla. Allí solo las retenemos. Hasta la subasta.

Está hablando de la subasta sobre la que leí en la revista alemana. *Fleischkurator*. Marchante de carne. Nos separan menos de treinta centímetros. Tendré que hacerlo deprisa, disparar en cuanto levante la pistola.

—Cada pocos meses —prosigue Emil— se celebra una gran fiesta en el casino. Solo hay chicas especiales como estas. —Se queda mirándome a la cara y parece sorprendido por mi expresión—. ¿Esto te cabrea? ¿Lo de estas chicas?

—¿No te cabrea a ti, Emil? —replico.

Es una pregunta complicada para la mente de Emil, y se queda un rato pensando la respuesta con cuidado.

—Puede que sí —admite al final.

—¿Por qué «puede que sí»? —pregunto.

—Si lo pienso, veo que estas chicas son demasiado jóvenes. Creo que a lo mejor esa pelirroja querría ser maestra de escuela en San Petersburgo, pero nosotros la hemos convertido en una puta. —Emil mira el tramo de carretera con los ojos entornados, es como un filósofo concentrado—. Pero precisamente por eso no lo pienso nunca.

«Claro que no lo piensas. Y gracias, Emil, por ponérmelo tan fácil.» Echo un vistazo fugaz a la pistola, que tengo sujeta con fuerza. «Ahora.»

—Es como ese viejo maricón de ahí —dice Emil de pronto—. ¿Quién es? ¿Qué coño le ha hecho a *Pan* Kladivo? No es asunto mío, así que tampoco pienso en eso.

Me quedo paralizada.

—¿El viejo maricón?

—Sí, ese tío mayor. Bueno no es tan viejo, pero tiene canas. Ahora le han salido. En el *tábor*. En la última celda.

Vuelvo a meterme la pistola en el bolsillo.

—¡Ah! —exclamo—. Ese.

Salimos de la autopista cuando empieza a amanecer, avanzamos dando tumbos por una carretera de doble sentido en muy mal estado, luego por un camino de tierra flanqueado a ambos lados por un bosque. A lo lejos veo las puertas del *tábor*.

Aparcamos en el centro del patio, y Emil apaga el motor. Cuando baja del camión, saco el iPhone del bolsillo, abro la app del GPS y espero a que salga la marca de mi ubicación. Pero no sale nada. No hay señal.

—¡¿Vienes o qué?! —me grita Emil desde dentro—. Estas putas no se descargan solas.

Vuelvo a guardarme el móvil en el bolsillo.

—Ya voy —digo.

El guardia de la puerta y otros cinco del edificio principal se reúnen alrededor del camión mientras levanto la puerta. Las chicas están amontonadas al fondo de la cabina. La mayor está de pie en primera línea, con los brazos alargados, como si quisiera protegerlas.

Uno de los guardias, un gordo bajito que todavía tiene pinta de adolescente, sufre un repentino arranque chulesco.

—¡Venga, zorras! ¡Fuera! —grita y golpea la culata de su Kalashnikov sobre la plataforma del camión—. *Ubiraytes! Raus!*

Las mujeres dan un respingo por la violencia de la orden, pero no se mueven. Emil ordena a todos que las saquen. Yo miro hacia otro lado, debo hacerlo, mientras cada guardia agarra a dos mujeres por el brazo y las saca a rastras. El gordo las empuja con la culata de su arma, obligándolas a avanzar en dirección al edificio.

Emil se sirve un café, y los guardias llevan a las mujeres a las celdas de abajo. Cuando regresan y se sientan a desayunar —alguien les ha traído unas pastas—, me sitúo a un lado y me apoyo sobre la encimera. Emil y los demás mantienen una animada conversación, y el tema parece ser la calidad de las mujeres que están en el sótano. Hay dos Kalashnikov sobre la mesa, junto a la comida. Y todos llevan algún tipo de arma. No tengo ninguna posibilidad, ahora no.

La sala está equipada como una hermandad y huele a toallas usadas y grasa de cocina. El mobiliario de despacho barato y típico de la época comunista queda completado por el sofá viejo de la madre de alguno y una enorme televisión de pantalla plana donde están viendo los mejores momentos del partido de ayer por la noche.

A continuación, en un rincón, veo una mesa de escritorio y una vieja radio con AM y FM. Me acerco a ella. Debe de tener por lo menos cincuenta años. Cuenta con interruptores, diales y un cable que sube hasta el techo, donde desaparece.

De repente alguien grita:

—¡No la toques!

Me vuelvo hacia la mesa y me siento observado: todas las miradas convergen en mí.

—¿Por qué no? —pregunto.

—No hay cobertura de ninguna clase aquí —explica el muchacho regordete—. Sólo podemos comunicarnos con Praga por radio. Mensajes cifrados. Siempre.

Es una forma de comunicación. Nadie puede pedir ayuda si la radio no funciona.

—Las mujeres de ahí abajo —digo—, ¿cuándo comen?

—Cuando nosotros lo decimos —contesta uno de los hombres.

—¿Qué tal ahora? —propongo—. Deberían comer algo.

Se oye un murmullo en la mesa, unas risillas, y el guardia obeso se levanta y baja una caja enorme de barritas energéticas estadounidenses de un armario.

—Solo una por cabeza. Si comen más, se ponen gordas.

Mis pasos resuenan sobre los peldaños metálicos mientras repito el viaje que hice con Bohdan Kladivo. Cada paso redobla el miedo creciente que siento en el estómago, cada paso presiona un poco más el muelle metálico a punto de saltar en mi pecho. No sé qué será peor, si encontrar a mi padre aquí o descubrir que no está. Las barritas energéticas van entrechocando dentro de la caja; debo conseguir que dejen de temblarme las manos.

El pasillo de abajo está vacío y es exactamente como lo recuerdo, con puertas numeradas de celdas en la pared, cada una de ellas con una trampilla a modo de ventanilla y una ranura alargada en la parte de abajo.

Abro la trampilla de la primera puerta. La caja tiembla y está a punto de caer al suelo cuando me pongo la mano en la boca para acallar mi suspiro ahogado. Las mujeres del camión han sido desnudadas y hay dos acurrucadas sobre un catre, mientras otras dos se encuentran en el suelo, en la misma postura; con los brazos desnudos sujetándose las piernas desnudas contra sus pechos desnudos. Por primera vez las veo con toda claridad. Están temblando y miran fijamente hacia delante. Solo una vuelve la cabeza para mirarme por la ventanilla. Su expresión es de miedo transformado ligeramente en indiferencia. Sabe qué ocurrirá a continuación. Ya se lo han contado. No tiene sentido resistirse. Calculo que debe de tener unos quince años.

Introduzco unas doce barritas por la ranura que hay en la parte de abajo de la puerta.

En la segunda celda están las otras seis chicas en un estado más o menos parecido al de las otras. La mayor del grupo, la que había intentado protegerlas en el camión, está sentada rodeándolas con los brazos, ocultando su miedo por ellas. Me recuerda a Marina. Una vez más repito el patético gesto de lanzarles una docena de barritas energéticas por la parte inferior de la puerta.

¿Hay más? Abro la ventanilla de la tercera celda y la encuentro vacía, pero hay mantas retorcidas en el suelo, huellas y el resto de la saliva de algún ser humano que ha intentado ver algo desde el otro lado de la ventanilla. Es la única prueba de que ha habido mujeres ocupando esta celda, lo único que han dejado, pequeñas marcas de vida y desesperación. Quién sabe dónde habrán acabado o si todavía seguirán vivas.

Miro la cuarta celda, la quinta y la sexta. Estas también parecen desocupadas recientemente, aunque eso no me hace sentir mejor. Cierro los ojos y apoyo la frente contra la fría pared de piedra, imagino cuál habrá sido el destino de sus ocupantes. ¿Qué se sentirá al tener un hombre encima, con el cuerpo apestando a sudor y a dinero, gruñendo mientras te penetra, como si fueras un objeto de su propiedad? Este lugar, este *tábor*, ahora lo tengo claro, no es para nada una prisión. Es la antesala del matadero donde los seres vivos son convertidos en carne.

En mi interior, el asco se convierte en odio, y el odio se convierte en furia, y juro por mi vida que haré que los hombres que están arriba y los dos Kladivo, padre e hijo, mueran por esto.

Avanzo hasta la última celda y abro la trampilla de la ventanilla. En su interior veo a una sola persona, es un hombre, tumbado y sin camisa sobre un catre. Tiene la cara contra la pared, pero veo barba en su rostro, castaña con canas. El hombre tiene el pelo alborotado, como si llevara meses sin cortárselo. Parece la foto de un prisionero de guerra de un libro de texto, como la víctima de alguna atrocidad. El hombre se pone boca arriba y se queda mirando al techo. Se le ven las costillas, está esquelético.

Se da cuenta de que la trampilla de la ventanilla está abierta y levanta la cabeza para mirar con los ojos entornados y ver quién anda ahí. A pesar de la barba, a pesar de unos quince kilos menos, a pesar de que el tono de piel le ha cambiado de melocotón a ceniza, me doy cuenta de que es mi padre.

25

Se me debe ver en sombra por la ventanilla, porque mi padre no distingue mi cara o al menos no parece reconocerme. Me llevo las manos a la boca para acallar un grito sordo. Está vivo, vivo, pero solo de momento.

Entonces oigo unos pasos por la escalera. Cierro la trampilla y aparto la mirada, me presiono los ojos con las palmas de las manos e intento contener la respiración.

—¿Has terminado? —Emil está al final del pasillo.

—Sí.

—Date prisa. Quiero volver a la ciudad.

—Un segundo.

Cuando estoy segura de que Emil se ha ido, saco la pistola del bolsillo y la sopeso. ¿Podría disparar a todos antes de que alguno coja su Kalashnikov? No puedo ni planteármelo. Por supuesto que no.

Regreso a la trampilla de la celda de mi padre. Estoy a punto de abrirla de una vez y golpear la ventanilla hasta que me reconozca cuando la lógica se apodera de mí. «No lo hagas —me dice la lógica—. Piensa.»

No hay forma posible de saber cómo reaccionará. No hay forma de gritarle las explicaciones a través de la puerta de la celda sin que me oigan los hombres de arriba. No hay forma de que no me salga el tiro por la culata cuando estoy tan cerca de la línea de meta.

Me obligo a alejarme, luego vuelvo a subir la escalera hasta la sala del primer piso.

—He terminado —informo a Emil.

—¿Has estado llorando?

—Que te den —le espeto—. Vámonos.

Al subir al camión, prometo en silencio a mi padre y a las chicas que volveré a por ellos. Luego hago la misma promesa a Emil y también a los demás hombres.

Estoy de pie junto a Roman, en su cama, con su pistola levantada y apuntándola a su cabeza. Él está boca arriba, roncando como un cerdo, el pecho se le hincha y deshincha bajo la venda que lleva en las costillas. La justicia exige que lo mate. No hay duda de que cuando le vuele la tapa de los sesos y estos queden estampados contra el cabecero de la cama, las nubes se retirarán, los pájaros cantarán y un coro de víctimas de Kladivo me ensordecerán con su suspiro colectivo de agradecimiento y alivio.

Pero no apretaré el gatillo. No lo haré porque con eso no liberaría ni a mi padre ni a las mujeres de las celdas. Él no es el único hombre de este ejército de malvados. Roman ni siquiera es el único con el apellido Kladivo. Sin embargo, algún día, pronto, apretaré el gatillo, y con eso me basta para soportar los segundos siguientes. Vuelvo a guardar la pistola en la cartuchera que lleva en el tobillo y la dejo entre las botellas de colonia perfectamente colocadas sobre su cómoda. Luego recojo del suelo la ropa que él vestía anoche. Pongo su traje en la percha de cedro y lo cuelgo del tirador de la puerta. Arrugo la camisa que huele a alcohol derramado y la pongo en la cesta de la colada.

«Mira, Roman, cómo cuida de ti tu amante.»

Regreso al comedor y a la botella de vino que abrí al volver al piso a las siete y media de esta mañana. Es del bueno, de color rojo oscuro y con gusto a uvas pasas y tierra. Aunque ahora mismo su sabor me da igual. Lo uso como medicina. Me sirve para intentar no ver lo que he visto, y olvidar los cuerpos temblorosos de esas chicas, esas pobres chicas, esas pobres chicas aterrorizadas.

—Creía que no bebías.

Me vuelvo y veo a Roman de pie al final del pasillo con un albornoz.

—Hoy me ha parecido un buen día para empezar —comento, consciente de lo pastosas que suenan mis palabras.

Él asiente.

—¿Cómo fue anoche? ¿La recogida con Emil?

—No sabía que el cargamento que íbamos a recoger fueran mujeres.

Asiente con indiferencia.

—Me apetece un café.

—¿Qué?

Señala la cocina con un movimiento de la cabeza.

—Me apetece un café. Prepárame uno.

Lo miro mientras camino hacia la cocina. Un monstruo educado en Yale con un albornoz caro.

Roman me sigue y me dice cómo usar correctamente la máquina de café. «Dale a esa palanca, no a la otra. Llénala hasta esta línea, no hasta la otra.»

—Es una máquina italiana, joder, tienes que tratarla con cariño —protesta. Roman está disfrutando con esto, dándome órdenes para realizar una pequeña tarea doméstica. Se apoya contra la pared y se queda mirando a su pequeña concubina doméstica.

Termino de prepararlo y le paso una taza de *espresso* deslizándola por la encimera.

—Las llevarán a una subasta, ¿verdad? ¿A las chicas del *tábor*?

—Siempre uso un platillo —puntualiza, y señala la taza—. Para el café.

Encuentro los platillos en el armario y saco uno para él.

Se queda mirándome durante un rato, toma un sorbo del *espresso*, y me mira un poco más.

—¿Quién te ha contado lo de la subasta? ¿Emil?

—Sí.

—Bueno, tú querías aprender el negocio —comenta—. Pues ese es el negocio.

—Eran solo... Solo niñas —tartamudeo—. Criaturas, Roman.

—Así es la vida. Algunas personas son más valiosas que otras. —Deja la taza sobre el platillo en la encimera y se mete las manos en los bolsillos del albornoz—. Buen café, por cierto. Esa máquina puede ser un poco complicada, pero lo has hecho bien.

—Me alegro.

Transcurren unos minutos, y Roman me sujeta por la camisa y me empuja contra la pared. Saca un cuchillo del cuchillero que hay sobre la encimera y me pone la punta a la altura de la nariz. El filo no tiembla ni se mueve. Lo sujeta con una firmeza brutal.

—¿Sabes lo que tenían esas crías en sus pueblos? Nada de nada, joder. Nosotros les compramos vestidos de Versace, las llevamos a la peluquería.

«Mátalo ahora. Mátalo por principios. Mano a la muñeca. Rodilla a la entrepierna. Cuchillo al cuello.» Pero en lugar de hacerlo, levanto las manos en el aire y suplico piedad.

—¡Lo entiendo, Roman! ¡Por favor!

El cuchillo se queda en el mismo sitio durante un instante, con la punta a menos de un centímetro de mi piel. Y por detrás se encuentra el gesto torcido y furioso de Roman. Entonces me suelta la camisa y me empuja con un golpe tal que impacto contra el suelo al tiempo que grito.

Noto una gota de algo húmedo en el labio, y una gota de sangre cae en la baldosa de mármol, rojo sobre blanco. Es seguida por una segunda gota y una tercera, y se forma un conjunto de gotitas sobre el suelo que parecen los tiros pegados a una diana. «Derríbalo doblándole las piernas.»

Roman deja el cuchillo en la encimera y se arrodilla a mi lado.

—Has engañado a mi padre para que crea que eres una zorra dura. Pero yo me pregunto, Sofia, de verdad que me pregunto si eres lo bastante dura para este negocio. Lo bastante dura para hacer lo que haga falta.

Permanezco en el sitio un rato, en el suelo, y me centro en la sangre.

—Soy lo bastante dura —asevero.

—Lo bastante dura ¿para qué?

—Lo bastante dura para hacer lo que haga falta.

26

Me gustaría dar las gracias a Bohdan Kladivo y a su hijo Roman. Me gustaría dar las gracias a Emil y a Libor y a los tres ingleses y al tío del tren de Berlín a Praga. Me gustaría dar las gracias a Paulus y también a Christian. ¿Y quién podría olvidar al cerdo del callejón trasero del bar de París? ¿Cómo se llamaba? ¿Cabra flaca? ¿Cabra gorda, Cabronazo? ¿Quién se acordaría? En cualquier caso, me gustaría dar las gracias a todos esos hombres. Por las lecciones que me han enseñado. Por la práctica que han supuesto para esto que tengo dentro, la crueldad, que crece cada día más, se hace más fuerte y más cruel.

Es la mañana de la subasta, martes. Y, por cierto, también es el día de mi cumpleaños. Hoy cumplo dieciocho, o, mejor dicho, Gwendolyn Bloom, esa antigua y obsoleta versión de mí misma, que existía antes de que la crueldad la devorase, cumple dieciocho años. El decimoctavo cumpleaños es el día en que te conviertes en adulta, el día en que reúnes todo lo que has aprendido como niña y lo aplicas en el mundo de los mayores. Todo lo sucedido hasta hoy era un simple preludio, un ensayo de lo auténtico de verdad.

Aunque esta noche habrá una celebración, un importante evento con Roman vestido de traje y yo con mi vestido esmeralda de lentejuelas, el motivo no será mi cumpleaños. Habrá hombres que lleguen en sus jets privados de todas partes del mundo, hombres tan privilegiados que su dinero les permite trascender la moral y comprar a otro ser humano.

Y estas transacciones trascendentales son acompañadas por una gran ceremonia para que sientan que hacen lo correcto y actúan de forma civilizada. Por ello, el casino se cierra para que se sirvan —Roman me ha enseñado el menú— *crudités* preparadas esa misma mañana por el chef del Ritz-Carlton y botellas de whisky de cincuenta y cinco años Macallan y suficiente champán Armand de Brignac para ahogarse en él. Bohdan y Roman pasan el día acariciando el lomo a sus clientes, mientras la mayoría de los socios más antiguos supervisan la gestión del ejército contratado para vigilar a las chicas, que ya están en la privada tercera planta del casino, peinándose, maquillándose y dando los últimos retoques a sus vestidos.

Pero los tíos de la calle no tienen nada que hacer aquí esta noche. Emil y Libor tienen que estar en otro lugar, cerrando otro trato. Y con ellos cuento para que me ayuden, aunque ellos todavía no lo sepan.

—Ventila mi chaqueta de noche y déjala colgada en el baño —me pide Roman antes de salir—. Y mi pajarita está arrugada. Cómprame una nueva en Pařížská, de groguén, no de satén, e intenta encontrar mis gemelos.

—Por supuesto —le respondo y me quedo mirando cómo se cierra la puerta tras él.

Puede que ellos estén muy ocupados, pero yo también lo estoy. Así que después de sacar la chaqueta del traje de la bolsa de plástico de la lavandería, rebuscar en los cajones para encontrar los gemelos y pasar por su tienda de ropa para caballeros a comprar una nueva pajarita, la crueldad y yo nos preparamos para arrasar con el mundo.

El edificio donde vive Libor, en un barrio gris a la salida de Praga 8, no está tan mal. Está bien conservado, y hay macetas con flores en casi todos los balcones. Las tejas de terracota relucen incluso bajo la luz tenue del mediodía.

Me quedo entre las personas que salen y entran en un pequeño colmado que hay en la calle de enfrente y desde aquí veo que el coche de Libor sigue aparcado frente a su edificio. Luego me meto en un callejón, saco una nueva tarjeta de teléfono, y marco el 1-1-2, el teléfono de urgencias en Europa. La teleoperadora habla en checo, claro, pero, como yo no lo hablo, le explico la historia en ruso, porque sé que están grabándolo. Al principio tengo miedo porque no estoy acostumbrada a actuar. ¿Resultaré convincente? ¿Pareceré sincera? Aunque, en realidad, no he dejado de actuar desde que llegué a Europa.

—Un hombre llamado Libor Kren me ha pegado —digo—. Me ha amenazado con una pistola. Va hasta las cejas de metanfetamina y tiene un montón más en su piso. Debe de tener cinco o seis kilos. Es un traficante, el tal Libor. Oh, tengo mucho miedo. Estoy hablando escondida en su baño. Su dirección es Na Strázi, número 556, *Praha* 8. Por favor, dense prisa. Temo por mi vida. Está aquí, en la puerta...

Entonces cuelgo, saco la tarjeta SIM y la aplasto con el tacón de la bota. Me quedo mirando desde la calle de enfrente y cuando han pasado exactamente seis minutos y cuarenta y tres segundos desde que he colgado, veo que llegan dos coches patrulla y una furgoneta de las fuerzas especiales al mismo tiempo. Son polis de Praga, con sus cascos y su armadura de medio cuerpo, sus ametralladoras sujetas a la altura del hombro, y suben corriendo por la escalera del edificio. Transcurridos dos minutos, Libor y su hermano yonqui salen arrastrados a la fuerza de su piso. Libor tiene un ojo a la virulé y camina sin duda cojeando.

Ha pasado menos de una semana desde que detuvieron a Libor por última vez —la noche que se suponía que debía acompañar a Emil—, y no me cabe duda de que serán más duros con él en esta ocasión. La chica rusa oculta en el baño no ha aparecido, evidentemente, ni tampoco los cinco o seis kilos de metanfetamina que la persona que llamó dijo que estaban en el piso. Pero seguro que había alguna otra droga y, más que seguro, unas cuantas armas. Aunque cuente con la defensa de los mejores abogados de Praga, no saldrá hasta dentro de un día o dos. Y eso es cuanto necesito.

Cojo el siguiente tranvía hacia Praga 1 y llego al casino media hora después. Allí todavía no se han enterado de la detención de Libor, pero yo me quedo en él y finjo ayudar en los preparativos para la subasta de esta noche. Cuando oigo blasfemar en voz alta a Emil, sé que ya han llegado las noticias. Debían recoger un cargamento hoy, de algo no relacionado con la subasta, pero sí muy importante. La ausencia de Libor provoca ciertos problemas y obliga a Emil a improvisar. ¡Qué suerte que yo esté por aquí!

Me lo llevo a un pasillo y me ofrezco voluntaria, aunque a regañadientes.

—¿Está muy lejos? —pregunto.

—No mucho —contesta Emil.

—¿Estaremos de vuelta antes de que anochezca?

—Mucho antes.

—Entonces vamos —digo.

Esta vez no hay camión ni furgoneta. Únicamente un viejo Škoda conducido por Emil. No tiene matrícula, solo una pegatina temporal en la luna trasera del coche emitida por el registro de la ciudad de Bratislava, Eslovaquia. Supongo que nos dirigimos hacia el *tábor*, pero entonces Emil se adentra en la autopista en dirección a Brno, una ciudad situada a unas dos horas al sudeste de Praga.

—¿Qué hay en Brno? —pregunto.

—Lo que vamos a recoger —responde, y el tono con el que responde me deja claro que no me dará más detalles.

—Pero iremos a entregarlo al *tábor*, ¿verdad?, ¿sea lo que sea?

Se queda mirándome.

—¿Por qué quieres saberlo?

—Solo por curiosidad.

—Sí —afirma—. ¿Por qué sonríes?

Me imagino a mi padre en su celda, con la mirada fija en la puerta, sin esperanza, sin saber que solo faltan unas horas para el final de todo esto.

—¿Estaba sonriendo? —pregunto.

Esta vez es una cuestión de dinero en efectivo, Emil me lo ha contado luego, al tiempo que sacaba su mochila del asiento trasero. Miro en el interior y veo montones de fajos de quinientos euros envueltos en plástico: cuatrocientos cincuenta mil euros en total. Resulta sorprendente lo pequeña y ligera que es esa gran cantidad.

Cuando ya hace una media hora que hemos salido de Brno, dejamos la autopista y nos metemos por una carretera desierta, entre dos fábricas cerradas, con las chimeneas apagadas y los aparcamientos vacíos. Nos detenemos a un lado de la carretera y esperamos. Al igual que hizo en nuestra última recogida, Emil me entrega una pistola.

—¿Esperas que haya problemas?

—Nunca se sabe —sentencia.

Llevamos allí solo cinco minutos cuando aparece un camión pequeño dando tumbos por la curva del final de la carretera. Parece el típico vehículo que se alquila para una mudanza, pero los laterales no llevan ningún cartel, ningún logotipo, la única marca es el número de la matrícula. Lleve lo que lleve dentro, su peso hace que el camión se incline mientras va dando tumbos y bandazos al pasar por encima de los baches. Se detiene a unos diez metros de nosotros.

Emil baja.

—Quédate aquí y ten la pistola lista —me indica—. Cuando te haga una señal con el brazo, así, saca la mochila con el dinero.

Dos tíos trajeados bajan del camión. Llevan el pelo negro muy bien cortado y llevan trajes baratos. Uno lleva un viejo Kalashnikov.

Emil se acerca, y entablan una breve conversación que termina con una amplia sonrisa de un tío con las espaldas muy anchas que viste una corbata naranja. Emil se vuelve y me saluda con la mano, me acerco caminando hacia ellos, con la mochila en la mano.

Sean de donde sean los dos tíos, no comparten otro idioma que no sea el inglés con Emil.

—¿Esta es tu novia? —pregunta el tío de la corbata naranja.

Emil coge la mochila y se la pasa.

—Es mi socia, Nikko.

—A lo mejor la quiero para que sea mi socia —dice, y coloca la mochila en el asiento del conductor del camión al tiempo que me echa una mirada lasciva.

Me pongo en tensión, y rodeo la pistola del bolsillo con los dedos.

—Vamos a acabar con esto —ordena Emil.

Nikko abre la bolsa y toquetea con los dedos los fajos de billetes mientras el tío del Kalashnikov se mantiene en guardia.

—Está todo bien —anuncia Nikko pasado un rato—. Vamos, amigos, echemos un vistazo a lo que habéis comprado.

Emil y yo lo seguimos hasta la parte trasera del camión mientras el tío del Kalashnikov se sitúa unos pasos por detrás de nosotros. Levanta la puerta y aparecen unos cajones verdes con letra china impresa que ocupan más o menos la mitad de la zona destinada a la carga.

—Veinte cajas, lanzagranadas antitanque PF-89, modelo estándar de 80 milímetros —dice, pasando la mano por los cajones como si fueran el capó de un coche exclusivo.

—Ábrelas —le pide Emil.

Nikko coge una palanca de hierro del interior del camión y hace palanca para abrir la tapa. En su interior hay cinco lanzagranadas colocados en sus soportes de madera. Son objetos de aspecto enclenque, barato, hechos de piezas metálicas selladas y de plástico, pero, aun así, letales.

Mientras Emil inspecciona la mercancía, hago cálculos mentales. Cinco lanzagranadas por caja por veinte cajas hacen un total de cien lanzagranadas. Si con cada uno se obtiene una media de, digamos, en números redondos, diez víctimas, tendríamos, en teoría, mil muertos.

«Buen trabajo el de hoy, Gwendolyn. Puedes estar orgullosa.»

—La matrícula del camión es eslovaca, sin antecedentes —dice Nikko cuando entrega las llaves a Emil—. No debería haber problemas.

El camión que nos ha entregado va más lento y mucho peor que el coche que les hemos dado a cambio, pero a las cuatro de la tarde estamos a una hora de distancia del *tábor*. Por el tipo de cargamento que transportamos, Emil escoge, ante todo, carreteras secundarias.

—No nos interesa que nos paren llevando una mierda como esta —me explica.

—¿Quiénes eran esos tíos?

—Nikko. Consigue los lanzagranadas del Ministerio de Defensa búlgaro. Al otro tío no lo conozco.

—¿Y a quién se los venderá *Pan* Kladivo?

—Es algo demasiado gordo para vendérselo a nadie de Europa. —Se encoge de hombros—. Pero mientras no estén apuntando hacia mí, ¿a quién coño le importa, no?

Me pongo a mirar el mapa de papel desplegado sobre mi regazo y voy dando indicaciones a Emil mientras él me cuenta que va a gastarse el dinero de este negocio en un sofá de piel y en la operación de cadera de su madre.

—¿Es difícil de conducir este camión? —pregunto.

Niega con la cabeza.

—No depende del camión, ¿sabes? Es un vehículo potente. Si sabes conducir un coche, sabes conducir esto.

Desde que nos mudamos a Nueva York, apenas he conducido. Pero asistí a un curso de conducción para hijos de diplomáticos en Moscú. Todas las semanas, mi padre y yo salíamos a conducir por las afueras y practicábamos un poco con su pequeño utilitario Volvo.

—¿Puedo intentarlo?

—¿Conducir el camión? —se sorprende Emil—. Ni de coña.

Pero lo convenzo para que me deje y cuando por fin nos cambiamos unos kilómetros después, Emil hace un mohín cada vez que meto mal la marcha y el cambio rasca. Solo después de un rato suelta la mano con la que se aferraba aterrorizado al agarradero sobre la ventanilla del acompañante y se tranquiliza. Tenía razón; es igual que conducir un coche, solo que es más grande y menos ágil.

—¿Vas a ir a la subasta esta noche? —pregunta mientras el camión va dando tumbos por una vacía pista de tierra.

—No me han asignado un precio, así que no.

—Yo tampoco iré —admite con amargura—. Los tíos de la calle no somos bienvenidos. A *Pan* Kladivo le da miedo que eructemos o que digamos algo inapropiado delante de sus amigos multimillonarios. Puto clasista.

—¿Si las mujeres ya están en el casino, quién queda en el *tábor*?

—Los seis guardias de siempre, y todavía tenemos al... Bueno, ya sabes.

—No, no lo sé.

—A ese viejo maricón. En la celda. Da igual. —Sacude la cabeza—. ¿Me haces un favor?

Sujeto con fuerza el volante.

—¿Qué?

—Pregunta a Roman por cuánto se vende la pelirroja. La de San Petersburgo, ya sabes. —Emil tamborilea con los dedos en la ventanilla—. Algún día tendré un millón de euros y la compraré. O, ya sabes, a ella no. Una como ella. Pero con las tetas más grandes.

Al escuchar eso, decido que ha llegado el momento.

Paro el camión en el arcén y abro mi puerta.

—Le pasa algo a la rueda —anuncio mientras bajo.

Camino hasta el lado del acompañante, me quedo junto a la rueda trasera y llamo a Emil. Él baja del camión.

—Mira —digo señalando la rueda.

La mira con los ojos entrecerrados.

—Está bien.

—Mírala más de cerca.

Emil se acuclilla y golpea el neumático con el puño.

—Perfecta.

Pero cuando se vuelve, tengo la pistola que me ha dado fuera del bolsillo y apuntándole al centro de la frente. Se queda boquiabierto y le disparo justo encima del ojo derecho.

Una bandada de pájaros sale volando de entre los árboles que nos rodean y, durante un instante, revolotean por el aire como ángeles enfurecidos. Luego se esfuman y solo quedamos el cadáver de Emil y yo.

El guardia de la entrada del *tábor* abre la puerta con decisión. Me reconoce y, por la velocidad a la que voy y los bocinazos que voy dando, queda claro que hay una emergencia.

Detengo el camión en medio del patio, echo el freno de mano y bajo de un salto.

—¡Han disparado a Emil! —grito al guardia de la puerta—. ¡No te quedes ahí parado, idiota, ve a buscar ayuda!

El guardia grita algo en dirección a la puerta, y salen otros cuatro del edificio principal corriendo en mi dirección. Es el grupo de siempre, los mismos hombres que estaban de guardia la última vez que estuve aquí. Levanto la puerta trasera del camión.

—Pesa mucho —digo—. Tendréis que llevarlo entre todos.

Los cinco se suben e intentan levantar el cuerpo, sin saber muy bien qué hacer. Entonces se agachan y empiezan a dar golpecitos a Emil, como si lo único que tuvieran que hacer fuera despertarlo. Veo la tira de la puerta y tiro de ella hacia abajo con fuerza. Se encaja en el cierre ruidosamente; echo el cerrojo y los encierro.

Sus gritos quedan amortiguados por las paredes del camión,

pero lo que quieren decir queda bastante claro. Al principio están confundidos y luego empiezan a gritar órdenes para acabar estallando de rabia. En cuestión de segundos comienzan a aporrear la puerta para salir e intentan levantarla mientras el cerrojo traquetea con fuerza.

Cuando regresábamos de recoger los lanzagranadas el único plan que se me ocurrió fue encerrarlos. Pero mientras estaba cargando el cuerpo de Emil en el camión pensé por qué no aprovechar la ocasión para hacer de este mundo un lugar un poco mejor.

Y a tal fin, entro de nuevo en la cabina del camión donde he puesto un lanzagranadas que he sacado de los cajones. Es sorprendentemente ligero si una piensa en el daño que es capaz de provocar, pero bueno, esa es la idea, ¿no? Ligero y tan fácil de usar que hasta un niño podría utilizarlo.

Avanzo con dificultad sobre el fango hasta el fondo del patio, me apoyo el arma en el hombro y apunto con la mirilla hacia el centro del camión. Hay un seguro muy sencillo, parecido al de mi pistola, y lo desplazo con el pulgar.

Oigo más gritos procedentes del camión, y el ruido de las balas cayendo sobre el metal. A uno de ellos se le ha ocurrido abrir el cerrojo de la puerta a disparos.

El ruido de la granada al salir disparada a través del aire me pone los pelos de punta. Que algo tan sonoro y potente —casi me tira al suelo— pueda provocarse con la simple acción de apretar un gatillo supera los límites de mi imaginación. Y habría sido una idea que he debido tener en cuenta, si no fuera porque dura menos de medio segundo. Se extingue con el rugido que sigue al resoplido, con la avalancha naranja y blanca del fuego que sale disparado, como una bola, del camión hecho pedazos. Siento que mi cuerpo se levanta del suelo, y de pronto me da la sensación de que me he equivocado al calcular la distancia de seguridad a la que debía colocarme. Noto que mi cuerpo sale volando y cae hacia atrás, y pienso que morir así no es tan doloroso como había imaginado.

Permanezco inconsciente unos segundos. Luego abro los ojos y veo el cielo sobre mí, un cielo gris plomo, un cielo sin sol, un cielo sin vida. Siento el dolor sordo del impacto contra el suelo, aunque no recuerdo el golpe que lo ha provocado.

Noto algo extraño en la visión cuando logro ponerme de pie, como si el mundo se viera con más definición que antes, como si ahora viera con más claridad. El camión se ha convertido en una estructura en llamas como un pequeño recuerdo de lo que fue, y me parece bonito. Los hombres de su interior están muertos, y de lo único que me arrepiento es de que no hayan visto cómo caía la cuchilla sobre su cuello. Me reviso el cuerpo para ver si tengo alguna herida, algún orificio, pero, aparte del barro, estoy limpia.

Tiro el lanzagranadas al suelo, saco la pistola del bolsillo y me dirijo hacia la prisión. Han subido cinco guardias al camión, no los seis que, según Emil, suelen estar en el lugar. Eso significa que solo queda uno en algún punto del *tábor*, y debo estar preparada para encontrármelo.

La entrada y el recibidor están desiertos, y también la cocina. Tiro la radio al suelo, es el único medio de comunicación entre el campo y Praga, y arranco un puñado de cables de la parte trasera. Luego rebusco en los cajones hasta que encuentro un llavero con pesadas llaves de hierro para abrir las celdas de abajo. Me las meto en el bolsillo y me hago con un magnífico y repugnante rifle de asalto Kalashnikov que alguien ha dejado sobre la mesa. Por último rebusco en los bolsillos de las chaquetas colgadas de los percheros y saco algunas llaves de los coches que están afuera.

Con el seguro del rifle quitado, avanzo con sigilo desde la cocina hasta la escalera, la bajo deprisa y paso corriendo al pasillo de las celdas. El sexto guardia sigue sin aparecer. Abro las trampillas de todas las celdas menos de la última, la de mi padre, y compruebo que están todas vacías.

Acabo en la celda de mi padre y abro la trampilla poco a poco, no quiero verlo, no quiero descubrir que, después de todo lo que he hecho, a él también lo hayan trasladado. Pero está ahí, de pie, caminando de un lado para otro, mirando con preocupación hacia la puerta. Sin duda ha oído la explosión y ha notado cómo temblaba el edificio. Al oír las llaves en la cerradura, se pega a la pared del fondo, con evidente expresión de terror en el rostro.

Giro el tirador de la puerta y la abro.

Él solo ve la ropa manchada de barro y el Kalashnikov. No me habría reconocido de todas formas. La chica que dejó en Nueva York era débil y vivía con miedo al mundo, y la mujer que soy ahora no se parece en nada a ella.

Levanta las manos y se las pone delante porque espera que le disparen. Es lo primero que harían los guardias si alguien atacara el campo. Pero no llegan los disparos, y me mira entre los dedos separados. Entonces se le relaja el gesto —lo percibo incluso a pesar de la barba— y él ladea la cabeza. Me mira con los ojos entornados, y oigo un leve resuello cuando separa los labios.

—Papá —digo.

Pero la palabra le suena a acertijo, como un vocablo de una lengua extranjera que recuerda haber oído pero cuyo significado ha olvidado.

—¿Quién eres? —pregunta en voz baja.

—Papá, soy yo —contesto con la máxima delicadeza—. Soy yo. Gwendolyn.

Levanta los brazos temblorosos durante unos segundos y luego los deja caer a los lados como si cualquier intento de mantenerlos en alto se hubiera esfumado. Sacude la cabeza de un lado para otro, negándose a creer que mi presencia allí no sea una alucinación.

Doy un paso adelante, un paso diminuto, y él retrocede.

—Os lo he dicho todo —comenta suplicante—. Dónde estaban las claves secretas, ya os lo he dicho. Os lo he dicho.

—Soy yo —repito—. Soy Gwendolyn, papá.

Se vuelve y pega la cara a la pared. Lo oigo gimotear.

—Ya no me queda nada. No me queda nada. Lo tenéis todo.

Levanto una mano y me acerco dudosa, pero cuando le toco

el hombro, él retrocede. Luego vuelvo a tocarlo, esta vez con más fuerza, le poso una mano en el brazo. Él se aparta, y siento que la poca musculatura que le queda está temblando.

—Papá. Papá, soy yo. Escucha mi voz, papá.

Sus labios —agrietados, hinchados— empiezan a moverse como si estuviera intentando decir algo. Cierra los ojos, luego vuelve a abrirlos, levanta una mano y me la pone en la mejilla. Tiene la palma y los dedos húmedos por el sudor.

Ahora soy yo la que cierra los ojos, lo hago con fuerza para contener las lágrimas. Me sujeta la cabeza entre sus delgados brazos, y siento su aliento en la coronilla cuando dice:

—Gwen, eres tú. Gwen, mi niña.

—He venido para sacarte de aquí, papá.

—¿Cómo has...? ¿Cómo has llegado hasta aquí?

—He hecho cosas terribles, papá.

Me aprieta con fuerza, toda la historia sobre lo que he tenido que hacer, todo, sin duda aparece en su imaginación como un repentino estallido de calor y luz.

27

Pactamos una tregua tácita por la que acordamos no hacernos preguntas. Él no me las hará y yo no se las haré hasta que hayamos huido de esta cárcel. El sexto guardia todavía podría andar por aquí, y ambos somos lo bastante inteligentes para saber que esto no ha acabado.

Está desnutrido pero en buena forma para moverse con rapidez. Por eso insiste en quitarme el Kalashnikov, como haría cualquier buen padre, porque la intuición le indica que podría hacerme daño. Aunque ya no debería sorprenderme nada, me impacta ver que claramente ha manejado un arma como esta con anterioridad. La comprueba, apunta con ella y, con la expresión estoica de un soldado experto, hace un gesto de asentimiento en dirección a la puerta de la celda. Lo sigo de cerca por detrás, con la pistola en mano y lista mientras subimos por la escalera y cruzamos a toda velocidad la planta baja.

Sin embargo, la expresión estoica se esfuma cuando salimos del edificio y ve la carrocería todavía en llamas del camión. Veo que se le parte el corazón. Se supone que las hijas no deben rescatar a sus padres y no deberían tener que convertirse en asesinas para conseguirlo.

De los coches que están dispuestos en el patio, hay tres que han quedado muy dañados por la explosión, y no tenemos las llaves de otros dos. Entre las dos opciones que nos quedan —un utilitario Fiat y un Toyota Land Cruiser—, escogemos el Toyota.

Mientras rebusco entre las llaves, oigo lo que parece el feroz zumbido de un avispón cruzando el aire y que me pasa junto al cuello. Me vuelvo hacia mi padre y veo una expresión de sorpresa repentina en su rostro mientras un círculo rojo se expande sobre su hombro izquierdo. A mi mente le cuesta procesar qué está pasando, pero a la suya no. Levanta el Kalashnikov con la mano derecha y dispara de forma que hasta el aire tiembla con su rugido.

Vuelvo la vista hacia su blanco y veo al guardia obeso, el chaval que empujaba a las mujeres con la culata de su fusil mientras las sacaban de los camiones, el que me ordenó que solo diera una barrita a cada una para que no engordaran. Lo reconozco en el instante preciso en que se le cae el arma. Se inclina hacia delante tambaleándose, con la boca abierta y las manos lánguidas a ambos lados del cuerpo. Se desploma de bruces sobre el barro.

Cuando vuelvo a mirar a mi padre, él está apoyado en el lateral del Land Cruiser, con la cara blanca y presionándose el hombro con una mano. Ruge de dolor mientras lo ayudo a colocarse en el asiento del acompañante.

—Es solo un hombro, Gwen. Tengo otro —dice apretando los dientes.

Rebusco entre el contenido del vehículo en busca de un botiquín de primeros auxilios. Pero solo encuentro una camiseta interior de color blanco limpia, o que al menos lo parece. La doblo hasta formar un cuadrado compacto y la presiono sobre la herida, y con un rollo de cinta aislante encontrado en la guantera, creo una especie de arnés para el hombro.

—Ha llegado la hora de irse, Gwen —dice a pesar del dolor—. Podría haber más hombres.

Y tiene razón. Además, el arnés del hombro es lo máximo que puedo hacer por él. Pongo el cambio de marchas del Land Cruiser en reductora y paso por las puertas de la entrada principal: el vehículo disfruta como un gorrino al avanzar por la pista de tierra. Cuando llegamos a la carretera principal que conduce a la autopista, me vuelvo y veo que mi padre tiene mala cara.

—¿Adónde vamos, Gwen? —pregunta.

—A la embajada. Pueden ayudarnos.

—No. Nada de embajadas.

—Pero Kladivo... Allí no podrá cogerte.

Alarga una mano y me da un apretón en el brazo.

—Gwen, Bohdan Kladivo es de la CIA. Es de los suyos. Es su hombre en Europa.

Sus palabras me sacuden como un huracán, y me cuesta un rato poder articular mi respuesta tartamudeando.

—No puede serlo. Kladivo es un monstruo, papá. Vende personas... Había mujeres, niñas...

Pero mi padre ya lo sabe, lo ha experimentado.

—Y a la CIA no le importa, Gwen.

—Pero, si es de la CIA, ¿por qué te tenía retenido?

—Por dinero, Gwen. Siempre es por dinero. Así es como funciona el mundo. Su antiguo jefe, Zoric, dejó unas cuentas anónimas. Kladivo y otras personas de la CIA tenían pensado robarlas. Yo lo descubrí. —Una mueca de dolor se le dibuja en el rostro, y se recuesta en el asiento—. ¡Dios, cómo duele!

—Tengo los números de esas cuentas, papá —le hago saber—. Estaban en el libro, en *1984*. Se lo dejaste a Bela, y él me lo dio.

Se encoge por otra clase de dolor.

—Dime que eso no es cierto, Gwen.

—Encontré la consigna en Queens, decodifiqué el código, lo hice todo.

Se le cubre el rostro con un velo de sudor.

—Puto Bela —dice jadeante—. No eran para ti. Jamás deberían haber caído en tus manos... Gwen, ¿tienes un móvil?

Me lo saco del bolsillo y se lo paso.

Marca un número y se lo pone en la oreja.

—Sí, soy el señor Angler —se identifica, pasado un rato—. Diga al señor Martin que me voy hoy de la ciudad, pero quiero hacer una visita larga a su piso antes de irme.

Está intentando hablar con normalidad, pero está claro que el dolor que siente es agónico. Se produce una larga pausa, tal vez de treinta segundos.

—Eso es. La visita larga —dice—. Y me acompañará una invitada. Mi hija.

Cuelga y tira el móvil al suelo.

—¿De qué iba eso? —pregunto—. ¿Quién era?

—Unos amigos. Los únicos amigos que me quedan —responde, y se recuesta en el asiento al tiempo que empiezan a cerrársele los ojos—. Lo siento, cariño. Por lo que está a punto de ocurrir, lo siento.

—Papá, despierta. ¿Qué es lo que sientes, papá? ¿Qué está a punto de ocurrir?

—Nada de embajadas, Gwen. —Habla en voz baja y empieza a caer en la inconsciencia, ha consumido hasta la última gota de energía que le quedaba—. Sigue conduciendo hasta Praga.

Voy tomándole el pulso cada dos minutos mientras conduzco. Está muy débil y es distinto cada vez. Aparco en algún punto de las afueras de la ciudad y compruebo que las vendas están aguantando, y sí, pero es evidente que necesita ir a un hospital. Con todos los guardias del campo muertos y la radio destruida, es casi imposible que Kladivo sepa lo que ha pasado, pero no pienso dejar a mi padre en un hospital cualquiera y dejarlo expuesto al peligro allí.

Encuentro el móvil donde mi padre lo ha tirado y le doy al botón de remarcar el último número. Se oyen tres tonos, cuatro y contesta un hombre.

—Hola de nuevo, señor Angler —dice. Tiene un acento poco claro, inidentificable. Tal vez sea del este de Francia o del oeste de Rusia.

—Soy la invitada del señor Angler, su hija —me presento—. La que él ha dicho que lo acompañaría en la visita larga de... No me acuerdo, del piso de alguien.

—Por supuesto —conviene el hombre—. ¿Ha habido algún problema?

—El señor Angler necesita un médico. Le han disparado en el hombro.

—¿Está consciente?

—No.

Se hace un silencio breve. De fondo oigo el tecleo de un ordenador.

—¿Estáis a salvo en este momento?

Miro a mi alrededor. Estamos en un barrio desierto con almacenes y comercios industriales.

—Sí. No. O, bueno, de momento no hay nadie que nos dispare.

—Quédate donde estás. Alguien irá a recogeros dentro de cinco minutos —me ordena el hombre.

—¿No necesita la dirección?

—Ya la tenemos, señorita. Adiós.

No tengo ni idea de quién o qué va a venir a recogernos, pero mi padre confiaba en ellos así que yo también debo hacerlo. Con todo, saco la pistola y me la pongo en el regazo y miro por el espejo retrovisor para ver a cualquiera que se acerque a nosotros.

Mi padre ha dicho que lo sentía por lo que estaba a punto de ocurrir. Sin embargo, fuera lo que fuese que había planeado tendrá que hacerlo sin mí. Yo ya tengo planes para hoy, y ya casi he terminado. Lo que haré a continuación es una locura, es casi suicida. Mi ser racional me indica que lo deje estar, que siga y termine con este lugar. Pero me lo ordena el instinto y el resto de mi ser debe convivir con ello. Por eso decido hacerlo de todos modos, o morir haciéndolo, o morir intentándolo.

He llegado a Praga porque mi padre me ha obligado a hacerlo, pero me quedaré porque tengo la obligación que asumí cuando entregué a esas mujeres a Bohdan Kladivo. La obligación de liberarlas sin importar a qué precio.

Una furgoneta blanca aparece doblando la esquina. Tiene las

ventanillas tintadas de negro y las palabras VISITAS A LA CIUDAD pintadas en los laterales. En Praga 1, estas furgonetas turísticas son bastante comunes, pero aquí, en las afueras, son una rareza.

Se detiene justo detrás de nosotros, y el conductor baja y se dirige hacia mí. Es un tío alto, de unos cuarenta años, con el pelo castaño canoso y con una chaqueta azul de Visitas a la Ciudad. Bajo la ventanilla

—¿El hombre que está a tu lado es el señor Angler? —pregunta el conductor sonriente. El aliento le huele a chicle de menta y tiene claro acento estadounidense.

—Necesita un médico —digo.

—Eso parece —asiente—. Lo curaremos bien, no te preocupes. —Va hacia la furgoneta y salen un hombre y una mujer. Van vestidos con vaqueros y chaquetas de cuero y llevan una enorme camilla con una cruz roja. Abren la puerta del acompañante y empiezan a examinar a mi padre. Mientras la mujer presiona un estetoscopio sobre su corazón, el hombre toquetea la herida con los dedos enfundados en guantes de goma.

—Vamos a llevarlo a la furgoneta —anuncia la mujer.

Tengo la intención de oponerme, pero el conductor me pone una mano en el hombro para tranquilizarme.

—Son profesionales, y tu padre va a ponerse bien —asevera—. ¿Cómo te llamas, por cierto?

—Sofia... Perdón, Gwendolyn.

—Puedes llamarme Sam —dice—. Bueno, ¿te ha explicado tu padre cómo funciona esto?

—No.

—Esto es una exfiltración... Es una palabra grandilocuente que significa que vamos a sacaros a tu padre y a ti de aquí cagando leches.

—No puedo. Ahora no —replico—. Hay algo que tengo que hacer. Es importante. Hay... Verá, hay personas cuya vida depende de ello.

—O nos vamos ahora o no podremos irnos, ¿lo entiendes?

Ahora, apaga el motor. —Ya no está sonriendo. Hago lo que ordena y pongo las llaves en la palma de su mano abierta.

Retrocede mientras abro la puerta y salgo del Land Cruiser.

—Ocho horas —digo.

—¿Cómo dices?

—Ocho horas —repito—. Me reuniré aquí con ustedes, en este punto, exactamente dentro de ocho horas.

Sam niega con la cabeza.

—No estaremos aquí, Gwendolyn.

—Pues encuentren una forma de estar —le suelto.

Roman ha pasado por el piso para vestirse de fiesta y ya ha salido cuando yo vuelvo. Gracias a ellos mis abluciones —el ritual de limpiarme el cuerpo de la mugre de las tareas realizadas y prepararme para las tareas futuras— pueden ser realizadas en la intimidad. Me limpio el barro y la pólvora con el jabón de aroma a lavanda de Roman, me afeito las piernas con su cuchilla y me peino el pelo con la raya al lado con su gomina.

Desenvuelvo el vestido de noche verde esmeralda con lentejuelas de la calle Pařížská. ¡Dios mío, es precioso! Me lo pongo, consigo, no sé cómo, subirme la cremallera de la espalda y me doy el lujo de mirarme al espejo. En el reflejo no veo mi apariencia, sino a mí, a mí misma. Una mujer vestida para la batalla con uniforme verde esmeralda. Un dragón cuya piel absorbe la luz y proyecta una sombra de mi cuerpo cuando el dragón se vuelve y se acicala y disfruta de lo que ve.

A continuación me pongo los accesorios que necesitaré para la elegante fiesta de esta noche. Guantes largos hasta el codo de color gris perla confeccionados en París. Bolsito de mano de cuentas negras hecho en Milán. Bolitas negras y amarillas de veneno para ratas fabricadas en Corea del Norte.

No creo que consiga llegar a la cita con Sam, cuyos detalles no han quedado precisados. Tras pensar detenidamente en todos los riesgos que voy a correr, es bastante improbable que viva tanto tiempo. Pero he cometido pecados que debo expiar. Lo que esas chicas están sufriendo por mi culpa ya es malo de por sí, pero lo que les ocurrirá después de esta noche es aún peor. Su destino está en mis manos; es el precio que debo pagar por el pecado cometido. Si logro liberarlas, mereceré seguir entre los vivos. Si fracaso o me capturan en el intento, no merezco seguir respirando. En ese caso, me meteré las cápsulas en la boca y las morderé con fuerza. Lo siguiente dolerá, pero será rápido. Más rápido y menos doloroso de lo que me haría Bohdan Kladivo.

Hay una última cosa que debo hacer antes de salir esta noche. Me acomodo en el sofá del comedor de Roman y me siento con los tobillos cruzados. Veo mi reflejo en la ventana: una silueta elegante y sin facciones. Me cuesta un rato reunir el valor suficiente, pero antes de arrepentirme de mi decisión, ya estoy marcando el número en el móvil y está sonando el tono de llamada.

Dos tonos. Tres. Cuatro. Salta el buzón de voz de Terrance.

Me quedo muda como una idiota cuando suena el pitido, pues no estaba preparada para la posibilidad de que no contestara. Oigo mi respiración entrecortada, y eso será lo primero que oiga él: mi malestar ahogado y aterrorizado.

—Hola —digo por fin. Hablo con un tono inexpresivo, como si estuviera haciendo una confesión—. Soy yo. Voy a... Voy a salir. No sé cuándo volveré. A lo mejor es la última vez que puedo hablar, así que... Verás, quería darte las gracias por todo. —Me quedo callada, avergonzada por algún motivo por lo que voy a decir. Una vez más oigo el silencio con el ruido estático de fondo, de los satélites, de los destellos solares y del vasto e insalvable espacio que nos separa. Aparto la vergüenza y prosigo—: Quería decirte que... Quería contarte... Bueno, ya sabes, nunca me he enamorado. No en serio. Bueno, creo que una vez, pero... Bueno, sé que suena estúpido, pero...

Sin embargo, el teléfono empieza a fallar. «Llamada interrumpida», dice en la pantalla. «¿Cuándo? —me pregunto—. ¿En qué punto se ha interrumpido? ¿Cuáles habrán sido las últimas palabras que oirá de mí?»

Tiro el teléfono al sofá. Quizá sea lo mejor. Aunque nunca lo oiga, al menos se lo he dicho o le he contado una parte. En cuanto a las palabras que le habría dicho a continuación.... No sé. Decirle que lo quiero no habría sido del todo sincero. Lo que quiero es el mundo en que dos personas tienen permiso para enamorarse un poco mientras están sentadas en el banco de un parque, preocupadas solo por el peligro que puedan suponer unos borrachos dormidos y unas nubes de tormenta, hablando de planes de futuro para una vida que ahora, al menos para uno de nosotros, jamás se harán realidad.

Abajo en la calle oigo el aullido de la sirena de una ambulancia anunciando una emergencia. Miro la hora cuando meto el móvil en el bolsito de mano. Por el amor de Dios, ¿ya es tan tarde?

Cojo un taxi para ir al casino, cerrado esta noche para la habitual camarilla de chusma millonaria. Toda esta noche gira en torno a los multimillonarios, los que firman las nóminas de los millonarios y los que, para divertirse, coleccionan huevos de Fabergé, esculturas griegas y adolescentes moldavas. El taxi pasa junto a las hileras de limusinas aparcadas en la entrada, donde un portero con una elegante capa y sombrero me abre la puerta y me da la bienvenida llamándome «Señorita Sofia».

Un guardia con un magnetómetro de mano me hace un gesto para que levante las manos y me pasa el artilugio por todo el cuerpo, mientras otro guardia me registra el bolsito. Pero, obviamente, solo encuentra mi móvil y un frasquito con la etiqueta IBUPROFENO, que no abre.

—¿La esperan esta noche, señorita Sofia? —pregunta un hombre con esmoquin y una falsa sonrisa permanente.

—Soy la invitada de *Pan* Kladivo —contesto.

Pero levanta una mano para detenerme justo cuando voy a empezar a subir la escalinata.

—¿Está segura de que es esta noche? Los eventos de esta clase son, habitualmente, solo para hombres.

Lo fulmino con la mirada.

—Entonces llame a *Pan* Kladivo y pregúnteselo usted —le espeto—. Estoy segura de que agradecerá que lo aparten de sus clientes para repetir exactamente lo que yo acabo de decirle.

La mano desaparece, y mis tacones repiquetean sobre el mármol de los peldaños mientras subo a toda prisa al segundo piso.

Entro en la sala por las enormes puertas chapadas en oro del entresuelo. La música clásica se oye de fondo, mezclada con las conversaciones de unos veintitantos hombres con pajarita negra, que beben cócteles y charlan y ríen y esperan con impaciencia a probar las nuevas incorporaciones a sus catálogos que comprarán esta noche.

Soy la única mujer, y cuando paso entre la multitud, las conversaciones paran y las miradas se vuelven hacia mí. Unos cuantos creen que soy uno de los objetos en venta y me acarician los hombros o acercan la cabeza a mi cuerpo para oler mi perfume.

Roman me ve al mismo tiempo que yo lo veo. Interrumpe su conversación y se acerca a mí dando grandes zancadas.

—¡Sofia! —exclama con alegría, en absoluta contradicción con la expresión asesina de su rostro. Me sujeta con fuerza por los hombros.

—Buenas noches, Roman —lo saludo, sin permitir que perciba mi dolor.

Se acerca más a mí cuando me pregunta entre dientes:

—¿Qué coño estás haciendo aquí?

—Me preguntaste si era lo bastante dura para hacer lo que fuera necesario, ¿recuerdas? Y eso es lo que estoy haciendo. Lo necesario.

—Este no es lugar para ti.

Bohdan aparece por detrás de Roman y me sonríe, imperterrito, todo un dechado de cortesía.

—Sofia Timurovna, qué maravilla verte por aquí. Y, Roman, no tenía ni idea de que habías invitado a tu novia.

—Y no la he invitado —replica—. Ahora mismo se iba.

Me zafo de Roman.

—Usted quería que aprendiera el negocio y lo ayudara, *Pan* Kladivo —digo—. Ya he visto una parte, ahora querría ver la otra.

—Sabes lo que va a ocurrir aquí esta noche, ¿verdad? Algunas mujeres considerarían este negocio, digamos, desagradable. Pero tú no, ¿verdad, Sofia Timurovna?

—Yo traje a estas mujeres a *Praha*, *Pan* Kladivo. Me gustaría ver cómo acaba —expongo con tranquilidad—. Además, un hombre sabio me dijo una vez que las mujeres que aspiran a ascender en este mundo deben ser más crueles que los hombres.

Al escuchar sus propias palabras, Bohdan sonríe. Intercambia un par de frases en checo con Roman y le da una ligera palmadita en la mejilla.

—Entonces eres bienvenida —dice.

Las mujeres son introducidas en la sala a través de las puertas de la cocina a las ocho en punto, con Miroslav Beran, con la barbilla alta como un elegante camarero, encabezando el desfile. Algunos hombres ríen nerviosos y se dan codazos en las costillas, asintiendo en dirección a esta o aquella niña rubia o morena. Es lo que harían los tiburones si tuvieran cuerdas vocales y codos.

Los clientes de Bohdan Kladivo se pasean entre las mujeres, parloteando, estudiándolas y sin esforzarse lo más mínimo en ocultar que no están haciendo otra cosa que valorar la mercancía. Un tío blanco de pelo canoso pasa los dedos por la mejilla de la pelirroja. Un árabe toquetea el peinado de una rubia como si estuviera pesándolo.

Esperaba ver a las mismas chicas asustadas que estaban temblando de miedo y que me habían escupido de rabia cuando Emil y yo las metimos en el camión, pero esas no son las chicas que desfilan por la sala. Las han transformado en versiones de goma de sí mismas, que no se inmutan cuando los hombres las tocan. Solo cuando los hombres se alejan y ellas creen que no las ven, sus expresiones se demudan y se tornan aterrorizadas.

Los hombres tienen fichas con las fotos de las mujeres y una breve biografía escrita en inglés, ruso, árabe, francés y chino. Encuentro una de esas fichas sobre una de las mesas de los cócteles.

> Irina, de la ciudad de Vitebsk, en Bielorrusia. Irina tiene quince años y le gustan los deportes y el cine. Busca un hombre con poder tanto físico como económico, y se define como romántica y deseosa de recibir amor. Irina habla tres idiomas: bielorruso, ruso y rudimentos de alemán, pero está dispuesta a aprender cualquier idioma que desee su benefactor.

Localizo a Irina entre las mujeres. Es delgada y no tiene pecho, y esta noche lleva un vestido de cóctel azul y su melena rubia está elegantemente peinada con un moño alto. Le han tapado con maquillaje un cardenal que recuerdo que tenía en el ojo izquierdo.

Me quedo cerca de Bohdan y Roman, para que quede claro que estoy con ellos. Bohdan me ve mirando la ficha de Irina.

—¿Ves a ese que está hablando con ella? Es de Arabia Saudí —me explica Bohdan—. Siempre se pelean por las rubias y es fácil que lleguen a ofrecer hasta un millón de euros, algunas veces más. Tú observa.

Y, de hecho, el saudí, que lleva una reluciente túnica hasta los tobillos y un turbante de cuadros rojos en la cabeza, se acerca a Bohdan pasados unos minutos.

—Setecientos mil —ofrece, moviendo su vaso de whisky en el aire.

Bohdan ríe y pone una mano en el antebrazo del árabe.

—Me han hecho una oferta de novecientos cincuenta mil —repone.

—Un millón doscientos mil —contraataca el saudí.

Bohdan escribe algo en un pedacito de papel usando la pluma de mi padre.

—Ya se lo diré al final de la noche, su excelencia —zanja la conversación Bohdan.

Un hombre grande como un oso con esmoquin se acerca a toda prisa y sujeta a Bohdan por el hombro en cuanto el saudí se marcha. Tiene la cara roja y apesta a alcohol.

—El ángel negro —dice en ruso—. Dígame que todavía no está comprada.

Sigo el dedo extendido del ruso, que señala a una chica aproximadamente de mi edad con el pelo negro y largo hasta la cintura. También tiene los ojos negros, son como dos pedazos de carbón sin brasas. Está de pie en un rincón, sujetando una copa de champán e intentando no caerse a pesar de los taconazos que le han puesto. Voy pasando las fichas hasta que encuentro su foto.

Doina, de diecisiete años, su nombre en rumano significa «canción popular». Es natural de Constanza, en el mar Negro, que fue ocupada durante muchos años por los turcos otomanos. En ella se aprecia muchísimo el exotismo de su sangre turca.

—Tranquilo, Serguéi Mijailovich, todavía puede ser tuya —le confirma Bohdan.

—Le ofrezco ciento cincuenta mil —dice el ruso, como si fuera un serio juramento.

—Me insultas, Serguéi Mijailovich.

El ruso finge estar disgustado, y se muerde un nudillo enrojecido.

—Doscientos mil y ni un céntimo más, viejo ladrón.

Bohdan ríe y le da una palmada en los hombros.

—Tomo nota de tu oferta.

Pero la sonrisa desaparece en cuanto el ruso se esfuma. Bohdan se acerca más a mí.

—Ese tacaño hijo de puta ha estado el primero en casi todas las listas de los hombres más ricos del mundo de la revista *Forbes* durante los últimos quince años. —Hace un gesto con la cabeza en dirección a Doina—. Y una belleza así no se ve todos los días. Me dolería venderla por tan poco dinero.

El desfile para las pujas continúa. Doina de Constanza es seguida por Olesya de Chelyabinsk, a quien sigue Tamara de Belgrado, y a esta le sigue Endrita de un pueblo de Albania demasiado pobre para tener nombre. Me marcho después de Endrita, y pongo la excusa de salir a la terraza que hay junto al bar. El aire es frío esta noche y me pone la piel de gallina de los hombros y los brazos. Miro en dirección a la ciudad y me pregunto cómo llevaré a cabo mi plan, sabiendo que no puede salir bien, sabiendo que todas las chicas saldrán de aquí con destino a Riad, Moscú o Macao y que yo moriré para nada.

Se ven bien las estrellas, al menos tengo eso. Las miro, las observo, y espero recibir alguna señal que sé que no llegará, espero algo distinto a la benigna indiferencia. La parte más difícil de no creer en Dios no es saber que el cielo no existe. Es saber que el infierno no existe. Las personas como Bohdan y Roman, que venden mujeres como esclavas, mueren de la misma forma que todos los demás. Lo máximo que puede esperarse es que sientan dolor y terror antes de desaparecer.

—Eso no es fácil —comenta Bohdan Kladivo cuando se acerca a mí por la espalda. Me pone la chaqueta de su traje sobre los hombros, se enciende un puro y suelta el humo como si fuera un pez echando burbujas por la boca. El humo es perfumado y huele a caro.

—¿Qué no es fácil?

Hace un gesto de cabeza para señalar la subasta del casino que está teniendo lugar en su interior.

—Cuando ya lo hayas hecho tres o cuatro veces, te sentirás bien.

—¿Uno se acostumbra? —pregunto.

—Te acostumbras al dinero.

Podría empujarlo por la barandilla ahora mismo. Caería en el aparcamiento, sobre los techos de las limusinas.

—La vida no es justa, Sofia Timurovna. Y tú lo sabes.

—Lo sé, *Pan* Kladivo.

—Y si no lo hiciéramos nosotros, lo harían otros. Las meterían en contendores de barcos de carga y las llevarían a otro lugar. Sería un desperdicio. Lo que hacemos es salvar, digamos, rescatar a las especiales, a las mejores. Las libramos de que se las follen veinte hombres una noche en algún prostíbulo asqueroso de carretera. La mayoría de las chicas, las que ves esta noche, comerán mejor de lo que jamás han comido en su vida. Algunas tendrán agua corriente por primera vez. Nunca llevarán la vida de una puta que hace la calle.

—¿Rescatarlas?

—Es una expresión. Quizá no sea la más apropiada. —Suelta el humo con gesto reflexivo y me mira de soslayo—. ¿Estás replanteándotelo, Sofia Timurovna? ¿Quizá no eres tan mala como habías imaginado?

Inspiro con fuerza y me vuelvo hacia él.

—Soy tan mala como usted había imaginado, *Pan* Kladivo —aseguro—. Y ahora entremos.

28

Después de la fiesta reúnen a los diez ganadores en la tercera planta del casino, la planta privada, la planta a la que no me habían dejado acceder como mera crupier. Es un sitio lujoso, con sofás de piel tersos como el culito de un bebé y cabezas de animales disecadas en las paredes.

Esta noche está llena de hombres de risa grave. Sus rostros tienen el fulgor naranja proyectado por el fuego de la chimenea de piedra. Aunque también es un nuevo lugar de aprendizaje, de mi aprendizaje. Hay ejemplares de *Homo horribilis*, y tomo nota de su comportamiento e interacciones sociales. Por ejemplo, aprendo que cuando alguien compra algo por cientos de miles de euros, se requiere cierta cortesía por parte del vendedor, ciertas muestras de hospitalidad mientras se espera a que la transferencia de dinero se haga efectiva. Aprendo que incluso los orgullosos y eficientes suizos pueden tardar hasta dos horas en transferir fondos de un banco a otro, y que si uno pertenece a la clase inferior de los capitostes o jeques con cuentas en las islas Seychelles o —un claro signo de que eres ruso—, en Chipre, puede tardar hasta cuatro horas.

También aprendo que, a pesar de las barreras del idioma, la cultura o la nacionalidad, los hombres que compran mujeres comparten muchos intereses y no tienen problema en relacionarse gracias al espíritu de hermandad e incluso amistad. El magnate del gas natural estadounidense que colecciona antigüedades de aviación encuentra un nuevo amigo íntimo en la persona del rey chino de la telefonía móvil, y el cuñado del primo del rey de Arabia Saudí podría considerar que es colega del general del ejército de Gambia. En cuanto al barón del níquel ruso, está enseñando al presidente indio de una agencia de publicidad y al heredero inglés del transporte marítimo cómo bailar con una botella colocada sobre la cabeza.

Sin embargo, los ricos son impacientes, y todos esperan a que las transferencias se hagan efectivas para poder salir de la tercera planta y dirigirse a la otra ala del edificio, donde sus compras esperan en elegantes suites ofrecidas por sus anfitriones sin coste adicional.

Mientras se actualizan las cuentas y se tramitan los visados de viaje para las mujeres a través de sus contactos en diez ministerios de Asuntos Exteriores distintos, Bohdan y Roman sirven cócteles y ofrecen puros que, según ellos, pertenecen a la cava personal del difunto Saddam Hussein, cuyos hijos fueron sus clientes antes de la reciente, digamos, desgracia.

Estoy junto a ellos interpretando mi papel de aprendiz y complaciente novia. El estadounidense me enseña la forma correcta de cortar la punta del puro y, al hacerlo, me sienta en su regazo. El saudí levanta su vaso de whisky para ponerlo a contraluz y me enseña cómo saber de qué calidad es solo mirando el color. El ruso me hace una proposición de matrimonio, y yo le digo que lo pensaré si las cosas no me van bien con Roman.

Bohdan me sujeta por el brazo.

—Eres una anfitriona encantadora, Sofia Timurovna —me dice por lo bajini—. Has hecho bien en venir esta noche. —Ahora tiene la cara un poco más roja que antes, y habla con menos precisión.

—Sus clientes parecen sedientos, *Pan* Kladivo. Permítame servirles otra ronda de bebidas.

—Está bien —accede—. Pero yo no beberé más.

—Ah, pero entonces les parecerá descortés que no los acompañe, *Pan* Kladivo. —Sonrío—. Una más. Algo especial.

Bohdan suspira.

—Una más, pero a mí sírveme agua.

Todos están borrachos y cansados y felices. Cuando me dirijo hacia la salida, el estadounidense me da una palmada en el culo. Todo el mundo ríe, incluso yo.

Salgo a toda prisa por la puerta y voy al bar de abajo, donde Rozsa ha sido relegada, preparando las copas para los ganadores. Los aburridos guardaespaldas de los diez hombres que están arriba también se encuentran aquí, condenados a un purgatorio de agua mineral y a charlar entre ellos. Están repartidos por las mesas: son hombres corpulentos vestidos con trajes negros baratos. Rozsa está asustada, tiene miedo de esos tipos y de los que se encuentran arriba. Como no se permitía la presencia de mujeres, ni siquiera como camareras, en la subasta, sabe muy bien por qué están aquí después de la fiesta.

—Una botella de tequila —pido en voz baja y me sitúo a su lado por detrás de la barra—. ¿Tienes?

—Oh, sí —contesta—. Tengo uno muy bueno.

No es una bebida muy común fuera el hemisferio occidental y, por ello, es exótica y especial. Todo el mundo beberá. Es lo que manda la etiqueta.

—Deja la botella —le pido—. Yo lo serviré.

—¿Estás segura?

—Rozsa, ¿recuerdas mi lectura del tarot? ¿La noche que me quedé en tu piso?

Saca una bonita botella de cristal de la estantería más alta, y tiene que ponerse de puntillas para alcanzarla.

—El seis de copas, el loco y la muerte —dice.

—Rozsa, ¿sabe alguien que trabajas aquí? ¿Se lo has contado a algún amigo íntimo en Praga o a tu familia?

Cierra los ojos, siempre tan húngara, pues sabe qué ocurrirá a continuación.

—Mi única amiga eres tú. En cuanto a mi familia, no tengo a nadie desde los doce años.

Pongo la botella sobre la barra, y tomo a Rozsa de las manos.

—Entonces tienes que hacer dos cosas por mí.

—Sí, Sofia.

—La primera es largarte de aquí. Vete del país. Ahora. Y no vuelvas. La segunda cosa que quiero que hagas es que, veinte minutos después de haber salido por esa puerta, llames a la policía.

Me sujeta de las manos y cierra los ojos.

—Tengo otra idea. Nos vamos las dos. Tú y yo. Escapamos. A Francia o a Inglaterra. Podríamos hacerlo.

Cuando abre los ojos, le sonrío y niego con la cabeza.

Rozsa inspira y me mira parpadeando.

—Entonces es como en mi sueño, antes de que llegaras. Este es el regalo.

—Supongo que sí lo es.

—Y la policía... ¿Qué tengo que decirles?

—Diles que... Que ha habido una matanza.

La sala está más animada desde que me he ido. Alguien está contando algún chiste o anécdota y todos están pendientes de la conclusión. Llego con la pesada bandeja de plata con trece copas llenas hasta arriba y la sostengo ante mí, pero nadie parece muy interesado.

Me siento en el brazo del sillón del ruso, me inclino sobre él y digo:

—Serguéi Mijailovich, usted es un hombre que sabe apreciar los placeres exóticos, ¿verdad? —Esto capta su atención, así que prosigo hablándole en voz baja para que solo él pueda oírme—. En estas copas tengo un tequila que es mejor que cualquier placer del que haya disfrutado jamás.

Alarga la mano para coger una copa, pero yo retiro la bandeja.

—No tan deprisa, *gospodin*. —«Señor»—. Es para todos. Debemos compartirlo. ¿Me concederá el honor de hacer un brindis?

Y es toda la provocación que necesita: lo siguiente que veo es al abotargado Serguéi Mijailovich de pie poniendo una copa en manos de todo el mundo.

—¡Caballeros! —grita Serguéi Mijailovich para que se le oiga a pesar del parloteo generalizado—. Desearía hacer un brindis en honor a nuestros excelentes amigos, Bohdan y Roman Kladivo.

Pero yo lo interrumpo.

—Serguéi Mijailovich, debemos hacer el brindis al más puro estilo ruso. Debemos beber todos a la vez. De un trago.

—¡Al estilo ruso! —grita—. ¡De un trago!

Todos levantan su copa.

—Por nuestros amigos, Bohdan y Roman. ¡Os deseamos una larga vida!

Y, dicho esto, todos beben. Todos menos yo. Tal como se les ha pedido, beben hasta la última gota de un solo trago. Solo Bohdan desobedece la orden de Serguéi Mijailovich y toma solo la mitad. Mira con ojos entornados el tequila que le queda con expresión de disgusto.

Pero la expresión de Bohdan desaparece en cuanto Serguéi Mijailovich sobresalta a todos al tirar la copa a la chimenea, donde esta estalla y llueven esquirlas de cristal sobre el suelo.

—*Na zdarovye!* —grita—. ¡Salud!

Se hace un extraño silencio. Entonces Bohdan se levanta movido por un espíritu de solidaridad con su invitado y también lanza su copa al fuego. Lo imitan el texano, el general gambiano y todos los demás. No paran de reír durante casi un minuto.

Sé que debería irme. Pero hay algo que me obliga a quedarme: si una tiene el valor de realizar la acción, debe tener el valor de quedarse a ver el resultado.

Y el resultado llega segundos después cuando la tremenda dosis de cianuro del veneno para ratas empieza a hacer efecto. Empieza con el rey chino de la telefonía móvil. Se aparta de golpe de los demás, con las manos en el vientre, temblando y tambaleándose como intentando mantener el equilibrio. Cuando lanza un suspiro y su cuerpo se desploma sobre el suelo, con la boca abierta y la mirada desorbitada, todos se vuelven hacia él y empiezan a sentir los mismos síntomas.

El gambiano se sujeta al respaldo de la silla y empieza a tener arcadas. El estadounidense se hunde en el sofá y se agarra la corbata. Incluso el corpulento Serguéi Mijáilovich se golpea el pecho con un puño antes de soltar un tremendo alarido y caer de rodillas al suelo. Bohdan —con las manos sujetas al borde de la mesa de escritorio, aunque sorprendentemente tranquilo— mira a Roman, ve como su hijo se dobla sobre sí mismo, con las manos en el cuello y la boca abierta. Roman se vuelve para mirar a su padre y cae al suelo, donde su cuerpo se convulsiona como si hubiera recibido una descarga eléctrica. El rostro de Roman va poniéndose cada vez más rojo a medida que se intensifican las convulsiones.

Bohdan se vuelve para mirarme desde el otro extremo de la sala. Puede que su cuerpo esté agonizando, pero no su mente, todavía no. Está pensando en cómo solucionar el problema: intentando pensar en el qué, el cómo y, por último, en el quién. Cuando por fin obtiene las respuestas, se mete los dedos en la garganta y empieza a vomitar en el suelo.

Paso por encima del cuerpo casi inmóvil del general gambiano para llegar hasta Bohdan. Intenta coger algo de su chaqueta, pero no logra sacar la pistola. Yo la saco por él y la sitúo a un lado, sujetándola de forma relajada.

—Sofia Timurovna —dice—. Me has decepcionado.

Sonrío con amabilidad.

—Ha cometido usted un error, *Pan* Kladivo —lo acuso—. Me llamo Gwendolyn Bloom.

Incluso a pesar del dolor, es capaz de atar cabos. Meto la mano en su chaqueta, toqueteo el bolsillo interno y encuentro la pluma estilográfica. Ya no puede hablar porque el veneno empieza a hacerle efecto en todo el organismo, corre por sus venas y acaba con cualquier célula que encuentra a su paso, con lo que corta el flujo de oxígeno. Levanto la estilográfica para que él pueda verla. Entonces se convulsiona y cae hacia delante. Lo sujeto entre mis brazos y lo pego a mi cuerpo. Le cae saliva caliente de la boca y me moja el hombro desnudo.

—Lo he encontrado esta tarde, *Pan* Kladivo —susurro—. He encontrado a mi padre. Ahora está libre. Y las mujeres que has vendido pronto lo serán.

Lo dejo caer y queda hecho un ovillo sobre el suelo. Lo oigo jadear, pero dejo de oírlo. Su cuerpo se retuerce unos segundos casi como si fuera una serpiente y al final se queda quieto.

Hay once mujeres bajando la escalinata que lleva al recibidor, iluminado de azul por faros en movimiento, como si fuera una discoteca. Hay coches patrulla en la entrada del casino, miles, millones, y casi el doble de agentes. Una patrulla de ocho hombres, con cascos negros y máscaras del mismo color, armados con fusiles de asalto, avanza hacia la entrada con una perfecta coordinación en su marcha de dieciséis pasos por movimiento.

Las mujeres abren las puertas, salen con las manos en alto, y yo voy por detrás de ellas, soy la última en salir. Los agentes corren hacia nosotras, nos gritan órdenes en checo. Me arrodillo junto a las demás y siento la dura grava en las rodillas. Alguien me sujeta por detrás. Alguien me tira al suelo y me esposa por las muñecas.

Durante un breve instante tengo la sensación de estar volando, como si la ley de la gravedad ya no actuara sobre mí. Es la sensación que tengo sobre la barra de equilibrio, la mejor sensación que he sentido jamás. Distinta a todas las demás. Pero no estoy volando, me están llevando. Tengo un agente en cada brazo y me llevan en volandas hasta la parte trasera de un coche patrulla.

29

Estoy desnuda y congelada. Pongo las manos en el suelo y los pies sobre el cemento del que está hecho el camastro y empiezo de nuevo a hacer flexiones. «Una. Dos. Tres. Cuatro.»

En la celda no hay más ventanas que el hueco de la puerta, que siempre está tapado y que nadie ha abierto desde que llegué a este lugar. Hay una cámara en la esquina superior de la celda bajo una cúpula de cristal negro. No sé si están vigilando siempre, pero debo suponer que así es.

«Dieciocho. Diecinueve. Veinte. Veintiuno.»

Duermo a trompicones, unos cuantos minutos cada vez. Nunca apagan la luz y no hay mantas, hace demasiado frío para dormir bien. Mantengo la noción del paso del tiempo contando las comidas que me sirven por una ranura situada en la parte inferior de la puerta. Nueve comidas divididas en tres al día me dan un total de tres días aquí.

No he tenido contacto con nadie desde el interrogatorio al que me sometieron la primera noche. Tuviera la utilidad que tuviese, no creo que los tíos que me lo hicieron fueran auténticos polis checos. Hablaban demasiado bien inglés y sus trajes parecían demasiado caros. Tenían pinta de funcionarios del gobierno, concretamente, de funcionarios de los servicios de inteligencia. Y no es que yo les proporcionara mucha información secreta. No reconocí nada y solo les dije mi nombre, el auténtico, Gwendolyn Bloom. «¿Qué pasa con los doce cuerpos envenenados? ¿Qué pasa con la comisaría de policía abandonada al norte de Praga donde hemos encontrado un camión quemado?» Ni idea. Yo no sé nada.

«Setenta y dos. Setenta y tres. Setenta y cuatro. Setenta y cinco.»

Me desplomo sobre el suelo de cemento, agotada pero por fin caliente. Se oye un ruido en la puerta, y primero me pregunto si es la hora de comer porque me da la sensación de que acabo de hacerlo. Pero entonces me doy cuenta de que el ruido es distinto. Es el ruido de una llave en la cerradura.

Tampoco hay ventanas en el furgón policial. Estoy sola en la fría parte trasera, pero agradecida de que al fin me hayan proporcionado algo de ropa. Solo es un mono carcelario naranja y unas baratas zapatillas de fieltro, pero al menos me servirá para combatir el frío de algún modo. Ni siquiera hay un guardia, y la pared que me separa de la parte delantera del furgón es una sólida plancha de acero blanco.

Viajamos durante lo que me parecen solo veinte minutos, primero por carreteras bien asfaltadas y luego por calles adoquinadas de tráfico muy lento. En el exterior, oigo motores y cláxones furiosos y sirenas lejanas. Debemos haber vuelto a Praga. El furgón gira de golpe a la derecha y, casi de inmediato, se detiene. Oigo voces fuera, dos mujeres hablando con un hombre, pero no logro entender lo que dicen ni el idioma en que lo hacen.

Se abre la puerta, entorno los ojos por la luz del día nublado, la primera luz solar que he visto desde lo que me parecen siglos. Una guardia me hace un gesto para que salga del furgón.

El ambiente es de lluvia y huele a humedad, y el aire es gélido. Hemos aparcado en un callejón situado entre dos edificios antiguos construidos con piedra marrón. Un botellín de cerveza rueda por el suelo empujado por el viento. A la guardia se une otra mujer, y las dos me llevan por una puerta metálica sin señalizar y por un pasillo alargado hasta un ascensor.

Cuando la puerta del ascensor se abre, me sorprende lo que veo. Es un portal a otro mundo, uno mucho más amable. Piso con las zapatillas una mullida alfombra roja y veo mi reflejo y el de las guardias en los espejos que cubren las paredes. Hay un letrero de bronce que prohíbe fumar justo encima de los botones. La tercera planta tiene el cartel de PLANTA CLUB.

Aquí huele de forma peculiar: a desinfectante, jabón perfumado y pollo asado. Los sonidos también son peculiares: se oye a gente hablar, los ruidos típicos de la cocina de un restaurante y una aspiradora. El ascensor va subiendo y, planta a planta, no emite el típico pitido, sino una afinada campanita. Nos detenemos en el último piso, el decimocuarto, y, en cuanto se abren las puertas, me doy cuenta de que estamos en un hotel.

Las guardias me conducen por un pasillo y por las puertas abiertas de la habitación situada al final del mismo. Solo que no es una habitación cualquiera, sino una suite tan grande y tan elegante que tiene un piano de cola en el salón, una chimenea y dos butacas a juego tapizadas de seda azul celeste. Hay un atractivo joven de pelo negro vestido de mayordomo con pajarita y guantes blancos. Me hace una reverencia y sonríe encantado como si en este lugar fuera habitual recibir invitados con uniforme naranja de presidio y esposas.

Las guardias me liberan y cierran la puerta al salir, y yo me quedo parpadeando, confusa, ante el mayordomo de sonrisa perpetua.

—Bienvenida al Hotel Eminence Royale de *Praha*, señorita. ¿Me permite enseñarle sus aposentos?

Le digo tartamudeando que sí, y el mayordomo me señala el interruptor para encender la chimenea, me enseña cómo funciona la bañera y abre el armario de la habitación para mostrarme dónde está la plancha y la tabla de planchar. Mientras lo hace, veo toda la ropa que tenía en el piso de Roman ahí colgada, ya limpia y planchada.

—¿Quién...? ¿Quién ha preparado todo esto? —pregunto.

—Unos amigos suyos, señorita. Es todo cuanto puedo decirle porque es todo cuanto sé.

—¿Y hay teléfono? Tengo que hacer una llamada.

—Ah, por desgracia, los teléfonos han sido retirados. Pero si necesita cualquier cosa, hay un asistente esperándola en la puerta de la suite, de guardia las veinticuatro horas.

Veo al «asistente» con mis propios ojos cuando el mayordomo se va: un hombre de casi cuarenta años de expresión impertérrita y pelo rapado al estilo militar. Está de pie con la espalda pegada a la pared y las manos juntas a la altura de la entrepierna, como si estuviera tapándose con vergüenza. Lleva un traje negro que le va demasiado grande, y un pinganillo en la oreja con un cable en espiral cuyo extremo desaparece por debajo de su chaqueta.

En otras palabras, es un tipo más montando guardia, y esta es otra clase de prisión. Me quedo mirando al mayordomo alejarse por el pasillo y espero a que el asistente diga algo, pero no lo hace, así que cierro la puerta. Busco la cadena del pestillo, pero, obviamente, al igual que el teléfono, ha sido retirada.

La habitación tiene un agradable olor a vainilla y flores, lo cual contrasta terriblemente con mi olor corporal, del que soy consciente de pronto por primera vez. No me he bañado ni peinado ni me he lavado los dientes desde el día de la subasta, y una mirada rápida al espejo de marco dorado situado sobre unas flores frescas me confirma que tengo un aspecto desastroso. Me dirijo al baño y compruebo que, afortunadamente, el pestillo sigue intacto.

Me desnudo y me meto en la ducha. Incluso el agua me parece un lujo, agua caliente que no desuella. El champú cae a la perfección en forma de espuma y también el gel. Cuando termino, me pongo un albornoz mullido y gigantesco y suave como un abrigo de visón. Entonces oigo un ruido procedente del otro lado de la puerta del baño. No es un ruido fuerte, solo el sonido de la cubertería que alguien está colocando y una conversación en voz baja. Abro la puerta, voy hacia el dormitorio y veo a tres camareros poniendo una pequeña aunque elegante mesa en el comedor. Más regalos misteriosos.

Me quedo mirando mientras uno de los camareros con pajarita sirve una sopa con albóndigas en un cuenco, y el segundo levanta una campana plateada debajo de la cual se encuentra el plato principal, un enorme bocadillo de pollo con ensalada y patatas fritas. Después de tres días de bazofia gris rosácea que podría haber sido o *gulasch* pasado o copos de avena especiados, esta es una visión esplendorosa, pero sé que las comidas gratis no existen.

Como de todas formas, me lo zampo en unos minutos y lo bajo con una botella de Coca-Cola que los camareros me han dejado en un cubo de champán con hielo. Como demasiado rápido y me quedo demasiado llena, y termino justo cuando me traen la cuenta: alguien llama sin esperar la respuesta, y la puerta se abre antes de que pueda decir nada.

Tardo un minuto en reconocer a la persona que entra, es Chase Carlisle, y cuando me doy cuenta, soy presa del pánico y el miedo me inunda como un torrente de agua hirviendo. De forma instintiva, me ciño más el albornoz. Está un poco más gordo que la última vez que lo vi en Nueva York. Incluso su perfecta melena castaña no es tan perfecta como antes: empiezan a salirle canas en las sienes.

—Hay un restaurante abajo que hace esa mierda de fusionar comida colombiana y asiática —me hace saber con su ligero acento de caballero virginiano—. Pero he pensado que después de tres días en una cárcel checa, la pequeña Gwendolyn preferiría algo que llene de verdad el estómago.

—Estaba muy bueno, gracias —digo con tono de niña buena.

Carlisle retira una silla y se deja caer en ella. Tiene la corbata desanudada y su traje de tweed está arrugado, como si hubiera dormido con él puesto.

—¿Dónde está él, Gwendolyn?

—¿Él?

—Tu padre.

Desvío la vista hacia el tenedor que hay junto al plato, y me pregunto con qué rapidez podré cogerlo.

—No lo sé —contesto.

—Lo dejaste en algún sitio. Después de rescatarlo. ¿Dónde fue?

—En algún lugar de las afueras. Allí nos encontramos con... Él dijo que eran sus amigos.

—¿Esos amigos no serían rusos o chinos?

—No parecían rusos ni chinos.

Carlisle lanza un largo suspiro, se pone la cabeza entre las manos y se masajea las sienes.

—Esto no debería haber terminado así, ¿sabes? Esas veces que nos acercamos a ti... Lo hicimos por tu seguridad.

Se me escapan las palabras de la boca, movida por la rabia, de manera incontrolable:

—¿Cuándo coño os acercasteis a mí? ¿Mientras esperabais sentados en Washington, mientras yo estaba aquí, haciendo vuestro trabajo, intentando encontrar a mi padre?

Carlisle coge una de las patatas fritas que he dejado en el plato, como si estuviera pensando en comérsela.

—Nos acercamos a ti en Berlín, Gwendolyn —me explica con agotamiento—. Estabas con ese tal Christian, ¿recuerdas? Dos hombres se acercaron a ti en la calle. Pero tú sacaste un arma y lo fastidiaste todo. Volvimos a intentarlo en el tren con destino a Praga. Pero esa vez llegaste muy lejos; apuñalaste al tío en el corazón.

—Tenía una pistola —digo.

—Después de lo ocurrido en Berlín, ¿eso te extraña? —Sacude la cabeza—. Si lo hubieras dejado en manos de los profesionales, podríamos haber evitado que ocurriera todo esto.

—¿Habrías evitado que mataran a tu hombre de los lanzagranadas y las putas adolescentes?

Carlisle enarca las cejas con ligera sorpresa. Luego se levanta y se dirige hacia la ventana con las manos hundidas en los bolsillos.

—No voy a mentirte, Gwendolyn. Este es un negocio sucio, asqueroso en un mundo despreciable. Sí, Bohdan Kladivo era de los nuestros. *Era.* —Se vuelve y agita un dedo para hacer énfasis en ese aspecto—. Pero íbamos a poner fin a todo en cuanto descubrimos lo de la trata de blancas. Tu padre, bendito sea, era el encargado de hacerlo.

—¿Quién tendió la trampa a mi padre? ¿Quién lo preparó?

Pasa los dedos por encima de un elegante tablero de ajedrez de piel situado junto a la ventana y levanta la reina negra.

—¿Juegas?

—En realidad no.

—Es curioso. La gente siempre dice que a los políticos les gusta el ajedrez. Pero no es cierto. En la política, todas las piezas son peones y los jugadores no tienen las mismas oportunidades. —Derriba con la punta del dedo al rey negro y me mira—. Lo hemos detenido en Suiza, por cierto. Al bajar de un avión en Zurich.

—¿Que habéis detenido a quién?

—A Joseph Díaz. Díaz y Kladivo iban a repartirse el dinero de Viktor Zoric. Tu padre era el único que sabía dónde encontrar las claves de acceso. —Lanza un suspiro de agotamiento—. En cuanto a las cuentas a las que se accede con esas claves, son el monstruo del lago Ness de la banca suiza. Todavía no tenemos ni idea de si existen siquiera.

Miro al suelo, me concentro en el mantel, en la botella vacía de Coca-Cola, en cualquier cosa salvo en Carlisle. Joey Díaz siempre había sido lo más parecido a un familiar que había tenido mientras vivíamos en el extranjero. Habíamos ido juntos de vacaciones, había jugado con sus hijos. Fue Joey Díaz quien me contó que mi padre no era un simple funcionario del Departamento de Estado, sino un agente secreto de la CIA.

—¿Por qué debería creerte?

—¿Sobre qué?

—Sobre lo de Joey Díaz, sobre todo lo que has dicho. ¿Cómo sé que no eres tú el que traicionó a mi padre?

Suelta una risa de resignación y niega con tristeza en silencio.

—No sé, Gwendolyn. Mira a tu alrededor. ¿Estás en una mazmorra? ¿Estás esposada con cadenas?

Entiendo lo que dice y me callo.

Él se vuelve con las manos en los bolsillos, no es más que otro funcionario quemado y atontado, con la mierda hasta el cuello, mucho más de lo exigible teniendo en cuenta lo que cobra.

—¿Serviría de algo que te enseñara la orden de detención de Joseph Díaz? ¿O los diez mil informes que tengo sobre la mesa desde que tu padre desapareció y tú decidiste ir a buscarlo?

—Claro —asiento—. Enséñamelo.

Carlisle enarca las cejas.

—Entonces los verás, no sé... Esta noche. Mañana por la mañana, como muy tarde.

—¿Y qué será lo siguiente? ¿Vuelvo a la cárcel checa?

Se acerca a mí y me pone una mano en el hombro. Me sorprendo a mí misma al no retroceder.

—No. Vamos a llevarte a casa. Esperaremos a que tu padre contacte de alguna forma. En cuanto a los checos, hemos hecho un trato. No ha sido difícil. La mitad de los miembros del gobierno querían condecorarte por haber matado a Kladivo. Podemos irnos mañana, en cuanto haya concluido el interrogatorio.

—¿El interrogatorio?

Carlisle se encoge de hombros.

—Nosotros te preguntamos qué ocurrió, y tú nos lo cuentas. Una formalidad. Algo para escribir en el informe.

Calculo que la mujer tiene unos cuarenta años, tiene el pelo negro liso y sujeto en una cola de caballo. Lleva un traje de chaqueta de color azul marino y un maletín de piel en la mano. Al entrar en la suite, me saluda de forma muy cortés al más puro estilo estadounidense, diciéndome «¡Hola!», como si fuera una amable vecina que viene a pedir prestado el cortacésped. Carlisle la presenta como la doctora Simon, una psiquiatra que, según dice él, me ayudará durante el interrogatorio.

—No es más que una conversación con agentes del gobierno —comenta la mujer con la cabeza ladeada—. Has mantenido muchas durante estos días, ¿verdad?

Lo dice de una manera muy desenfadada y tranquila. En general parece como si hubiera tenido un accidente de coche en lugar de haber pasado por una guerra iniciada por mí. Pero a lo mejor esa es la intención de esta mujer.

—Estoy bien —asevero.

—Gwendolyn, ¿cuándo te pusieron la vacuna contra la tuberculosis?

—Ni idea.

La doctora Simon levanta el maletín de piel.

—Por desgracia, la tuberculosis es muy frecuente en las cárceles checas, por eso recomendamos poner una dosis de recuerdo en tu situación. ¿Te importa? Solo te dolerá un segundo.

Estoy a punto de negarme, pero si sirve para agilizar las cosas, lo haré. Me siento en el sofá y me subo la manga del albornoz.

La doctora Simon se sienta a mi lado, se pone unos guantes de goma transparentes y prepara la inyección. Noto sus dedos fríos y pegajosos mientras pellizca y levanta la piel de la parte superior de mi brazo.

Siempre había tenido que apartar la mirada para no ver la aguja, pero, por algún motivo, esta vez no me molesto en hacerlo. Veo el fino acero acercándose a mi brazo y ni siquiera pestañeo por el dolor mientras se forma un cráter en mi piel y la aguja penetra en ella. Cuando la mujer presiona el émbolo de la jeringuilla, la sensación de que están inyectándome agradable agua fresca se extiende por el brazo hasta el pecho, me llega a las piernas y la cabeza. La doctora coloca una gasa doblada sobre el pinchazo cuando retira la aguja y la guarda en su recipiente.

—¡Bien hecho! —exclama la mujer, como si fuera pediatra y yo una niña de cuatro años.

Se desplaza al sillón, mientras Carlisle se acomoda en el extremo del sofá que tengo enfrente. Apenas lo veo desde donde estoy sentada.

—¿Estás cómoda? —me pregunta la doctora Simon.

—Claro —contesto.

—Entonces charlemos un rato. —Cruza las piernas y se inclina hacia delante, la postura típica de todos los loqueros que he visto a lo largo de mi vida—. Empecemos por cómo rescataste a tu padre, tu papi. Por lo que he oído ha sido una aventura de mucho cuidado.

Todo resulta muy molesto: su postura, su tono... Y los tres días de no saber si era de noche o de día y el hecho de haber estado durmiendo en lapsos de diez minutos debe de estar pasándome factura. Miro el reloj de pie que hay en el rincón. Es la 1.17. Me digo que responderé a sus preguntas hasta la una y media, luego les pediré que me dejen descansar un rato.

Empiezo por la mañana del día de la subasta: la compra de los lanzagranadas, el haber disparado a Emil, lo del camión que volé por los aires, el rescate, el guardia obeso, la herida de mi padre. Me impacta lo mucho que recuerdo. Le cuento hasta el último detalle, y evoco todo con tremenda lucidez, como si los recuerdos estuvieran expuestos en un museo y yo pudiera pasearme entre ellos y describírselos a un acompañante ciego.

—Y háblame de cuando lo dejaste. ¿Quién lo recogió, Gwendolyn?

Describo la furgoneta de VISITAS A LA CIUDAD, el tío llamado Sam y su aspecto, los dos paramédicos y su aspecto. Dios, ¿cómo es posible que tenga tan buena memoria? Me ciño el albornoz y me hundo más en el sofá. Me siento realmente cómoda en este sitio, y quizá me haya equivocado con la doctora Simon. Está empezando a caerme bien. Es amigable sin llegar a ser empalagosa.

—Bueno, y ese tal Sam... —dice—. ¿Qué te dijo sobre el lugar al que llevarían a tu padre?

Niego con la cabeza.

—Nada de nada.

—¿Nada? Seguro que dijo algo.

—No. Escapé antes de darle la oportunidad de hacerlo.

—¿Sam tenía algún acento en particular? —pregunta ella.

—Estadounidense —contesto.

—Interesante —comenta.

Sigue con las preguntas sobre qué ocurrió esa misma noche. Sobre el veneno que utilicé. Cómo lo conseguí. Cómo conseguí dárselo a los hombres. Cómo me sentí mientras los veía caer al suelo y morir delante de mis narices. Le cuento todo con desenfado y lo describo como si volviera a estar en la sala del casino, abriéndome paso entre los cadáveres para salir de allí. Cuando levanto la vista, ella está recostada hacia atrás, con las cejas enarcadas de preocupación, con una caja de pañuelos de papel en la mano.

Me pregunto por qué estará haciéndolo hasta que noto que empiezan a secárseme las lágrimas en las mejillas y el cuello. ¿Cuánto tiempo llevo llorando? Me avergüenza haberlo hecho delante de ella, pero solo un poco. A la doctora Simon parece no importarle. Ya lo ha visto antes, y lo entiende. Eso se ve.

—Vamos a recordar una época anterior, Gwendolyn. La de Nueva York. ¿Te acuerdas de Nueva York?

Tengo mucho sueño. Me recuesto en el sofá. Me acomodo en el rincón. Cierro los ojos.

—Todavía no, Gwendolyn —me frena la doctora Simon—. Solo un par de preguntas más, ¿vale?

—Vale, doctora Simon.

—Hemos descubierto lo de la consigna de Queens. Tú estuviste allí, ¿verdad? No pasa nada. No te has metido en ningún lío.

—Sí. Entré por una ventana.

—¿Y qué encontraste dentro? ¿En la consigna?

Me escuece la garganta, como si llevara hablando mucho tiempo. Es demasiado para asimilarlo. El código del libro. Terrance.

—Una lista con números de cuentas corrientes —respondo—. ¿Puedo beber agua?

Se hace un silencio, es una ruptura en la cadencia de las preguntas justo cuando pierdo de vista a Carlisle. Regresa unos minutos después con un vaso de agua y me lo pone delante.

—¿Y dónde están ahora esos números de cuenta, Gwendolyn? —pregunta ella mientras bebo. El agua está deliciosa. Limpia y purificante.

—Destruidos —digo—. Quemados.

—¿Por qué los destruiste, Gwendolyn?

Entonces recuerdo las palabras que me dijo Yael en París mientras ardía el papel en la papelera. «Recuerda siempre esto: cualquiera que te pregunte por estos números de cuenta es tu enemigo.»

—No... No me acuerdo. Lo siento.

—No pasa nada, Gwendolyn —me tranquiliza—. ¿Era la única copia?

Abro la boca para responder, para explicar un poco todo. Para contar lo del ejemplar de *1984*. Lo del código. Cómo se pueden recuperar los números de cuenta. Pero no lo hago. No lo hago porque no puedo. Algo impide que pronuncie las palabras. Meto la mano por debajo del albornoz y me rasco el punto del brazo que me pica, donde ella me ha puesto la vacuna contra la tuberculosis. Desde aquí veo el reloj de pie; marca las 5.58.

Miro hacia abajo y me centro en la tela del albornoz. ¿Qué me ocurre? ¿Por qué no puedo contestarle? Pero mi mente solo se concentra en la hora del reloj de pie. Había algo que tenía que hacer a una hora determinada. Un plazo de tiempo que me había puesto a mí misma. Ahora ha pasado. Ahora es demasiado tarde.

Entonces caigo en la cuenta. Han pasado casi cuatro horas y media más de las que me fijé para responder preguntas. ¿Cuatro horas y media? ¡Por el amor de Dios! ¿Cómo ha pasado el tiempo así de rápido? Ha desaparecido como si me hubiera quedado dormida. Vuelvo a rascarme en el mismo punto dolorido del brazo.

Sé que debería estar enfadada con la doctora Simon por haber traicionado mi confianza al mentirme. Intelectualmente, siento la necesidad de levantarme y partirle el pescuezo. Pero no nos adelantemos. No lleguemos a conclusiones precipitadas sobre sus intenciones. Ella me dirá la verdad, la doctora Simon lo hará, solo tengo que preguntar. Ella es buena. Tiene cara de ser una persona en la que se puede confiar.

—¿Doctora Simon? —le pregunto—. No me ha puesto la vacuna contra la tuberculosis, ¿verdad?

—Era algo para que te relajaras, cariño —me explica—. Y para ayudarte a recordar.

Intento recuperar la cordura y me pregunto dónde se ha ido la rabia.

—¿Señor Carlisle? —digo con tranquilidad, sin ser capaz de recurrir a la rabia que sé que debería sentir—. Lo que me ha dicho de Joey Díaz no es cierto, ¿verdad?

Carlisle se levanta del sofá y se recoloca los pantalones. Luego rodea la mesita de centro para ponerse directamente delante de mí.

—Repítelo —me pide.

—Joey Díaz no fue quien traicionó a mi padre —digo—. Fuiste tú.

Capto un movimiento rapidísimo cuando Carlisle me sujeta por las muñecas, pero tengo los reflejos lentos y adormilados, y, cuando me doy cuenta de qué está ocurriendo, la doctora Simon me ha clavado otra aguja en el brazo. La sensación de estar recibiendo un chute de agua fresca vuelve a recorrerme todo el cuerpo.

30

Unas manos ásperas me sujetan por las piernas y siento el aire frío de la noche en la piel. Huelo a cuero y a café quemado. Oigo el murmullo de unas voces lejanas y el motor de un vehículo grande y estadounidense, rugiendo y calándose al intentar arrancar. Alguien me coloca en el asiento, me pone el cinturón y empezamos a movernos.

Se está produciendo una emergencia de alguna clase, una conclusión a la que llega mi mente narcotizada por una serie de señales vagas e indefinidas: la forma en que me mueven, el timbre de las voces masculinas al hablar, el ruido del motor... Todo se hace con prisas, con urgencia. Mi traslado a alguna parte se completa con rapidez, en este instante, ahora mismo. Intento centrarme y analizar la serie de señales, aunque es agradable estar en mi mundo semiinconsciente y algo me dice que, en realidad, prefiero no conocer las respuestas a todas las preguntas.

Soy consciente de que Carlisle se encuentra sentado a mi lado. Sé que es él por el olor. Una colonia con olor añejo, a roble, la que se ponen los caballeros ricos, con un toque a sudor por la preocupación, ese sudor que hace aullar a los perros. Está hablando con alguien, el conductor, quizá, y oigo las palabras: «Despega dentro de cuarenta y cinco».

«Despegar.» Verbo relacionado con el vuelo. Vamos a coger un avión. Vamos a coger un avión. Abro los ojos de golpe para recabar información —dónde estoy, con quién—, para intentar averiguar su significado. Estoy en la parte trasera de un todoterreno enorme. Un Chevrolet, o eso dice el logo del volante. Es el típico vehículo de las embajadas estadounidenses de todo el mundo. Y ya no llevo el albornoz. Alguien me ha vestido. Dios, espero que no haya sido Carlisle.

Miro hacia fuera y veo que ya es de noche cuando pasamos por las afueras de Praga, unas afueras que dejan paso rápidamente a los campos de arbustos y a los densos bosques de abedules visibles gracias a los faros. El reloj del salpicadero marca las 11.42 de la noche.

Carlisle va sentado a mi lado, echado hacia delante, sin chaqueta, sin intención de ocultar la cartuchera que lleva colgada al hombro con la pistola. Lleva el brazo por encima del reposacabezas del asiento del conductor, y va mirando hacia la carretera con atención, vigilante. Se lleva el móvil a la oreja.

—¡Que se ponga el general Aliyev! —grita, como si la persona con quien hablara estuviera muy lejos—. Dile que vamos de camino hacia la pista de despegue. Tiempo estimado de llegada a Ashgabat dentro de siete horas. ¿Entendido? Siete horas. No me decepciones esta vez.

Intento saber dónde estará Ashgabat. Kazajistán. Uzbekistán. *Algostán*, yo qué sé. ¿Qué hay allí? Petróleo. Dictadores. Cárceles secretas. Turkmenistán, eso es. Dirigido por un hombre muy querido en Estados Unidos, odiado por todos los demás, sobre todo, por sus propios súbditos. Un dictador que tiene a Estados Unidos metido en el bolsillo por cosas que ese país no tiene estómago de hacer en nombre propio.

Carlisle cuelga y se guarda el móvil en el bolsillo del pantalón.

—¿Qué hay en Ashgabat? —pregunto con la claridad que me permiten articular las drogas.

Él se vuelve y parece sorprendido de que sea capaz de hablar.

—Una cafetería encantadora. Sirven un delicioso pastel local, hecho de miel y almendras —me informa—. No está muy lejos de unas instalaciones especiales que tenemos allí. Un lugar donde podrás descansar hasta que tu padre decida que quiere recuperarte.

—Os he contado todo lo que sé —digo, segura de que percibe el miedo en mi voz.

—¿Y qué sabes exactamente, Gwendolyn? —pregunta Carlisle volviéndose hacia mí, con todo su amplio pecho y su barrigota, aún más amplia, amenazando con hacer saltar de rabia los botones de la camisa—. ¿Que tu padre es un héroe que intentó detener a Bohdan Kladivo y a un agente corrupto de la CIA para que no robara una inmensa cantidad de dinero? ¿Es eso lo que te ha contado?

—Algo así —contesto.

Carlisle niega con la cabeza, vuelve a mirar la carretera y suspira.

—¿No habría otra posible versión, Gwendolyn? ¿Qué cosa, además de una integridad tan inaudita, hace que un hombre ponga su vida en peligro? Joder, ¿qué haría que pusiera la vida de su hija en peligro?

Deja la pregunta en el aire, sin dar una respuesta cuando salimos de la autopista y giramos a la izquierda para adentrarnos en una pista de tierra. Está todo muy vacío. Son campos, llenos de matojos y recientemente recolectados, y relumbran a la luz de la luna.

Está claro adónde quiere ir a parar Carlisle. Habla de dinero. El dinero haría que un hombre pusiera su vida y la de su hija en peligro. Rechazo la idea, e incluso vuelvo la cabeza hacia el otro lado. Sé que mi padre es un hombre honrado que jamás me mentiría ni me pondría en peligro. Pero en cuanto la idea cristaliza en mi mente, mi propio recuerdo le lanza una piedra. Las mentiras que me contó durante diecisiete años sobre el trabajo que desempeñaba. El peligro en que puso a mi madre y a mí al aceptar el destino en Argelia. Entonces, si es un mentiroso y un marido y padre de mierda, ¿por qué no iba a ser también un ladrón?

—No es cierto —replico en voz alta. Pero es una respuesta refleja, automática. Como cerrar los ojos para estornudar. Como quedarse doblado cuando te pegan un puñetazo en el estómago.

Carlisle sonríe.

—Eso es lo que creen todas las hijas —asevera—. Pero él se traicionó a sí mismo, Gwendolyn. Intentó robar el dinero de Zoric. Joseph Díaz y Bohdan Kladivo intentaban recuperarlo. Ladrones robando a ladrones: a eso se reduce este mundo.

—¡Basta! —grito, y fijo la mirada en la primera línea del bosque que veo por la ventana, las tenebrosas ramas sin hojas que se agarran con desesperación a la nada más absoluta. Que le den a Carlisle. Que le den aunque tenga razón.

—La parte más triste es que, Gwendolyn, tú lo rescataste, una vez más, una segunda vez. —Carlisle me mira alternativamente a mí y la carretera, pero percibo que se siente orgulloso del jardín de dudas que está sembrando—. No tienes por qué creerme, por supuesto. Pero en algún momento tendrás que decidir qué es cierto de todo lo que sabes.

El todoterreno gira por un desvío y va reduciendo la marcha lentamente. Tanto Carlisle como yo miramos por la luna delantera y vemos por qué. Hay una furgoneta con las palabras SKUPINA CEZ impresas bajo un logo de empresa parada en medio de la carretera. Hay conos de seguridad colocados como centinelas, formando una barrera que nos bloquea el paso y nos impide seguir avanzando, mientras un peón caminero con chaleco reflectante amarillo y casco de obra se sitúa ante nosotros con una señal de STOP.

—¡¿Qué coño es esto?! —exclama Carlisle.

—No tengo ni idea —admite el conductor—. Será alguien de la compañía eléctrica, o eso parece.

Las luces amarillas del techo de la furgoneta están girando, y hay dos focos iluminando un punto de la carretera donde se encuentran otros dos peones, pala en mano. Hay algún tipo de maquinaria, y tal vez un compresor de aire que ruge cerca de aquí.

El conductor baja la ventanilla y pega un grito, pero el peón con la señal de STOP se señala la oreja. El conductor vuelve a gritar y, esta vez, el peón se acerca.

—Verá, intentamos pasar —dice el conductor.

El peón niega con la cabeza.

—Todo está... —responde, esforzándose por hablar inglés—. Todo muy mal aquí. No ir. No ir.

Carlisle se inclina hacia delante y enseña su tarjeta de identificación.

—Este es un coche diplomático, ¿entiende? —le indica—. La ley lo obliga a dejarnos pasar.

Pero el hombre sonríe a modo de disculpa y regresa a su puesto para impedirnos el paso con su señal de STOP.

—¡Por el amor de Dios! —se lamenta Carlisle y golpea con la palma de la mano el reposacabezas del asiento del conductor—. ¡Ve a decirles que se quiten de en medio!

El conductor duda, luego para el todoterreno, se baja, empieza a gesticular con las manos y a señalar hacia el coche. El peón con la señal se limita a negar con la cabeza.

En ese preciso instante, el interior del todoterreno es iluminado por luces azules intermitentes. Tanto Carlisle como yo nos volvemos y vemos un coche de la policía checa parando detrás del nuestro.

—¡Mierda —refunfuña Carlisle—, mierda!

Hay algo que reconoce en esta situación, un patrón que ya ha visto antes. Miro de pronto al conductor. El hombre con la señal y los otros dos peones están rodeándolo.

El mango de una linterna golpea la ventanilla de Carlisle, no con brusquedad, sino para dejar claro quién manda aquí a partir de ahora. Se trata de una mujer policía, con el pelo negro y rizado, que le asoma por debajo de la gorra, con una chaqueta de cuero nueva y reluciente. Lleva la linterna en una mano mientras apoya la otra en su arma reglamentaria.

—¡Por el amor de Dios! —gruñe Carlisle, y baja la ventanilla hasta la mitad.

La policía dice algo en checo que sin duda es una orden y apunta a la cara de Carlisle con la linterna. Él saca de nuevo su identificación mágica, pero la policía la ignora. No tengo ni idea de qué está diciendo, pero está claro que quiere que él salga del vehículo.

De pronto y, como salidas de la nada, recuerdo las palabras de Carlisle: «Pero en algún momento tendrás que decidir qué es cierto de todo lo que sabes».

Vuelvo a mirar al conductor y a los tres peones. Aquí está ocurriendo algo raro. Uno de los trabajadores, el que está justo detrás del conductor, tiene una pistola con silenciador en la mano.

«Pero en algún momento...»

Carlisle también lo ve y se lleva la mano a la pistola de la cartuchera. El peón que está junto al conductor levanta la pistola y le apunta a la nuca. El conductor está distraído. No ve la pistola. El obrero se toma su tiempo para colocarla bien, apuntar justo en el blanco y asegurarse de que la bala que dispare sigue la trayectoria que él desea.

«... tendrás que decidir...»

La pistola sale de la cartuchera de Carlisle, un pulgar experto quita el seguro y la levanta. Oigo un sonido que me resulta familiar, el martilleo del metal, el sonido de la pistola con silenciador siendo disparada. No es la de Carlisle. Es la del peón. Miro justo para contemplar las consecuencias, para ver el abanico de sangre del conductor abrirse en el suelo.

«... qué es cierto...»

Carlisle levanta la pistola y pilla a la policía por sorpresa. Pero ella es rápida y saca su pistola antes de que él pueda disparar. Sin pensarlo, sin que nadie me lo ordene, lanzo una mano hacia delante, cruzo el espacio entre mi lado y la pistola de Carlisle en un tiempo difícil de calcular. Retuerzo la pistola y su muñeca se dobla como si fuera de papel. Ahora tengo el arma en la mano.

«... de todo lo que sabes.»

Disparo ocho veces sobre el cuerpo de Carlisle. Disparo a Carlisle hasta que el cargador queda vacío y no hay más balas. Me quedo sorda por los disparos y no oigo ni cómo se rompe la ventanilla, ni la voz de la policía mientras me saca del coche.

Estoy en el suelo, semiinconsciente, mirando el rostro de la agente. Ella me mira con detenimiento, está revisándome en busca de orificios de bala y, aunque no oigo lo que dice, reconozco la cara de Yael.

Los peones me recogen, uno por cada pierna al igual que hizo la policía de Praga en la entrada del casino. Me llevan a la furgoneta. Se cierran las puertas. Las ruedas empiezan a girar. Estamos en marcha.

Dos horas más tarde, justo al cruzar la frontera alemana, Gwendolyn Bloom muere en el comedor de una pequeña granja. Siguiendo las instrucciones de los hombres de la furgoneta que se mueven a mi alrededor y supervisan mi trabajo, rompo mi pasaporte y voy quemando, una a una, todas las páginas en el fuego de la cocina de hierro. Contemplo mi muerte, en silencio y con desapego, esperando a que una página se queme por completo para echar la siguiente. Guardo la página con la foto y el nombre para el último momento. Tarda bastante en arder, aunque, al final, la foto de Gwendolyn Bloom arde y se retuerce sobre sí misma hasta quedar convertida en negra ceniza.

Justo cuando termino de revolver los restos del pasaporte con el atizador ennegrecido, Yael —la mujer llamada Yael— entra por la puerta principal.

Pero en algún momento tendrás que decidir qué es cierto de todo lo que sabes.

Ha llegado en otro coche, en el coche patrulla, y ha aparcado a varios kilómetros antes de alcanzar la frontera, según me han contado los hombres, para librarse del vehículo. Yael ya no lleva uniforme, ahora viste vaqueros y un jersey ajustado.

Cuando entra, corro hacia ella y la abrazo con fuerza. Huele a gasolina y a fuego. Yael me corresponde con un rápido apretón y luego rompe el abrazo.

—¿Está bien? ¿Mi padre está bien? —pregunto, jadeante—. Yael, por el amor de Dios, dímelo.

Dice unas palabras a los hombres en hebreo y ellos se van a la cocina para dejarnos a solas. Se sienta en el sofá situado delante de la chimenea y da una palmadita en el cojín para que me siente a su lado.

—Estará bien —responde—. Físicamente, estará bien.

Me echo hacia delante y lanzo un suspiro.

—¿Está en... Israel?

—En una clínica privada de aquí, en Europa. Registrado con otro nombre. Es todo cuanto puedo decir.

—Entonces puedo verlo. Pronto.

Yael se encoge de hombros.

—Dentro de unas semanas, creo yo. La herida era más grave de lo que pensaban, pero está recuperándose.

Uno de los hombres sale de la cocina con dos tazas de té. Las coloca en la mesa que tenemos delante y se va. Yael levanta la suya y bebe un sorbo.

—¿Los chicos te han dado tus cosas del coche de Carlisle? ¿La mochila, la ropa?

—Sí.

—¿Y has hecho lo que te dijeron, quemar el pasaporte?

—Sí —afirmo—. Pero Sofia no estaba allí.

Yael asiente con la cabeza.

—No pasa nada. De todas formas, ya está muerta.

Nos quedamos mirando el fuego durante un rato; incluso consigo beber un poco de té. Me podría quedar así mucho tiempo. Envuelta por el calor del hogar y esta reconfortante sensación de gratitud.

—Una vez trabajamos juntos, tu padre y yo —comenta Yael de forma espontánea—. Es un buen hombre.

Cierro los ojos y recuerdo la historia que me contó en el restaurante de París. Sobre aquel hombre del que se había enamorado en Budapest. Dijo que estaba casado. Y que era del servicio de inteligencia de otro país. Cuando abro los ojos está mirándome, y me pregunto si sabe qué estoy pensando.

—Pero esa no es la única razón por la que lo has rescatado —observo—. ¿Qué me dijiste una vez? ¿Eso sobre que los intereses debían ser los mismos?

—Se metió en líos —dice—. Y Tel Aviv le ofreció un trato.

—¿Qué trato?

—Información a cambio de una salida. —Saca la bolsita de té de la taza y se enrolla el cordel en el dedo—. Una nueva vida en el extranjero. Lo único que tiene que hacer es contarnos lo que sabe.

—¿Sobre las cuentas?

—Sobre todo.

Se refiere a que se convierta en espía para Israel. Bueno, el gobierno estadounidense lo vendió primero, pues que lo denuncien los patriotas, porque juro por mi vida que yo no lo haré. Pero no puede ser la única solución.

—Podemos regresar —sugiero—. Podemos contar a la CIA lo ocurrido. Que Carlisle era quien iba tras el dinero, no mi padre.

Yael permanece en silencio durante tanto rato que me pregunto si me ha oído. Pero entonces me pone una mano en el antebrazo y sonríe con amabilidad.

—Algunas veces olvido que solo tienes diecisiete años —comenta.

—Dieciocho. Ya tengo dieciocho. —Retiro el brazo—. Crees que fue Carlisle quien le tendió la trampa a mi padre, ¿verdad? Crees que mi padre jamás robaría, ¿verdad?

Su mirada, fría y operativa, se llena de lástima. Luego se encoge de hombros.

—En realidad no importa lo que pensemos ninguno de nosotros, ¿no crees? —dice—. La verdad es que lo que importa es lo que diga el hombre que tenga el arma.

Me levanto tan deprisa que se me nubla la visión y, por un instante, creo que voy a desmayarme. Yael se levanta de un salto, me sujeta del brazo y logra mantenerme en pie.

—Tengo que volver —afirmo—. Está mi tía Georgina. Y Bela y Lili. Tengo que verlos. Y a alguien más. Un amigo.

—¿Terrance? —apunta Yael.

Cierro los ojos, casi avergonzada.

—Sí —susurro.

Ella me abraza con fuerza. Una vez más huelo a gasolina y a fuego.

—Eso no puede ser —dice.

—Solo una llamada —le ruego.

—Ni siquiera una llamada —se niega—. Nada. Ningún contacto.

—¿Durante cuánto tiempo? —pregunto.

—Para siempre —contesta.

Al principio creo que Yael está temblando, pero luego me doy cuenta de que soy yo.

Alguien llama con urgencia a la puerta que comunica con la cocina y uno de los hombres entra. Entrega a Yael un sobre, y ella me lo da.

Sé lo que es antes de abrirlo. Lo sé por el peso. Por la forma. Vuelco el sobre y me cae un nuevo pasaporte en la mano, todavía caliente.

Agradecimientos

A Jean Feiwel y a todo el equipo de Feiwel & Friends/Macmillan: que han ayudado a traer al mundo tantas historias interesantes; me siento honrado de encontrarme entre vuestros autores. A mi editora, Liz Szabla: tus elegantes ideas, tu sabiduría y paciente orientación me han permitido seguir en el camino y salvar las sendas más tortuosas de la narrativa. A mi agente, Tracey Adams: supiste cómo iba a salir todo y lo hiciste realidad. No podría haber estado en mejores manos. A Maya Myers: te debo mi eterna gratitud, no solo por tus habilidades como correctora, sino por tu amistad. A Livy, Julie y Cassie: sois las mejores lectoras beta que podría desear. Gracias por vuestra honestidad brutal. A mi madre, mi padre, Marj, Ali, Achilles, Sam y Kari: porque siempre creemos en los demás, siempre. A Sonja y a Renata: ser vuestro padre es una bendición. Sois la razón por la que he hecho esto. A Jana: desde esa noche de octubre en Nueva York de hace tantos años, solo has sacado lo mejor de mí. Todo cuanto he aprendido sobre la fuerza, el valor y el amor me lo has enseñado tú. A Fred Marfell: me pusiste el suspenso que se merecía ese mocoso creído de doce años, luego te convertiste en mi amigo y mi mentor. Te echo de menos, querido amigo. ¡Ojalá estuvieras aquí!